ullstein

Das Buch

Audrey ist am Boden zerstört: Ihre geliebte Großmutter, bei der sie aufgewachsen ist, erleidet einen Schlaganfall und braucht von nun an professionelle Pflege. Gut, dass Audrey einen lukrativen Job als Escort Girl hat, von dem ihre Großmutter jedoch nichts weiß. Und dann läuft beim nächsten Kunden alles schief. Dank einer falschen Hausnummer steht Audrey plötzlich bei Anwalt Rob vor der Haustür, der sie prompt für seine neue Haushaltshilfe hält. Die Bezahlung stimmt, und Rob ist zudem noch unheimlich attraktiv, also klärt Audrey das Missverständnis nicht sofort auf und nimmt die Stelle an. Und während Audrey für Rob Partys organisiert, seine Wohnung auf Vordermann bringt und sie sich immer mehr in Notlügen verstrickt, kommen die beiden sich näher. Das Chaos nimmt seinen Lauf …

Die Autorin

Alexandra Görner ist 33 Jahre alt und lebt mit ihrem Mann und ihrem Sohn in einer kleinen Stadt in Sachsen. Sie arbeitet in einem Zuliefererbetrieb für die Automobilindustrie und schreibt nur in ihrer Freizeit. Die verbringt sie außerdem am liebsten mit ihrer Familie und natürlich mit tollen Büchern.

ALEXANDRA GÖRNER

Küssen ist die beste Verteidigung

ROMAN

Ullstein

Besuchen Sie uns im Internet:
www.ullstein-taschenbuch.de

FSC
www.fsc.org
MIX
Papier aus verantwortungsvollen Quellen
FSC® C083411

Originalausgabe im Ullstein Taschenbuch
1. Auflage August 2017

Umschlaggestaltung: zero-media.net, München
Titelabbildung: Getty Images/© Peter Zelei (Stadt);
mauritius images/Cultura/© Liam Norris (Pärchen);
© FinePic®, München (Blumen)
Satz: LVD GmbH, Berlin
Gesetzt aus der Minion Pro
Druck und Bindearbeiten: CPI books GmbH, Leck
ISBN 978-3-548-28804-8

Kapitel 1

Audrey

Hastig lief ich durch den Hausflur, der eindeutig seine besten Zeiten hinter sich hatte, und stieg die Treppe hinauf, um gleich darauf schwungvoll die Wohnungstür zu dem kleinen Apartment, das ich mit meiner besten Freundin Zoe teilte, aufzustoßen.

Der Fahrstuhl hatte mal wieder den Geist aufgegeben. Das war das dritte Mal in diesem Monat. Ich nahm mir fest vor, endlich ein ernstes Wörtchen mit unserem Vermieter zu sprechen, denn langsam hatte ich die Nase gestrichen voll davon.

Geräuschvoll kickte ich die Tür mit dem Fuß hinter mir zu und balancierte die vollen Einkaufstüten, einen Becher Kaffee to go und meine Handtasche in die Küche. Ich schaffte es tatsächlich, ohne etwas fallen zu lassen. Eine lange Nacht lag hinter mir, und der heutige Tag hatte ebenfalls seinen Tribut gefordert, nun war ich dementsprechend müde.

»Und du kannst wirklich niemand anderen zu diesem Date schicken?«, fragte ich, nachdem ich meine Einkaufstüten auf dem Fußboden abgestellt hatte. Das Handy, das bis eben noch zwischen meiner Schulter und meinem Kinn eingeklemmt war, hielt ich nun in der Hand.

Mein erstes freies Wochenende seit einer gefühlten Ewigkeit stand an, und ich hatte mir viel vorgenommen. Dass ich ausgerechnet heute noch eine Verabredung mit einem Kunden übernehmen sollte, gefiel mir daher überhaupt nicht.

Am anderen Ende der Leitung hörte ich Lorraine leise seufzen.

»Glaub mir bitte, ich bin mir der Tatsache durchaus bewusst, dass freie Wochenenden in letzter Zeit bei dir Mangelware waren.«

»Das ist die Untertreibung des Jahres«, gab ich etwas mürrisch zurück.

Beim Gedanken an eine neue Verabredung wurde mir flau im Magen. Ich wollte das alles nicht mehr. Wenn ich das Geld nicht so dringend brauchen würde, hätte ich längst in der Agentur gekündigt. In letzter Zeit spielte ich immer häufiger mit dem Gedanken, ein Studium zu beginnen und mein Leben völlig neu zu ordnen. Ein Anflug von schlechtem Gewissen beschlich mich, als ich an den morgigen Tag dachte. Ich war mit Grandma zu einem Picknick im Clissold Park verabredet. In Hackney gab es Dutzende Parks, aber der Clissold war nach wie vor ihr Lieblingsplatz. Früher waren wir häufig zusammen dorthin gegangen und saßen für gewöhnlich im Schatten einer uralten Buche oder hatten es uns am Seeufer gemütlich gemacht, Limonade getrunken, Sandwiches gegessen und unsere Füße im kühlen Wasser baumeln lassen.

Traurigkeit stieg in mir auf, und mein Herz zog sich schmerzlich zusammen, während sich ein Kloß in meiner Kehle festsetzte. Ich spürte, wie mir die Tränen in die Augen stiegen, als mir wieder einmal bewusst wurde, dass diese Momente nie mehr so unbeschwert sein würden wie früher. Seit Grandmas Schlaganfall im letzten Jahr hatte sich so vieles verändert. Hoffentlich musste ich ihr nicht absagen. Denn viel zu oft entstand aus einem Date an einem Freitagabend eine neue Verabredung fürs Wochenende.

Bevor ich beim Gedanken an Grandma von Niedergeschlagenheit übermannt wurde, räusperte ich mich schnell und versuchte mich schweren Herzens wieder auf das Gespräch mit Lorraine zu konzentrieren.

»Nein, leider nicht. Die anderen Girls sind entweder ausgebucht oder haben gerade Urlaub. Audrey, ich stecke wirklich in der Klemme. Gäbe es eine andere Möglichkeit, würde ich dich nicht um diesen Gefallen bitten.«

Meine Finger umklammerten den Telefonhörer ein bisschen fester. Mein Widerstand schmolz bei ihren Worten wie das Eis, das ich gerade in das Gefrierfach unseres Kühlschranks stopfte. Es war wirklich eine dumme Idee gewesen, am gefühlt heißesten Tag des Jahres eine Packung Eis vom Supermarkt nach Hause zu transportieren.

Bevor ich etwas auf Lorraines Bitte erwidern konnte, erinnerte sie mich freundlich, aber bestimmt: »Vergiss nicht, dass ich dir auch schon einmal aus der Klemme geholfen habe.«

Das stimmte. Als niemand, natürlich mal abgesehen von Zoe, bereit gewesen war, mir beizustehen, hatte sie mir die Hand gereicht und mir in meiner verzweifelten Lage Hilfe angeboten. Dabei kannten wir uns damals noch gar nicht richtig.

Seufzend warf ich die Tür des Gefrierschranks zu. Ich dachte kurz an Zoe, die jetzt bestimmt schon an irgendeinem Pool lag und sich in der Sonne aalte, während sie einen bunten Cocktail schlürfte. Ich hätte zu gerne mit ihr getauscht.

Ich lehnte mich gegen die braune Arbeitsplatte und schloss einen Moment die Augen. Lorraine etwas abzuschlagen brachte ich einfach nicht über mich. Nicht, nachdem sie so nett zu mir gewesen war.

»Okay, ich übernehme den Job.«

Sie war hörbar erleichtert.

»Audrey, du bist die Beste. Ich schulde dir einen riesen Gefallen.«

Ich lächelte leicht.

»Darauf komme ich zurück.«

»Nur zu. Übrigens brauchst du dir keine Sorgen zu machen. Der Kunde bucht dich wirklich nur für heute. Den Rest des Wochenendes hast du natürlich zu deiner freien Verfügung.«

»Schön, das zu hören«, gab ich erleichtert zurück. Dann fiel mein Ausflug mit Grandma wenigstens nicht ins Wasser.

Ich lauschte den Worten meiner Chefin und schlug gleichzeitig mein Notizbuch auf, um die Adresse zu notieren, die Lorraine mir diktierte.

Mit den Gedanken voll und ganz bei meinem neuen Date, ließ ich mich auf den Fahrersitz des silbergrauen Mercedes Cabriolet gleiten. Was in dem engen grauen Bleistiftrock einfacher aussah, als es in Wirklichkeit war. Ich schlug die Tür hinter mir zu, setzte meine Sonnenbrille auf und startete den Wagen. Bevor ich mich in den dichten Verkehr einfädelte, tippte ich die Adresse ins Navi, dann setzte ich rückwärts aus der Einfahrt auf die Hauptstraße.

Es war immer noch heiß, doch der Fahrtwind kühlte angenehm meinen Nacken und spielte mit meinen braunen Haarsträhnen. Privat würde ich mein hart verdientes Geld niemals in eine Protzkiste wie diese investieren. Aber der Wagen gehörte der Agentur und war nur einer der Vorzüge, die ich genießen durfte, seitdem ich für Lorraine arbeitete.

Trotz des Straßenverkehrs schaffte ich es pünktlich nach Knightsbridge, einem angesagten Londoner Nobelviertel, und parkte auf der gegenüberliegenden Straßenseite.

Mit leicht zitternden Fingern zog ich den Schlüssel aus dem Zündschloss. Während ich die schicken Häuser mit den großen Vorgärten und den meterhohen Zäunen betrachtete, bemühte ich mich, ruhig und gelassen zu bleiben, doch das war einfach unmöglich. Ich war nervös. Auch nach mehreren Dates war es mir noch nicht gelungen, diese innere Unruhe und Aufregung abzustellen.

»Kein Grund, sich verrückt zu machen. Ich bin professionell«, flüsterte ich meinem Spiegelbild zu und checkte währenddessen noch einmal mein Make-up. Professionell! Ja, klar! Der Witz des Tages!

Ich lehnte mich zurück, atmete tief durch und sah schließlich zu dem prächtigen weißen Reihenhaus mit dem gepflegten Garten hinüber. Perfekt geschnittene Buchsbaumsträucher säumten den Treppenaufgang des Hauses, und soweit ich sehen konnte, war auch dieses Anwesen von einem mannshohen schwarzen Zaun eingefasst. Mehrere Kameras erhoben sich neben dem Eingang.

Wer mich wohl hinter der Tür erwartete? Mein Herz klopfte heftig, als ich mir endlich einen Ruck gab, die Fahrertür öffnete und ausstieg, obwohl ich am liebsten kehrtgemacht hätte und nach Hause gefahren wäre. Ich schlug die Tür hinter mir zu, und augenblicklich vermisste ich den Fahrtwind und die kühle Luft der Klimaanlage. Die Hitze war erdrückend.

Mit langen Schritten überquerte ich die Straße, stieg die Treppen nach oben und drückte Sekunden später auf den Klingelknopf. Meine Nervosität steigerte sich noch ein bisschen mehr, und ein Knoten aus Anspannung, Aufregung und einer gehörigen Portion Widerwillen bildete sich in meinem Magen.

Es wäre eine Lüge, zu behaupten, dass ich nie ein Date genoss. Hin und wieder fand ich es sogar ganz nett. Doch in letzter Zeit fiel mir der Job immer schwerer. Die Männer, mit denen ich ausging, waren ausnahmslos vermögend, sonst könnten sie die Preise von Lorraines Agentur nicht zahlen. Doch Reichtum war noch lange keine Garantie für guten Geschmack und gutes Benehmen, geschweige denn für gutes Aussehen. Sosehr ich mich auch bemühte, ich schaffte es einfach nicht, den Job so locker zu sehen wie Zoe.

»Nur noch so lange, bis Grandma versorgt ist, bis die Umbauarbeiten an ihrem Haus endlich abgeschlossen sind und ich einen guten Job gefunden habe, um unser Leben zu finanzieren«, flüsterte ich. Damit sprach ich mir Mut zu und versuchte gleichzeitig mich zu beruhigen. Ich atmete noch einmal tief durch. Doch die gemischten Gefühle blieben. Das Warten schien sich zu einer Ewigkeit auszudehnen.

Angespannt trat ich von einem Fuß auf den anderen, während ich die massive Eingangstür, deren dunkles Holz einen beeindruckenden Kontrast zu den strahlend weißen Wänden bot, anstarrte. Es war heiß, und ich hoffte sehnsüchtig, dass endlich jemand öffnete, weil letztendlich alles besser war, als noch länger in der prallen Sonne zu stehen. Gerade, als ich meine Hand ausstrecken wollte, um noch einmal auf den Klingelknopf zu drücken, wurde die Tür aufgerissen.

Ich zuckte zusammen und wich vor Überraschung einen

kleinen Schritt zurück, als mir ein junger Typ in einem teuer aussehenden dunkelblauen Anzug öffnete und ich gleichzeitig in ein paar strahlend blaue Augen blickte, die mich sofort an kristallklare Seen erinnerten. Er sah angespannt aus, darüber konnte auch seine Attraktivität nicht hinwegtäuschen. Eine Hand lag auf der Klinke, die andere hielt sein Smartphone. Seine Haare waren so weizenblond wie die Felder von Cornwall, wenn sie an einem warmen Sommertag in der Sonne leuchteten.

Mein Herz klopfte ein paar Takte schneller, und ich fächelte mir mit der Hand Luft zu. Anstatt einer höflichen Begrüßung, konnte ich ihn nur anstarren. Es war selten, dass ich einen Mann traf, dessen Anblick mir den Atem raubte. Ehrlich gesagt, war mir das noch nie passiert.

Er scannte mich eingehend. Ließ seinen Blick langsam über meinen Körper gleiten und kehrte dann mit hochgezogenen Augenbrauen zu meinem Gesicht zurück. Unter seiner Musterung wurde mir noch heißer, und meine Wangen begannen verräterisch zu glühen.

Eigentlich sollte ich daran gewöhnt sein, dass Männer mich abcheckten wie Ware und mich wie etwas Käufliches behandelten. Denn genau das war ich im Moment, und augenblicklich fühlte ich mich wieder unwohl. Wie meistens bei diesen Dates. Wie dumm von mir, zu hoffen, dieses Mal könnte es vielleicht anders sein. Bei jeder Verabredung sagte ich mir, dass es das letzte Mal war, dass Grandma und ich auch ohne das Geld klarkommen. Aber es gab immer ein nächstes und übernächstes Date. Also wem etwas vormachen?

Ich wollte endlich etwas sagen, doch mit einer schnellen Handbewegung bedeutete er, mir still zu sein, und ich klappte meinen Mund umgehend wieder zu. Er hingegen sprach weiter ungeniert ins Handy. Seine Gesichtszüge wirkten angespannt, und auf seiner Stirn hatten sich Sorgenfalten eingegraben. Neugierig fragte ich mich, was seinen Unmut verursacht hatte, und für einen Moment vergaß ich tatsächlich die unerträgliche Hitze. Stattdessen wanderte mein Blick von seinen blauen Augen über seine gerade Nase zu seinem Mund. Er hatte schöne und sinnliche Lippen, und ich kam nicht umhin, mich zu fragen, wie er später reagieren würde, wenn ich ihn küsste. Während ich ihn noch immer versonnen betrachtete, stellte ich mir vor, wie er sich langsam unter meinen Berührungen entspannte. Ich würde ihn küssen, in Anbetracht meines Jobs bestand daran wohl kein Zweifel. Es sei denn natürlich, er ließe mich jetzt noch länger in der Sonne brutzeln, denn langsam lief ich ernstlich Gefahr, direkt vor seinen Augen zusammenzubrechen. Im nächsten Moment winkte er mich mit einer schnellen Handbewegung herein und bewahrte mich doch noch davor, an einem Hitzschlag zu sterben.

Ganz Gentleman ließ er mich vorgehen. Während er sein Telefongespräch beendete, blieb ich im Eingangsbereich seines Stadthauses stehen und sah mich neugierig um. Gleichzeitig wunderte ich mich über den seltsamen, altmodischen Einrichtungsstil, denn der wollte so gar nicht zu einem Mann von geschätzten Mitte dreißig passen.

Äußerlich wirkte das Haus hell und freundlich, drinnen jedoch herrschte eher eine bedrückende, fast schon beklemmende Atmosphäre. Dunkle schwere Vorhänge ließen nur spärlich Licht herein. Ich ging ein paar Schritte vorwärts und warf neugierig einen Blick ins benachbarte Zimmer, das das Wohnzimmer sein könnte. Allerdings war es schwer zu sagen, weil viele der Möbel mit großen weißen Laken abgedeckt waren. Hier warf die Sonne diffuses Licht ins Zimmer, und Staubpartikel tanzten in der Luft. Ein mulmiges Gefühl beschlich mich, und ich zuckte unvermittelt zusammen, als plötzlich die Haustür ins Schloss fiel.

Mit klopfendem Herzen wirbelte ich herum und sah gerade noch, wie der Typ das Handy auf das antike Beistelltischchen neben der Eingangstür legte.

Er atmete kurz tief durch und lockerte im gleichen Moment die Krawatte, dann öffnete er die ersten beiden Knöpfe seines blütenweißen Oberhemdes, als würde ihn beides einschnüren und jeglicher Luft berauben. Irgendwie verständlich bei der Hitze. Obwohl es im Haus zum Glück verhältnismäßig kühl war.

Ich schluckte schwer, als sein intensiver Blick erneut auf mir ruhte, und wurde zunehmend unruhiger. Nervös strich ich mir die Haare zurück und versuchte mich wieder zu fangen. Ich war voll bekleidet und fühlte mich unter seinen Blicken doch gänzlich nackt. Nur mit Mühe und Not konnte ich mich beherrschen, meine Arme schützend vor meinem Körper zu verschränken. Die Situation war vollkommen surreal, der erste flüchtige Eindruck des Hauses, den man im besten Fall als geheimnisvoll, im schlimmsten Fall als gruslig bezeichnen konnte, tat sein Übriges. Sein intensiver Blick und sein Schweigen machten mich schrecklich nervös. Ich fürchtete ernsthaft, mein Herz könnte stehenbleiben. Eine gehcimnisvolle und unnahbare Ausstrahlung schien von ihm auszugehen. Gleichzeitig wirkte er aber auch auf eine verwirrende Art anziehend und sinnlich. Auf jeden Fall hinterließ er den starken Eindruck, als wäre er ein Mann, der es gewohnt war, zu bekommen, was er sich in den Kopf gesetzt hatte. Ein Mann, der stets den Ton angab, dem niemand etwas abschlug. Einer, der wusste, wo es langging, und dabei hatte er noch nichts gesagt. Allein sein Auftreten bewirkte diesen Eindruck.

Aber es war nicht nur diese Selbstsicherheit, die von ihm ausging, ich erkannte auch eine Verletzlichkeit in seinen Augen, die mich auf eine seltsame Weise berührte, und zum allerersten Mal bekam ich bei einem Date mit einem Kunden tatsächlich weiche Knie. Mein Puls raste, und verräterische Röte kroch über meinen Hals in meine Wagen.

Ein erschöpfter Ausdruck lag auf seinem Gesicht. Gern hätte ich ihn nach dem Grund gefragt. Aber das ging mich natürlich nichts an, diese Frage stand mir nicht zu. Ich war nur hier, um seine Bedürfnisse zu befriedigen.

Er strich sich die blonden Haare zurück, und endlich entspannten sich seine Gesichtszüge. Augenblicklich wurde mir etwas leichter ums Herz. Denn von einem Moment auf den nächsten wirkte er nur noch halb so unnahbar wie noch vor ein paar Minuten. Seine Lippen formten sich zu einem kleinen Lächeln, und dieser Anblick ließ mein Herz flattern. Der Knoten in meinem Magen löste sich auf, und ich entspannte mich tatsächlich ein bisschen.

Er lächelte verwegen, als er langsam näher kam und ohne Umschweife sagte: »Sie können sich nicht vorstellen, wie dringend ich Sie brauche.«

Seine Stimme ging mir durch Mark und Bein, und ich hielt ungewollt die Luft an. Denn ich glaubte, eine ganz gute Ahnung davon zu haben, wie nötig er es momentan hatte. Ich sollte etwas Geistreiches erwidern oder mich wenigstens endlich vorstellen. Doch von seinen direkten Worten völlig überrumpelt, brachte ich keine Silbe über meine Lippen.

Stattdessen wurde mir bei seinem ersten Satz klar, dass

dieses Date wohl von Anfang an anders verlief, als ich es erwartet hatte. Normalerweise begann eine Verabredung mit einem Restaurantbesuch oder etwas Ähnlichem. Es folgte eine nette Unterhaltung. Man kam sich näher. Sex gehörte nicht zwangsläufig dazu. Aber sich etwas vorzumachen wäre töricht. Der Abend, oder besser gesagt die Nacht endete meist mit zerwühlten Laken. Er hingegen kam schnell zur Sache. Mir drängte sich die Frage auf, weshalb er für Sex bezahlen musste. An seinem Aussehen lag es jedenfalls nicht. Denn das schien nahezu perfekt.

Er war groß und breitschultrig, und er hätte auch problemlos für das Cover einer Hochglanzzeitschrift posieren können. Sein dunkelblauer Maßanzug saß wie angegossen, doch ich war mir ziemlich sicher, dass ihm Jeans und Shirt mindestens genauso gut standen. Sein Anblick jagte ein Kribbeln durch meinen Körper. So verrückt es auch klang und all meiner Abneigung gegen den Job zum Trotz, hatte ich momentan noch nicht einmal etwas dagegen, dass er gleich zur Sache kommen wollte. In der Vergangenheit hatte ich schon schlimmere Dates gehabt. Zumindest glaubte ich das, bis er weitersprach.

»Am besten bringen wir es schnell hinter uns. Ich habe noch eine wichtige Verabredung.«

Seine Worte trafen mich wirklich hart und wirkten wie eine eiskalte Dusche. Männer behandelten mich manchmal mies, doch so etwas hatte noch keiner gesagt. Kein Mann hatte mich je so deutlich spüren lassen, aus welchem Grund er mich buchte. Mein Herz zog sich zusammen, und das flaue Gefühl kehrte augenblicklich zurück. Einen Vorteil hatte es trotzdem. Je schneller wir hier fertig waren, desto eher konnte ich mein freies Wochenende genießen, und diese Verabredung vergessen. Also schluckte ich meinen Ärger hinunter. Denn eine der Regeln im Escort Service lautete: Er bezahlte, also war er der Boss.

Daher nickte ich und fragte mich insgeheim, warum der Blödmann mich buchte, wenn er doch gar keine Zeit für mich hatte.

»Wollen Sie unser Treffen verschieben, wenn es gerade ungünstig ist?«, bot ich ihm an.

Noch während ich sprach, schüttelte er den Kopf. Abermals strich er sich durch die strahlend blonden Haare und lächelte zu meiner größten Überraschung entschuldigend. Der Mann verwirrte mich. Erst gab er sich unnahbar, dann sagte er diese hundsgemeinen Dinge, und jetzt schien er plötzlich wieder nett zu sein.

»Sorry, der Termin kam ganz kurzfristig dazwischen. Beim nächsten Mal würde ich mir gerne mehr Zeit für Sie nehmen.«

Er hatte tatsächlich vor, mich noch einmal zu buchen? Jetzt war ich verwirrt.

»Sie sind der Boss«, stammelte ich verlegen. Egal, wie sehr ich mich anstrengte, so schlagfertig und professionell wie Zoe würde ich niemals werden.

Als er die Krawatte abnahm und beiseitelegte, fragte ich mich, wie es jetzt weitergehen würde. Sollte ich ihn gleich hier in seinem Flur küssen? Oder wollte er lieber woanders hingehen? In sein Schlafzimmer vielleicht? Verlegen trat ich von einem Fuß auf den anderen.

Er musterte mich, und seine Mimik verriet mir, dass er wohl ebenfalls überlegte, wie es jetzt weitergehen sollte.

Tatsächlich lächelte er jetzt etwas verlegen.

»Ich muss mich bei Ihnen entschuldigen«, sagte er plötzlich. »Ich mache das hier zum ersten Mal. Verzeihen Sie mir, dass ich mich so ungeschickt anstelle und mit der Tür ins Haus gefallen bin. Normalerweise kann ich mich diplomatischer ausdrücken.«

Sein Geständnis verwirrte und berührte mich gleichermaßen. Und ich konnte nicht verhindern, dass mich ein verrücktes Glücksgefühl überkam, als seine Entschuldigung in mein Bewusstsein drang.

»Das ist schon in Ordnung«, beruhigte ich ihn, während meine Gefühle Achterbahn fuhren.

Bevor sich erneut unangenehme Stille zwischen uns ausbreiten konnte, schlug ich vor: »Nicht, dass ich Ihren Flur nicht mögen würde, aber wir können gerne woanders hingehen.«

Meine Worte entlockten ihm ein breites Lachen.

»Bemühen Sie sich nicht. Die Einrichtung des Hauses ist katastrophal. Alles umzugestalten wird eine Menge Arbeit machen.«

Ich nickte. Damit hatte er sicherlich recht. Dass er die Einrichtung ebenfalls furchtbar fand, war irgendwie beruhigend.

»Am besten gehen wir ins Wohnzimmer. Auf der Couch ist es bestimmt gemütlicher, als hier herumzustehen.«

Dann wurde es jetzt also ernst!

Ich folgte ihm. Verstohlen blickte ich mich um, als wir den Raum betraten, in den ich vorhin einen kurzen Blick geworfen hatte. Mit meiner Vermutung, dies könnte das Wohnzimmer sein, hatte ich also richtiggelegen.

Ich sah ihm dabei zu, wie er schnell eines der weißen Laken lüftete und eine dunkelgrüne Samtcouch zum Vorschein kam. Er ließ das Laken fallen, und seine Lippen verzogen sich missmutig.

»Ich dachte wirklich, in diesem Haus kann mich nichts mehr überraschen. Aber Fehlanzeige.«

Er richtete seine Aufmerksamkeit auf mich.

»Sagen Sie die Wahrheit, haben Sie schon einmal eine hässlichere Couch als diese hier gesehen?«

Ich konnte mir ein Lächeln kaum verkneifen. Obwohl ich es natürlich versuchte.

»Schon gut, lachen Sie ruhig. Das ist gesund.«

Also kam ich tatsächlich meinem ersten Impuls nach und grinste von einem Ohr zum anderen. Gleichzeitig ließ ich mich auf das grüne Samtmonster fallen.

»Sorgen Sie sich nicht, ich habe schon Schlimmeres gesehen.«

»Das glaube ich Ihnen aufs Wort«, entgegnete er und lächelte verschmitzt.

Langsam glitt er neben mich auf die Couch und wurde dann plötzlich ernst.

»Die Zeit drängt«, sagte er leise und taxierte mich wieder mit diesen intensiven Blicken, »wir sollten jetzt vielleicht anfangen.«

Ich atmete tief durch.

»Ja, gut, einverstanden«, gab ich atemlos zurück und fürchtete gleich einen Herzstillstand zu bekommen.

»Wie gesagt, ich mache das zum ersten Mal, ob Sie es glauben oder nicht, aber bis jetzt hatte ich es noch nicht nötig, dafür zu bezahlen.«

Beim ersten Eindruck hätte ich niemals gedacht, wie schüchtern er war. Aber das gefiel mir irgendwie. Es stand in starkem Kontrast zu seiner selbstbewussten Erscheinung und machte ihn nur noch attraktiver. Und weil ich endlich begriff, dass er wohl mindestens genauso unsicher, nervös und aufgeregt war, wie ich mich gerade fühlte, sah ich es als meine Pflicht an, die Führung zu übernehmen.

Vorsichtig rückte ich ein bisschen näher zu ihm heran und streckte die Hand aus, um sein Knie zu berühren. Wie gebannt starrte er auf meine Finger, die ganz langsam an seinem Oberschenkel hinaufglitten. Dann trafen sich unsere Blicke, und ich hörte ihn leise seufzen. Sein Brustkorb hob und senkte sich in schnellen Atemzügen, unterdessen waren seine Augen vor Überraschung geweitet.

Während ich noch mit dem Gedanken spielte, ihn zu küssen, sprang er unerwartet auf. Für ein paar kurze Augenblicke lief er unruhig im Wohnzimmer auf und ab, bevor er zum Fenster stürzte und es versuchte hochzuschieben. Aber das Ding klemmte. Er ruckelte daran und warf mir einen kurzen Blick zu.

»Ist Ihnen heiß?«, fragte er verwirrt. »Mir ist ganz plötzlich verdammt heiß!«

Lächelnd beobachtete ich ihn und begann mich langsam über seine Unsicherheit zu amüsieren. Er schob und drückte, und als sich das Fenster endlich bewegte, atmete er geräuschvoll auf.

»Schon besser«, hörte ich ihn leise murmeln, als er tief die hereinströmende Luft einsog.

Ich blieb verblüfft auf der Couch sitzen. Dass er schnell zur Sache kommen wollte, schien er mittlerweile vergessen zu haben. Seine Schüchternheit machte ihm wohl gerade einen Strich durch die Rechnung. Daher beschloss ich, von nun an ihn das Tempo bestimmen zu lassen, deshalb blieb ich einfach hier sitzen und wartete fast schon gespannt darauf, wie es zwischen uns weitergehen würde.

Er machte einen ratlosen Eindruck, als er zu mir zurückkam, und blieb unsicher vor der Couch stehen. Sein intensiver Blick huschte erneut über meinen Körper, und mir wurde augenblicklich heiß.

»Sind Sie sicher, dass Sie in diesem Outfit arbeiten können?«, fragte er fast schon vorsichtig.

Seine Frage brachte mich erneut zum Schmunzeln. Langsam bekam ich Oberwasser. Denn angesichts seiner Unerfahrenheit hatte ich fast schon ein bisschen Mitleid mit ihm. Ich konnte mich ziemlich gut in ihn hineinversetzen. Sonst war ich immer diejenige, die unsicher war. Ich wollte es ihm ein bisschen leichter machen, daher wagte ich einen neuen Vorstoß.

Ich schlug die Beine übereinander, die in den schwarzen High Heels besonders lang wirkten und lächelte ihn lasziv an, während ich mir langsam durch die Haare fuhr. Fast schon hypnotisch folgten seine Augen jeder meiner Bewegungen. Die sexuell aufgeladene Spannung im Raum war nicht zu leugnen. Mittlerweile schaffte er es sogar, dass ich mich in seiner Gegenwart unglaublich wohl fühlte. Während er weiter unsicher und verwirrt wirkte, schlüpfte ich immer besser in die Rolle des aufreizenden Escort Girls.

Seine Lippen öffneten sich, und er schien jedes meiner Worte einzusaugen.

»Machen Sie sich über mein Outfit keine Sorgen«, flüsterte ich mit heißer Stimme. »Bis jetzt hat sich noch kein Kunde beschwert. Ich erledige meinen Job immer bis zum Schluss. Darauf gebe ich Ihnen mein Wort. Aber natürlich kann ich auch jederzeit etwas anderes anziehen. Ganz wie Sie es wünschen.«

Er lief rot an, als er gleich darauf leicht den Kopf schüttelte.

»Nein«, sagte er hastig. »So hatte ich es nicht gemeint. Ihr

Outfit ist klasse. Ich wollte nur nicht, dass Sie sich bei der Arbeit irgendwie eingeengt fühlen«, stammelte er, und seine Ohren glühten vor Verlegenheit.

Seine Besorgnis freute mich. Ich mochte Männer, die nicht nur an sich selbst dachten. Anders als zu Anfang erwartet, schien er eines dieser seltenen Exemplare zu sein. Schade, dass wir uns nicht woanders begegnet waren.

»Setzen Sie sich doch einfach wieder zu mir«, bat ich mit sanfter Stimme.

Er beobachtete mich einen Moment, doch dann ließ er sich neben mich auf die Couch fallen. Wenn auch etwas zögerlich.

»Sagen Sie mir einfach, was ich für Sie tun kann«, forderte ich ihn diplomatisch auf.

Erneut strich er sich in einer unsicheren Geste die Haare zurück. Er räusperte sich und schien einen Moment über eine passende Antwort nachzudenken. Dann sagte er mit fester Stimme: »Nun ja, ich habe schon einige Erwartungen an Sie.«

Das konnte ich mir vorstellen, nun war ich gespannt, welche. Inständig hoffte ich, dass er keine perversen Phantasien hegte. Allerdings sah er wirklich nicht aus wie ein Typ mit einer seltsamen Veranlagung. Aber man konnte schließlich nie wissen.

»Mein größtes Anliegen ist wirklich, dass Sie sich gut um Franklyn kümmern«, sagte er geradeheraus.

Mir wurde heiß, und mein Herzschlag beschleunigte sich. *Franklyn?* Lorraine hatte am Telefon nichts von einem weiteren Kunden gesagt. Augenblicklich begannen Alarmglocken in meinem Kopf zu schrillen, und meine Kehle fühlte sich plötzlich ganz trocken an. Mein Instinkt ließ mich ein Stück zurückweichen. Er hingegen schien von meinen Ängsten gar nichts mitzubekommen. Mittlerweile völlig gelassen, sprach er weiter.

»Aber Sie brauchen keine Angst vor ihm zu haben. Er beißt Sie schon nicht. Auch wenn er mit seiner Größe vielleicht ein bisschen furchteinflößend wirken könnte.«

Mein verwirrter Blick zuckte zu seinem Schoß und dann zurück zu seinem Gesicht. Ich musterte ihn angestrengt und fragte mich, ob das vielleicht Wortspielerei sein könnte? Meinte er mit Franklyn etwa sein bestes Stück? Ich kannte Männer, die ihrem Penis einen Namen gaben. Aber etwas wie Franklyn hatte ich wirklich noch nie gehört!

Ich atmete kurz tief durch und versuchte locker zu bleiben. Der Gedanke an Zoe schoss mir durch den Kopf, und ich fragte mich, wie sie sich in solch einer Situation verhalten würde. Wahrscheinlich würde sie einfach versuchen total cool zu bleiben. Und das versuchte ich jetzt auch.

»Keine Sorge, so leicht macht mir nichts Angst.«

Der Gefühlssturm in meinem Inneren strafte meine Worte Lügen. Mein Herz klopfte mir bis zum Hals. Aber meine Antwort schien ihm zu gefallen, denn er lächelte.

»Gut, dann hören wir auf, um den heißen Brei herum zu reden. Am besten ich zeige Ihnen Franklyn einfach.«

Unweigerlich hielt ich die Luft an, als er sich von der Couch erhob und sich vor mir zu seiner vollen und ziemlich beeindruckenden Körpergröße aufrichtete.

Ich legte den Kopf in den Nacken, um zu ihm aufzusehen. Mein Brustkorb hob und senkte sich unter schweren Atemzügen. Diese Situation war vollkommen verrückt, ich konnte mich nicht entscheiden, sollte ich mich vor Lachen auf dem Boden kugeln oder lieber schreiend aus seinem Haus laufen? Ich war hin- und hergerissen.

»Eins noch«, sagte er plötzlich und tippte sich leicht an die Stirn, als wäre ihm gerade etwas eingefallen.

»Was denn?«, fragte ich krächzend.

»Ich weiß, meine Bitte kommt vielleicht etwas überraschend. Aber ich habe Ihnen ja vorhin von meinem Geschäftstermin erzählt, und ich habe es schon etwas eilig. Würden Sie mir, natürlich erst nachdem wir hier fertig sind, schnell noch eine Kleinigkeit zu essen machen? Ich befürchte, ich könnte sonst in den nächsten Stunden verhungern.«

Mit großen Augen blickte ich ihn an. Wollte er mich auf den Arm nehmen?

»Ich soll Ihnen etwas kochen?«, fragte ich stammelnd und war völlig baff.

»Nein, nein«, wiegelte er schnell ab. »Heute muss es wirklich nichts Aufregendes sein, mit einem Sandwich wäre ich voll und ganz zufrieden. Sie können natürlich auch etwas essen.«

Heute? Ich überlegte kurz, während ich ihn noch einmal eingehend musterte. Er schien seine Bitte durchaus ernst zu meinen. Vielleicht sehnte er sich nicht nur nach körperlicher Nähe, sondern auch nach alltäglicher Zweisamkeit? Na ja, es würde mich ja nicht umbringen, ihm danach noch einen Toast zu machen. Also willigte ich ein.

»Das bekomme ich hin. Kein Problem.«

Er strahlte mich glücklich an.

»Super. Wirklich nett von Ihnen. Also gut, dann wird es Zeit, dass Sie Franklyn kennenlernen. Erschrecken Sie nicht, wenn Sie ihn gleich zu Gesicht bekommen.«

Ich rang mir ein Lächeln ab und schaffte es zu nicken. Mein Blick glitt nach unten zu seinem Hosenschlitz. Wie angewurzelt blieb ich auf seiner Couch hocken und starrte ihn an, obwohl meine innere Stimme brüllte: »Lauf weg!«

Ich wartete darauf, dass er seine Anzughose runterließ. Männer übertrieben ja wirklich gerne, was die Größe anging. Doch anstatt sich auszuziehen, schickte er sich an, den Raum zu verlassen.

»Bin gleich wieder da«, versprach er und ging tatsächlich hinaus.

Vor Erleichterung machte mein Herz einen Satz. Doch gleich darauf verspannte ich mich wieder. War es wirklich ein gutes Zeichen, dass er gerade jetzt das Zimmer verließ? Wer wusste denn schon, was mich erwartete, wenn er zurückkam? Schnell stand ich von der Couch auf, schnappte mir meine Tasche und steuerte schleunigst die Tür an. Es war wohl doch besser zu verduften. Lorraine würde meine Entscheidung, das Date vorzeitig abzubrechen, sicher verstehen, wenn ich ihr von dem Typen erzählte. Dann hörte ich plötzlich Schritte, er kam bereits wieder. Ängstlich überlegte ich, was ich jetzt tun sollte, und beschloss dummerweise, zurück ins Wohnzimmer zu schleichen. Mit Sicherheit wäre es besser gewesen, die Flucht zu ergreifen.

»Da bin ich«, hörte ich ihn gut gelaunt hinter mir rufen, und ich wirbelte fast im selben Augenblick zu ihm herum.

Ein Aufschrei entwich meinem Mund, zeitgleich sprang ich auf das erstbeste Möbelstück, ein großer Esstisch aus Mahagoniholz. Später fragte ich mich, wie ich das in dem engen Rock hinbekommen hatte.

Überrascht stellte ich fest, dass er noch voll bekleidet war. Doch der Schreck saß trotzdem tief, denn neben ihm stand eine Dogge. Eine wirklich große Dogge.

Ich drückte die Hand auf mein wild pochendes Herz, doch ich zitterte wie Espenlaub, und mein Atem ging unkontrolliert.

Mit hochgezogenen Augenbrauen sah er mich an.

»So hat noch niemand reagiert, der Franklyn gesehen hat.«

»Franklyn ist Ihr Hund?«, fragte ich unwirsch und fand ganz langsam in meine normale Stimmlage zurück.

Er machte einen verwirrten Eindruck.

»Natürlich ist Franklyn mein Hund. Was haben Sie denn gedacht, von wem ich rede?«

»Nicht so wichtig«, stotterte ich und bekam vor Verlegenheit rote Ohren.

Die Dogge ließ sich völlig unbeeindruckt neben sein Herrchen auf den Boden sinken. Legte den Kopf auf die Pfoten und döste vor sich hin.

»Ehrlich gesagt, überrascht mich Ihr Verhalten. Zumal mir am Telefon von Seiten Ihrer Agentur versichert wurde, dass Sie keine Probleme mit Hunden haben. Ganz im Gegenteil, die Arbeit mit den Tieren würde Ihnen großen Spaß machen.«

Ich rang mir abermals ein Lächeln ab und setzte den Mord an Lorraine ganz oben auf meine To-do-Liste.

»Das wurde Ihnen also gesagt!«, gab ich ausweichend zurück und versuchte mehr in Erfahrung zu bringen.

»Was hat man Ihnen denn noch über mich erzählt?«

Doch anstatt zu antworten, tat er meine Frage mit einer schnellen Handbewegung ab.

»Hören Sie, es tut mir leid, dass ich Sie erschreckt habe. Aber ich muss leider feststellen, dass wir wohl nicht zusammenpassen.«

Er kam auf mich zu, streckte die Hand aus, um mir hinunterzuhelfen. Nach kurzem Zögern ergriff ich sie und kletterte mit seiner Hilfe vom Esstisch.

Bevor ich etwas erwidern konnte, fragte er: »Können Sie mir vielleicht eine Ihrer Kolleginnen oder Kollegen empfehlen, die keine Probleme mit Haustieren haben?«

Unvermittelt ließ ich seine Hand los. Was stimmte denn hier nicht?

»Sie haben nichts dagegen, einen Mann zu buchen?«, fragte ich verwirrt.

Er zuckte lässig mit den Schultern.

»Mann, Frau, das ist mir gleich. Hauptsache, der Job wird zu meiner vollen Zufriedenheit erledigt. Ich hatte große Hoffnungen in Sie gesetzt. Also wirklich schade, dass aus uns beiden arbeitstechnisch nichts werden kann.«

Verblüfft sah ich ihn an. Bedeutete das, er stand auch auf Männer? Bis jetzt hatte er gar keinen schwulen Eindruck auf mich gemacht. Aber diesbezüglich konnte man sich natürlich irren.

Ich war wie vor den Kopf gestoßen.

Er warf einen schnellen Blick auf die Uhr.

»Die Zeit läuft mir davon. So nett die Plauderei mit Ihnen auch ist, aber ich kann nicht zu spät zu meinem Termin kommen. Vergessen Sie das Sandwich, und gehen Sie jetzt lieber. Ich melde mich dann persönlich bei *Clean and Cleaner.* Die Agentur kann mir sicher jemand anderen empfehlen. Trotzdem danke für Ihr Kommen.«

Er schubste mich leicht vorwärts. Zuerst verstand ich nicht. Doch ganz langsam drangen seine Worte in meine verwirrten Gedanken.

»*Clean and Cleaner*?«, wiederholte ich verwirrt.

Ich war stehen geblieben und er zwangsläufig auch.

Er musterte mich sichtlich irritiert. Dann sprach er ganz langsam, so als würde er mit einer Verrückten reden, die er nicht unnötig reizen wollte.

»Ja, *Clean and Cleaner*. Die Agentur, für die Sie arbeiten und die Sie geschickt hat, um bei mir als Haushälterin anzufangen.«

Er blickte mich an, als wäre ich nicht ganz dicht. Seine Augenbrauen zogen sich zusammen, und eine steile Falte bildete sich auf seiner glatten Stirn.

»Sind Sie high? Also mit Drogen will ich nichts zu tun haben!«, sagte er streng.

Das musste er gerade sagen! Schließlich benahm er sich äußerst seltsam. War das ein Rollenspiel? Sollte ich die scharfe Haushälterin mimen, und hatte Lorraine nur vergessen, es zu erwähnen?

»Hören Sie, Mr Hastings, da muss ein Missverständnis vorliegen!«

»Hastings? Ich heiße Masters, Rob Masters. Habe ich etwa in dem Chaos vergessen, mich vorzustellen? Wenn ja, dann tut mir das sehr leid. Zuerst dieses Telefongespräch, und jetzt sitzt mir mein Termin im Nacken. Normalerweise habe ich bessere Manieren.«

Nicht nur er hatte in dem ganzen Durcheinander vergessen, sich vorzustellen.

Ich atmete hörbar ein.

»Dann suchen Sie wirklich eine Haushälterin?«

»Ja, natürlich. Darüber sprechen wir doch die ganze Zeit! Was stimmt denn nicht mit Ihnen?«

»Gar nichts«, erwiderte ich schnell, als mir endlich ein Licht aufging. Beim Notieren der Anschrift war mir wohl ein Fehler unterlaufen. Name, Adresse, nichts stimmte. Ich hatte

Lorraine einfach nicht zugehört, als sie mein freies Wochenende mit einem Termin belegt hatte.

Ganz sanft legte er jetzt die Hand auf meinen unteren Rücken und schob mich vorwärts immer weiter Richtung Tür.

»Wie gesagt, ich hätte Sie wirklich gerne eingestellt. Aber da Sie eine Abneigung gegenüber Hunden haben, kommen Sie für den Job leider nicht in Frage. Denn die Pflege von Franklyn würde ein Großteil Ihrer Aufgabe sein.«

Bevor er die Tür öffnen konnte, blieb ich wieder stehen, drehte mich zu ihm und sah ihm ins Gesicht.

»Was müsste ich noch für Sie tun?«

Er blickte mich erneut leicht verwirrt an.

»Das, was Sie immer für Ihre Kunden tun. Es wäre wohl kaum Ihr erster Job!«

Ich nickte leicht.

»Natürlich nicht. Aber sicher haben Sie spezielle Wünsche.«

Sein Blick verdunkelte sich für einen kurzen Moment, huschte über meinen Körper, und plötzlich war ich mir der Nähe zu ihm mehr als bewusst.

Seine Stimme klang rau, als er wieder zu sprechen begann.

»Zugegeben, da würde mir einiges einfallen.«

Die Zeit schien stillzustehen, während wir uns anschauten. Es fühlte sich an, als würde ich unter seinem intensiven Blick verbrennen. Ich dachte, er würde noch mehr sagen, stattdessen räusperte er sich und trat einen Schritt zurück. Hörbar atmete er aus.

»Ich habe das Haus erst vor kurzem gekauft. Wie Sie sehen, herrscht hier noch das reinste Chaos. Vorerst habe ich bei meinem besten Kumpel Unterschlupf gefunden. Aber sein Apartment wird langsam etwas klein für Franklyn, ihn und mich. Ich muss im Haus klar Schiff machen, damit ich endlich hier wohnen kann.«

Er deutete auf die Umzugskisten, die noch hier und da gestapelt waren und die ich vorher noch gar nicht zur Kenntnis genommen hatte.

»Sie suchen also jemanden, der Ihre Sachen auspackt?«, schlussfolgerte ich.

Rob nickte.

»Ja, dafür und für die alltäglich anfallenden Hausarbeiten. Sie müssten für mich putzen, waschen, bügeln, hin und wieder eine Kleinigkeit kochen und sich hauptsächlich um Franklyn kümmern, wenn ich in der Kanzlei bin. Aber so wie die Dinge liegen, kommen Sie für den Job leider nicht in Frage.« Nach einer kurzen Pause fügte Rob hinzu: »Und ich muss jetzt wirklich los.«

Ich spürte erneut seine starke Hand auf meinem Rücken. Er wollte mich loswerden. Seine Finger umschlossen die Klinke, und er öffnete die Tür. Hitze schlug uns entgegen, und noch bevor ich über meine Worte richtig nachdenken konnte, sprach ich sie auch schon aus.

»Ich habe gar nichts gegen Hunde. Ganz im Gegenteil. Ich mag sie sehr.«

Das war geflunkert. Aber nur ein bisschen. Im Grunde hatte ich wirklich nichts dagegen, mich um einen Vierbeiner zu kümmern. Nur vor seiner Dogge hatte ich gehörig Respekt. Auch wenn Franklyn nach dem ersten Schreck einen ganz harmlosen ersten Eindruck hinterlassen hatte.

Rob hielt inne und blickte mich mit hochgezogenen Augenbrauen an.

»Bedeutet das, Sie wollen den Job doch annehmen?« Seine Stimme klang hoffnungsvoll.

Bevor ich etwas erwidern konnte, warf er ein: »Über Ihr Gehalt brauchen Sie sich keine Sorgen zu machen. Ich werde Sie gut bezahlen. Die Zeitverschwendung, nach einer anderen Haushälterin zu suchen, würde ich mir sehr gerne ersparen.«

Mein Herz klopfte schneller, als er mir die wöchentliche Summe nannte, die er für meine Dienste ausgeben wollte. Es war etwas weniger, als ich als Escort Girl verdiente. Aber es wäre zu verschmerzen. Die Umbauarbeiten in Grandmas Haus könnten nach wie vor erledigt werden. Und noch ein positiver Aspekt brachte der Job bei Rob mit sich: keine weiteren Dates mit fremden Männern.

Lorraine kam mir in den Sinn. Und ich fragte mich, was ich ihr erzählen sollte? Sie würde sicher total sauer sein, weil ich Mr Hastings versetzt hatte. Wahrscheinlich flog ich sowieso hochkant aus ihrer Agentur.

»Nehmen Sie den Job jetzt an?«, hakte Rob nach.

1 Jahr zuvor

»Grandma, bist du da?«, rief ich von der Veranda ihres roten Klinkerhäuschens und versuchte durch die halbgeschlossenen Gardinen ins Innere des Hauses zu spähen. Aber ich konnte nichts sehen. Langsam wurde ich nervös, denn ich hatte bereits zwei Mal geläutet. Hektisch durchwühlte ich meine Handtasche auf der Suche nach dem Zweitschlüssel. Als ich ihn endlich in den Händen hielt, atmete ich erleichtert auf und schob den Schlüssel mit fahrigen Fingern ins Schloss.

»Ich bin es, Audrey. Wo steckst du denn?«, rief ich erneut und schloss die Tür hinter mir.

Angestrengt lauschte ich in die Stille des Hauses hinein. Hatte Grandma unsere Verabredung etwa vergessen? Sie war doch sonst immer so zuverlässig. Ein mulmiges Gefühl beschlich mich, als ich in die obere Etage eilte.

Ich rief erneut ihren Namen, und wieder bekam ich keine Antwort. Mit klopfendem Herzen öffnete ich die Tür ihres Schlafzimmers, und im gleichen Moment wurde mein schlimmster Alptraum Wirklichkeit.

Grandma lag leblos neben ihrem Bett. Sie trug noch ihr Nachthemd. Schreiend stürzte ich zu ihr und rief hysterisch ihren Namen. Ich schaffte es gerade noch, vom Telefon im Schlafzimmer den Notruf zu wählen und alle wichtigen Fakten herunterzurattern, bevor mir der Hörer aus der Hand fiel. Ich wusste nicht, was ich jetzt tun sollte. Zu völliger Hilflosigkeit verdammt, kniete ich neben ihr, hielt ihre Hand und stammelte wirres Zeug, unterbrochen von heftigen Schluchzern, während meine Tränen nur so aus mir herausströmten. Das Warten auf den Rettungswagen war die reinste Hölle und kam mir vor wie eine Ewigkeit.

Danach war alles irgendwie verschwommen. Sanitäter und Notarzt drängten mich zurück, doch ich ließ Grandmas Hände nur widerstrebend los. Durch einen Tränenschleier sah ich zu, wie sie versorgt wurde und dann auf einer Trage nach unten geschafft und mit Blaulicht ins Krankenhaus gefahren wurde.

Später saß ich in einem Krankenhausflur auf einem harten Plastikstuhl und starrte benommen auf die Uhr, die am Ende des Ganges über einer großen Schwingtür zum Operationssaal hing. Die Minuten verrannen, während hinter den Türen Ärzte um Grandmas Leben kämpften.

Als sich die Schwingtüren endlich öffneten, erhob ich

mich wie in Trance und stand auf wackeligen Beinen da. Als ich den Worten des Arztes lauschte, löste sich meine Welt in Nichts auf. Später konnte ich mich nicht an alles erinnern, was er gesagt hatte. Es waren nur Gesprächsfetzen in meinem Kopf hängengeblieben. Die erschreckende Diagnose Schlaganfall, die der Arzt mit ausdrucksloser Stimme stellte. Beängstigende Worte, wie Bewegungsunfähigkeit, Sprachverlust, Rollstuhl, Pflegeheim hingen im Raum und ließen mich schwindeln. Und auch die Tage danach erlebte ich wie in einem Vakuum.

*

»Glaubst du, dass du das allein schaffst?«, fragte Zoe, die neben mir auf einer Parkbank saß, direkt gegenüber der Bank of London.

Ich nickte.

»Denke schon«, gab ich zurück und war mir nicht sicher, ob das der Wahrheit entsprach.

Zoe legte den Arm um mich und drückte mich fest.

»Alles wird gut. Du wirst das Geld schon bekommen!«

Ich hatte einen Kloß im Magen vor lauter Aufregung.

Ich hoffte es so sehr. Wir brauchten das Geld, um Grandmas Haus behindertengerecht umzurüsten. Sie in ein Pflegeheim zu geben zog ich auch auf Anraten der Ärzte nicht auch nur eine Sekunde in Erwägung. Grandma gehörte in ihr Zuhause, und damit sie dort auch bleiben konnte, war ich bereit, alles zu tun. Wenn es sein musste, verschuldete ich mich für den Rest meines Lebens.

Unendlich dankbar für Zoes Unterstützung drückte ich ihre Hand und stand auf.

»Wartest du hier auf mich?«, fragte ich, als ich mich nach wenigen Schritten noch einmal nach Zoe umsah.

Sie nickte sofort.

»Natürlich. Ich bin hier, wenn du mit dem genehmigten Kreditantrag wiederkommst. Versprochen!«

Ich lächelte erleichtert und machte mich endlich auf den Weg.

Und wieder war ich zum Warten verdammt, als ich ungeduldig im Büro des Bankangestellten Platz nahm.

Ich starrte die Tür an, versuchte durch bloße Willenskraft, den Bankberater erscheinen zu lassen, und tatsächlich tauchte er wenig später auf, setzte sich mir gegenüber hinter den Schreibtisch, faltete die Hände und sah mich mit mitleidigem Blick an.

Mir wurde flau im Magen. Ich wusste genau, was seine Mimik bedeutete. Minuten später sprach er aus, was ich im Moment am meisten fürchtete.

»Ms Bartlett, es tut mir schrecklich leid, aber nach eingehender Beratung sind wir als Geldgeber leider zu dem Entschluss gekommen, Ihnen den Kredit zu verwehren.«

Ich hielt den Atem an und hatte das Gefühl, mein Herz bliebe stehen. Das konnte doch nicht sein Ernst sein!

»Da muss eine Verwechslung vorliegen«, stammelte ich und klammerte mich an den letzten Funken Hoffnung. »Ich habe Ihnen doch erklärt, wofür wir das Geld brauchen.«

Was zum Teufel war daran nicht zu verstehen gewesen?

Der Bankangestellte seufzte leise auf. Vermutlich stahl ich ihm mit meinem Gerede wertvolle Zeit.

»Doch, das habe ich verstanden. Aber die Antwort lautet trotzdem Nein.«

Ich war mir nicht zu schade zu betteln.

»Sobald ich einen besseren Job habe, zahle ich alles zurück.«

»Und genau das ist das Problem. Im Moment haben Sie leider keine zuverlässige Arbeitsstelle. Ich möchte Ihnen nicht zu nahetreten, aber die Arbeit als Kellnerin in einer Bar reicht uns als Referenz leider nicht aus. Wir sehen die Rückzahlung des Geldes einfach nicht gewährleistet. Weder Ihre Großmutter noch Sie können die notwendigen Sicherheiten vorweisen, die für die Erfüllung des Kreditvertrages unabdingbar sind.«

Tränen der Wut und der Enttäuschung stiegen in mir auf, als ich begriff, dass ich ihn nicht umstimmen konnte. Am liebsten hätte ich gebrüllt, meinem Ärger und meiner Verzweiflung Luft gemacht, aber noch nicht einmal dazu hatte ich die Kraft. Wie sollte es jetzt weitergehen?

Schließlich erhob ich mich langsam von meinem Stuhl, drehte mich um und steuerte ohne Verabschiedung die geschlossene Tür an.

»Versuchen Sie es gerne bei einem anderen Kreditinstitut«, rief er mir nach, doch dann fügte er hinzu: »Leider befürchte ich, dass Sie auch dort kein Glück haben werden. Tut mir leid, dass wir Ihnen nicht helfen können.«

Ich schaute nicht mehr zurück, sondern stürzte eilig nach draußen.

Als mich Zoe erblickte, sprang sie auf und hielt sich vor Schreck die Hand vor den Mund. Selbst aus der Entfernung musste sie mir angesehen haben, dass ich keinen Erfolg gehabt hatte. Mir kamen die Tränen, und ich versuchte gar nicht sie zurückzuhalten.

Ich blieb vor Zoe stehen, die mich sofort umarmte und festhielt. Ohne Scheu ließ ich meinen Tränen mitten auf dem Bürgersteig freien Lauf, es scherte mich nicht im Geringsten, was vorbeieilende Passanten über mich dachten.

»Alles wird gut. Wir finden eine Lösung«, flüsterte Zoe ganz nah an meinem Ohr und streichelte besänftigend meinen Rücken, während ich von Weinkrämpfen geschüttelt wurde.

Nein, werden wir nicht, hätte ich am liebsten geantwortet. Aber ich war so fertig, ich brachte keinen Ton heraus.

Zwei Tage später ging es mir noch nicht besser, und es war auch keine Lösung meines Problems in Sicht. Im Moment war Grandma noch im Krankenhaus. Aber bald würde sie entlassen werden, es war also Eile geboten. Ein leises Klopfen an meiner Zimmertür ließ mich aufschrecken. Gleich darauf wurde sie zögerlich geöffnet.

»Kann ich reinkommen?«, fragte Zoe und steckte den Kopf zur Tür herein.

»Klar.«

Zoe kam näher, setzte sich schließlich zu mir aufs Bett und verschränkte die Beine im Schneidersitz.

Gemeinsam lehnten wir am Kopfende und sagten kein Wort.

Zoe war die Erste, die unser Schweigen brach.

»Ich habe mir Gedanken gemacht, und vielleicht habe ich eine Idee, woher du das Geld bekommen könntest.«

Überrascht sah ich sie an.

»Welche?«, fragte ich und schöpfte zum ersten Mal seit Tagen ein wenig Hoffnung.

Gedankenversunken zupfte ich an den Fransen der Kuscheldecke, die auf meinem Bett lag.

»Ich glaube nicht, dass ich das kann«, sagte ich beklommen, nachdem ich mir Zoes Vorschlag angehört hatte.

Sie zuckte mit den Schultern.

»Ich wünschte, ich könnte dir einfach das Geld geben. Aber leider reichen meine Ersparnisse dafür nicht aus. Der Job als Escort Girl ist nicht so schlecht, wie du vielleicht glaubst, und er bringt vor allem richtig gut was ein.«

Ich zögerte, doch dann sagte ich geradeheraus, was ich dachte, auch auf die Gefahr hin, Zoes Gefühle zu verletzen, obwohl das natürlich das Letzte war, was ich wollte.

»Was kann an einem Job gut sein, in dem ich für Geld mit fremden Männern schlafen muss?«

»Sex gehört nicht immer dazu.«

Mit hochgezogenen Augenbrauen schaute ich Zoe an. Konnte das wirklich wahr sein?

»Ja klar! Und mit wie vielen Typen gehst du einfach nur aus, um nett zu plaudern?«

Ich war skeptisch. Welcher Mann war schon gewillt, ein kleines Vermögen für eine harmlose Unterhaltung auszugeben?

Zoe schaute mich ernst an. Scheinbar überlegte sie, welche brisanten Geheimnisse sie mir anvertrauen konnte. Denn über ihren Job als Escort Girl erzählte sie sonst nie besonders viel, obwohl ich hin und wieder tatsächlich neugierig gewesen war.

»Das kommt tatsächlich vor. Du weißt, dass ich nur deshalb ganz selten davon erzähle, weil Lorraine sehr viel Wert auf Verschwiegenheit legt. Aber es gibt tatsächlich Männer, die sich einfach nur nett unterhalten wollen. Wie weit du nach einem gemeinsamen Abend gehst, hängt ganz von dir ab. Es ist deine Entscheidung.«

Alles in mir sträubte sich, zuzustimmen. Ich wollte es nicht tun. Aber noch weniger wollte ich Grandma in einem Pflegeheim besuchen. Dafür musste ich aber unbedingt ihr Haus umbauen. Darüber hinaus würde ich gerne eine Vollzeitpflegekraft einstellen, und wir brauchten auch einen guten Physiotherapeuten.

»Erzähl mir noch mehr Positives über deinen Job«, bat ich Zoe. »Dann fällt mir die Entscheidung hoffentlich leichter.«

»Sei bitte nicht böse auf mich, aber ich habe Lorraine ein Foto von dir gezeigt und ihr auch von deiner Grandma erzählt. Sie hat angeboten, dir eine größere Summe vorzuschießen, wenn du bei ihr in der Agentur einsteigst. Natürlich stünde dir auch ein monatliches Budget für Kleidung und Kosmetiktermine zur Verfügung. Und du darfst so einen schicken Firmenwagen fahren wie ich. Lorraine ist Geschäftsfrau durch und durch, aber sie hat auch ein echt weiches Herz, deshalb hat sie angeboten, dir zu helfen.«

Ich schaute Zoe an und konnte nicht verhindern, dass mir Tränen in die Augen stiegen. Zoe zog mich an sich und drückte mich fest.

»Wenn du Interesse daran hast, würde sich Lorraine gerne persönlich mit dir unterhalten, und Audrey, eines musst du noch wissen. Wenn es dir zu viel wird, hast du immer die Möglichkeit, wieder zu kündigen.«

Ich ließ Zoe los und wischte mir die Tränen ab. So wie es momentan schien, war das die einzige Möglichkeit, legal schnell an eine große Summe Geld zu kommen.

»Ruf Lorraine an«, sagte ich mit spröder Stimme. »Ich mache es!«

Mein Herz klopfte zum Zerspringen, als ich daran dachte, was nun auf mich zukommen würde. Doch für Grandma würde ich alles tun. Genauso, wie sie für mich schon immer alles möglich gemacht hatte. Wäre sie nicht bereit gewesen, nach dem plötzlichen Unfalltod meiner Eltern die Vormundschaft für mich zu übernehmen, wäre ich wohl im Kleinkindalter bereits ins Heim und später vielleicht in eine Pflegefamilie gekommen. Grandma hatte mich gerettet, und ich fühlte mich, als könnte ich jetzt sie retten, denn ich wusste nur zu gut, dass sie den Gedanken, auf Pflege angewiesen zu sein, nur schwer ertragen konnte. Vor ihrem Schlaganfall war sie so vital gewesen. Ihre 74 Jahre hatte man ihr weder angesehen noch angemerkt. Ab jetzt möglicherweise für immer auf ganztägige Betreuung angewiesen zu sein traf sie hart genug. Ich würde sie nicht abschieben, egal, was ich dafür in Kauf nehmen musste. Dafür liebte ich sie viel zu sehr. Grandma war meine Familie und neben Zoe der einzige sichere Halt und die einzige Konstante, auf die ich mich immer verlassen konnte.

»Eins musst du mir aber hoch und heilig versprechen«, bat ich Zoe und blickte ihr fest in die Augen.

»Das wäre?«

»Du darfst Grandma niemals erzählen, woher der plötzliche Geldsegen kommt. Das musst du für dich behalten, und zwar unter allen Umständen.«

Zoe zögerte kurz.

»Wenn du es verlangst, rede ich natürlich mit keiner Menschenseele darüber. Aber was willst du ihr erzählen?«

»Mach dir darüber keine Sorgen. Wenn es so weit ist, überlege ich mir etwas.«

Zoe zögerte kurz, dann fragte sie: »Glaubst du, deine Großmutter wäre enttäuscht von dir?«

Ich schüttelte den Kopf. Denn eines wusste ich mit hundertprozentiger Sicherheit, Grandma liebte mich so sehr, sie wäre niemals von mir enttäuscht, egal, was ich tat.

»Sie würde sich nur Vorwürfe machen, weil ich es ihr zuliebe tue. Es ist besser, sie weiß nichts davon. Glaub mir.«

Zoe nickte.

»Hab's kapiert. Ich werde es für mich behalten. Versprochen!«

»Danke«, flüsterte ich und war bereit, mich dieser neuen Herausforderung in meinem Leben zu stellen, auch wenn ich Angst davor hatte.

Heute

Robs Stimme riss mich aus meinen Gedanken.

»Wollen Sie den Job jetzt?«, hakte er noch einmal nach und schien langsam die Geduld zu verlieren.

»Ja, ich will ihn«, antwortete ich entschlossen und war über meine Antwort selbst überrascht. Wie es schien, hatte ich spontan entschieden, dass es Zeit für einen Richtungswechsel war.

Ein verschmitztes Lächeln ließ sein Gesicht erstrahlen und berührte mein Herz, als er mir die Hand entgegenstreckte.

»Dann freue ich mich auf unsere zukünftige Zusammenarbeit.«

Seine Augen funkelten geheimnisvoll, als er sich noch einmal korrekt vorstellte.

»Ich bin Rob Masters. Verraten Sie mir jetzt auch endlich Ihren Namen?«

Ich lächelte ebenfalls, als ich seine Hand ergriff. Er hatte einen angenehmen kräftigen Händedruck.

»Audrey Bartlett.«

»Audrey«, wiederholte er und schaute mich eindringlich an. Die Art, wie er meinen Namen aussprach, ließ mich augenblicklich dahinschmelzen und jagte wohlige Schauer über meine Haut.

»Ein wirklich schöner Name. Er passt sehr gut zu Ihnen.«

Ich verstärkte mein Lächeln, und meine Wangen färbten sich rot.

»Meine Mutter war ein Fan von Audrey Hepburn«, klärte ich Rob auf.

Rob nickte mir zu, und als Franklyn sanft gegen sein Hosenbein stieß, beugte er sich zu seinem Hund hinab, um ihn liebevoll hinter den Ohren zu kraulen.

»Bin bald wieder da, mein Großer«, hörte ich ihn leise murmeln.

Franklyn genoss die Streicheleinheiten sichtlich und tapste dann zurück zu seiner Hundedecke, drehte sich einmal um die eigene Achse und legte sich geräuschvoll hin. Mit dem Kopf auf den Pfoten, begann er zu dösen.

Rob betrachtete ihn nachdenklich. Der sorgenvolle Ausdruck war in sein Gesicht zurückgekehrt.

»Stimmt etwas nicht?«, fragte ich vorsichtig.

Rob wandte mir wieder seine Aufmerksamkeit zu. Dann fragte er: »Wussten Sie, dass Doggen nur eine Lebenserwartung von sechs bis acht Jahren haben?«

Ich schüttelte den Kopf.

»Nein, das wusste ich nicht.«

»Franklyn ist jetzt sieben, und man merkt ihm sein Alter merklich an. Er ist längst nicht mehr so aktiv wie früher. Bei unseren Spaziergängen schafft er nur noch die halben Strecken. Ich tue alles, um ihn bei bester Gesundheit zu halten, aber ich mache mir auch nichts vor. Früher oder später wird er sterben.«

Ein tieftrauriger Ausdruck huschte über Robs Gesicht, und ich verspürte den urplötzlichen Drang, ihn zu umarmen und zu trösten. Aber natürlich hielt ich mich zurück.

»Franklyn bedeutet Ihnen wirklich eine Menge«, stellte ich fest.

»Er war ein Geschenk meines Großvaters«, war das Einzige, was er dazu sagte.

Dann räusperte er sich.

»Ich muss jetzt leider wirklich los. Ich hoffe, wir sehen uns Montag früh, Ms Bartlett! Vielleicht gegen sieben? Dann besprechen wir alles Weitere.«

»Ich werde da sein«, versprach ich.

Ein bisschen benommen blieb ich im Türrahmen stehen und schaute ihm nach, wie er die Stufen nach unten eilte und die Straße überquerte. Die Lichter seines schwarzen Range Rover blinkten auf, und gleich darauf stieg Rob ein und warf die Tür hinter sich zu.

Er startete den Wagen, und bevor er davonfuhr, warf er mir noch einen letzten unergründlichen Blick zu.

Mit laut klopfendem Herzen stand ich auf den Eingangsstufen seines Hauses. Was war hier eigentlich gerade passiert?

Robs Rover war gerade außer Sichtweite, als ein orangefarbener Kleinwagen mit überdimensionalem Logo vorfuhr und direkt vor Robs Haus anhielt.

Mein Blick heftete sich auf den *Clean & Cleaner* Schriftzug und den Slogan: »Wenn es schmutzig ist und stinkt, rufen Sie *Clean & Cleaner*, damit alles wieder blinkt.«

Ich verkniff mir ein Lachen, und kurz darauf erklomm eine Frau mittleren Alters energisch die Stufen zu Robs Haus. Passend zu ihrem Wagen trug sie ein orangefarbenes Shirt mit demselben Aufdruck.

Freudestrahlend streckte sie mir die Hand entgegen und ich erwiderte ihren Händedruck.

»Bitte verzeihen Sie, dass ich zu spät komme. Aber der Verkehr um diese Uhrzeit war wirklich die Hölle«, gurrte sie und lächelte entschuldigend.

Ich schaffte es nicht, zu Wort zu kommen, denn die Frau plapperte ohne Unterlass weiter.

»Sie müssen Ms Masters sein. Ich bin Heather Waters, und ich freue mich, für Sie zu arbeiten. Wenn Sie mögen, zeigen Sie mir doch die Räumlichkeiten, damit ich mir schon ein Bild machen kann, und dann freue ich mich natürlich, Franklyn kennenzulernen. Doggen sind ja so liebevolle und treue Hunde.«

Fast tat es mir leid, sie zu enttäuschen. Aber dann blickte ich Heather ernst an und sagte so freundlich wie möglich: »Es tut mir sehr leid. Aber Sie sind leider zu spät. Der Job ist bereits anderweitig vergeben.«

Ihre Schultern sackten nach unten, und ich bekam augenblicklich ein schlechtes Gewissen. Der Job hätte ihr zugestanden.

Entschuldigend fügte ich hinzu und übernahm kurzerhand die Rolle der Hausherrin: »Aber sollten wir jemals auf der Suche nach einer neuen Haushälterin sein, denken wir sofort an Sie. Versprochen!«

Heather nickte und lächelte dabei angestrengt.

»Dann gehe ich jetzt mal lieber«, presste sie zwischen zusammengebissenen Zähnen hervor und stapfte nach einer knappen Verabschiedung zurück zu ihrem orangefarbenen Untersatz. Sie war eindeutig sauer, wäre ich auch, wenn ich in so einem Auto in der Rushhour durch London gondeln müsste, nur um eine Abfuhr zu kassieren.

Kapitel 2

Rob

Ich warf die Tür meines Rover zu, überquerte die Straße und stieg die drei Granitstufen zum Eingang hinauf. Unsere Kanzlei befand sich im vierten Stock eines monströsen Bürogebäudes mitten in der Londoner City.

Ich eilte Richtung Fahrstühle, und jedes Mal, wenn ich darauf wartete, dass sich die glänzenden Edelstahltüren mit einem leisen Pling öffneten, betrachtete ich voller Stolz das große Messingschild, das ankündigte, dass die Kanzlei *Masters and Evans* im vierten Stock zu finden war.

Johns und meinen Namen auf der Tafel zu lesen bedeutete mir mehr als alles andere. Denn es hieß, dass unser Studium und die harte Arbeit, die wir investiert hatten, nicht umsonst gewesen waren. Und es bedeutete noch etwas: Zum größten Verdruss meines Stiefvaters hatte ich es geschafft, aus seinem gigantischen Schatten zu treten.

Als sich die Chance ergab, eine eigene Kanzlei in London zu eröffnen, zögerte ich nicht lange und beschloss, mein Glück zu versuchen. Auch bei der Wahl meines Partners musste ich nicht groß überlegen. Der Erste, der mir in den

Sinn kam, war John. Nicht nur, weil er einer der besten Anwälte für Firmenrecht war, sondern auch, weil wir die besten Freunde waren.

Es tat gut, aus der Kanzlei meines Stiefvaters rauszukommen und Abstand von meiner Familie zu kriegen. Die Scheidung von Gwen war hart genug, denn sie ließ wirklich nichts unversucht, um mich zu stressen. Dabei ständig unter der Fuchtel meines Stiefvaters zu stehen hatte gewaltig genervt.

John und ich waren aus demselben Holz geschnitzt. Wir verfolgten jetzt beide dasselbe Ziel. Mit der Kanzlei durchstarten und uns einen Namen machen. Allerdings musste ich zähneknirschend zugeben, dass wir viele Kontakte meinem in der Branche angesehenen Nachnamen verdankten.

Doch mittlerweile hatten wir uns den Erfolg zu Recht verdient. Denn wer schon einmal mit meinem Stiefvater zusammengearbeitet hatte, bevorzugte früher oder später meist den Junior, und das wiederum stieß meinem Stiefvater sauer auf, um es milde auszudrücken. Noch mehr brachte ihn die Tatsache auf die Palme, dass es viele seiner Klienten doch tatsächlich gewagt hatten, seiner angesehenen Kanzlei den Rücken zu kehren und stattdessen uns ihr ganzes Vertrauen zu schenken.

Die Fahrstuhltüren glitten auseinander, und ich stieg mit einem zufriedenen Grinsen ein, um nach oben zu fahren.

Am Empfang lächelte mich Barbara freundlich an.

»Endlich sind Sie wieder da. Mr Evans wartet schon auf Sie!«

Bei dem Gedanken an einen wartenden John musste ich schmunzeln. Er war absoluter Perfektionist und konnte Unpünktlichkeit auf den Tod nicht ausstehen.

»Bin ich etwa wirklich zu spät gekommen?«, fragte ich mit Unschuldsmiene, und Barbara schüttelte umgehend den Kopf, so dass ihr blonder Pferdeschwanz hin und her schwang.

»Nein. Die Besprechung würde doch nicht ohne Sie anfangen.«

»Na, das hoffe ich«, gab ich augenzwinkernd zurück, und Barbaras Wangen färbten sich daraufhin rosa.

»Alle haben sich schon im Konferenzraum eingefunden und warten nun sehnsüchtig auf Ihre Ankunft«, fügte sie leicht verlegen hinzu.

Lächelnd nickte ich, wünschte Barbara noch einen schönen Tag und ging eilig weiter. Wenn unsere interne Besprechung vorbei war, hatte sie längst Feierabend.

Als ich kurz darauf die Glastüren zum Konferenzraum aufstieß, hatten bereits alle Mitarbeiter um einen großen Tisch Platz genommen. John thronte am Kopfende, und Kevin Monroe, ein untersetzter Kerl mit Brille, der es in den wenigen Wochen, die er für unsere Kanzlei arbeitete, geschafft hatte, sich unentbehrlich zu machen, bereitete gerade seine Präsentation vor.

Nach einer knappen Begrüßung setzte ich mich neben John auf einen freien Stuhl, und Monroe legte mit seiner Präsentation los. Die Firma, um die es dabei ging, plante eine Fusion, und wir als Kanzlei würden dafür sorgen, dass der Deal reibungslos und rechtlich einwandfrei über die Bühne ging. Leider befand sich das Management jener Firma momentan im Clinch mit Gewerkschaft und Betriebsrat. Denn durch den geplanten Zusammenschluss drohte der Wegfall von Arbeitsplätzen, und diese Diskrepanzen galt es nun, schleunigst auszuräumen, und zwar so, dass alle Parteien zufrieden waren und es rechtlich keine Ungereimtheiten gab.

Dieses Mal schaffte ich es leider nicht, mich hundertprozentig auf die Besprechung zu konzentrieren, weil mir das Treffen mit einer gewissen Brünetten einfach nicht aus dem Kopf gehen wollte.

Unbeabsichtigt drifteten meine Gedanken zu unserem Gespräch zurück. Ihr verführerischer Gesichtsausdruck, als sie neben mir auf der Couch gesessen hatte, ließ mich nicht los, und der laszive Blick, als ihre Hand ganz langsam von meinem Knie nach oben gewandert war, brachte mich nach wie vor ins Schwitzen. Ich war kurz davor gewesen, mich auf sie zu stürzen und sie in die Kissen zu drücken. Sie hatte das Verlangen in mir wachgerufen, mich über sie zu beugen und eine Spur aus Küssen von ihrem Ohr über ihren schlanken Hals bis hinunter zu ihrem tiefen Ausschnitt und der zarten Haut, die er zeigte, zu ziehen. Das Bedürfnis, sie zu berühren, hatte mich fast umgehauen, und dem zu widerstehen war die härteste Herausforderung seit langem gewesen.

»Okay, Leute. Ich denke, das war es dann, danke, dass ihr euren wohlverdienten Feierabend geopfert habt.«

Johns Worte holten mich in die Gegenwart zurück, und ich verbannte den Gedanken an eine halbnackte Audrey, die stöhnend auf meiner Couch lag, in den hintersten Winkel meines Kopfes.

Stattdessen beobachtete ich, wie einer nach dem anderen den Raum verließ, um nach Hause zu fahren und stellte schockiert fest, dass ich von der Besprechung so gut wie nichts mitbekommen hatte.

Ich sah zu John auf, der an der offenen Tür stand und mich eingehend musterte.

»Hast du auch nur ein einziges Wort von dieser Unterhaltung gehört?«

Schuldbewusst schob ich die Papiere zusammen, die auf meinem Platz lagen und stopfte alles in meine braune Aktenmappe.

»Aber sicher doch.«

Zum Beruf eines Anwalts gehörte auch das Talent, in schwierigen und unvorhersehbaren Situationen zu improvisieren. Leider ließ mich dieses Talent nun scheinbar im Stich.

»Dein Pokerface in allen Ehren. Aber heute hast du es scheinbar zu Hause vergessen. Denn ich glaube dir kein Wort.«

John konnte ich nichts vormachen. Wir kannten uns einfach zu lange.

»Zu Hause? Im Moment lebe ich auf deiner Couch.«

John grinste.

»Ist mir nicht entgangen. Dein Hund macht mir übrigens weniger Probleme als du. Er hindert mich wenigstens nicht daran, Frauen mit nach Hause zu bringen.«

Johns Augen funkelten belustigt.

Energisch schob ich den Stuhl zurück, stand auf und klemmte mir die Aktenmappe unter den Arm. Mit John an meiner Seite machte ich mich auf den Weg in mein Büro.

»Du scheinst heute wieder besonders gut aufgelegt zu sein«, gab ich mit einem Hauch Sarkasmus in der Stimme zurück.

»Immer doch. Aber mal ernsthaft, so verdammt neben der Spur erlebe ich dich eigentlich sonst nur, wenn dir deine Exfrau wieder mal das Leben schwermacht. Hat sie dir die Stimmung verhagelt?«

»Noch sind wir leider nicht geschieden. Aber Gwen ist nicht der Grund.«

»Wenn sie es nicht ist, kann es eigentlich nur dein Stiefvater gewesen sein.«

John entlockte mir mit seinen Thesen ein Lachen.

Traurig, aber wahr, meist lag er mit seinen Vermutungen richtig. Doch diesmal nicht.

»Bald hast du dein Apartment wieder für dich.«

Ich schloss die Tür hinter uns und ging zu meinem Schreibtisch, wo ich mich in den großen Ledersessel sinken ließ. John machte es sich auf der dunklen Couch vor dem großen bodentiefen Panoramafenster gemütlich.

Mit leicht erhobenen Augenbrauen scherzte er.

»Warum? Sag bloß, du hast es endlich geschafft, jemandem die ehrwürdige Aufgabe, deinen Haushalt zu schmeißen, aufzuhalsen?«

»Ich bin eben wählerisch in Bezug auf die Person, die sich durch meine Umzugskisten wühlen darf. Schließlich ist das alles sehr persönlich.«

John nickte. »Ja, schon klar. Und wer ist jetzt der oder die Glückliche?«

»Ihr Name ist Audrey.«

Johns Augenbrauen schossen interessiert in die Höhe, ein anzügliches Grinsen erhellte seine Gesichtszüge.

»Bitte enttäusch mich jetzt nicht, sondern bestätige mir, dass dieser Name hält, was er verspricht.«

Einen Moment zögerte ich und überlegte, wie viel ich ihm erzählen sollte. Meine Gedanken kehrten erneut zu Audrey zurück, als sie mit leicht geöffneten Lippen vor mir gesessen und zu mir aufgeschaut hatte. Ich konnte kaum meinen Blick von ihren vollen roten Lippen losreißen, und nicht nur einmal wäre meine Phantasie beinahe mit mir durchgegangen, als sie näher und näher gerutscht war. Meine ganze Willenskraft war nötig gewesen, um dem plötzlichen Bedürfnis, sie an mich zu ziehen und zu küssen, nicht nachzugeben. Audrey hatte heftig mit mir geflirtet, ich mochte etwas eingerostet sein, aber bemerkt hatte ich es trotzdem.

Ich besann mich auf Johns Frage und räusperte mich. Mit belegter Stimme sagte ich: »Audrey ist tatsächlich sehr süß. Ob du es glaubst oder nicht, sie hat mit mir geflirtet.«

Ein beträchtlicher Anflug von Stolz schwang in meiner Stimme mit.

John riss neugierig die Augen auf und stieß einen leisen Pfiff aus. Lachend verdrehte ich die Augen. Er war einfach unmöglich. Bei dem Gedanken an Audrey wurde mir erneut ziemlich warm, und ich lockerte meinen Krawattenknoten.

»Die Kleine scheint dich ins Schwitzen zu bringen! Ich bin gespannt auf Einzelheiten«, sagte John und machte es sich auf meiner Couch ein bisschen gemütlicher.

Aber ich schüttelte feixend den Kopf.

»Es gibt nicht mehr zu sagen, als dass sie jetzt für mich arbeitet«, gab ich zurück und hielt meine Antwort mit Absicht sehr vage.

»Du kannst einem wirklich den Spaß verderben. Wirst du auf ihren kleinen Flirt einsteigen?«, bohrte er nach, und ich begriff zu meinem größten Leidwesen, dass John das Thema nicht so schnell fallen lassen würde.

»Nein, mit Sicherheit nicht.«

Ich suchte nach den richtigen Worten.

»Bei unserem Gespräch bekam ich den Eindruck, dass sie locker, ein bisschen neben der Spur vielleicht, aber im Grunde völlig unkompliziert ist, und das erhoffe ich mir auch von unserer Zusammenarbeit. Ein Flirt würde das nur zerstören.«

John schnaubte.

»Dann wäre Audrey tatsächlich die erste unkomplizierte Frau in deinem Leben.«

Ich konnte mir bei der Anspielung auf Gwen ein Lachen nicht verkneifen.

»Eben. Deshalb habe ich auch nicht vor, auf Audreys Flirt einzusteigen. An weiteren Schwierigkeiten habe ich keinen Bedarf, denn glaub mir, mein Stiefvater und Gwen halten mich diesbezüglich genug auf Trab.«

»Wem sagst du das«, stimmte John zu. »Aber mal ernsthaft. Von nun an arbeitet eine absolut heiße Frau für dich, die du fast täglich zu Gesicht bekommen wirst und die zu allem Überfluss auch noch an dir interessiert zu sein scheint. Manchmal beneide ich dich um dein Glück!«

»Glück?« Ich lachte freudlos auf. »Ich schlafe seit Wochen auf deiner Couch und habe ein Haus an der Backe, bei dessen Einrichtung man meinen könnte, mitten im Bates-Motel zu stehen. Außerdem mache ich gerade die gefühlt hässlichste Scheidung seit Menschengedenken durch, während mein Stiefvater jede Gelegenheit wahrnimmt, meine Unzulänglichkeit zu demonstrieren. Und du redest von Glück?«

John seufzte.

»Sorry. Wenn man es von der Seite betrachtet, hast du wohl recht. Umso mehr solltest du dir ein bisschen Spaß gönnen, und genau das scheint dir diese Audrey in Aussicht zu stellen, nicht nur ein blitzsauberes Haus, sondern eben auch unverbindlichen Spaß.«

Obwohl ich es kaum für möglich hielt, grinste John noch ein bisschen breiter.

»Seit der Trennung von Gwen stürzt du dich wie ein Verrückter in deinen Job. Es wird Zeit, dich auch mal etwas anderem zu widmen als ausschließlich der Kanzlei. Ich empfehle dir zuzugreifen. Denn du machst den Eindruck, als könntest du die Art von Vergnügen und Ablenkung wirklich gut gebrauchen.«

Ich seufzte resigniert auf.

»Wirst du mich weiter mit guten Ratschlägen versorgen, auch wenn ich dich nicht darum bitte?«

John ließ sich nicht aus der Ruhe bringen. In der Kategorie blöde Sprüche klopfen war er preisverdächtig.

»Wozu hat man denn schließlich einen besten Freund?«

»Frag ich mich auch manchmal«, sagte ich locker und fügte dann ein bisschen ernster hinzu: »Abschalten und Spaß haben ist leichter gesagt als getan.«

Ich besprach mit John eine ganze Menge. Aber letztendlich war ich schon immer der Typ gewesen, der Probleme lieber mit sich selbst ausmachte. Deshalb hatte John leider auch nicht die leiseste Ahnung, in welchem Chaos ich momentan steckte. Gwen schien wirklich jede Gelegenheit zu nutzen, um mich in den Wahnsinn zu treiben. Zuerst zögerte sie die Rücksendung der Scheidungspapiere an das zuständige Gericht bis zum bitteren Ende hinaus. Und mittlerweile tyrannisierte sie mich mit Anrufen, in denen sie mir immer neue Forderungen bezüglich ihres Unterhalts stellte. Sie schien sich fest vorgenommen zu haben, mich finanziell zu ruinieren. Dabei ging die Trennung auf ihre Kappe. Schließlich war nicht ich derjenige gewesen, der im gemeinsamen Ehebett mit dem Kollegen geschlafen hatte und sich blöderweise auch noch dabei erwischen lassen hatte.

Leise seufzend schob ich den Gedanken an Gwen und unsere kaputte Ehe beiseite. Während unserer Beziehung hatte sie mir mit Vorliebe den Schwarzen Peter zugeschoben. Weshalb sollte es heute anders sein? Schließlich hatte ich sie in die Arme eines anderen getrieben, wie sie mich bei jeder sich bietenden Gelegenheit wissen ließ. Dabei hatte ich sie einmal so geliebt, dass ich für sie durchs Feuer gegangen wäre. Aber diese Zeiten waren glücklicherweise vorbei, und zwar für immer. Ich wusste es, Gwen wusste es. Nur mein Stiefvater wollte es nicht kapieren. Also nervte nicht nur meine Fast-Exfrau mit ihren Anrufen, sondern auch mein alter Herr.

»Das Thema ist hiermit beendet«, sagte ich mit fester Stimme, die keine Widerworte duldete.

John stand von seinem Platz auf der Couch auf und zuckte die Schultern.

»Meinetwegen.«

Dann lächelte er, und ich wusste, auf John war Verlass. Er schaffte es immer, mich aufzubauen.

»Aber wenn du wieder einmal einen gigantisch guten Ratschlag willst, dann wende dich vertrauensvoll an mich.«

Ich rollte lachend mit den Augen.

»Keine Sorge, so weit wird's nicht kommen. Und jetzt zurück zum Geschäftlichen. Sobald alle Parteien sich angenähert haben, sollen sie uns die Ergebnisse mitteilen, dann setzen wir die neuen Verträge auf und schicken sie zur Prüfung raus.«

John, jetzt wieder ganz der talentierte, junge Firmenanwalt im Maßanzug, nickte lediglich.

»Alles schon veranlasst. Bei der nächsten Besprechung solltest du lieber besser zuhören!«, empfahl er mir.

Jedem anderen hätte ich für diesen Kommentar den Kopf abgerissen. Doch mit Johns Sprüchen kam ich gut klar. Wir waren Freunde, und zwar die besten. Daran gab es nichts zu rütteln.

»Danke für den Tipp. Ich merke es mir für nächstes Mal.«

John grinste, dann verließ er nickend mein Büro, und ich wandte mich den Unterlagen auf meinem Tisch zu.

Audrey

Nervös tigerte ich durch unser Apartment. Zum vierten Mal wählte ich jetzt schon Zoes Nummer, aber nie bekam ich sie an die Strippe. Jedes Mal erwischte ich nur die Mailbox. Bald würde Zoe wieder nach Hause kommen, doch so lange konnte ich mit meinen Neuigkeiten nicht warten, zumal ich nicht wusste, was ich in Bezug auf Lorraine unternehmen sollte.

Mein Herz blieb fast stehen, als das Telefon in meiner Hand plötzlich klingelte. Zögerlich schaute ich aufs Display und atmete erleichtert auf. Das Schicksal gewährte mir Aufschub, ich hatte den erwarteten Anruf von Lorraine befürchtet. Aber es war Zoe, die endlich zurückrief.

»Ich stecke bis zum Hals in Schwierigkeiten«, platzte ich ohne jegliche Vorwarnung heraus, nachdem ich das Gespräch angenommen hatte und sparte mir mit diesen Worten jede Begrüßung.

»Hey, Zoe. Ich freue mich ja so, von dir zu hören. Wie läuft dein Urlaub? Danke der Nachfrage. Hier ist es wunderbar. Das Hotel, der Pool, das Essen, alles vom Feinsten. Ich wünschte, du als meine beste Freundin könntest das alles mit mir gemeinsam genießen«, flötete Zoe als Begrüßung ins Telefon und entlockte mir mit ihrem Sarkasmus ein frustriertes Stöhnen. Ich hörte sie lachen, als sie hinzufügte. »So, oder so ähnlich hätte ich mir den Beginn unserer Unterhaltung vorgestellt. Stattdessen bekomme ich nur ein schnödes ›Ich stecke in Schwierigkeiten‹. Wann tust du das bitte schön nicht?«, fügte sie kichernd hinzu und verkannte völlig den Ernst der Lage.

»Okay, scheinbar hältst du dich heute für besonders witzig, und ich lache dann ein anderes Mal darüber.«

»Ach komm schon, Audrey! Du weißt doch, dass ich nur Spaß gemacht habe. Wieder Freunde?«

Ich zögerte kurz. Nicht, weil ich über die Antwort nachdenken musste, sondern nur, um Zoe ein bisschen schmoren zu lassen.

»Klar«, gab ich dann aber schnell zurück, und Zoe atmete erleichtert auf.

»Erzähl schon! Wie hast du es geschafft, so schnell Probleme zu bekommen? Ich bin erst seit vorgestern weg!«

Ich atmete tief durch. Dann erzählte ich Zoe, was sich zugetragen hatte. Ich berichtete ihr von Rob, unserem verrückten Zusammentreffen, der Verwechslung und natürlich von dem Jobangebot, das ich spontan angenommen hatte. Dass Rob außerdem unglaublich heiß und gefährlich sexy war, ließ ich vorerst unerwähnt. Darüber konnte ich mich noch genug auslassen, wenn Zoe wieder zu Hause war.

»Du steckst tatsächlich in der Klemme«, gestand Zoe nach einer Pause ein.

»Ich überlege, den Job als Escort Girl zu kündigen«, platzte ich heraus.

Zoe schwieg, dann sagte sie: »Was ist mit dem vielen Geld, das du Lorraine noch immer schuldest?«

Ich seufzte auf. Diesen Gedanken hatte ich bis jetzt erfolgreich verdrängt.

»Ich zahle ihr das Geld weiter in Raten zurück. Schließlich bezahlt Rob fast genauso gut.«

»Was tust du, wenn sie die komplette Summe zurückfordert?«

Frustriert stöhnte ich auf.

»Deine Aufgabe ist eigentlich, mir Mut zu machen!«

»Das möchte ich doch auch. Ich meine nur, dass du genau überlegen solltest, wie es jetzt weitergeht und keine voreiligen Entscheidungen triffst, die du dann später vielleicht bereuen könntest.«

»Zu kündigen bereue ich bestimmt nicht! An manchen Tagen kann ich mich kaum im Spiegel anschauen. Zoe, ich will den Job einfach nicht mehr machen! Kannst du das denn kein bisschen verstehen?«

»Sicher, ich verstehe schon. Dann sag mal, ist die Arbeit bei Rob denn dauerhaft? Was steht in deinem Arbeitsvertrag?«

Ich schwieg, schließlich hatte ich noch keine Ahnung.

»Audrey, du verheimlichst mir doch etwas!«

Zähneknirschend gab ich zu: »Wir hatten noch keine Gelegenheit, darüber zu sprechen.«

»Oh«, gab Zoe zurück.

»Ich weiß, was du denkst!«, entgegnete ich, bevor Zoe weitersprechen konnte. »Aber Rob scheint wirklich nett zu sein. Er ist wahrscheinlich Single, und er macht den Eindruck, als wäre er momentan ein bisschen durch den Wind. Als könnte er jemanden brauchen, der ihn bei allem Möglichen unterstützt. Und ich bin mir ziemlich sicher, dass die Stelle eher längerfristig ist.«

Zoe seufzte.

»Aber letztendlich weißt du es noch nicht genau. Und was

passiert, wenn er plötzlich mal kein Single mehr ist und seine neue Freundin der Meinung, eine Haushälterin zu beschäftigen sei völlig unnötig? Ich empfehle dir, mit der Kündigung bei Lorraine zu warten. Denn anders als bei Rob ist dir ein Einkommen in ihrer Agentur sicher. Warte einfach noch, bis du mehr über deinen neuen Job weißt«, beschwor sie mich, und ich sah wohl oder übel ein, dass Zoe mal wieder recht hatte.

»Na gut«, gab ich widerwillig zurück und fügte sicherheitshalber hinzu: »Aber nur bis Montag, dann habe ich nämlich meinen ersten Arbeitstag und endlich Zeit, um mit Rob alles Weitere zu besprechen.«

Zoe schwieg abermals.

»Was passt dir daran nicht?«, fragte ich ungehalten.

»Ich würde den Job bei Lorraine einfach nicht so schnell aufgeben. Wer weiß, ob du überhaupt mit Robs Haushalt und seinem Hund klarkommst.«

»Was kann daran so schwierig sein?«, gab ich patzig zurück, und doch musste ich einsehen, dass Zoe gar nicht so falschlag. Im Moment gab es noch zu viele Unklarheiten bezüglich meines neuen Arbeitgebers.

»Wie soll ich deiner Meinung nach Lorraine erklären, dass ich im Moment keine Dates annehme?«

Zoe überlegte kurz.

»Du bist krank! Die Grippe hat dich plötzlich erwischt, und deshalb konntest du auch dein Date mit diesem Hastings nicht wahrnehmen.«

»Und das soll funktionieren? Lorraine ist nicht blöd! Was glaubst du denn, wie lange ich damit durchkomme?«

»Zumindest für ein, zwei, mit sehr viel Glück, vielleicht drei Wochen. Bis dahin hast du rausgefunden, ob du mit dem neuen Job klarkommst, und dann kannst du immer noch kündigen.«

Ich dachte über Zoes Worte nach, und letztendlich war die Idee vielleicht gar nicht so schlecht. Allerdings bezweifelte ich ernsthaft, dass es funktionierte. Wenn ich an den Anruf von Lorraine dachte, der unweigerlich kommen würde, war mir höchst unbehaglich zumute.

»Okay, überredet. Ich sollte mich bei Lorraine melden. Wieso auf ihren Anruf warten, wenn ich es auch gleich hinter mich bringen kann?«

»Ist wohl am besten. Erzähl mir später bitte, wie es gelaufen ist«, bat Zoe abschließend.

»Mach ich«, versprach ich. Bevor ich auflegen konnte, ermahnte mich Zoe eindringlich: »Keine weiteren Dummheiten!«

Ich konnte mir ein Lächeln kaum verkneifen.

»Fass dich mal lieber an deine eigene Nase!«

Zoe lachte jetzt ebenfalls.

»Ich enthalte mich mal besser jeglichen Kommentars. Bis später«, flötete sie und beendete damit unser Gespräch, und wie sich gleich darauf zeigte, kam mir Lorraine am Ende doch noch zuvor.

Frustriert lag ich im Bett und starrte hinauf an die Zimmerdecke.

Das schlechte Gewissen nagte noch immer an mir. Lorraines Anruf wollte mir einfach nicht aus dem Kopf gehen. Schließlich war ich gerade dabei, ihr in den Rücken zu fallen. Ich war Zoes Rat gefolgt und hatte Lorraine wirklich eine abenteuerliche Geschichte von wegen akuter und plötzlicher Krankheit aufgetischt. Tatsächlich hatte sie die Story geschluckt. Ich sollte mich jetzt wohl besser fühlen, weil ich vorerst mit dieser Lüge durchgekommen war. Aber genau das Gegenteil war der Fall. Ich fühlte mich richtig schlecht.

Schlimm genug, dass ich Grandma anlog, nun beschwindelte ich Lorraine, der einzige Mensch, der mir vorbehaltlos geholfen hatte. An die verrückte Geschichte, die ich Rob vorspielte, wollte ich lieber gar nicht denken. Ich fühlte mich wie die hinterhältigste Person des Universums. Tränen stiegen in mir auf und rannen über meine Wangen. Ich wischte sie schnell weg und atmete tief durch. Über meine Entscheidungen nachzudenken und die Vergangenheit zu verfluchen brachte einfach nichts. Mein Handeln konnte ich nicht rückgängig machen. Aber irgendwann würde ich reinen Tisch machen und alles klarstellen, das nahm ich mir ganz fest vor. Jetzt zählte einzig und allein die Gegenwart und dass ich die Chance auf Veränderung, die mir durch Rob geboten wurde, zu meinem Vorteil nutzte, und das nahm ich mir felsenfest vor. Deshalb rief ich mir lieber die guten Fortschritte in Erinnerung, die Grandma von Monat zu Monat erzielte. Zu meinem und natürlich auch zu ihrem größten Leidwesen, würde sie vielleicht nie wieder die körperliche Leistungsfähigkeit wie vor dem Schlaganfall zurückerlangen, aber momentan ging es ihr viel besser, als die Ärzte es vor einem Jahr vorhergesagt hatten. Ihre gesundheitlichen Fortschritte waren wirklich bemerkenswert. Grandmas Sprachzentrum war viel weniger geschädigt gewesen, als zuerst angenommen. Manchmal brauchte sie lediglich ein paar Momente länger, um die richtigen Worte zu finden. Im Rollstuhl saß sie immer noch, daran konnten auch die Bewegungstherapien mit dem Physiotherapeuten nichts ändern. Doch sie kämpfte tapfer weiter, und ich hatte den Glauben an ein kleines Wunder noch längst nicht verloren.

Irgendwann würde alles wieder gut werden. Da war ich mir ganz sicher.

Ich rollte mich auf die Seite und zog die dünne Decke bis zu meinem Bauch. Als ich die Augen schloss und einschlief, dachte ich an Rob und an Montag. Mein Herzschlag beschleunigte sich, als die Erinnerung an unser Kennenlernen lebendig wurde. Ich dachte an den Moment, als er neben mir auf der Couch gesessen und fasziniert meine Hände angeschaut hatte, die langsam an seinem muskulösen Oberschenkel hinaufgeglitten waren. In seinen Augen lag eindeutig Begehren, aber dann war er plötzlich aufgesprungen, um lieber genügend Abstand zwischen uns zu bringen. Was für eine verrückte Begegnung! Was Rob wohl über mich dachte? Und was sagte eigentlich die Tatsache, dass er mir den Job noch anbot, auch nachdem ich so heftig mit ihm geflirtet hatte, über ihn aus?

Meine Gedanken spielten verrückt, und ich versuchte sie schnell zu verdrängen. Es bedeutete natürlich gar nichts, außer dass er ganz dringend jemanden brauchte, der seine Umzugskartons auspackte und seine Klamotten wusch. Ich schmiegte den Kopf ins Kissen und dämmerte langsam ein, allen guten Vorsätzen zum Trotz galt mein letzter Gedanke Rob und dem Aufblitzen von Verlangen in seinen blauen Augen, als er mich angesehen hatte.

Kapitel 3

Rob

In der Nacht von Sonntag zu Montag bekam ich kaum ein Auge zu, sondern starrte an die Decke und dachte dabei an den nächsten Morgen. Audreys erster Arbeitstag. Schließlich gab ich es auf, mich noch länger im Bett herumzuwälzen und stand bereits vor dem Morgengrauen auf, um unter die Dusche zu springen und schnell zu frühstücken.

Danach betrachtete ich wieder diesen scheußlichen Raum, den die Vorbesitzer tatsächlich Schlafzimmer genannt hatten. Sonnenstrahlen fielen durch die zugezogenen Vorhänge, die übrigens absolut grässlich aussahen. Sie waren hellbraun, mit gelben abstrakten Mustern darauf. Ich schob die Vorhänge beiseite und das Fenster nach oben. Kühle Morgenluft strömte ins Zimmer. Das würde sich spätestens am Vormittag ändern, denn der Wetterbericht hatte auch für heute hohe Temperaturen angekündigt.

Ich lehnte mich an die dunkelbraune Kommode neben dem Fenster und sah mich missmutig im Zimmer um. Mein Blick blieb am Bett hängen, das hässlichste seit Menschengedenken. Darüber hing eine gerahmte Tuschezeichnung, die eine alte knochige Frau zeigte, mit wehenden dünnen Haaren und Falten so tief wie der Grand Canyon. Sie streckte einen dürren Finger aus, als würde sie damit direkt auf mich zeigen. Ich schüttelte mich. Kein Wunder, dass ich hier drin kein Auge zutun konnte.

Immer deutlicher wurde mir bewusst, was für ein großer Fehler es gewesen war, das Haus vor dem Kauf nicht eingehend zu besichtigen, sondern mich einzig und allein auf das Gespür meines Immobilienmaklers zu verlassen. Der steif und fest behauptete, das Haus sei in Topzustand, was glücklicherweise auch stimmte. Die Inneneinrichtung hatte er damals leichthin als Schönheitsfehler bezeichnet, und ich Blödmann hatte es ihm geglaubt, obwohl ich es doch besser hätte wissen müssen. In London ein Haus zu finden war schwieriger gewesen als gedacht, vor allem, weil ich unter großem Zeitdruck gestanden hatte.

Ich zog das Handy aus der Tasche meiner Jeans und ließ mich über die Auskunft mit der Nummer einer Entrümplungsfirma verbinden. Während ich dem Freizeichen lauschte, entfernte ich das scheußliche Bild und lehnte es verkehrt herum gegen die Wand. Beim Verlassen des Zimmers gab ich Franklyn ein Handzeichen, und er folgte mir auf dem Fuße.

Gerade, als ich die Treppen nach unten ging, klingelte es an der Tür. Als ich öffnete, blickte ich in Audreys braune Augen. Wie Bernstein, schoss es mir durch den Kopf, oder flüssiges Karamell. Mein Blick glitt über ihren Körper, und ich dankte Petrus für diesen sonnigen Tag.

Sie sah anders aus als gestern, aber nicht weniger reizvoll. Ihr Dekolleté hob sich in schnellen Atemzügen unter einem schwarzen engen T-Shirt, und ihre langen gebräunten Beine steckten in kurzen Jeans. Sie trug Sandalen mit schmalen Riemchen, und über ihrer Schulter hing eine braune Ledertasche. Am Freitag waren ihre Haare in langen Wellen über Schultern und Rücken gefallen, heute trug sie die braune Mähne zu einem Pferdeschwanz gebunden. Das Lächeln, das sie mir schenkte, ließ den Boden gefährlich unter mir schwanken. Mein Mund fühlte sich trocken an, ich sollte sie hereinbitten, stattdessen starrte ich sie einfach nur an, genau wie beim letzten Mal.

»Hallo, sind Sie noch in der Leitung?«, fragte mich eine ungeduldige Stimme, und ich konzentrierte mich schnell wieder auf mein Telefonat.

»Ja, klar«, stammelte ich unwirsch und nannte meine Adresse. Nach einer knappen Verabschiedung legte ich auf und bat Audrey endlich herein.

»Werde ich Sie auch irgendwann einmal ohne Handy am Ohr antreffen?«, fragte sie lächelnd und schaute sich neugierig um.

Ich lächelte ebenfalls, ließ ihre Frage allerdings unbeantwortet. Stattdessen sagte ich: »Hier sieht es noch genauso gruselig aus wie am Freitag«, und dann machte ich die Tür zu.

Audrey wirbelte zu mir herum, und ein breites Lächeln erschien auf ihrem Gesicht. Ich fand sie so schön, dass ich allein nur durch ihr Erscheinen gute Laune bekam.

»Die Einrichtung erinnert mich ehrlich gesagt ein bisschen an eine Kulisse aus einem Hitchcock-Film.«

Mit verschränkten Armen musterte ich sie.

»An welchen denken Sie dabei?«

Audrey schien für den Bruchteil einer Sekunde zu überlegen, dann lachte sie laut auf.

»*Psycho.*«

Ich grinste.

»Das ist mir auch durch den Kopf geschossen, als ich das Haus zum ersten Mal betreten habe.«

»Wieso haben Sie es dann gekauft?«

»Fragen Sie lieber nicht. Das ist eine lange Geschichte. Zu diesem Zeitpunkt war es zu spät, den Kauf rückgängig zu machen, außerdem habe ich ganz dringend eine neue Bleibe gebraucht. Sie können diese unheimliche Kulisse gerne noch ein bisschen genießen. Allerdings habe ich gerade den Entrümplungsdienst bestellt. Die Firma wird heute noch ein paar Leute schicken und die Möbel rausräumen. Ich behalte nur ein paar Stücke. Es sind die mit den blauen Post-its drauf.«

Audrey nickte langsam, und ihr Blick folgte mir, als ich mich umdrehte und einige Unterlagen zusammensuchte.

»Gehen Sie jetzt etwa zur Arbeit? Wir wollten doch über den Job sprechen!«

Das stimmte. Leider war es so, dass ich es kaum schaffte, mich länger mit ihr in einem Raum aufzuhalten, ohne in ernstliche Versuchung zu geraten, sie zu packen und fortzusetzen, was sie letzten Freitag begonnen hatte. Mit nur einem Unterschied, dieses Mal wäre ich garantiert nicht im Stande, sie zurückzuweisen. Deshalb war es eindeutig besser, auf Abstand zu gehen. In meinem Leben herrschte momentan das reinste Chaos. Ich steckte jetzt schon bis zum Hals in Schwierigkeiten, und noch mehr konnte ich nun wirklich nicht gebrauchen. Wenn ich es geschickt anstellte, bekam ich sie morgens für ein paar Minuten zu Gesicht, und wenn ich aus der Kanzlei nach Hause kam, war Audrey mit Sicherheit schon wieder weg. Ich drückte ihr einen großen Umschlag in die Hand.

»Das hatte ich tatsächlich versprochen. Leider muss ich jetzt in die Kanzlei. Aber hier drin ist der Arbeitsvertrag, lesen Sie ihn in Ruhe, und unterschreiben Sie, wenn Sie mit allen Punkten einverstanden sind.«

Audreys Blick verschmolz mit meinem, und mein Herz begann bei ihrem Anblick zu rasen. Verflucht, war sie süß, ich würde alles dafür geben, sie nur einmal berühren zu dürfen. Ich wünschte, in meinem Leben wäre nicht alles so kompliziert, sondern ich könnte nur einmal tun und lassen, was ich wollte. Einmal ausflippen und alle Zwänge vergessen. Sie einfach an mich ziehen, die Hände in ihren Haaren vergraben, das Shirt hoch und die Shorts runterschieben. Mit Audrey schlafen, direkt hier auf dem polierten Parkettboden. Und so wie sie mich gerade ansah, hätte sie mit verflucht hoher Wahrscheinlichkeit noch nicht einmal etwas dagegen. Aber das ging nicht. Deshalb war es besser, zu verschwinden und meine überschüssige Energie, entgegen Johns Ratschlag, lieber in die Kanzlei zu investieren.

Ich strebte auf die Tür zu.

Audreys Stimme klang leicht panisch, als sie mir nachrief: »Was soll ich denn jetzt mit Ihrem Hund machen?«

Auch bei diesem Problem hatte ich glücklicherweise vorgesorgt.

»In der Küche liegt ein Zettel. Ich habe Ihnen alles aufgeschrieben und bin mir sicher, das wird ein Kinderspiel für Sie.«

Ich ignorierte Audreys Protest, öffnete stattdessen die Tür, und Wärme strömte mir entgegen. Die Luft begann sich langsam aufzuheizen, und zwar nicht nur draußen. Auch hier drinnen wurde es gefährlich heiß.

Ich hätte es nicht tun sollen, aber ich musste sie einfach

noch einmal anschauen. Audrey stand mit leicht geöffneten Lippen mitten in meinem Flur und starrte mich an. Sie hatte keine Ahnung, wie sexy sie aussah und wie gerne ich sie jetzt packen und auf den alten Tisch heben würde, um einfach mal zu testen, was der noch aushielt. Mein Blick ruhte auf ihrem sinnlichen Mund, und meine schmutzige Phantasie lief auf Hochtouren, als ich mir vorstellte, was sie mit diesen Lippen alles anzustellen vermochte.

Ich musste dringend wieder runterkommen. Eine kalte Dusche wäre jetzt genau das Richtige. Aber dafür blieb keine Zeit. Deshalb musste ich mich so in den Griff bekommen. Und das, obwohl ich mich bereits jetzt schon wahninnig zu ihr hingezogen fühlte. Mit aller Kraft versuchte ich meine Stimme kühl und abgeklärt klingen zu lassen.

»Ach, Ms Bartlett, wenn Sie bezüglich des Vertrags Fragen haben, rufen Sie mich an. Meine Nummer steht auf dem Zettel in der Küche.«

Am Telefon mit ihr zu sprechen würde ich wohl gerade noch gebacken kriegen.

»Audrey.«

»Was?«, ich blickte sie verwirrt an.

»Nennen Sie mich einfach Audrey. Wenn Sie weiterhin Ms Bartlett zu mir sagen, fühle ich mich wie Ihre Großmutter.«

Sie würde nie einfach nur Audrey sein. Dafür war sie viel zu besonders. Und das wusste ich genau, obwohl wir uns jetzt erst zum zweiten Mal begegneten. Trotzdem nickte ich. Was blieb mir auch anderes übrig? Obwohl mir ganz spontan mindestens ein Dutzend Dinge einfallen würden, wie wir diesen Tag interessanter gestalten könnten. Aber ich musste mich damit begnügen, einfach in ihrer Nähe zu sein, und auch das würde ich mir für die Zukunft so weit wie möglich verwehren.

»Also Audrey, gerade habe ich es mir anders überlegt, sollte es Fragen bezüglich des Vertrages geben, ruf lieber meinen Anwalt an. Die Telefonnummer steht ebenfalls im Vertrag.«

Audrey lächelte leicht.

»Der Anwalt hat einen Anwalt!«

Ich grinste ebenfalls.

»Witzig, ich weiß. Aber so ist es.«

Ich zögerte kurz, am liebsten hätte ich sie einfach an mich gezogen, um dem dringenden Bedürfnis nachzugeben, sie zu küssen. Was war eigentlich mit mir los?

Bevor ich nach draußen stürmte, sagte ich schnell: »Wenn du möchtest, kannst du mich Rob nennen.«

Bevor sie etwas erwidern konnte, schlug ich die Tür hinter mir zu. So weit war es also schon gekommen, ich floh aus meinem eigenen Haus. Wie jämmerlich.

Audrey

Völlig verwirrt stand ich in Robs Flur und starrte die Tür an, durch die er gerade verschwunden war. Was war das denn gerade gewesen? Lief er etwa vor mir davon? Bei diesem Gedanken musste ich lächeln. Denn eigentlich machte er eher den Eindruck, als würde er sich am liebsten auf mich stürzen. Unter seinen Blicken war mir schrecklich heiß geworden, und das lag mit Sicherheit nicht an den Sommertemperaturen, sondern war allein der Tatsache geschuldet, dass er mich nur ansehen musste, um mein Herz schneller schlagen zu lassen.

Franklyn tauchte neben mir auf und stupste seinen Kopf gegen meine Hüfte. Vorsichtig blickte ich in seine tiefbraunen Augen und versuchte meine Befangenheit ihm gegenüber abzuschütteln. Seine Größe jagte mir immer noch irgendwie Angst ein, obwohl es gar keinen Grund gab, ihn zu fürchten.

»Du hast bestimmt Hunger«, sagte ich und nahm all meinen Mut zusammen und streichelte ihm über das schwarzweiß gescheckte Fell.

»Lass uns in der Küche nachschauen, ob wir für dich Futter finden.«

Kurzerhand ging ich in die Küche, und Franklyn folgte mir brav.

Nachdem ich Franklyn gefüttert und nach draußen in den Garten entlassen hatte, befolgte ich Robs Anweisungen auf dem Zettel und begann damit, mich in seinem Haus umzusehen. Ich durchkämmte Etage für Etage und konnte meine Neugier kaum zügeln. Interessiert schaute ich mich schließlich in seinem Schlafzimmer um und erschauerte, als ich ein Bild umdrehte, auf dem mich eine dürre Frau mit wehenden Haaren anstarrte. Schnell lehnte ich es wieder verkehrt herum gegen die Wand. Er hatte es mir zwar nicht explizit aufgetragen, aber ich öffnete sogar die Luke zum Dachboden und stieg die schmale Leiter hinauf.

Trockene Wärme schlug mir entgegen, und Staubpartikel tanzten im Sonnenlicht, das durch die schmutzigen Dachfenster fiel. Neugierig schaute ich mich um, betrachtete vergilbte Bilder und öffnete alte Kisten. Eine wahre Fundgrube für Sammler. Ich konnte überhaupt nicht verstehen, warum das Haus noch voll möbliert war. Wollten denn die Vorbesitzer ihre Habseligkeiten nicht mitnehmen? Ich musste Rob unbedingt danach fragen, schon aus reiner Neugier.

Das Läuten der Türklingel unterbrach mein Tun, also stieg ich schnell durch die Luke wieder hinunter, ging in die unterste Etage und beeilte mich, die Haustür zu öffnen.

In null Komma nichts räumten die Jungs der Entrümplungsfirma Robs Haus leer. Ich staunte nicht schlecht, als ich mich am frühen Nachmittag in den nahezu leeren Räumen umsah. Jetzt, als die alten, düster wirkenden Möbel weg waren, wirkte das Haus überhaupt nicht mehr unheimlich.

Ich lehnte im Türrahmen des Wohnzimmers und blickte auf den leeren Fleck, wo noch bis vor ein paar Stunden die grüne Samtcouch gestanden hatte. Irgendwie schade, dass sie weg war. Ich dachte an Freitagnachmittag, als ich dort neben Rob gesessen und davon überzeugt gewesen war, sein Date zu sein. Ein leises Seufzen entschlüpfte meinem Mund. Schweren Herzens wandte ich mich endlich den Umzugskartons zu. Auf diese Weise an Rob zu denken war gefährlich, und ich sollte das lieber unterlassen.

Ich öffnete den ersten Karton. Er enthielt einige Schallplatten. Vorsichtig nahm ich sie heraus und studierte die Titel. Hätte ich raten müssen, ich wäre nie und nimmer auf die Idee gekommen, Rob könnte auf Jazz und Swing stehen. Aber scheinbar war es so. Denn die Aufnahmen waren von Louis Armstrong, Benny King und Glenn Miller. Ich erinnerte mich daran, heute Morgen einen Plattenspieler gesehen zu haben. Kurzerhand nahm ich eine von Glenn Millers Platten und ging hinüber ins Esszimmer. Ich hoffte, der Plattenspieler war noch da, und tatsächlich, er stand auf dem Fußboden. Ich bückte mich, legte *Moonlight Serenade* auf, und gleich darauf wurde Glenn Miller lebendig, und seine Stimme schallte durch die nahezu leeren Räume.

Zurück im Flur, stöberte ich weiter durch Robs Sachen und stieß dabei auf zwei Trophäen aus seiner Studienzeit. Mein Mund verzog sich zu einem Lächeln. Rob war also ein Jazz und Swing hörender Rugbyspieler gewesen. Er war tatsächlich ein Mann voller Überraschungen. Ich fand einige Briefe, doch meiner Neugierde zum Trotz ließ ich die Umschläge ungeöffnet. Es gab auch viele Fotos. Manche gerahmt, andere lose oder in Kästchen verstaut.

Als ich schließlich alle Sachen aus dem ersten Karton aufgeräumt hatte, überlegte ich, was ich als Nächstes tun sollte. Ich konnte keine weiteren Kartons auspacken, denn es gab keine Schränke, in die ich seine persönlichen Dinge hätte einräumen können.

Ich hielt mich absichtlich länger in seinem Haus auf, weil ich hoffte, Rob würde endlich nach Hause kommen, damit wir das klären konnten. Aber zu meinem Verdruss tauchte er nicht auf. Also fütterte ich Franklyn und hinterließ Rob einen Zettel. Dann machte ich mich gegen sechs Uhr abends auf den Weg nach Hause.

Als ich am nächsten Morgen zu Rob kam und mit dem Schlüssel, den er mir gestern überlassen hatte, die Tür aufschloss, war er schon weg. Er ging mir also tatsächlich aus dem Weg. Fragte sich nur, weshalb.

Wieder erledigte ich alles, was er mir aufgeschrieben hatte. Ich putzte sein Haus, und am späten Mittag erschienen die ersten Handwerker.

So verging Tag um Tag. Ich erledigte meinen Job und kümmerte mich um Franklyn, und Rob machte sich rar. Zweimal begegneten wir uns. Aber in diesen Momenten schien es, als könnte er es gar nicht erwarten, dass ich endlich Feierabend machte. Ich war unsicher und wusste nicht, wie ich mit seinem ablehnenden Verhalten umgehen sollte. Wenn er sich unbeobachtet glaubte, spürte ich, wie er mich musterte. Ich bemerkte seine Blicke und sah unverkennbares Begehren in seinen blauen Augen aufblitzen. Doch genauso schnell schien es wieder erloschen.

Das Haus veränderte sich täglich. Maler und Stuckateure ließen Wände und Decken in neuem Glanz erstrahlen. Restaurateure schliffen die Fußböden ab und ließen sie neu ein, und nach und nach wurden neue Möbel geliefert, die genauso maskulin waren, wie ich es erwartet hatte. Möbel mit klaren Strukturen und glatten Oberflächen. Mehr und mehr wurde das Anwesen zu einem richtigen Zuhause für Rob, und so verrückt und beängstigend es sich auch anfühlte, je mehr Zeit ich hier verbrachte, desto mehr fühlte ich mich als Teil davon.

Rob

»Sag mal, hörst du mir überhaupt zu, oder wo bist du schon wieder mit deinen Gedanken?«, fragte John, der mir in einem überfüllten Restaurant in der Nähe unserer Kanzlei gegenübersaß.

Ich stellte mein Glas zurück auf den Tisch und murmelte eine halbherzige Entschuldigung, dann allerdings musste ich nachfragen: »Was hast du gerade gesagt?«

John schüttelte leicht den Kopf.

»Ich habe nur erwähnt, wie froh ich bin, dass wir diesen

Fall endlich zu den Akten legen können. Aber vergiss es einfach. Ebenso gut könnte ich mit der Wand reden.«

»Seit wann bist du so empfindlich? Ich habe mich entschuldigt, also komm mal wieder runter.«

Ich stocherte weiter in meinem Mittagessen herum, als John plötzlich fragte: »Was ist eigentlich mit dir los? In letzter Zeit verhältst du dich wirklich seltsam.«

Ich wandte den Blick ab, weil ich fürchtete, mein bester Freund würde mich sonst sofort durchschauen. Stattdessen trank ich noch einen Schluck Wasser.

»Keine Ahnung, wovon du sprichst. Bei mir ist alles okay.«

»Hör auf, mir etwas vorzumachen. Ich kenne dich einfach zu gut, also erzähl schon, was los ist.«

Ich seufzte leise auf, als ich begriff, dass John mich nicht eher von der Angel lassen würde, bis ich ihm etwas erzählt hatte.

»Na gut, ich gebe zu, in letzter Zeit bin ich hin und wieder etwas abgelenkt, und der Grund dafür ist Audrey.«

»Wusste ich es doch!«, erwiderte er mit einem wissenden Lächeln. »Du stehst auf die Kleine, stimmt's?«

Ich wusste selbst nicht, was ich empfand. Die meiste Zeit schaffte ich es, ihr erfolgreich aus dem Weg zu gehen. Aber wenn wir uns dann doch einmal begegneten, konnte ich kaum meine Augen von ihr lassen.

Deshalb erwiderte ich: »Ich finde sie wirklich nett.«

»Nett? Was soll das denn jetzt bedeuten?« John warf mir einen fragenden Blick zu, und ich rollte genervt mit den Augen. Manchmal war er wirklich anstrengend.

»Also gut, du Nervensäge, ich gebe es zu, ich finde sie heiß, und meine Gedanken kreisen ständig um sie. Allerdings ist es nicht nur das, was mich vollkommen verrückt macht. Es hört sich bestimmt seltsam an, aber ich fühle mich zu ihr hingezogen. Obwohl wir uns ja kaum kennen. Und je mehr ich versuche ihr aus dem Weg zu gehen, desto mehr sehne ich mich danach, bei ihr zu sein.«

Nach einer kurzen Pause, in der John schwieg und ich ihm wirklich hoch anrechnete, dass er sich nicht über mich lustig machte, fügte ich hinzu: »Und weißt du, was wirklich erbärmlich ist? Diese kurzen Augenblicke, in denen ich sie hin und wieder zu Gesicht bekomme, sind immer die besten Momente des Tages. Was sagt das wohl über mein Privatleben aus?«

Jetzt verzog John seinen Mund doch zu einem kleinen Grinsen.

»Dass du dringend ausgehen solltest, anstatt jeden Abend allein in deinem Haus zu sitzen und an Audrey zu denken.«

Ich schob meinen Teller mit dem Essen, das ich kaum angerührt hatte, von mir und schüttelte den Kopf.

»Und genau das ist mein Problem. Ich will nicht ausgehen, und ich möchte niemanden kennenlernen. Stattdessen würde ich gerne viel mehr über Audrey erfahren. Sie weiß jetzt, nachdem sie sich täglich durch meine persönlichen Sachen wühlt, eine Menge über mich. Aber ich weiß überhaupt nichts über sie, und das möchte ich ändern. Ist dir das schon einmal passiert?«, fragte ich John. »Dass du jemanden nicht aus dem Kopf bekommst und dieser Jemand bringt dein Herz zum Rasen, obwohl du ihn eigentlich gar nicht kennst?«

John schnaubte. »Nein, zum Glück, würde ich sagen, wenn ich dich jetzt reden höre.«

Langsam atmete ich tief durch, dann sagte ich: »Vergiss einfach, was ich dir erzählt habe.« Ich war im Begriff, mich gerade total lächerlich zu machen.

John nahm einen großen Schluck aus seinem Glas Wasser.

Er stellte es zurück auf den Tisch und erwiderte dann: »Warum geißelst du dich eigentlich so? Du empfindest doch eindeutig mehr für Audrey, du fühlst dich zu ihr hingezogen. Warum tust du dann nichts, um ihr endlich näherzukommen? Stattdessen schmachtest du sie aus der Ferne an. Wie alt bist du eigentlich, vierzehn?«

Sein Kommentar brachte mich zum Lachen.

»Und wer bist du, ein Idiot?«

John lachte jetzt ebenfalls.

»Okay, jetzt aber mal im Ernst. Wenn du sie magst, dann lade sie einfach auf einen Kaffee ein, oder zum Abendessen. Was ist schon dabei?«

Mit hochgezogenen Augenbrauen schaute ich John an.

»Was schon dabei ist? Hast du mir bei unserem letzten Gespräch nicht zugehört? Mit Gwen habe ich zurzeit wirklich genug Probleme am Hals. Im Moment habe ich den Kopf für eine neue Beziehung einfach nicht frei.«

John verdrehte übertrieben die Augen. »Beziehung, ich höre dich immer nur von Beziehung reden. Kannst du dich nicht einfach mal locker machen und dir ein bisschen Spaß gönnen?«

Nein, konnte ich nicht. Deshalb erwiderte ich auch nichts, und John musterte mich misstrauisch.

»Weißt du, was mich interessiert?«

Ich schüttelte den Kopf. »Nein, aber du wirst es mir sicher gleich erzählen?«

Er beobachtete mich mit Argusaugen, als er fragte: »Warst du seit deiner Trennung mit Gwen eigentlich wieder mit einer Frau zusammen?«

Abermals schwieg ich, und John klappte die Kinnlade runter.

»Bitte sag, dass du mich gerade veräppelst! Hast du seit der Trennung wirklich mit keiner anderen mehr geschlafen?«

»Ich möchte keinen One-Night-Stand«, erwiderte ich ungehalten.

»Weil es sich seitdem nicht ergeben hat, oder weil du kein Interesse hast?«, bohrte John weiter nach.

»Letzteres, und jetzt hör auf, mich so ungläubig anzusehen. Nicht jeder schläft sich eben durch alle Betten.«

John schob nun auch seinen Teller von sich und grinste anzüglich.

»Hör ich da vielleicht doch ein bisschen Neid? Außerdem sollst du dich nicht durch alle Betten schlafen. Nur durch Audreys.«

Seufzend schüttelte ich den Kopf, schob meinen Stuhl zurück und stand auf. Zum Glück war unsere Mittagspause vorbei. John erhob sich ebenfalls.

»Bitte keine weiteren Ratschläge. Die nächste Mittagspause verbringe ich lieber allein.«

Damit war das Thema beendet. John lachte laut auf, wir warfen ein paar Scheine auf den Tisch, dann verließen wir das Restaurant, und Johns Grinsen verschwand nicht. Ich hätte, was meine Gefühle für Audrey betraf, lieber die Klappe halten sollen.

Kapitel 4

Audrey

»Das schmeckt toll, Audrey.«

Lächelnd schaute ich von meinem Teller auf und blickte Zoe über den Tisch hinweg an. Sie war endlich aus ihrem Urlaub zurück. Ich hatte sie so vermisst.

»Hast du die Tomatensauce selbst gemacht?«, fragte sie spitz und versuchte sich vergeblich ein Grinsen zu verkneifen.

Ich schüttelte feixend den Kopf.

»Nein, aber selbst aufgewärmt.«

»Was hält Rob eigentlich von deinen Kochkünsten?«

Beim Gedanken an Rob kehrte das Herzklopfen zurück. Es war verrückt, seit ungefähr drei Wochen arbeitete ich für ihn und ging tagtäglich in seinem Haus ein und aus. Und er? Er ging mir bei jeder sich bietenden Gelegenheit aus dem Weg. Ich war mir nicht sicher, warum er scheinbar beschlossen hatte, sich von mir fernzuhalten. Denn egal, wie sehr er auch versuchte, seine Gefühle vor mir zu verbergen, gelang es ihm doch nur selten. Er empfand etwas für mich, keine Frage. Ich wusste nicht, was, aber jedes Mal, wenn wir uns begegneten, schaute er mich an, als müsste er seine ganze Willenskraft aufbringen, um die Finger von mir zu lassen.

»Hallo! Erde an Audrey! Bist du noch da?«

Zoe fuchtelte energisch mit ihrem Löffel vor meiner Nase herum.

»Ich war nur kurz in Gedanken«, murmelte ich.

»Okay, das habe ich gemerkt. Also, wie findet er denn nun deine Kochkünste?«

Ich legte mein Besteck beiseite und trank einen Schluck von dem Rotwein, den ich heute Nachmittag auf dem Heimweg für Zoe und mich im Supermarkt besorgt hatte.

»Keine Ahnung, ich hatte noch gar nicht die Gelegenheit, für ihn zu kochen.«

Zoe schaute mich mit gerunzelter Stirn an.

»Ich dachte, das gehört zum Job?«

Ich zögerte einen Moment, dann erzählte ich es ihr.

»Eigentlich schon. Aber ehrlich gesagt, geht er mir aus dem Weg. Ich bekomme ihn kaum zu Gesicht. Wenn ich morgens bei ihm auftauche, ist er entweder schon weg oder gerade auf dem Sprung in die Kanzlei, und wenn ich am Nachmittag nach Hause gehe, ist er noch nicht da. Ich glaube, er meidet mich absichtlich.«

Zoe lächelte abermals.

»Könnte das an deiner aggressiven Art zu flirten liegen? Bei eurem ersten Aufeinandertreffen hast du ihm ja wirklich zugesetzt.«

»Das ist nicht witzig«, gab ich schmollend zurück. »Die Sache ist ernst.«

Ich zögerte, weil ich nicht wusste, wie ich es Zoe erklären sollte, schließlich verstand ich meine Gefühle selbst kaum. Noch nie hatte ich mich so zu einem Mann hingezogen gefühlt, vor allem, wenn er alles daransetzte, mir aus dem Weg zu gehen.

»Wenn wir uns begegnen, habe ich das Gefühl, dass er mich mag, sehr sogar, und dass er gerne so viel mehr möchte, als nur ein paar wenige Worte mit mir zu wechseln, sich aber mit aller Kraft daran hindern muss.«

Zoe schaute mich schweigend an.

Ich trank noch einen Schluck Wein und stellte das Glas geräuschvoll auf den Tisch zurück.

»Vergiss, was ich eben gesagt habe. Am Ende bilde ich mir das alles nur ein. Ein Gespinst meiner überspannten Phantasie. Wahrscheinlicher ist wohl eher, dass du recht hast. Rob scheint mir aus dem Weg zu gehen, weil ich bei unserer ersten Begegnung zu penetrant war. Lass uns am besten das Thema wechseln.«

Zoe seufzte. »Na gut, meinetwegen. Wenn du jetzt nicht mehr über Rob reden willst, vertagen wir es eben auf morgen.«

Ich verdrehte die Augen.

»Du bist unverbesserlich.«

Ich schnappte mir die leeren Teller und stand auf.

»Ich bin deine beste Freundin und quasi dafür verantwortlich, dich ein bisschen auf Trab zu halten«, meinte Zoe grinsend und stellte die geöffnete Flasche Wein in den Kühlschrank.

»Schon gut. Die letzten Wochen ohne dich waren wirklich langweilig.«

Mit verschränkten Armen lehnte sie an der Tür und warf mir vielsagende Blicke zu.

»Schon klar, als ob du mich vermisst hättest, du warst doch viel zu sehr damit beschäftigt, mit Rob zu flirten.«

Ich schloss die Klappe des Geschirrspülers.

»Hey, haben wir nicht vereinbart, seinen Namen nicht mehr zu erwähnen?«

Zoe zuckte mit den Schultern.

»Ja, okay. Das hatte ich kurz vergessen. Du hast schließlich noch mehr Probleme, um die wir uns kümmern müssen. Was unternehmen wir jetzt in Bezug auf Lorraine?«

Seufzend ließ ich mich auf einen der Küchenstühle plumpsen. Das Thema Lorraine bereitete mir noch immer Magenschmerzen.

»Sie glaubt immer noch, dass ich die Grippe habe. Es macht mich total fertig, dass ich sie anlügen muss.«

Zoe nickte zustimmend.

»Das kann ich verstehen.«

Ich seufzte laut auf.

»Ein Wunder, dass sie mir die Geschichte tatsächlich abkauft! Eigentlich hatte ich längst damit gerechnet, dass sie mich durchschaut.«

»Lorraine ist schlau, vielleicht ahnt sie auch etwas und will dich einfach nicht unter Druck setzen.«

Mit gerunzelter Stirn schaute ich Zoe an.

»Warum sollte sie?«

Zoe schaute mich ungeduldig an, als wäre ich schwer von Begriff.

»Glaubst du etwa, sie hat noch nicht bemerkt, dass du nicht hundertprozentig zu dem Job als Escort Girl stehst? Lorraine ist nicht dumm. Vielleicht versucht sie mit dieser Schonfrist nur, dich in der Agentur zu halten.«

Ich dachte über Zoes Vermutung nach.

»Das klingt gar nicht so abwegig«, sagte ich schließlich und stützte den Kopf auf die Hände.

»Auf jeden Fall muss ich mich entscheiden. Kündige ich in der Agentur und versuche mit dem Geld, was ich bei Rob verdiene, die Rechnungen zu bezahlen und den Kredit bei Lorraine abzustottern, oder fahre ich zweigleisig? Obwohl ich es wohl nicht ertragen könnte, jetzt noch mit anderen Männern auszugehen.«

»Du musst dich definitiv entscheiden!«

Schließlich setzte sie sich zu mir an den Küchentisch und drückte meine Hand, um mich aufzumuntern.

»Ich weiß überhaupt nicht, welchen Rat ich dir sonst geben soll. Natürlich liegt die Entscheidung letztendlich bei dir. Doch mittlerweile glaube ich, du solltest wirklich kündigen. Dir liegt doch nichts an dem Job als Escort Girl.«

Damit hatte sie recht. Schweigen breitete sich zwischen uns aus. Zoe war die Erste, die es brach.

»Egal, was du tust, ich bin für dich da.«

Dankbar erwiderte ich den Händedruck.

»Das weiß ich doch«, flüsterte ich, dann umarmte ich sie ganz fest.

»Keine Ahnung, was ich ohne dich machen würde«, sagte ich in Zoes blonde Haare hinein. Es tat gut, zu wissen, dass es jemanden gab, der meine Geheimnisse kannte. Bei ihr musste ich mich nicht verstellen, durfte einfach nur Audrey sein. Sie stand mir bedingungslos bei. Ich war froh, eine Freundin wie Zoe zu haben.

Als ich am nächsten Morgen zu Robs Haus kam, war er tatsächlich schon wieder in der Kanzlei. Er hatte mir wieder einen seiner kleinen Zettel dagelassen, und langsam machte mich sein dummes Verhalten sauer. Trotzdem erledigte ich ganz brav alle Aufgaben, und als ich am Nachmittag mit

Franklyn in den Park ging, war meine schlechte Laune über Robs Verhalten sogar fast verpufft.

Keine Ahnung, was heute mit Franklyn nicht stimmte. Schon das Anlegen der Leine war in einen kleinen Machtkampf ausgeartet. Eine unerträgliche Hitzewelle rollte gerade über das Land, und auch heute war es wieder besonders warm. Ich schwitzte schon, als wir nur das Haus verließen und uns auf den Weg in den Park machten.

Mit aller Kraft versuchte ich Franklyn zu bremsen, während er mich hinter sich herzog. Wenn er wollte, war er ungeheuer stark, und ich geriet fast ins Straucheln bei meinem Versuch, krampfhaft die Leine festzuhalten. Erleichtert atmete ich auf, als wir endlich im Park ankamen. Zumindest war jetzt die Gefahr gebannt, dass Franklyn mir in seinem Eifer vor ein Auto lief.

Gemeinsam spazierten wir durch den Park. Oder besser Franklyn spazierte durch den Park und zog mich hinter sich her. Mir war heiß, und ich hatte Durst. Deshalb bedeutete ich Franklyn stehen zu bleiben. Und tatsächlich war er gnädig und hielt an.

Schnaufend zog ich eine kleine Flasche Wasser aus der Tasche und trank gierig, dabei baumelte Franklyns Leine lose an meinem Handgelenk. Aus heiterem Himmel zog Franklyn plötzlich an und riss mich fast zu Boden, die Leine glitt von meinem Handgelenk, und er stürmte auf und davon.

Völlig perplex starrte ich Franklyn nach, der davonrannte und seine Leine hinter ihm her schleifte. Er schien alle seine Kraftreserven zu mobilisieren und seine neugewonnene Freiheit in vollen Zügen zu genießen.

Ich schrie seinen Namen, aber Franklyn dachte nicht im Traum daran anzuhalten, nein, er preschte davon, als wäre der Teufel höchstpersönlich hinter ihm her. Endlich gab mein Gehirn den Befehl, Franklyn nachzulaufen an meine Beine weiter, ich ließ meine Wasserflasche fallen und rannte los. Verzweifelt schrie ich seinen Namen, aber Franklyn war besser in Form, als ich gedacht hätte.

Spaziergänger sprangen beiseite, als Franklyn auf sie zugestürmt kam. Niemand traute sich, die Leine zu greifen und ihn aufzuhalten. Die Menschen schauten ihn nur ängstlich an. Unbeirrt rannte ich weiter. Schon nach wenigen hundert Metern bekam ich Seitenstechen und fing heftig an zu keuchen. Meine Lungen brannten, und ich schwitzte unerträglich, aber ich war noch nicht bereit aufzugeben. Von dem Gedanken beseelt, Franklyn einzuholen, lief ich weiter hinter ihm her. Ich setzte wirklich alles daran, den Hund einzufangen, doch schon bald hatte ich ihn aus den Augen verloren und musste atemlos zugeben, dass ich hier auf verlorenem Posten kämpfte. Bei dem Gedanken, Rob gegenüberzutreten und ihm zu gestehen, dass mir sein Hund davongelaufen war, wurde mir übel, und ich stolperte über meine Füße. Beinahe wäre ich auf den harten Boden aufgeschlagen. Aber bevor ich strauchelnd hinfiel, konnte ich mich abfangen. Als ich wieder aufblickte, gab es von Franklyn keine Spur mehr. Keuchend richtete ich mich auf. Franklyn war weg. Ich hatte Robs Hund verloren. Panik überkam mich, und es hätte nicht mehr viel gefehlt und ich hätte mich im Gras übergeben. Noch während ich überlegte, was ich als Nächstes tun sollte, wurde mir klar, dass kein Weg daran vorbeiführte, Rob die Wahrheit zu sagen. Mir graute davor, ihm in die Augen zu sehen.

Kapitel 5

Rob

Zum wiederholten Male blickte ich von der *London Times* auf und schaute auf die Uhr, die auf dem Kaminsims leise tickte. Es fühlte sich an, als wäre die Zeit stehengeblieben. Fast schon zwanghaft versuchte ich mich wieder auf den Artikel zu konzentrieren, den ich mittlerweile schon zum dritten Mal angefangen hatte. Doch es half alles nichts, Audrey ging mir einfach nicht aus dem Kopf. Heute war ich sogar noch später als sonst aus der Kanzlei nach Hause gekommen, und normalerweise war Audrey längst gegangen, und Franklyn lag auf seiner Hundedecke und hob nur müde den Kopf, wenn ich die Tür aufschloss. Aber heute war alles anders, keiner von beiden war hier, und langsam wurde ich nervös. Beunruhigt gab ich schließlich auf und warf die Zeitung beiseite, als die Haustür aufging.

»Rob, bist du da?«, hörte ich Audrey aufgeregt rufen, und ich eilte alarmiert in den Flur.

Bei ihrem Anblick stutzte ich. Sie sah fix und fertig aus.

»Was ist passiert?«

Audrey biss sich auf die Unterlippe und wirkte, als würde

sie am liebsten aus meinem Haus flüchten. Obwohl das ja eigentlich mein Part war.

»Ich habe Franklyn verloren«, platzte es aus ihr heraus.

Ungläubig starrte ich sie an, als hätte sie nicht alle Tassen im Schrank.

»Du hast was?«

Audrey schluckte und strich sich die Haare, die sich aus ihrem Pferdeschwanz gelöst hatten, aus der Stirn.

»Ich habe ihn verloren. Es tut mir furchtbar leid. Ehrlich!«

»Wie zum Teufel kannst du einen Hund verlieren, der 55 Kilo wiegt?«

Audrey funkelte mich zornig an.

»Das ist ganz allein deine Schuld«, zischte sie und kam auf mich zu. Sie stieß ihren Zeigefinger gegen meine Brust und war mir plötzlich so nah, dass ich die feinen Sommersprossen auf ihrem Nasenrücken zählen konnte. Ich wich keinen Millimeter zurück.

»Klar, mach es dir einfach und schieb mir die Schuld zu«, gab ich mindestens genauso zornig zurück.

»Es ist ja auch deine Schuld«, beharrte Audrey auf ihrem absurden Standpunkt. »Immerzu schreibst du mir diese dämlichen Zettel, anstatt dich persönlich mit mir zu unterhalten. War doch klar, dass irgendwann etwas schiefgeht. Außerdem habe ich Franklyn nicht wirklich verloren. Er ist mir weggelaufen«, gab sie zu.

»Hör auf damit«, fuhr ich sie an und hielt ihre Hand fest, bevor sie mir wieder ihren Zeigefinger gegen die Brust stoßen konnte. Ihre Augen schienen Funken zu sprühen, als sie zu mir aufschaute und unsere Blicke miteinander verschmolzen. Wir standen uns so dicht gegenüber, dass kein Blatt Papier zwischen uns passte.

»Was ist denn jetzt genau passiert?«, fragte ich und war unsicher, ob ich von Franklyn sprach oder davon, was gerade zwischen uns geschah.

Audrey hätte mich wegstoßen können, und ich wünschte fast, sie würde es. Aber im Gegenteil. Sie drängte sich plötzlich noch näher an mich, obwohl das kaum möglich schien. Mein Blick hing an ihren Lippen, als sie zu sprechen begann.

»Ich habe etwas getrunken, und die Leine hing lose an meinem Handgelenk. Franklyn hat seine Chance genutzt und das Weite gesucht. Es tut mir leid«, fügte sie flüsternd hinzu. »Ich habe wirklich versucht ihn wiederzufinden.«

Ich nickte langsam, während mein Herz wie ein Presslufthammer schlug. Ich wollte sie küssen, ich erinnerte mich nicht, je etwas so sehr gewollt zu haben. Nur mit Mühe und Not schaffte ich es überhaupt zu atmen. Meiner Stimme fehlte jede Lässigkeit, als ich antwortete: »Schon gut, ich finde ihn.«

Dann zwang ich mich, sie endlich loszulassen. Widerstrebend trat ich einen Schritt zurück und versuchte mein Verlangen zu bezwingen. Sie räusperte sich und berührte die Haut ihres Handgelenks, genau an der Stelle, an der ich sie bis eben noch festgehalten hatte.

Wortlos nahm ich meinen Autoschlüssel vom Sideboard im Flur und ging auf die Tür zu. Audrey folgte mir.

»Ich komme mit!«

Eindeutig keine Bitte, sondern eine Feststellung.

Aber ich wollte sie nicht dabeihaben. Gemeinsam mit ihr in meinem Wagen zu sitzen würde mich garantiert an die Grenzen meines Widerstandes bringen.

»Das schaffe ich ganz gut allein. Glaub mir, du hast für heute genug angerichtet«, gab ich rüde zurück. Doch Audrey ließ sich von meiner schroffen Ansage nicht abhalten. Sie packte mich am Arm, und widerstrebend blieb ich stehen.

»Meinetwegen, benimm dich weiter so bescheuert. Aber ich komme mit. Franklyn ist mir weggelaufen, und ich werde ihn jetzt gemeinsam mit dir wiederfinden. Wenn es sein muss, suche ich die ganze Nacht nach ihm.«

Ohne noch ein Wort zu verlieren, rannte Audrey an mir vorbei, lief die Treppen nach unten und ging zielstrebig auf mein Auto zu. Neben der Beifahrertür blieb sie stehen und sah sich nach mir um.

»Jetzt komm endlich!«, forderte sie ungeduldig.

Kopfschüttelnd zog ich die Tür hinter mir zu und folgte Audrey zu meinem Auto. Sie war widerspenstig, stur und aufsässig und wirkte gleichzeitig so anziehend auf mich wie noch keine Frau vor ihr. Ich öffnete den Wagen, und wir stiegen ein. Inständig hoffte ich, wir würden Franklyn schnell wiederfinden.

Wir durchkämmten die ganze Gegend. Fuhren alle Straßen ab, aber von Franklyn keine Spur. Audrey blickte angestrengt aus dem Fenster und ich auf die Straße, stets bemüht, meinen Blick nicht zum Beifahrersitz wandern zu lassen. Was mir mehr oder weniger gut gelang.

Langsam verlor ich die Geduld. Wütend schlug ich mit der flachen Hand aufs Lenkrad. Es machte mich fertig, nicht zu wissen, wo Franklyn abgeblieben war. Genauso zermürbend war, mit Audrey in diesem Wagen eingesperrt zu sein. Ich wollte sie nicht so nah bei mir haben, sondern wäre ihr liebend gerne weiter aus dem Weg gegangen.

»Ich hätte dich nicht einstellen sollen«, sagte ich in die Stille hinein. »Dann wäre das alles nicht passiert.«

Augenblicklich wirbelte Audrey zu mir herum und durchbohrte mich mit bitterbösen Blicken, die ich geflissentlich ignorierte.

Stattdessen fügte ich hinzu: »Von Anfang an wusste ich, dass du nur Probleme machen würdest.«

Fest umklammerte ich das Lenkrad und befand, dass es besser war, Audrey wieder wütend zu machen. Denn es lenkte mich von dem Begehren ab, an den Straßenrand zu fahren und sie auf meinen Schoß zu ziehen. Und tatsächlich, ich hatte es geschafft. Audrey schnaubte vor Wut.

»Ich bin nicht diejenige, die hier ein Problem hat.«

»Was soll das jetzt schon wieder heißen?«

»Ach komm schon! Du läufst vor mir weg.«

»Überhaupt nicht«, entgegnete ich sofort.

»Sicher doch, dann ist es wohl reiner Zufall, dass ich zwar für dich arbeite, dich dabei aber kaum zu Gesicht bekomme? Ich glaube eher, dass du mir absichtlich aus dem Weg gehst.«

Audreys Vorwurf traf absolut ins Schwarze, aber um nichts auf der Welt würde ich das zugeben. Deshalb schien es mir klug, Audreys Verdacht mit einer gehörigen Portion Sarkasmus herunterzuspielen. Wenn sie gewusst hätte, wie richtig sie doch mit ihrer Vermutung lag.

»Du überschätzt dich! Ich empfinde nichts für dich«, entgegnete ich leichtfertig.

Audrey schwieg einen Moment, und diese Stille machte mich fertig.

»Das glaube ich dir nicht«, sagte sie plötzlich ganz leise. Ich warf ihr einen schnellen Seitenblick zu. Sie war so schön, ihre rosigen Wangen leuchteten, und ihre Haare waren auf bezaubernde Weise zerzaust. Liebend gerne würde ich ihre

Frisur noch ein bisschen mehr durcheinanderbringen. Diesen verrückten Gedanken schlug ich mir lieber schnell aus dem Kopf. Stattdessen konzentrierte ich mich auf die Straße und die Suche nach Franklyn. Aber Audrey hatte scheinbar nicht vor, so schnell aufzugeben.

»Schau dich doch an. Äußerlich gibst du dich unnahbar. Aber mir machst du nichts vor, ich glaube, du bist ganz anders. Ich habe deine sehnsüchtigen Blicke bemerkt! Du begehrst mich, aber du scheinst dir vorgenommen zu haben, es nicht zuzugeben. Und jetzt umklammerst du das Lenkrad so fest, einzig und allein deshalb, um dem Bedürfnis nicht nachzugeben, deine Hände woanders hinzulegen.«

Bei ihren Worten beschleunigte sich mein Herzschlag. Angestrengt starrte ich hinaus und versuchte weiterhin mich nicht von Audrey ablenken zu lassen. Im diffusen Licht der Innenraumbeleuchtung spürte ich mehr, als ich es sah, wie Audrey sich näher zu mir beugte. Bevor sie zu sprechen begann, leckte sie sich leicht über die Lippen. Eine Geste, die sie wahrscheinlich noch nicht einmal bemerkte, die mich allerdings an den Rand des Erträglichen brachte.

»Wie lange willst du das noch durchhalten?«, raunte sie verführerisch.

»Keine Ahnung, was du meinst!«, presste ich hervor und wusste genau, dass sie meine Lügen durchschaute.

Audrey schnaubte leise.

»Das ist nicht wahr! Ich sehe es deinem Gesicht an, ich sehe es in deinen Augen. Du magst mich, und wenn mich mein Gefühl nicht täuscht, sogar sehr.«

Ihre Worte brachten mich völlig durcheinander. Hatte sie mich wirklich durchschaut? Mein Herz schlug heftig in meiner Brust.

»Wieso verwehrst du dir das, was du am meisten willst?«, flüsterte sie weiter.

Ich schluckte schwer, weil ich ein verdammter Idiot war. Vor Sehnsucht und Begehren kam ich fast um, und einen Moment lang fürchtete ich, endgültig einen Herzstillstand zu bekommen, als ihre Hand auf meinen Oberschenkel glitt.

»Keine Ahnung, wovon du überhaupt sprichst«, presste ich mühsam hervor.

»Gib einfach auf!«, drängte sie erneut und hatte doch keine Ahnung, wie gerne ich das tun würde.

»Du kannst deine Gefühle nicht ewig unterdrücken. Nicht wenn die Verlockung für dich so groß ist«, raunte sie, während ihre Hand an meinem Oberschenkel ein kleines Stückchen höher glitt.

Unweigerlich hielt ich die Luft an. Wie sollte ich dieser Folter noch länger standhalten? Ich musste meine ganze Willenskraft aufbringen, um nicht an den Straßenrand zu fahren, Audrey in meine Arme zu ziehen und sie zu küssen.

»Du hast das missverstanden. Ich will jetzt einfach nur Franklyn finden«, stieß ich atemlos hervor.

Audrey räusperte sich leise und zog ihre Hand weg, die ich sofort vermisste, und gleichzeitig verspürte ich Erleichterung, weil ich endlich wieder aufatmen konnte.

»Ja, sicher, rede dir das nur weiterhin ein. Auf den Tag, an dem du die Kontrolle verlierst und deine Fassade endlich einstürzt, freue ich mich jetzt schon.«

»Dann wirst du furchtbar enttäuscht sein. Denn ich verliere niemals die Kontrolle.«

Aus dem Augenwinkel sah ich Audrey kurz mit den Schultern zucken. Ein kleines Lächeln umspielte ihre vollen Lippen.

»Wenn du meinst.«

Dann richtete sie ihren Blick wieder nach draußen.

»Halt mal an«, rief Audrey plötzlich und zerriss die gespannte Atmosphäre zwischen uns. Noch bevor ich den Wagen vollständig zum Stehen brachte, öffnete sie auch schon die Tür.

»Hast du Franklyn gesehen?«, wollte ich wissen, aber Audrey hielt es nicht für nötig, mir zu antworten, stattdessen sprang sie aus meinem Wagen und rannte davon.

Ich stieg ebenfalls aus, warf die Tür hinter mir zu und lief ihr nach. Als ich sie endlich erreichte, hielt sie Franklyns Leine in den Händen und kraulte sein Fell. Tatsächlich hatte sie meinen Hund wiedergefunden.

»Du läufst mir nie wieder weg! Ich habe mir solche Sorgen um dich gemacht«, flüsterte sie streng und gleichzeitig so leise, dass ich sie fast nicht gehört hätte.

Die Tatsache, dass sie Franklyn mochte, ließ mir das Herz aufgehen. Natürlich wusste ich, wie albern das war. Aber trotzdem konnte ich diese Gefühle nicht verhindern.

»Dann bringen wir dich mal nach Hause.«

»Das ist nett«, gab Audrey gutgelaunt zurück.

»Ich hatte Franklyn gemeint!«

Audreys Lippen verzogen sich zu einem künstlichen Lachen.

»Wirklich charmant.«

Schwungvoll drehte sie sich um und marschierte zurück zu meinem Wagen, Franklyns Leine fest in der Hand. Mit gemischten Gefühlen folgte ich den beiden. Einerseits war ich wirklich froh, Franklyn endlich wiederzuhaben, andererseits musste ich mir eingestehen, dass ich nichts dagegen gehabt hätte, länger mit Audrey in meinem Auto durch die Gegend zu fahren.

»Ohne mich hättest du Franklyn nie wiedergefunden«, sagte Audrey belustigt, nachdem sie auf den Beifahrersitz geklettert war und schlug nun die Tür hinter sich zu.

Ich schnaubte verdrießlich.

»Ohne dich hätte ich ihn gar nicht erst suchen müssen.«

»Auch wieder wahr«, gab sie doch tatsächlich zu und überraschte mich damit.

Mit hochgezogenen Augenbrauen sah sie zu mir herüber.

»Was? Bist du etwa erstaunt, weil ich einen Fehler eingestehen kann?«

Ich zuckte leicht mit den Schultern.

»Ehrlich gesagt, ja.«

Audrey winkte lässig ab. »Du kennst mich eben noch nicht besonders gut. Keine Sorge, das ändert sich hoffentlich bald.«

Sie zwinkerte vergnügt.

Warum flirtete sie plötzlich so offensiv mit mir? War es für sie nur ein kleines Spielchen, mit dem sie sich die Zeit vertrieb, oder lag ihr tatsächlich etwas an mir?

In meinem Inneren herrschte das reinste Chaos. Hatte John etwa recht? Musste ich es vielleicht wirklich rausfinden?

Schweigend fuhren wir durch die Londoner Nacht zu Audreys Wohnung. Eine Hälfte von mir wollte sie überhaupt nicht nach Hause fahren, sondern sie lieber wieder mit zu mir nehmen. Die andere Hälfte würde lieber Hals über Kopf die Flucht ergreifen. Warum musste mein Leben immer so kompliziert sein? Ich warf ihr abermals einen verstohlenen Seitenblick zu, und ihr Anblick brachte mein Herz schon wieder zum Flattern.

»Du starrst mich an.«

Bei ihren Worten zuckte ich zusammen und sah schnell wieder geradeaus.

»Nein«, log ich, ohne rot zu werden. Jetzt ging es einzig und allein darum, Haltung zu bewahren. Ich hörte Audrey leise glucksen, als sie weiterhin zum Seitenfenster hinaussah. Gleich darauf parkte ich vor dem Apartmentkomplex, in dem sie wohnte. Audrey stieg ohne Verabschiedung aus. Doch bevor sie die Tür hinter sich zuschlug, lehnte sie sich noch einmal zu mir ins Auto.

»Sehen wir uns morgen?«, fragte sie und blickte mich eindringlich an.

Ich zögerte, weil ich nicht wusste, wie ich mich Audrey gegenüber verhalten sollte. Ich war einfach total durcheinander.

»Das bleibt abzuwarten«, sagte ich daher knapp und hoffte eigentlich, sie mit meinen Worten auf Abstand zu halten. Doch Audrey war hartnäckiger als gedacht.

Leise seufzend erwiderte sie: »Ich würde mich freuen, dich zu sehen.«

Ihre Worte verschlimmerten das Durcheinander in mir, und ich hatte eine Ahnung, dass es wohl auch in den nächsten Tagen und Wochen nicht besser werden würde.

Ich sollte recht behalten. Der nächste Morgen hielt mehr als nur eine unangenehme Überraschung für mich bereit. Allerdings war es nicht Audrey, die mich mit ihrer Anwesenheit beehrte, sondern Gwen, die gekommen war, um mir mal wieder das Leben schwerzumachen.

»Das kann nicht dein Ernst sein! Was willst du denn noch von mir?«

Ich war so wütend, am liebsten hätte ich meine Faust gegen die Wand gerammt. Sie trug nur die besten Kleider und den teuersten Schmuck. Ein Großteil davon von meinem Geld finanziert.

»Alles, was ich von dir bekommen kann!«, sagte sie, und ein verächtliches Lächeln erschien auf ihrem Gesicht.

In meinem Magen bildete sich ein Knoten. Wie zum Teufel hatte unsere Ehe nur so schrecklich schiefgehen können? Dabei waren wir anfangs richtig ineinander verliebt gewesen. Nach der Trennung hatte ich sogar eine Weile an dem verrückten Gedanken festgehalten, wir könnten unsere Beziehung kitten, alles hinter uns lassen und noch einmal von vorne anfangen. Aber die Kluft zwischen uns war zu tief gewesen. Zu viel war passiert. So vieles, das man nicht ungeschehen machen konnte, wie sehr ich mir das auch gewünscht hätte, würde immer zwischen uns stehen. Es war mir schwergefallen einzusehen, dass unsere Ehe am Ende war, die Tatsache, dass ich Gwen mit einem anderen im Bett erwischt hatte, war deshalb nur der letzte Anstoß zum Einreichen der Scheidung gewesen. Und jetzt waren wir nicht einmal mehr in der Lage, normal miteinander zu sprechen. Jedes Mal, wenn wir uns begegneten, artete die Situation aus, und wir gerieten in Streit.

Verzweifelt lachte ich auf und hob meine Hände. Gwen konnte alles haben, ich wollte endlich einen Schlussstrich unter unsere kaputte Ehe ziehen und sie aus meinem Leben streichen, weil es für uns beide am besten war. Aber so lange Gwen weiterhin in der Kanzlei meines Stiefvaters beschäftigt blieb, würde es nicht einfach werden, und langsam, aber sicher beschlich mich das untrügliche Gefühl, dass mein alter Herr ihr absichtlich nicht kündigte, um mich zu quälen. So ging es nicht mehr weiter, allmählich war ich am Ende. Mir wurde alles zu viel, die ganze Situation drohte mir über den Kopf zu wachsen. Gwen taxierte mich mit hasserfüllten Blicken, und ich tickte vollkommen aus. Das Maß war voll. Alles, was sich in mir aufgestaut hatte, brach hervor.

»Du hast doch schon alles von mir bekommen! Das Haus, die Autos, verflucht, ich habe dir die ganze Einrichtung überlassen. Aber wenn du nicht genug haben kannst, dann bitte, schnapp dir, was du kriegen kannst. Mir ist das völlig gleich, Hauptsache, du verschwindest endlich aus meinem Leben.«

Bei mir brannten die Sicherungen durch, als ich den Autoschlüssel nahm, den ich gestern beim Nachhausekommen im Flur auf dem Sideboard abgelegt hatte, und ihn Gwen zuwarf. Sie war überrascht, fing ihn aber trotzdem auf. Mit eisigem Gesichtsausdruck blickte sie mich an.

»Der gehört zu meinem Rover, er steht in der Garage, nimm ihn dir doch einfach, genau wie alles andere. Ich wünsche dir viel Spaß damit.«

Fieberhaft sah ich mich in meinem Haus um, das teilweise noch immer in der Renovierungsphase steckte. Im Moment schlief ich auf der Couch, hauste nach wie vor auf einer verdammten Baustelle und hatte alles so verflucht satt, dass ich es nicht mal hätte in Worte fassen können. Einige wenige Umzugskisten standen noch herum. Der Job stresste mich, Audrey brachte mich um den Verstand, weil ich sie so sehr wollte, dass ich schon dabei war, halb verrückt zu werden. Ich schaffte es kaum, mich in ihrer Nähe aufzuhalten. Franklyn hatte den Kopf eingezogen und war hinaus in den Garten geflüchtet, als ich angefangen hatte mit Gwen zu streiten.

Sie stand da wie erstarrt, hielt krampfhaft den Schlüssel in der Hand und schaute mich ungläubig an.

»Du willst noch mehr«, schrie ich, völlig außer mir vor Rage und riss den am nächsten stehenden Umzugskarton auf.

Wie passend, dachte ich höhnisch und griff ohne zu zögern nach einem der Teller. Er war Teil unseres Hochzeitsgeschirrs. Ohne nachzudenken, warf ich Gwen den Teller vor die Füße, er zerbrach, und ihre Miene wechselte in Entsetzen. Sie sprang einen Schritt rückwärts, während ich bereits nach dem nächsten Teller griff und ihn auf dem Boden zerschmetterte.

»Du bist ja total verrückt geworden!«, keifte sie, und ich lachte fast schon irre auf.

»Vielleicht bin ich das. Aber du kannst mir glauben, das hier fühlt sich gerade verdammt gut an. Außerdem möchtest du mit einem Durchgeknallten wie mir bestimmt nichts mehr zu tun haben. Dann unterschreib endlich die verfluchten Scheidungspapiere. Schließlich habe ich dir genug Zugeständnisse gemacht, und wir könnten beide getrennte Wege gehen.«

Gwens wütender Blick bohrte sich in meinen.

»Ja, natürlich, für dich ist alles so einfach. Toll, dass du so leicht vergessen kannst, was damals geschehen ist. Aber ich kann es nicht. Der Abend hat mein Leben zerstört, und du allein bist daran schuld.«

»Wie oft soll ich noch sagen, dass es mir leidtut? Ich kann nicht wiedergutmachen, was passiert ist, auch wenn ich alles dafür geben würde.«

Gwen schnaubte, und ihre Augen füllten sich vor Wut mit Tränen.

»Du hast meine Zukunft kaputtgemacht! Und du kannst mir glauben, jetzt tue ich alles, um deine zu zerstören.«

»Dafür musst du dich nicht weiter anstrengen. Das kannst du abhaken, herzlichen Glückwunsch, du warst sehr erfolgreich.«

Wie von Sinnen griff ich nach dem nächsten Teller, und

Gwen wich weiter zurück. Mit entsetztem Gesichtsausdruck drehte sie sich um und riss die Haustür auf. Um Haaresbreite wäre sie mit Audrey zusammengestoßen, die gerade den Schlüssel ins Schloss schieben wollte.

Völlig perplex zuckte Audreys Blick von Gwen zu mir und blieb dann schließlich an Gwen hängen.

Die beiden starrten sich ein paar Sekunden an, doch Gwen schien viel zu angespannt, um etwas zu sagen. Stattdessen drückte sie Audrey meinen Autoschlüssel in die Hand und suchte schnellstmöglich das Weite.

Vorsichtig schloss Audrey die Tür, starrte kurz auf den Schlüssel in ihrer Hand und ließ ihn dann zurück auf das Sideboard fallen. Mit gerunzelter Stirn besah sie die Scherben in meinem Flur.

»Wow, da scheine ich wirklich etwas verpasst zu haben! Schade um das hübsche Geschirr!«

Meine Laune war auf den absoluten Tiefpunkt gesunken.

»Lass stecken«, raunzte ich und griff nach dem Schlüssel, den Audrey gerade abgelegt hatte.

Entnervt ging ich zur Tür und riss sie auf. Der Streit mit Gwen hatte mir echt den Tag total versaut.

Audrey verschränkte die Arme vor der Brust und schaute mich wütend an. Klar, das brauchte ich jetzt!

»Hör auf mich anzumotzen. Lass deine schlechte Laune an jemand anderem aus.«

Ich erwiderte nichts darauf, weil ich selbst nur zu gut wusste, dass ich zu weit gegangen war. Audrey war wirklich die Letzte, die etwas für meine Probleme konnte, doch anstatt das zuzugeben, machte ich mir lieber weiter Luft und maulte: »Ich bin hier der Boss, und meine Laune geht dich absolut nichts an. Tu einfach, was ich dir sage. Als Erstes will ich, dass du das restliche Geschirr wegwirfst.« Mit einer schnellen Kopfbewegung deutete ich in Richtung des Kartons. »Außerdem brauche ich ein paar Unterlagen aus der Kanzlei meines Stiefvaters. Sie müssen nur abgeholt werden. Ich will, dass du das erledigst. Und zwar noch heute!«

Audreys Lippen verzogen sich zu einem Strich. Scheinbar konnte sie ihren Zorn nur mühsam hinunterschlucken. Mir war klar, dass sie mir am liebsten eine runterhauen würde, und ganz bestimmt hätte ich es gerade mehr als verdient, schließlich benahm ich mich wie ein Idiot. Aber irgendwie schaffte sie es, sich zurückzuhalten.

»Natürlich hole ich die Unterlagen für dich ab. Gib mir doch bitte die Adresse.«

Audreys Stimme triefte vor Sarkasmus und trug nicht gerade zur Besserung meiner Stimmung bei.

»Es ist wohl kaum zu viel verlangt, dass du das selbst rausfindest«, gab ich kurzangebunden zurück. »Hauptsache, die blöden Unterlagen sind heute Abend in diesem dämlichen Haus!«, machte ich meinem Ärger weiter Luft und stürmte nach draußen. Bevor ich die Tür hinter mir zuknallen konnte, hörte ich noch Audreys leisen Kommentar.

»Blödmann!«

Seltsamerweise entlockte mir ihre Beleidigung das erste Grinsen an diesem sonst so verkorksten Morgen. Die Tür fiel hinter mir ins Schloss, und ich stapfte zu meinem Wagen, um zur Kanzlei zu fahren. Schlimmer konnte der Tag nicht werden.

Kapitel 6

Audrey

Ich war stinksauer, als das Taxi vor der Kanzlei Masters hielt. Rob tat gut daran, mir heute nicht noch einmal über den Weg zu laufen, denn sonst würde ich ihm mal ordentlich die Leviten lesen. Heute Morgen hatte ich mich nur aus einem einzigen Grund zurückgehalten: Er hatte wirklich total fertig ausgesehen. Ich schlug die Tür des Taxis zu und betrat einen Moment später die Kanzlei seines Stiefvaters.

Meine Schritte hallten auf dem blankpolierten Marmorboden wider, als ich auf einen schicken Tresen zuging, hinter dem eine noch schickere hochgewachsene Blondine stand und mir freundlich lächelnd entgegenblickte.

»Hallo, ich bin Audrey Bartlett. Rob Masters schickt mich, ich soll für ihn ein paar Unterlagen abholen.«

Als ich Robs Namen erwähnte, lächelte die Frau vom Empfang noch ein bisschen mehr. Rob schien auch bei ihr einen bleibenden Eindruck hinterlassen zu haben. Schwer vorstellbar bei dem Auftritt, den er heute Morgen hingelegt hatte. Seit unserer Auseinandersetzung fragte ich mich, wer die Frau gewesen war.

»Einen Moment bitte«, flötete die Blondine und nahm das Telefon zur Hand. »Ich werde Sie bei Mr Masters anmelden.«

Während ich wartete, schaute ich mich um. Helles Sonnenlicht brach durch die deckenhohen Fenster. Auf der rechten Seite stand eine große Sitzgruppe, davor ein moderner Glastisch, auf dem Zeitschriften aufgefächert waren.

»Sie können jetzt zu ihm. Die Fahrstühle sind dort hinten. Mr Masters erwartet Sie.«

Ich nickte höflich und steuerte dann die Aufzüge an. Bei dem Gedanken, gleich Robs Vater gegenüberzutreten, wurde mir aus irgendeinem unerfindlichen Grund flau im Magen.

Etwas zögerlich klopfte ich an die geschlossene Bürotür und wartete darauf, dass ich hereingebeten wurde. Einen Augenblick später öffnete ich die Tür und betrat sein Büro.

Ich wusste, die beiden waren nicht verwandt, doch trotzdem hatte ich für einen flüchtigen Moment das Gefühl, einer älteren Ausgabe von Rob gegenüberzustehen. Die beiden sahen sich wirklich ähnlich, von dem Altersunterschied natürlich mal abgesehen.

»Guten Tag, Mr Masters. Ihr Sohn schickt mich zu Ihnen. Ich soll ein paar wichtige Unterlagen für ihn abholen«, ratterte ich herunter.

Robs Stiefvater taxierte mich mit undurchdringlichem Blick, der mich ziemlich nervös und unsicher machte. Ich konnte es gar nicht erwarten, wieder zu gehen.

Langsam erhob er sich aus seinem schweren Ledersessel und kam um seinen Schreibtisch herum. Er musterte mich eingehend, und das flaue Gefühl in meinem Magen verstärkte sich. Ich hasste es, so angestarrt und gemustert zu werden.

Mit verschränkten Armen lehnte er an seinem Schreibtisch.

»Wie war noch mal Ihr Name?«

»Audrey Bartlett. Ich arbeite für Ihren Sohn.«

Ein süffisantes Grinsen breitete sich auf seinem Gesicht aus, als er mich interessiert musterte.

»Und was genau tun Sie für meinen Sohn, Audrey?«, fragte er gedehnt, und meine Wangen färbten sich unterdessen rot. Ich musste mich wirklich zusammenreißen, um ihm nicht eine blöde Bemerkung um die Ohren zu hauen, denn ich konnte mir sehr gut vorstellen, was er dachte. Stattdessen atmete ich tief durch und bemühte mich, meinen Ärger, der sich seit heute Morgen in mir aufgestaut hatte, hinunterzuschlucken.

»Ich unterstütze Rob bei seinem Einzug, kümmere mich um Franklyn und schmeiße seinen Haushalt.«

Robs Stiefvater grinste dämlich.

»Und er lässt Sie nebenbei noch ein paar Botengänge erledigen«, stellte er fest.

Seinen Kommentar ignorierend, sagte ich: »Sagen Sie mir doch einfach, wo ich die Unterlagen finden kann. Ich möchte die Sachen jetzt gerne mitnehmen, denn so anregend die Plauderei mit Ihnen auch ist, ich habe noch andere wichtige Dinge zu erledigen, und deshalb sollten wir unsere Unterhaltung auf ein anderes Mal vertagen.«

Sein Blick glitt abschätzend über mich.

»Die Rolle der kleinen Haushälterin nehme ich Ihnen nicht ab. Machen wir uns doch nichts vor. Frauen wie Sie kenne ich zur Genüge. Sie schmeißen sich an reiche Männer ran, um Ihre Vorteile aus einer derartigen Verbindung zu ziehen. Und weiß Gott, ich kann Rob sogar verstehen. Sie sind wirklich attraktiv. Also was haben Sie wirklich mit meinem Sohn vor?«

Im ersten Moment fand ich die beleidigende Art, mit der er mich musterte, schockierend. Dann machte er mich schrecklich wütend, und mir lagen ein paar schroffe Antworten auf der Zunge, die ich ihm am liebsten entgegengeschleudert hätte. Doch ich riss mich zusammen und verkniff mir einen abfälligen Kommentar. Keinesfalls wollte ich mich auf sein Niveau begeben. Stattdessen antwortete ich: »Ich habe ehrlich gesagt keine Ahnung, wovon Sie sprechen. Ob Sie es glauben oder nicht, ich will den Job bei Rob einfach nur zu seiner vollen Zufriedenheit erledigen, also denken Sie, was immer Sie wollen.«

Seine Miene schien unerbittlich.

»Niedlich, wie Sie versuchen Ihre guten Absichten zu beteuern. Leider glaube ich das nicht. Deshalb rate ich Ihnen, Ihre Finger von Rob zu lassen. Sie passen nicht zu ihm! Er ist dann doch Besseres gewohnt.«

Besseres?

Seine Worte machten mich unendlich wütend. Was bildete sich dieser Typ eigentlich ein?

Wutentbrannt erwiderte ich: »Und ich kenne Männer wie Sie! Männer, die glauben, nur weil sie mehr Geld als andere besitzen, gehört ihnen die ganze Welt, und sie können die Leute nach Lust und Laune schikanieren und herumkommandieren. Aber da sind Sie bei mir an der falschen Adresse. Denn jetzt sage ich Ihnen mal etwas: Was ich tue, geht Sie einen feuchten Dreck an. Und jetzt geben Sie mir die Unterlagen, in Ihrer Gesellschaft wird mir schlecht.«

Ein hinterhältiges Grinsen breitete sich auf seinem Gesicht aus.

»Mut kann man Ihnen nicht absprechen. Das muss ich Ihnen lassen.«

»Soll das jetzt ein Kompliment gewesen sein? Wenn ja, dann können Sie es sich gerne sonst wohin stecken.«

Er zeigte abermals dieses hinterhältige Lächeln, und ich wollte nur noch so schnell wie möglich weg.

»Langsam werden Sie mir sympathisch«, sagte er und musterte mich mit undurchdringlicher Miene.

»Das ist das Letzte, was ich bezwecken möchte«, gab ich sarkastisch zurück. »Die Unterlagen?«, fragte ich knapp.

»Sind in dem Karton dort drüben.«

Meine Augen folgten seinem Zeigefinger in die Richtung, in die er deutete. Ohne noch länger zu zögern, lief ich los und hob den Karton hoch. Ich würdigte ihn keines Blickes, als ich auf die geschlossene Bürotür zuging und sie aufriss. Leider ließ er mich nicht einfach davonkommen. Noch bevor ich die Tür schließen konnte, rief er mir nach.

»Grüßen Sie meinen Sohn. Wahrscheinlich sehe ich demnächst bei ihm vorbei.«

Ich drehte mich zu ihm um und verzog die Lippen zu einem künstlichen Lächeln.

»Na, da wird Rob aber begeistert sein!«

Dann knallte ich die Tür ohne Verabschiedung hinter mir zu und ging zielstrebig hinüber zu den Fahrstühlen. Was für ein Idiot! Meine Wut war noch lange nicht verraucht. Ich war sauer auf Rob, auf seinen Vater, auf mich selbst, weil ich mich mit meinen dummen Lügen in diese blöde Lage gebracht hatte. Den doofen Job hätte ich nie im Leben annehmen dürfen. Wo ließ ich mich da eigentlich gerade hineinziehen?

»Wie der Vater so der Sohn«, flüsterte ich grimmig, als ich

um die Ecke bog. Ich hob den Blick und schaute plötzlich in ein bekanntes Gesicht.

»Was tun Sie denn hier?«, fragte die Frau, mit der ich heute Morgen schon einmal um Haaresbreite zusammengestoßen wäre. Mit abfälligem Blick musterte sie mich. Hielten sich in dieser Kanzlei eigentlich alle für etwas Besseres? Nach dem verbalen Kräftemessen mit Robs Vater hatte ich keine Lust auf eine weitere Auseinandersetzung.

»Wenn Sie mir aus dem Weg gehen würden, bin ich gleich wieder weg«, sagte ich und blieb ihr die Antwort schuldig.

Aber anstatt beiseitezutreten, baute sie sich nur vor mir auf und verschränkte die Arme vor der Brust.

»Das beantwortet meine Frage nicht«, gab sie schnippisch zurück.

Gab es in dieser Kanzlei eigentlich auch nette Menschen? Wahrscheinlich war das ein Einstellungskriterium. Man musste ein kompletter Idiot sein, um hier arbeiten zu dürfen. Ich drückte den Karton fest an meine Brust. Sie machte nicht den Eindruck, als hätte sie vor, mir den Weg frei zu machen.

»Rob hat Sie geschickt, oder!«

Sie funkelte mich angriffslustig an.

»Neugierig sind Sie wohl gar nicht! Ich weiß nicht, was zwischen Ihnen beiden läuft. Und es ist mir auch egal. Was immer es ist, ziehen Sie mich nicht mit hinein. Aber um Ihr Interesse zu befriedigen, ja, Rob hat mich gebeten, etwas für ihn abzuholen, denn das gehört zu meinem Job. Und das habe ich hiermit getan, und jetzt würde ich gerne wieder gehen. Ob Sie es glauben oder nicht, der Karton wird langsam schwer, und ich habe Besseres zu tun, als hier herumzustehen und mit Ihnen zu reden.«

»Das wäre?«

»Ist das hier ein Verhör? Wenn Sie es unbedingt wissen wollen, dann fragen Sie doch Rob.«

Diese kindischen Spielchen gingen mir gehörig auf die Nerven. Ohne nachzudenken, lächelte ich kalt und ließ die Oberzicke raushängen.

»Tut mir leid. Das hätte ich lieber nicht sagen sollen, ich glaube, Rob ist im Moment nicht besonders gut auf Sie zu sprechen.«

Ihre Wangen färbten sich rot. Eindeutig hatte ich einen wunden Punkt getroffen. So wie sie mich anschaute, würde Sie mir wahrscheinlich am liebsten den Hals umdrehen. Doch dann fing sie sich wieder.

»Sie arbeiten also tatsächlich für meinen Mann«, stellte sie fest und taxierte mich dabei mit finsteren Blicken.

Hatte sie wirklich gerade *mein Mann* gesagt? Ich hätte nicht überraschter sein können. Rob war verheiratet! Mir klappte die Kinnlade herunter, und sie lächelte kalt. Wie um alles in der Welt hatte mir dieses wichtige Detail entgehen können? Schließlich hatte ich mich in den letzten Wochen durch sein Privatleben gewühlt.

»Das haben Sie wohl nicht gewusst! Keine Sorge, wir lassen uns gerade scheiden. Aber eins möchte ich Ihnen noch mit auf den Weg geben, halten Sie sich lieber von ihm fern. Rob bringt nur Unglück. Und falls Sie auf sein Geld aus sind, vergessen Sie es, wenn ich mit ihm fertig bin, wird er keins mehr haben.«

Damit machte sie auf ihren hohen Absätzen kehrt und stöckelte davon. Ich kochte vor Wut, als ich wie ein begossener Pudel vor den geschlossenen Fahrstuhltüren stand und Robs Frau nachsah. Als sich die Türen endlich öffneten, stieg ich ein und atmete erleichtert auf, als sie sich wieder schlossen und ich der Kanzlei Masters den Rücken kehren konnte. Wenn es das nächste Mal hier etwas abzuholen gab, dann konnte Rob das gefälligst selbst erledigen.

Rob

Als ich mein Haus betrat, schallte Beyoncés Stimme aus den Boxen meiner Stereoanlage. Schnurstracks lief ich in die Küche, denn dort war die Musik am lautesten. Ein Lächeln breitete sich auf meinem Gesicht aus, als ich Audrey entdeckte. Sie tanzte barfuß in einem knappen blauen Kleidchen durch den Raum und räumte neue Tassen und Teller in die ebenfalls neuen Schränke. Noch hatte sie mich nicht bemerkt, also lehnte ich mich lässig in den Türrahmen, verschränkte die Arme vor der Brust und genoss die kleine Show.

Sie bewegte sich zu den schnellen Beats, schwang auf verführerische Weise die Hüften und wackelte lachend mit dem Hintern, während sie ziemlich schiefe Töne von sich gab und immer wieder selbstvergessen zwischen Umzugskartons und Küchenschränken hin und her tänzelte. Ich hätte ihr ewig zuschauen können.

Nein, wohl nicht ewig. Dem Drang, sie zu packen und gegen einen der neuen Schränke zu drücken, würde ich früher oder später sicher erliegen. Ich wünschte, ich könnte dem Verlangen, das sie in mir wachrief, nachgeben. Nur einmal, nur ein einziges Mal. Audrey berühren, sie auf die Arbeitsplatte heben, meine Hände an ihren Schenkeln nach oben gleiten lassen und unter ihr Höschen schieben, um in ihrer feuchten Wärme zu versinken. Ich wollte zuschauen, wenn sie ihre Augen lustvoll schloss, und ich wollte meinen Namen aus ihrem Mund hören, wenn sie kam.

Audreys erschrockener Aufschrei riss mich aus meinen Gedanken. Vor Schreck ließ sie eine Tasse fallen.

»Heute hast du dir scheinbar vorgenommen, mich permanent zu erschrecken«, fauchte sie mit hochroten Wangen. Sie hatte nicht die leiseste Ahnung, wie sexy sie aussah, wenn sie wütend war.

Entnervt bückte sie sich, um die Scherben aufzuheben.

»Ich hoffe für dich, es war nicht deine Lieblingstasse.«

Wen kümmerte schon die blöde Tasse. Meinetwegen hätte sie die ganze Küche verwüsten können. Ihr beim Tanzen zuzusehen entschädigte wirklich für alles.

»Ich helfe dir«, bot ich an. Bevor ich neben ihr in die Hocke ging, schaltete ich die Musik ab. Die plötzliche Stille rief mir die Nähe zu Audrey ins Bewusstsein. Dabei hatte ich doch fest vorgehabt, engen Körperkontakt zu vermeiden. Und jetzt knieten wir beide am Boden, und sie war mir viel näher, als mir guttat. Oder besser gesagt, ihre Nähe tat mir viel zu gut. Denn sie erinnerte mich daran, was sein könnte. Was ich haben könnte und gleichzeitig auch daran, was ich immer wieder aufs Neue ausschlug.

»Lass es! Im Scherben aufsammeln bin ich seit heute Morgen geübt.«

Ich räusperte mich. Der Seitenhieb hatte gesessen. Es war eindeutig an der Zeit für eine Entschuldigung.

»Wegen heute Morgen«, begann ich, wurde aber bevor ich den Satz beenden konnte von Audrey unterbrochen.

Sie funkelte mich noch immer wütend an.

»Bevor du jetzt redest, habe ich etwas zu sagen. Mir ist

egal, wie schlecht deine Laune ist, lass sie nie wieder an mir aus! Wenn du mich noch einmal anmotzt, bin ich weg. Kapiert?«

Audrey war so wütend, dass ihre Augen Funken zu sprühen schienen. Gerne hätte ich sie jetzt geküsst, um sie wieder zu besänftigen. Doch stattdessen schaffte ich es, eine undurchdringliche, ernste Miene aufzusetzen.

»Hab's kapiert. Darf ich auch etwas sagen?«, fragte ich jetzt, nicht ohne eine gewisse Belustigung in der Stimme.

»Ich nehme an, dass du dich jetzt entschuldigen möchtest. Ich bin also ganz Ohr.«

Nun half auch kein guter Wille mehr. Ich konnte mein Lachen nicht länger zurückhalten.

»Wie kommst du darauf, dass ich mich bei dir entschuldigen möchte?«

Meine Antwort schaffte es, ihr ebenfalls ein Schmunzeln zu entlocken.

»Weil du dich heute Morgen wie ein Idiot aufgeführt hast. Aber das scheint ja bei euch in der Familie zu liegen.«

Meine Augenbrauen schnellten in die Höhe, und ich blickte sie fragend an.

»Ich hatte heute das große Vergnügen, deinen Stiefvater kennenzulernen.«

Ich sammelte die Scherben ein, dann stand ich seufzend auf.

»Was hat er getan?«

Audrey erhob sich ebenfalls.

»Nimm es mir nicht übel, aber er hat sich wie der größte Blödmann aller Zeiten benommen.«

Ich warf die kaputte Tasse samt der Scherben in den Abfalleimer, dann drehte ich mich zu Audrey um.

»Das wäre nicht das erste Mal. Hat er dich beleidigt? Es macht ihm Spaß, andere Menschen zu demütigen.«

Sie zuckte gleichgültig mit den Schultern.

»Er war tatsächlich ziemlich gemein. Aber keine Sorge, so leicht kann mich nichts schocken, und einschüchtern lasse ich mich mit Sicherheit nicht.«

Audrey musterte mich angestrengt, als würde sie sich ihre nächsten Worte genau überlegen.

»Außerdem habe ich deine Frau kennengelernt.«

Ich nickte langsam. Das hätte ich eigentlich erwarten sollen.

»Die Kanzlei ist groß. Ich hatte die Hoffnung, eine weitere Begegnung mit Gwen würde dir erspart bleiben, und nur zur Information, sie ist nicht mehr meine Frau, sondern Exfrau, sobald die Scheidung durch ist. Dennoch, auf das Ex lege ich besonders viel Wert.«

Audrey nickte und warf den Tassenhenkel in den Abfalleimer, den sie noch immer in der Hand gehalten hatte.

Nachdenklich betrachtete ich sie. Eigentlich sollte es mir egal sein. Aber nun war ich doch ziemlich neugierig.

»Hat sie irgendetwas zu dir gesagt?«

»Ja, hat sie tatsächlich. Willst du wirklich wissen, was?«

Ich überlegte kurz. Wollte ich es?

»Erzähl es mir einfach.«

Audrey zuckte mit den Schultern.

»Sie hat mich eindringlich vor dir gewarnt. Du würdest nur Unglück bringen. Das waren ihre Worte, nicht meine. Was ist zwischen euch passiert?«

Meine Augen folgten Robs Händen, als er sich mit den Fingern durch die Haare strich. Dann lockerte er seinen Krawattenknoten. Das tat er immer, wenn er nervös wurde, bemerkte ich amüsiert und stellte ganz nebenbei verwundert fest, dass ich ihn mittlerweile doch ziemlich gut kannte.

Mit verschränkten Armen lehnte er sich gegen die Küchenzeile und schaute mich an, so als würde er abwägen, was er mir erzählen konnte.

»Verflucht noch mal«, platzte er plötzlich heraus und kam schnell auf mich zu.

»Was ist denn?« Seine Reaktion verwirrte mich. »Du musst es mir nicht erzählen, wenn du nicht willst. Ich war nur neugierig, im Grunde geht mich eure Trennung auch gar nichts an.«

Doch Rob schüttelte den Kopf und ergriff im gleichen Moment meinen Arm.

»Du blutest«, stellte er fest, und mein Blick zuckte zu meiner Hand.

»Oh nein«, murmelte ich, als ich das Blut sah, das aus meiner Wunde sickerte.

»Du hast dich geschnitten! Hast du das nicht gemerkt?«

Ich funkelte Rob an.

»Das könnte daran liegen, dass mich ein gutaussehender, aber wirklich total nerviger, ungehobelter Kerl abgelenkt hat.«

Ein Grinsen breitete sich auf Robs Gesicht aus.

»Du findest mich also gutaussehend! Toll, das zu wissen!«, flachste er.

»Halt doch den Mund!«, gab ich schnell zurück.

»Ich muss mich setzen«, fügte ich dann murmelnd hinzu, weil mir irgendwie langsam schlecht wurde.

»Was ist los? Dir wird doch wohl nicht etwa schwindelig! Der Schnitt sieht besonders tief aus. Hier, guck mal!«

Schnell wandte ich den Blick ab und ließ mich leise stöhnend auf einen von Robs neuen Küchenstühlen sinken, zu denen er mich mittlerweile dirigiert hatte.

»Ich kann kein Blut sehen«, gestand ich Rob schließlich ein und gab auch zu, dass mir gerade total schlecht wurde.

»Klapp jetzt bloß nicht zusammen. Hier, drück das erst mal auf den Schnitt. Ich hole dir schnell ein Pflaster, bevor du mir noch meinen neuen Parkettboden vollblutest.«

Ich schnitt eine Grimasse.

»Dein Humor ist wirklich ganz besonders.«

Rob erwiderte mein Lächeln und hielt mir noch immer das Papiertuch hin.

»Draufdrücken!«, befahl er.

»Na vielen Dank auch«, motzte ich, riss ihm das Tuch aus der Hand und fügte spitz hinzu: »Spar dir die Antwort auf meine Frage. Jetzt weiß ich auch, warum deine Frau das Weite gesucht hat. Sehr einfühlsam bist du nicht gerade.«

Robs Lächeln verschwand, und ich biss mir auf die Zunge. Das hätte ich lieber nicht sagen sollen. Noch im selben Moment begriff ich, dass ich deutlich über das Ziel hinausgeschossen war. Wann schaffte ich es denn endlich mal, meine vorlaute Klappe zu halten? Die brachte mich schließlich immerzu in Schwierigkeiten. Bevor ich mich entschuldigen konnte, war Rob allerdings schon aus der Küche verschwunden, und ich blieb ganz brav sitzen, drückte das Tuch auf den Schnitt und versuchte nicht hinzusehen.

Gleich darauf erschien Rob wieder. Er kniete vor mir nieder, und während er ganz vorsichtig das Tuch von meiner Hand zog, um sich meine Verletzung genauer anzusehen, versuchte ich nur das brennende Bedürfnis in mir zu ignorieren, ihm mit der anderen Hand über die Haare zu streichen. Sie sahen so weich aus, und wie gut er doch roch. Unauffällig rutschte ich auf meinem Stuhl herum, meine nackten Knie berührten seine Brust, und plötzlich hielt er einfach nur meine Hand, sah auf und schaute mir direkt in die Augen. Dann blickte er schnell wieder nach unten. Doch zu spät, während er vorgab, sich auf den Schnitt zu konzentrieren, glaubte ich seine Blicke auf meinen halbbedeckten Schenkeln, die seinen Brustkorb streiften, zu spüren. Ich unterdrückte ein leises Stöhnen. Alles würde ich darum geben, ihn jetzt küssen zu dürfen.

»Es ist alles okay. Der Schnitt ist wirklich nicht sehr tief«, flüsterte er.

Ich nickte langsam. Es war ein Fehler, ihm in die Augen zu sehen. Denn das Schlimme an dieser Situation war eindeutig, dass er mich genauso sehr wollte wie ich ihn. Ich las es in seinem Blick, konnte das Begehren in seinen blauen Augen sehen. Er scheute nicht vor meiner Nähe zurück. Ganz im Gegenteil, er beugte sich weiter zu mir.

»Gut«, presste ich mühsam hervor und wagte es gar nicht, mich zu bewegen, weil es einfach so schön war, wenn er mich berührte. Wen interessierte da schon meine verletzte Hand.

»Am besten, wir waschen das Blut zuerst ab«, schlug Rob vor, stand auf und zog mich langsam von meinem Stuhl mit nach oben. Ohne zu zögern, folgte ich ihm, er hielt meine Hand, und wir traten gemeinsam ans Spülbecken.

Rob drehte das Wasser auf, und ich hielt meine Hand brav unter den fließenden Strahl.

Vorsichtig wusch er mich, und ich war kurz davor, mich an seine breite Brust zu schmiegen.

Ich holte tief Luft, bevor ich flüsterte: »Tut mir leid, was ich vorhin über deine Ehe gesagt habe. Es war ein dummer Spruch, den ich mir lieber hätte verkneifen sollen. Was zwischen deiner Frau und dir vorgefallen ist, geht mich nichts an.«

Rob drehte das Wasser ab und trocknete meine Hand. Schweigen breitete sich zwischen uns aus, als er ein Pflaster auf den Schnitt klebte. Zum Glück hatte die Wunde mittlerweile aufgehört zu bluten.

»Schon besser«, murmelte ich.

Betreten schaute ich auf meine Uhr. Es war Zeit, nach Hause zu gehen.

»Danke für das Pflaster. Das ich ohne deine Zutun ja gar nicht gebraucht hätte«, fügte ich sicherheitshalber hinzu.

Rob lächelte.

»Dein Humor ist aber auch nicht zu verachten.«

Ich zögerte kurz, doch dann beschloss ich einfach, mutig zu sein.

»Wirst du dich weiter vor mir verstecken?«

Robs blaue Augen fixierten mich und beschleunigten meinen Herzschlag.

»Ich habe mich nicht vor dir versteckt. Ich hielt es einfach für besser, dir aus dem Weg zu gehen.«

»Warum denn?«, fragte ich leise und war mir der Nähe zu ihm bewusst. Wir standen so dicht beieinander, dass ich den Kopf heben musste, um ihn anzuschauen.

Zuerst glaubte ich, er würde meine Frage unbeantwortet

lassen, doch dann raunte er: »Weil ich keine Dummheit begehen wollte.«

»Welche wäre das?«, gab ich atemlos zurück und berührte mit den Fingerspitzen vorsichtig seine Krawatte. Seine Augen verfolgten jede meiner Bewegungen.

»Das, was ich will, seitdem du zum ersten Mal vor meiner Tür gestanden hast. Ich möchte nicht darüber nachdenken, was richtig oder was falsch ist. Sondern dich einfach packen und meinem Verlangen nachgeben, mit dir zu schlafen.«

Ich atmete schwer, seine direkten Worte überraschten mich, gleichzeitig gefielen sie mir aber auch. Ohne nachzudenken, drängte ich mich näher an ihn. Seine Brust hob und senkte sich unter schweren Atemzügen. Ich nahm meinen ganzen Mut zusammen und berührte ihn endlich. Er schluckte schwer. Aber ich ließ mich nicht beirren, daher beschloss ich, noch mutiger zu werden und ließ meine Hände ganz langsam über seine Brust nach oben gleiten. Auch dagegen schien er nichts einzuwenden zu haben, also gab ich meinem Verlangen nach und tauchte meine Hände in seine weizenblonden Haare, und ich wurde nicht enttäuscht. Sie fühlten sich genauso weich an, wie ich es mir vorgestellt hatte. Auf Zehenspitzen kam ich ihm weiter entgegen.

»Vielleicht solltest du diesem brennenden Wunsch einfach nachkommen«, schlug ich mit klopfendem Herzen vor. Denn genau das wollte ich. Ich wünschte mir, er würde mich berühren. Ich wollte von ihm hochgehoben werden und dabei meine Beine um seine Hüften schlingen. Ich wollte ihn küssen, so lange, bis sich jeder vernünftige Gedanke aus meinem Kopf verabschiedet hatte. Ich sehnte mich danach, mit ihm zusammen zu sein. Ich wollte wissen, wie er war, wenn er sich nicht zurückhielt. Wenn er seinen Gefühlen freien Lauf ließ und einfach nur Rob war. Seine Lippen strichen sanft über meine Wange. Unter meinen Händen glaubte ich zu spüren, wie schnell sein Herz pochte.

»Du kannst dir nicht vorstellen, wie gerne ich dich jetzt küssen möchte. Aber ich kann nicht«, raunte er, dicht an meinem Ohr. Sein warmer Atem kitzelte mich an der Wange.

Langsam schüttelte ich den Kopf und drängte mich gegen seinen Unterleib.

»Wir wissen doch beide, dass das gelogen ist.«

Für einen einzigen Augenblick gab er auf, gab seinem Verlangen nach, packte mich und zog mich noch näher an sich heran. Seine Lippen schwebten gefährlich nah vor meinen. Aber irgendetwas hielt ihn zurück.

»Gwen hat recht. Ich bringe nur Unglück.«

Genauso abrupt, wie er mich an sich gezogen hatte, ließ er mich wieder los.

Leicht schwankend, wich ich einen Schritt zurück. Warum sagte sie so etwas Schreckliches über ihn? Es war doch eindeutig gelogen. Rob würde niemals Unglück bringen.

»Das kann ich nicht glauben«, sagte ich schnell. »Und du darfst das auch nicht.«

Rob rieb sich in einer fast schon verzweifelten Geste übers Gesicht.

»Du weißt nicht, was du da sagst. Denn du kennst mich nicht«, stieß er dann hervor, und ich nickte vorsichtig.

»Das stimmt. Aber ich möchte dich kennenlernen. Warum gibst du ihr recht?«, bohrte ich nach und fügte gleich darauf hinzu: »Erzähl mir doch einfach, was zwischen euch passiert ist. Reden tut hin und wieder tatsächlich ganz gut.«

Für ein paar Sekunden schloss Rob seufzend die Augen, dann blickte er mich wieder an.

»Ich bin daran schuld, dass Gwen unser Baby verloren hat«, presste er hervor.

Es fühlte sich an, als hätte Rob gerade eine Bombe gezündet. Seine Worte hingen zwischen uns in der Luft, und ich war so geschockt und überrascht, dass ich gar nicht wusste, was ich sagen sollte. Robs gequälter Gesichtsausdruck schmerzte mich mindestens so sehr wie ihn. Ich hätte ihn gerne nach Einzelheiten gefragt, aber das war wirklich ein historischer Moment in meinem Leben, denn zum allerersten Mal wusste ich nicht, was ich sagen sollte.

Rob biss sich auf die Lippen und blickte zu Boden. Er schloss kurz die Augen, und als er sie wieder öffnete und aufblickte, meinte ich Tränen darin schimmern zu sehen. Mein Herz zog sich vor Rührung zusammen. Rob räusperte sich und wandte sich ab. Er gab vor, ein paar Teller zusammenzustellen, die auf der Arbeitsplatte standen, um in die Schränke geräumt zu werden. Ich konnte nicht einfach tatenlos hier stehen, aber ich wusste auch nicht, ob ich ihn jetzt tatsächlich berühren durfte. Ich wollte ihm nah sein, ihm beistehen und ihn mit seinem Schmerz nicht allein lassen. Also fasste ich mir schließlich ein Herz und legte meine Hand auf seinen Rücken. Sofort hielt er in seinem Tun inne.

Ich lehnte mich an die Küchenzeile direkt neben ihn. Langsam blickte er mich an, und der Schmerz, den ich in seinen Augen aufblitzen sah, ging mir unter die Haut. Ich konnte nicht anders. Ich musste einfach wissen, was hinter Robs Geständnis steckte. Aber ich fand nicht die richtigen Worte, ich wusste nicht, was ich sagen sollte. Zum Glück war das auch gar nicht nötig, denn Rob kam mir zuvor.

»Damals arbeiteten wir beide in der Kanzlei meines Stiefvaters. An dem Abend, als es passierte, wollten Gwen und ich gemeinsam nach Hause fahren. Doch ich hatte noch einen Fall auf meinem Schreibtisch, den ich unbedingt bearbeiten wollte, deshalb nahm Gwen an diesem Abend ein Taxi.«

Rob schluckte schwer, machte eine Pause, und vor Kummer riss es mir fast das Herz aus der Brust. Ich konnte mir gut vorstellen, was jetzt kam. Und tatsächlich bewahrheitete sich meine Vermutung, als Rob gleich darauf leise weitersprach.

»Auf dem Nachhauseweg verursachte der Taxifahrer einen schweren Unfall. An jenem Abend waren die Straßen vereist, und das Taxi war zu schnell unterwegs gewesen. Der Wagen kam von der Fahrbahn ab und krachte gegen eine Laterne. Die Ärzte retteten Gwens Leben, aber für unser Baby konnten sie nichts mehr tun.«

Rob wischte sich schnell eine Träne aus seinem Augenwinkel. Ich hatte noch nie einen Mann weinen sehen und wusste auch nicht, wie ich darauf reagieren sollte. Gleichzeitig bewunderte ich Rob, dass er seine Emotionen zeigen und auch seine Trauer zulassen konnte. Ich hatte noch nie einen Mann kennengelernt, der annähernd so stark gewesen wäre wie er. Nur ein richtiger Mann konnte auf diese Weise zu seinen Gefühlen stehen.

»Du bist an dem Unfall nicht schuld«, flüsterte ich und berührte Robs Arm. Sein Blick verschmolz mit meinem, als er langsam den Kopf schüttelte.

»Da irrst du dich. Weder der Taxifahrer noch irgendjemand anders ist schuld. Sondern ganz allein ich! Wenn mir an diesem Abend meine Arbeit nicht wichtiger gewesen wäre, würde unser Baby noch leben. Alles wäre ganz anders gekommen. Mein Leben, unser Leben wäre völlig anders verlaufen. Der Tod unseres Kindes hat auch das Ende unserer Ehe eingeläutet. Irgendwann konnte Gwen meinen Anblick nicht mehr ertragen. Das sind ihre Worte, nicht meine. Wir haben uns immer weiter voneinander entfernt. Dass ich sie schließlich mit einem anderen im Bett erwischte, war letztendlich der Auslöser für das Ende unserer Ehe. Jetzt weißt du auch, warum sie mich so sehr hasst.«

Rob wandte sich mir ganz zu.

»Und ich kann Gwens Hass sogar verstehen. Ich hasse mich ja selbst. Bis zu diesem Unfall wusste ich nicht, wie sehr ich einen Menschen lieben kann, den ich nie kennenlernen durfte. Wir haben uns das Baby so sehr gewünscht! Dass es plötzlich weg war, hat alles zerstört.«

Ich konnte nicht anders, ich musste ihn jetzt einfach berühren. Ich drängte mich näher an ihn, während meine Hand wieder auf seinen Rücken glitt.

»Sie liegt falsch, ihr liegt beide falsch. Egal, was sie dir einredet, du kannst nichts dafür. Wie kann sie dir diese Bürde aufladen?«, flüsterte ich und sah zu ihm auf.

»Du kannst nichts sagen, was es für mich leichter macht. Das, was passiert ist, wird mich für den Rest meines Lebens begleiten.«

Langsam löste er sich aus meiner Umarmung.

»Du solltest lieber Gwens Rat folgen und dich von mir fernhalten.«

Er wollte einen Schritt zurücktreten. Doch das konnte ich nicht zulassen. Ohne lange zu überlegen, hielt ich Rob fest, denn ich wollte nicht, dass er sich von mir entfernte, jetzt, wo wir uns gerade so nahegekommen waren und er mit mir die schlimmsten Erinnerungen seines Lebens geteilt hatte. Ich rückte wieder näher an ihn heran, während er wie erstarrt dastand. Als sich unsere Blicke begegneten, wagte ich kaum zu atmen. Sein Blick nahm mich gefangen, und mir wurde ganz deutlich bewusst, was ich schon befürchtet hatte, als ich Rob zum ersten Mal begegnet war. Ich konnte die Gefühle, die er in mir wachrief, nicht länger zurückhalten. Zwischen uns gab es mehr als nur reine körperliche Anziehung, er hatte mir gerade einen Einblick in sein Seelenleben gewährt, und ich fühlte mich mehr denn je zu ihm hingezogen. Ich stellte mich auf die Zehenspitzen und näherte mich langsam seinem Mund.

»Ich meine es ernst, Audrey, halte dich von mir fern«, raunte er und strafte seine Worte Lügen, denn längst waren seine Hände über meinen Rücken abwärts zu meinem Po gewandert. Er zog mich an sich, und ich rieb meinen Bauch gegen seinen Unterleib. Ein leises Seufzen entfloh seinem Mund, während mein ganzer Körper vor Verlangen kribbelte.

»Was, wenn ich das nicht will?«, flüsterte ich ganz nah an seinen Lippen.

Seine stoppelige Wange berührte mein Gesicht.

»Mein Leben ist kompliziert!«, erwiderte er. »Ich will dich nicht mit reinziehen.«

»Zu spät«, gab ich atemlos zurück, schloss meine Augen und drückte meine Lippen endlich auf Robs Mund.

Die Welt um mich herum schien sich zu drehen. Ich konnte nicht genug bekommen. Mit meiner Zungenspitze fuhr ich sanft über seine Lippen, und Rob öffnete sie mit einem leisen Stöhnen. In meinem Leben hatte ich einige Männer geküsst. Aber nichts hatte mich auf dieses Gefühl vorbereiten können, das seine Küsse in mir auslösten. Mein ganzer Körper vibrierte vor Lust. Das Einzige, was ich jetzt noch denken konnte, war *mehr*. Ich wollte, dass er mich packte und hochhob, dass er mir unbeherrscht das Kleid nach oben schob. Ich wollte ihn vor Sehnsucht und Begehren stöhnen hören, wenn er meine Hüften packte und tief in mich eindrang. Am liebsten gleich hier, auf seinem neuen Parkettboden. Alles wäre mir recht gewesen. Meine Hände gingen auf Wanderschaft, machten sich an den Knöpfen seines weißen Hemdes zu schaffen. Ganz langsam öffnete ich einen nach dem anderen und schob schließlich den störenden Stoff beiseite. Er erschauerte unter meinen Berührungen. Die Grenze zwischen Küssen und heißem, brennenden Verlangen hatten wir längst überschritten. Mit den Händen strich ich über seine Muskeln. Als meine Finger am tiefsitzenden Bund seiner Hose ankamen, schien er sie in einem letzten Akt der Willenskraft festzuhalten. Mit verhangenem Blick schaute ich zu ihm auf. Mein Herz drohte mir an Ort und Stelle aus der Brust zu hüpfen.

Rob

Mit heftig klopfendem Herzen schob ich Audrey langsam von mir. In dem Moment, als ihre Lippen meine berührt hatten, war es mit der Vernunft vorbei gewesen. Mein Vorsatz, sie nicht in meine verkorkste Welt zu ziehen, war plötzlich wie weggeblasen. Alles war in den Hintergrund getreten. Nur Audrey zählte und das drängende Bedürfnis, sie zu spüren. Es fiel mir schwer, einen halbwegs klaren Gedanken zu fassen. Doch im letzten Moment schaffte ich es aller Versuchung zum Trotz, mich zu beherrschen.

»Du gehst jetzt besser«, legte ich Audrey ans Herz. Wenn sie noch länger blieb und mich auf diese Weise ansah und berührte, würde ich mich nicht mehr zurückhalten können. Ich wollte sie, und mir das zu verwehren machte mich fertig.

Audreys eindringlicher Blick ruhte auf mir. Sie atmete tief durch und fügte sich schließlich meinem Wunsch.

Aber an der Küchentür blieb sie noch einmal stehen und schaute sich um.

»Wenn du möchtest, dass ich bei dir bleibe, reicht ein einziges Wort von dir«, sagte sie leise.

Wie gerne hätte ich sie wieder in meine Arme gezogen, sie festgehalten, geküsst und niemals wieder damit aufgehört. Aber das funktionierte so einfach nicht. Nicht so lange mein Leben das reinste Chaos war. Zuerst musste ich alles wieder in den Griff bekommen. Und vorher gab es für Audrey und mich keine Chance auf eine gemeinsame Zukunft. Im Moment fühlte ich mich, als hätte ich die Kontrolle über mein Leben verloren. Jetzt stand einfach noch zu viel zwischen uns.

»Ich bin einfach nicht gut für dich.«

»Du täuschst dich schon wieder. Früher oder später wirst du das erkennen.«

Die Worte blieben mir im Hals stecken, und Stille breitete sich zwischen uns aus. Audrey öffnete den Mund, als wollte sie mir noch etwas sagen. Aber dann schloss sie ihn wieder und verließ meine Küche. Einen Moment später fiel die Haustür ins Schloss.

Franklyn stieß mit dem Kopf gegen mein Bein. Gedankenversunken streichelte ich über sein weiches Fell.

»Na komm, alter Junge«, flüsterte ich und klopfte mir leicht auf den Oberschenkel. Franklyn schnaubte, dann folgte er mir aus der Küche nach oben ins Schlafzimmer.

Stunden später lag ich noch immer wach im Bett und starrte an die Decke. Franklyn hatte es sich auf seiner Hundedecke unter dem Fenster gemütlich gemacht und schnarchte leise vor sich hin. Der Gedanke an Audrey ließ mich einfach nicht los. Da half auch keine kalte Dusche. Weiß Gott, ich hatte es wirklich versucht. Schon zweimal. Völlig zwecklos. Ich bekam Audrey nicht aus dem Kopf.

Als am Morgen die ersten Sonnenstrahlen durch die zugezogenen Jalousien drangen und mein Wecker klingelte, hatte ich kaum ein Auge zugetan. Jedes Mal, wenn ich eingedöst war, hatte ich von Audrey geträumt und war prompt wieder aufgewacht. Als ich schließlich die Decke von mir warf und aufstand, fühlte ich mich wie gerädert. Eins stand jetzt schon fest: Dieser Tag würde mal wieder richtig mies werden.

Wie sich herausstellte, sollte ich recht behalten. In der Kanzlei jagte ein Problem das nächste. Je mehr ich versuchte, mich auf den aktuellen Fall zu konzentrieren, desto öfter wanderten meine Gedanken zu Audrey. Heute bekam ich den Kopf einfach nicht frei.

»Welche Laus ist dir denn schon wieder über die Leber gelaufen? Lass mich raten, ist es Audrey?«

Johns Worte rissen mich aus meinen Überlegungen. Er stand lässig im Türrahmen meines Büros und musterte mich eindringlich.

Entnervt lehnte ich mich in meinem Schreibtischstuhl zurück und fuhr mir seufzend durch die Haare. John schloss die Tür und ließ sich auf meine Couch fallen.

»Ist es so offensichtlich?«

John nickte. »Mehr als das. Erzähl schon!«

Ich erzählte ihm von gestern Abend, von dem Kuss und wie gerne ich sie gebeten hätte zu bleiben.

»Warum kannst du nicht einfach über deinen Schatten springen, deine Probleme für kurze Zeit vergessen und Audrey sagen, was du willst? Oder besser gesagt, dass du sie willst?«, fragte John und schaute mich abwartend an.

Ja, warum eigentlich nicht? Weil eben leider nicht alles so leicht war, wie er glaubte.

»Du weißt doch, warum. Wenigstens die Scheidung sollte ich erst bis zum Ende durchziehen. Alles andere wäre nicht fair Audrey gegenüber.«

John lächelte leicht.

»Und schon sprichst du wieder von einer Beziehung!«

»Fang jetzt bitte nicht damit an. Und verschon mich wenigstens heute mit deinen Tipps. Denn im Gegensatz zu dir bin ich nicht gerne Single. Was gibt es Schöneres, als nach Hause zu kommen und erwartet zu werden? Oder zu wissen, mit wem man seine freien Wochenenden verbringt? Nein, wenn etwas zwischen Audrey und mir laufen sollte, dann wird es mehr als eine lockere Affäre. Zumindest wenn es nach mir geht. Ich empfinde wirklich etwas für sie. Schon bei unserer ersten total verrückten Begegnung habe ich das gemerkt.«

»So warst du schon immer. Du machst keine halben Sachen. Entweder ganz oder gar nicht.«

Ich nickte.

»Und ich will Audrey ganz. Deshalb muss ich wohl oder übel die Finger von ihr lassen. Zumindest vorerst«, fügte ich hinzu und wünschte sehnlichst, es wäre anders.

John zuckte mit den Schultern.

»Gut. Wenn du meinst. Du wirst wissen, was das Beste für euch ist.«

Nach einer knappen Pause fügte er hinzu. »Wie wäre es, wenn wir mal wieder einen trinken gehen würden? Vielleicht lenkt dich eine durchfeierte Nacht von Audrey ab«, schlug er vor, und ich dachte kurz über seinen Vorschlag nach.

Das könnte mich tatsächlich auf andere Gedanken bringen. Wir beide waren schon ewig nicht mehr zusammen um die Häuser gezogen, und langsam wuchsen mir mein katastrophales Privatleben und die Arbeit über den Kopf.

»Eigentlich keine schlechte Idee«, gab ich zurück, und prompt erschien ein zufriedenes Grinsen auf Johns Gesicht.

»Sehr gute Entscheidung. Ich weiß auch schon, in welchen Club wir gehen. Weißt du was? Warum warten? Lass uns heute Abend etwas unternehmen!«

Johns Tatendrang entlockte mir ein Schmunzeln.

»Nicht dass du es dir am Ende noch anders überlegst«, rechtfertigte er seine Eile.

»Keine Sorge«, gab ich lachend zurück. »Das mache ich schon nicht. Dann eben heute Abend.«

John klatschte zufrieden in die Hände.

»So gefällst du mir schon besser. Dann stürzen wir uns heute Abend ins Nachtleben.«

Mit leuchtenden Augen verließ er mein Büro.

Leider war ich mir nicht sicher, ob die Idee wirklich so toll war.

Kapitel 7

Audrey

»Eure Fürsorge in allen Ehren. Aber ihr Mädels habt doch sicher etwas Besseres zu tun, als diesen sonnigen Nachmittag mit einer alten Schachtel wie mir zu verbringen.«

Ich schob meine Sonnenbrille hoch und schaute zu Grandma, die neben mir auf einer Liege im Garten ihres Hauses in Hackney lag und den herrlichen Sommertag genoss. Umgehend schüttelte ich den Kopf.

»Im Moment kann ich mir ehrlich gesagt nichts Besseres vorstellen, als meine Zeit mit euch beiden zu verbringen.«

Zoe grinste breit.

»Das bedeutet also, du bist lieber hier bei uns, anstatt bei Rob?«

Am liebsten wäre ich Zoe an die Gurgel gesprungen für ihren blöden Kommentar. Sie grinste von einem Ohr zum anderen, und ich hätte sie am liebsten erwürgt.

Natürlich wurde Grandma sofort neugierig.

»Nun erzähl schon endlich von diesem Rob. Du hast ihn bisher kaum erwähnt«, bohrte sie nach und blickte mich abwartend an. Wie kam ich aus der Nummer bloß wieder raus?

»Zoe übertreibt mal wieder maßlos.«

»Das stimmt überhaupt nicht«, rechtfertigte sie sich sofort und grinste angesichts meiner knallroten Gesichtsfarbe noch mehr.

»Nun spann uns doch nicht weiter auf die Folter«, drängte Grandma. »Sondern verrate uns endlich ein paar Einzelheiten. Lass mich ein bisschen an deinem Glück teilhaben, in meinem Leben passiert doch sonst kaum etwas Spannendes.«

Ich seufzte ergeben. Grandma konnte ich keinen Wunsch abschlagen.

»Da gibt es nicht besonders viel Aufregendes zu erzählen. Bisher sind wir uns kaum begegnet, weil er in seiner neuen Kanzlei total eingespannt ist. Unsere Kommunikation findet hauptsächlich auf Post-its statt.«

Dass ich schon wieder log, verursachte mir augenblicklich ein schlechtes Gewissen. Aber das, was gerade zwischen Rob und mir passierte, wollte ich am liebsten noch ein bisschen allein genießen. Zumal noch nicht klar war, wohin unser Flirt überhaupt führte.

»Dann hat er gar nicht versucht, mit dir zu flirten?«, fragte Grandma.

Zoe prustete los, und ich verschluckte mich fast an meiner Limonade.

Grandma hingegen zuckte mit den Schultern.

»Was habt ihr denn? Flirten, so nennt ihr jungen Leute das doch heutzutage, oder etwa nicht?«

Röte stieg in meine Wangen, als ich an den heißen Kuss in Robs Küche dachte, der beinahe zu mehr geführt hätte, aber dann hatte Rob einen kühlen Kopf bewahrt.

»Hat er es nun versucht?«, hakte Grandma nach.

Ihre neugierigen Blicke trieben mir brennende Röte auf

die Wangen. Zoe richtete sich auf ihrer Liege auf und schaute mich nicht weniger neugierig an. Bis jetzt hatten wir noch gar keine Zeit gehabt, alles in Ruhe zu bequatschen. Im Moment war alles ein bisschen chaotisch.

Doch ein weiterer Blick in ihre Gesichter zeigte mir eindeutig, dass sie mich nicht vom Haken lassen würden, bis ich ihnen etwas erzählt hatte. Also sah ich mich gezwungen, widerwillig zuzugeben: »Na gut, ihr Nervensägen, wir haben uns geküsst.«

Bevor ich allerdings mit Fragen bestürmt wurde, hob ich abwehrend die Hände.

»Ihr braucht gar nicht erst versuchen nachzufragen. Mehr gebe ich nicht preis. Also spart euch eure Energie für anderes auf.«

»Spielverderberin«, motzte Zoe und durchbohrte mich mit Blicken, die eindeutig besagten, dass wir noch etwas zu klären hatten.

»Schade«, seufzte Grandma und trank ihr Glas Limonade leer. »Das war das Interessanteste, das ich seit langem zu hören bekommen habe.«

Mein Blick glitt zu Zoe und kehrte dann zu Grandma zurück. Einmal im Leben wollte ich nichts vor ihr verheimlichen.

»Ich habe mich über beide Ohren in Rob verliebt«, platzte ich heraus.

Grandmas Gesicht erhellte ein Lächeln, als sie meine Hand tätschelte. Zoe hingegen wirkte wie vom Donner gerührt.

»Das ist schön. Schon lange habe ich mir gewünscht, dass du einen Mann findest, in den du dich Hals über Kopf verliebst. Du kümmerst dich so aufopferungsvoll um mich, dass ich mir schon Vorwürfe gemacht habe, weil du kaum Zeit für dein Privatleben hast.«

»Ich brauche überhaupt keine Zeit für mich, weil ich so froh bin, dich zu haben. Also sag so etwas bitte nicht.«

Grandma lächelte versonnen.

»Du bist so ein liebes Mädchen. Deine Mom und dein Dad wären mit Sicherheit furchtbar stolz auf dich.«

Bei ihren Worten setzte sich ein Kloß in meiner Kehle fest. Wenn Grandma wüsste, was ich wirklich hinter ihrem Rücken trieb, würde sie bestimmt nicht so nett über mich sprechen. Dieser Gedanke schmerzte mich fast genauso wie die Erinnerung an meine Eltern auch nach all diesen Jahren noch. Bevor ich schrecklich traurig wurde, verdrängte ich meine trübsinnigen Gedanken, so gut es ging.

»Vielleicht können wir Rob bald einmal kennenlernen«, schlug Grandma vor, und Zoe nickte sofort zustimmend.

»Das könnte interessant werden«, meinte sie kichernd.

Mein Herzschlag beschleunigte sich, und ich sah betreten zu Boden.

Dann blickte ich auf und zerstörte jäh Grandmas aufkeimende Freude über die neue Liebe im Leben ihrer Enkeltochter.

»Ich sagte lediglich, ich habe mich über beide Ohren in Rob verliebt. Aber ich habe nicht gesagt, dass für ihn dasselbe gilt.«

Zoes Lippen verzogen sich zu einem schmalen Strich, und ein missmutiger Ausdruck huschte über Grandmas Gesicht.

»Wenn er dich nicht will, dann ist er ein Idiot«, sagte Grandma schnell und entlockte mir mit ihrer Aussage ein klitzekleines Lächeln, das mich zu einem kurzen Witz ermutigte.

»Ich sage es wirklich nicht gerne, aber manchmal führt Rob sich tatsächlich ziemlich idiotisch auf.«

Zoe warf den Kopf zurück und lachte laut auf, so dass ihr Strohhut gefährlich nach hinten rutschte.

»Bitte erzähl mehr!«, forderte Grandma neckend.

Aber ich schüttelte den Kopf. Das Thema Rob wollte ich lieber nicht vertiefen.

»Lasst uns lieber von etwas anderem sprechen«, schlug ich daher vor. Grandma seufzte abermals, doch dann nickte sie und legte den Kopf wieder zurück, schloss die Augen und genoss die Sonne in vollen Zügen.

»Wenn es dir unangenehm ist, darüber zu reden, verstehen wir das natürlich«, sagte sie und verschränkte die Hände auf dem Bauch.

Zoe warf mir einen vielsagenden Blick zu, der eindeutig besagte, dass sie diese Meinung absolut nicht teilte.

Mehr oder weniger gekonnt versuchte ich mich daher aus der Affäre zu ziehen.

»Wer möchte denn noch Limonade? Ich hole noch einen Krug.«

»Wunderbar«, seufzte Grandma. »Ich trinke sehr gerne noch ein Glas.«

»Gut, bin gleich wieder da.«

Schnell stand ich auf und ergriff die Flucht. Völlig zwecklos, denn einen kurzen Augenblick später rief es hinter mir her: »Ich helfe dir.«

Aus dem Augenwinkel sah ich, wie Zoe von ihrer Sonnenliege aufsprang und mir ins Haus folgte.

»Warum hast du mir nichts von dem Kuss erzählt?«, fragte Zoe aufgeregt und lehnte sich mit verschränkten Armen an die Arbeitsplatte.

Ich fühlte mich unbehaglich. Zoes Gesichtsausdruck erinnerte mich an Bilder aus Zeiten der Inquisition. Während ich vorgab, mich voll und ganz auf das Befüllen des Glaskrugs mit Limonade zu konzentrieren, wippte Zoe ungeduldig mit den Zehen.

»Hör auf, mich so anzustarren! Das macht mich nervös«, sagte ich genervt.

»Tja, dein Pech, wenn du mir solche Neuigkeiten vorenthältst. Wie kannst du deiner allerbesten Freundin nichts von diesem Kuss erzählen?«, wollte sie schmollend wissen.

Ich stellte den Krug beiseite und atmete tief durch. Eindeutig schuldete ich ihr eine Erklärung.

»Ich weiß, dass ich es dir gleich hätte erzählen sollen, aber du warst in den letzten Tagen ziemlich beschäftigt, und ich musste erst mal mit meinen eigenen Gefühlen klarkommen.«

Zoe starrte mich mit hochgezogenen Augenbrauen an.

»Na, und zu welchem Ergebnis bist du jetzt gekommen?«, bohrte sie nach.

»Du bist einfach unmöglich«, schimpfte ich und stellte die restliche Limonade in den Kühlschrank zurück.

»Ich lasse nicht locker, bis du mir alles erzählt hast. Bist du etwa wirklich in Rob verliebt?«

Meine Schultern sackten nach unten.

»Natürlich, glaubst du etwa, ich erzähle das einfach so? Doch es ist leider genauso, wie ich vorhin sagte. Er empfindet nicht dasselbe für mich.«

»Hat er dir das denn gesagt?«

Ich schüttelte den Kopf.

»Nicht direkt. Aber ich glaube, die Tatsache, dass er mir einen Korb nach dem anderen gibt, spricht für sich.«

Jetzt war es an Zoe, schnell den Kopf zu schütteln.

»Vielleicht steckt etwas ganz anderes dahinter?«

Ich dachte daran, mit welchem Begehren er mich angesehen und meinen Kuss erwidert hatte. In den letzten Wochen hatte es einige Momente gegeben, in denen ich glaubte, Rob würde auch etwas für mich empfinden. Ich wünschte es mir, andererseits fürchtete ich mich auch davor, bedeutete es doch, dass ich ihm dann früher oder später die Wahrheit über mich sagen musste.

»Wie geht es jetzt weiter? Was hast du vor?«

Zoes Worte rissen mich aus meinen Gedanken. Was ich in Bezug auf Rob tun würde, wusste ich noch nicht. Vielleicht sollte ich seinem Wunsch nachkommen und mich wirklich von ihm fernhalten. Leider war ich mir nicht besonders sicher, ob ich das tatsächlich schaffen würde. Meine Liebe zu ihm konnte ich nicht einfach abschalten, auch wenn mir das im Moment sehr gelegen käme.

»Es ist alles zwecklos. Selbst wenn Rob meine Gefühle erwidern würde. Wie glaubst du denn, wird er reagieren, wenn er erfährt, dass ich ihn von Anfang an belogen habe?«

Er hatte mir so viel anvertraut. Von den schlimmsten Erfahrungen seines Lebens hatte er mir erzählt. Dass er mir meine Lügengeschichte nicht verzeihen würde, war daher ziemlich klar.

»Oder er versetzt sich in deine Lage und versteht deine Entscheidung.«

Ich schüttelte den Kopf. »Wenn du das glaubst, dann lebst du wirklich in einer Traumwelt. Nein, mit Sicherheit würde er mein Handeln nicht verstehen. Wie dem auch sei, ich habe es einfach satt zu lügen. Bevor ich Rob die Wahrheit sage, muss ich allerdings noch in der Agentur kündigen.«

Zoe schaute mich aus großen Augen an.

»Dann hast du dich jetzt also entschieden.«

Ich nickte.

»Lorraine hat es verdient, dass ich endlich ehrlich zu ihr bin und Rob ebenso.«

Ich seufzte, weil ich an Grandma dachte, die auf ihrer Liege bestimmt schon eingeschlafen war, und daran, dass sie auch einer der Menschen war, die ich permanent beschwindelte.

»Du spielst tatsächlich mit dem Gedanken, alles zu erzählen?«

Zoe sah richtig ungläubig aus.

»Bei der nächsten Gelegenheit erzähle ich Rob alles. Aber vorher rede ich mit Lorraine und kündige, wenn sie mich nicht zuerst hinauswirft.«

Nach kurzem Schweigen erklärte Zoe: »So ist es wohl am besten. Die ganze Zeit über habe ich mich immer gefragt, wie du es schaffst, ein Doppelleben zu führen. Es muss wirklich schrecklich für dich sein!«

»Das kannst du dir nicht vorstellen.«

Aber jetzt war ich zuversichtlich, dass das alles bald vorbei war.

Nachdenklich nahm ich den Krug Limonade und schickte mich an, die Küche zu verlassen. Zoe kam mit mir. Den Rest des Tages wollte ich einfach genießen, Gedanken darüber, wie ich meine Probleme wieder in den Griff bekam, konnte ich mir auch später noch machen.

*

Mit klopfendem Herzen und flatterndem Puls schob ich am nächsten Morgen den Schlüssel ins Schloss und sperrte Robs Haustür auf. Nachdem ich eingetreten war, machte ich die Tür mit einem leisen Klicken wieder zu.

Ich lauschte angestrengt. Robs Wagen stand vor der Tür, daraus schloss ich, dass er zu Hause sein musste.

»Rob, bist du da?«, rief ich in die Stille hinein und blieb im Flur stehen.

Franklyn kam aus der Küche gelaufen und stupste mich an, dass ich leicht strauchelte. Doch mittlerweile war ich auf seine Kraft vorbereitet. Ich grub meine Hand in sein weiches Fell und kraulte ihn kräftig. Franklyn kniff die Augen zusammen und genoss meine Streicheleinheiten sichtlich. Er jagte mir überhaupt keine Angst mehr ein.

»Guten Morgen, Großer«, flüsterte ich und streichelte weiter seinen Kopf.

»Du bist schon hier?«

Robs verschlafene Stimme ließ mich aufschrecken. Mit klopfendem Herzen schaute ich auf, als er gerade die Treppe herunterkam. Er war barfuß, trug verschlissene blaue Jeans und ein weißes Shirt. Seine blonden Haare waren zerwühlt, und er sah fix und fertig aus.

»Was ist mit dir passiert, und warum bist du nicht in der Kanzlei?«

»Wow, gleich zwei Fragen auf einmal«, brachte er mühsam heraus.

Mit hochgezogenen Augenbrauen schaute ich Rob an, während ich Franklyn streichelte und auf eine Erklärung wartete.

Rob kam weiter die Treppe herunter.

»Möchtest du einen Kaffee trinken?«, fragte er, als er an Franklyn und mir vorbeiging und die Küche ansteuerte. »Ich kann jetzt wirklich einen gebrauchen«, fügte er murmelnd hinzu.

»Ja, klar.«

Ich lief ihm nach, und Franklyn folgte mir auf dem Fuße. Verwirrt schaute ich Rob beim Kaffeekochen zu. Wieso war er noch hier? Und warum sah er so fertig aus?

»Geht's dir nicht gut?«, wollte ich wissen und vergaß vor Neugierde sogar meine Verlegenheit wegen unseres heißen Kusses.

Rob füllte Kaffeebohnen und Wasser in die Maschine und erwiderte ausweichend: »Ich war gestern mit John unterwegs. Ist spät geworden.«

»Hattet ihr Spaß?«, fragte ich und biss mir gleich darauf auf die Zunge. Konnte ich noch eine dämlichere Frage stellen? Dennoch fragte ich mich, ob er gestern Nacht allein ins Bett gegangen war, und eine hässliche Mischung aus Eifersucht und Neid stieg in mir auf.

»Nicht besonders«, sagte er und befüllte seine Tasse. Er schaute mich ernst an und reichte mir auch einen Kaffee.

Nervös nahm ich die Tasse entgegen.

»Der Abend hat nicht viel gebracht, außer einem Kater heute Morgen.«

»Wie meinst du das?«

Ein kleines Lächeln, das meinen Herzschlag erneut beschleunigte, huschte über Robs Gesicht.

»Das bedeutet, dass ich Kopfschmerzen habe!«

Sein Lächeln wurde jetzt breiter, dann widmete er sich seinem Kaffee.

Gedankenversunken starrte ich seine Lippen an, als er seinen Kaffee trank.

»Das hatte ich eigentlich nicht gemeint.«

»Ich weiß«, flüsterte Rob amüsiert, bevor er einen Schluck trank. Dann ließ er die Tasse sinken und musterte mich verstohlen.

»Heißt das, du fährst heute nicht in die Kanzlei?«, fragte ich, einfach um etwas zu sagen und die Stille zwischen uns zu durchbrechen.

Rob seufzte leise auf.

»Leider kann ich nicht blaumachen. Aber ich fahre ein paar Stunden später zur Arbeit.«

Ich nickte und trat unbehaglich von einem Fuß auf den anderen. Schließlich stellte ich meinen Kaffee auf der neuen Arbeitsplatte ab. Mein Arm streifte Robs Unterarm, und augenblicklich wurde mir heiß.

»Dann gehe ich jetzt mal lieber an die Arbeit«, murmelte ich und wagte kaum zu Rob aufzublicken. Leider konnte ich nicht so locker bleiben, wie ich gerne wollte.

Rob schwieg, schaute mich nur aus diesen funkelnden blauen Augen an. Ich war kurz davor, ihm sanft die Tasse aus der Hand zu nehmen und beiseitezustellen und mich dann an ihn zu schmiegen. Aber irgendwie schaffte ich es, mich zusammenzureißen.

»Wir sehen uns später«, presste ich hervor und verließ fluchtartig die Küche. Franklyn hatte sich in einer Ecke zusammengerollt und hob kurz den Kopf, als ich hastig an ihm vorbeirauschte.

Für die nächsten Stunden konzentrierte ich mich voll und ganz auf meine Aufgaben. Ich putzte, wusch Wäsche, ließ Franklyn in den Garten, und Rob verschanzte sich im Arbeitszimmer. Ich versuchte, nicht an ihn zu denken. Doch je mehr ich mich abmühte, ihn mir aus dem Kopf zu schlagen, desto öfter kehrten meine Gedanken zu ihm zurück.

Nach einiger Zeit hielt ich es kaum noch aus. Nur mühsam konnte ich mich beherrschen, unter fadenscheinigen Vorwänden an die Tür seines Arbeitszimmers zu klopfen und hineinzugehen. Mir wäre es sogar lieber gewesen, er würde endlich zur Arbeit gehen. Wollte er denn heute gar nicht mehr in die Kanzlei fahren?

Irgendwann fasste ich mir ein Herz und griff zu meinem Handy. Ich hatte hin und her überlegt und schließlich beschlossen, dass es besser war, ihn anzurufen, als persönlich in sein Büro zu platzen. Mir war danach, mit ihm zu reden.

Als Rob nach mehrmaligem Klingeln an sein Handy ging, trällerte ich: »Die neuen Stoffmuster für die Vorhänge, die ich letzte Woche angefordert habe, sind vorhin mit der Post eingetroffen. Sie sind wirklich hübsch, und ich finde, einer würde sich hervorragend für dein Wohnzimmer eignen.«

»Hübsch? Ernsthaft? Ich möchte aber keine Vorhänge, die hübsch sind!«

»Willst du dir die Muster ansehen?«, hakte ich nach und wartete mit klopfendem Herzen auf seine Antwort.

Er zögerte, und ich sah ihn förmlich vor mir, wie er mit Kopfschmerzen hinter seinem Schreibtisch saß und über eine Antwort nachdachte.

»Nein, lieber nicht«, meinte er schließlich ausweichend und fügte dann hinzu: »Das Muster der Vorhänge ist mir ehrlich gesagt ziemlich egal. Ich gebe dir freie Hand. Such einfach etwas Passendes aus.«

Lächelnd biss ich mir auf die Lippen.

»Okay, ganz wie du möchtest.«

»Gut, wenn ich mich recht erinnere, gehört das sowieso zu deinem Job. Und hast du mir nicht bei unserem Einstellungsgespräch zugesichert, dass du den immer zu hundert Prozent erledigst?«

Glühende Hitze kroch über meine Wangen, als ich an diesen verrückten Tag dachte und an unseren heißen Flirt. Die knisternde Spannung, die ich durch meinen harmlosen Anruf zu zerstreuen versucht hatte, schien jetzt sogar durch das Telefon greifbar. Vielleicht sollte ich einfach rüber in sein Büro marschieren, mich auf seinen Schreibtisch setzen, meine Beine um seine Hüften schlingen, ihn küssen und diesen ganzen Spuk endlich beenden.

Stattdessen hauchte ich ins Telefon: »Keine Sorge. Das habe ich bestimmt nicht vergessen.«

Ich hörte Rob stoßweise atmen, offenbar erinnerte er sich auch gerade an diesen Nachmittag und an alles, was bisher zwischen uns geschehen war. Als wir uns innig geküsst hatten, war er derjenige gewesen, der die Notbremse gezogen hatte. Ich hätte das mit Sicherheit nicht geschafft. Wenn Rob bei mir war, schaffte ich es eben selten, einen kühlen Kopf zu behalten. Als ich etwas erwidern wollte, schnitt er mir die Worte ab.

»Ich muss weiterarbeiten.«

»Klar, ich will dich nicht ablenken.«

»Gib dir keine Mühe, denn das tust du ständig«, raunte er leise ins Telefon.

Dann klickte es in der Leitung, und ich starrte für ein paar Sekunden mit klopfendem Herzen mein Handy an.

Die Nachmittagsstunden zogen sich in die Länge. Als ich gerade meine Sachen zusammenpackte, schreckte mich Robs Stimme auf. Ich wirbelte zu ihm herum.

»Ich dachte, du wärst schon weg?«, fragte ich aufgewühlt.

Rob schüttelte den Kopf.

»Ich fahre doch erst morgen wieder in die Kanzlei.«

Er lehnte im Türrahmen zum Wohnzimmer und durchbohrte mich mit intensiven Blicken. Warum konnte er nicht einfach nachgeben und seine Prinzipien fallenlassen? Wenigstens einmal. Nur ein einziges Mal. Wenn ich Rob sah, musste ich mich wirklich sehr beherrschen, mich nicht auf ihn zu stürzen und an ihn zu pressen.

»Du willst schon gehen?«

Ich atmete seufzend aus. Waren wir jetzt etwa wieder so weit?

»Meine Arbeitszeit ist um«, gab ich knapp zurück.

»Soll ich noch irgendetwas für dich tun?«

Sein Brustkorb hob sich unter schweren Atemzügen. Ich konnte ihm ansehen, woran er jetzt dachte, und das allein verstärkte das Herzflattern in meiner Brust. Aber anstatt endlich das auszusprechen, wonach er sich doch offenkundig sehnte, versagte er es sich wie immer. Stattdessen schüttelte er den Kopf und sagte: »Nein, ich komme zurecht.«

Dann drehte er sich um und ging. Mein Herz sackte um mindestens eine Etage tiefer. Aber dann blieb Rob plötzlich stehen, schaute mich über die Schulter hinweg an.

»Eine Sache wäre da noch.«

Ich wagte kaum zu hoffen. Gab er sich jetzt tatsächlich endlich einen Ruck?

»Was denn?«, krächzte ich, weil sich mein Hals plötzlich ganz trocken anfühlte. Aber seine Worte hatten eher die Wirkung einer kalten Dusche.

»Kennst du zufällig einen guten Cateringservice? John und ich haben beschlossen, eine kleine Party für unsere Angestellten zu geben. Als Dankeschön für die vielen Überstunden, die alle seit der Gründung der Kanzlei in Kauf genommen haben.«

Meine Wangen brannten vor Scham. Ich himmelte Rob

an, stattdessen sollte ich endlich einsehen, dass ich keine Chance bei ihm hatte. Der Kuss schien ihm nichts zu bedeuten. Sonst würde er sich mir gegenüber mit Sicherheit nicht so abweisend verhalten. Wie oft musste er mich eigentlich noch abservieren, bis ich es endlich kapierte? Niemand konnte seine Gefühle so dermaßen gut unterdrücken, es sei denn, sie existierten nicht. Rob fühlte eindeutig nicht das, was ich für ihn empfand. Dummerweise war ich bereits total in ihn verliebt. Das Einzige, was ich jetzt noch tun konnte, war Haltung bewahren. Er war der Boss, ich war seine Angestellte. Nicht mehr, nicht weniger. Damit fand ich mich besser ab. Also erledigte ich jetzt auch meinen Job.

»Du hast Glück. Denn ganz zufälligerweise habe ich tatsächlich die Nummer eines sehr guten Caterers.«

»Okay. Das ist toll. Dann gib sie mir bitte, und ich versuche die Party zu organisieren. Ist mein erstes Mal.«

Eine sanfte Röte überzog Robs Wangen. Warum erinnerte mich nur alles, was er sagte, an unser erstes Treffen?

»Ich könnte dir dabei helfen«, schlug ich vor und bereute meinen Vorschlag in der nächsten Sekunde schon wieder.

Robs Miene hingegen erhellte sich augenblicklich.

»Ernsthaft? Du würdest wirklich alles organisieren?«

Alles organisieren? Sagte ich nicht gerade helfen?

Seinem süßen Lächeln hatte ich keinerlei Widerstand entgegenzusetzen. Wie sollte ich ihm also diese Bitte abschlagen?

»Das ist kein Problem«, gab ich mit gemischten Gefühlen zurück. »Gib mir einfach die Gästeliste, und wir besprechen dann später, wie ihr beide euch die Party vorstellt.«

Rob nickte. »Geht klar.«

Das Läuten der Türglocke ließ mich zusammenschrecken

und veranlasste mich gleichzeitig, endlich meine Tasche zu nehmen und mich auf den Heimweg zu machen. Ich steuerte die offene Wohnzimmertür an. Rob lehnte jetzt wieder im Rahmen, und ich versuchte die Nähe zu ihm geflissentlich zu ignorieren, als ich mich an ihm vorbeidrängen wollte. Einen kurzen Moment blieb ich neben ihm stehen.

»Dann gehe ich jetzt«, sagte ich leise und sah Rob aus dem Augenwinkel langsam nicken. Mein Blick huschte nach unten, und ich bemerkte, dass er seine Hand nach mir ausstreckte. Es fehlten nur wenige Zentimeter und er hätte meine Hüfte berührt. Doch dann läutete es abermals an der Tür, und Rob ballte seine Hand zur Faust und zog sie schließlich zurück. Erst jetzt, als die Luft aus meinen Lungen entwich, merkte ich, dass ich den Atem angehalten hatte. Rob lehnte leise seufzend den Kopf gegen die Wand, und ich ging zielstrebig auf die Tür zu.

Als ich sie öffnete, blickte ich geradewegs in die rauchblauen Augen von Robs Stiefvater, und mein Magen zog sich unbehaglich zusammen.

»Mr Masters«, presste ich hervor und nickte zur Begrüßung knapp.

Mit gerunzelter Stirn blickte er mich an, als müsste er erst überlegen, wo er mich einzuordnen hatte. Arroganter Idiot! Wie bei unserer letzten Begegnung, konntc ich es nicht erwarten, das Weite zu suchen.

»Ah, richtig, wir sind uns in meiner Kanzlei begegnet. Leider ist mir Ihr Name entfallen.«

Am liebsten hätte ich ihm die Meinung gegeigt, weil er mit dieser Masche versuchte mich zu verunsichern. Aber selbst diese Genugtuung würde ich ihm nicht geben. Wie hatte es dieser Mann geschafft, Rob zu einem tollen Menschen zu erziehen? Heute reichten wenige Worte, und schon bekam man einen wunderbaren Eindruck davon, wie unterschiedlich die beiden waren.

Rob tauchte hinter mir auf. Ich konnte den Stoff seines Shirts an meinem Rücken spüren und schluckte schwer.

»Ihr Name ist Audrey Bartlett«, sagte er barsch, und seine Stimme jagte mir ein Kribbeln über die Haut. Durch die Tür wurden wir vor den neugierigen Blicken seines Vaters verschont, und plötzlich spürte ich Robs starke Hand auf meiner Hüfte, und ich zuckte zusammen. Eine verführerische, aber wohl vor allem eine beschützende Geste, die mein Herz im Sturm eroberte. All meinen Vorsätzen zum Trotz, lehnte ich mich zurück und spürte Robs durchtrainierten Oberkörper an meinem Rücken. Mit Mühe und Not unterdrückte ich ein leises Stöhnen. Hätte ich gewusst, wie Rob auf ein Treffen mit seinem Vater reagiert, dann hätte ich seinen Dad persönlich angerufen und ihn herbestellt.

»Willst du mich nicht hereinbitten, mein Sohn?«

Ich spürte, wie sich Robs ganzer Körper hinter mir anspannte.

»Du lässt mir wohl keine Wahl«, presste er hervor. Seine Stimme nahm einen feindseligen Klang an.

Robs Hand ruhte noch immer auf meiner Hüfte und drückte jetzt leicht zu. Ein sanfter Druck seiner Finger, den ich direkt auf meiner Haut fühlte. Nervös trat ich von einem Bein auf das andere. Am liebsten hätte ich Robs Vater die Tür vor der Nase zugeschlagen, mich umgedreht und Rob geküsst. Leider machte er erste Anstalten einzutreten. Deshalb sah ich mich gezwungen, endlich zu gehen.

»Dann lasse ich euch jetzt allein«, sagte ich schnell, weil

ich mich unter den durchdringenden Blicken seines Vaters zunehmend unbehaglich fühlte.

Langsam lockerte Rob seinen Griff.

»Meinetwegen können Sie gerne bleiben. Sie näher kennenzulernen könnte sicherlich interessant werden«, meinte Robs Vater.

»Ein anderes Mal vielleicht«, gab ich sofort zurück und wusste, so weit würde es niemals kommen. Schweren Herzens machte ich mich von Rob los, und seine Hand glitt von meiner Hüfte. Sofort vermisste ich seine Berührung. Für einen kurzen Augenblick sah ich mich um und blickte in Robs blaue Augen.

»Bis morgen«, flüsterte ich.

»Ja, wir sehen uns.«

Ohne seinen Vater noch eines Blickes zu würdigen, ging ich die Stufen nach unten zu meinem Wagen, um mich auf den Heimweg zu machen.

Während der Fahrt konnte ich mich nur schwer auf den Verkehr konzentrieren. Rob, unser plötzlicher enger Körperkontakt und das Auftauchen seines Vaters ließen meine Gedanken immer wieder abdriften.

Ich steuerte den Mercedes mehr schlecht als recht in eine Parklücke, stieg aus und ging auf die Haustür zu. Noch immer mit den Gedanken bei Rob, wühlte ich in meiner Tasche nach dem Schlüssel, konnte ihn aber partout nicht finden. Noch einmal durchsuchte ich meine Sachen und bekam dabei alles in die Hände, Lipgloss, Geld, Kaugummis, Taschentücher, mein Handy und weiteren unnützen Kram, den ich tagtäglich mit mir herumschleppte. Nur mein Schlüssel blieb unauffindbar. Verzweifelt stöhnte ich auf. Mit großer Wahrscheinlichkeit lag er in Robs Haus, oder ich hatte ihn verloren. Ich überlegte, was ich tun sollte. Zurückfahren und ihn holen, oder doch lieber auf Zoes Rückkehr warten? Bis sie nach Hause kam, konnte es allerdings noch eine Weile dauern. Es widerstrebte mir zurückzufahren, hieß das doch, ich würde noch einmal auf Robs Stiefvater treffen. Ich zog in Erwägung, Zoe anzurufen, um zu fragen, wann ich mit ihrer Rückkehr rechnen konnte, aber schließlich steckte ich mein Handy zurück in meine Tasche und beschloss, auf Robs Vater zu pfeifen, marschierte zu meinem Auto und fuhr wieder nach Knightsbridge.

Kapitel 8

Rob

»Warum bist du wirklich hier?«, fragte ich geradeheraus, nachdem ich meinem Stiefvater dabei zugesehen hatte, wie er mein neues Zuhause begutachtete.

»Sehr nett«, gab er zurück, ohne auf meine Frage einzugehen.

Mit verschränkten Armen lehnte ich an der Wand und hasste seine Spielchen jetzt schon. Vorerst war ich allerdings bereit mitzumachen.

»Du hättest es vor Beginn der Renovierung sehen sollen!« Mein Vater ließ sich auf meiner neuen grauen Couch nieder, öffnete beide Knöpfe seines Jacketts und schlug die Beine übereinander.

»Wenn du auf meinen Rat gehört und dich mit Gwen versöhnt hättest, wäre dieser Umzug nicht nötig gewesen.«

Innerlich stöhnte ich auf. Wirklich? Kam er mir jetzt tatsächlich wieder mit diesen alten Geschichten?

»Meine Ehe mit Gwen war nicht mehr zu retten. Das weißt du so gut wie ich. Reden wir nicht mehr über die Vergangenheit.«

Er zuckte mit den Schultern.

»Die Gegenwart scheint sowieso gerade viel interessanter zu sein.«

»Was willst du mir damit sagen?«, fragte ich argwöhnisch. Mein alter Herr tauchte doch nicht umsonst hier auf. Fragte sich nur, welche Hintergedanken er hegte.

»Bekomme ich ein Glas Wasser? Oder ist das nicht möglich, weil deine kleine Haushälterin nicht da ist?«, lenkte er vom Thema ab. Sein Ton wurde rauer, abfälliger, und ich konnte mich nur schwer im Zaum halten.

»Vorsicht mit diesen Sprüchen!«, wies ich meinen Stiefvater energisch zurecht. Die Zeiten, dass ich mir von ihm mein Leben diktieren ließ, waren längst vorbei. Sein Wasser konnte er woanders trinken. Ich rührte mich nicht von der Stelle.

»Wie es scheint, muss ich mein Wasser zu Hause trinken.«

»Richtig erkannt. Ich halte dich übrigens nicht vom Gehen ab.«

Er lachte zynisch auf.

»Du nimmst sie in Schutz. Sehr aufschlussreich.«

Was wusste er denn schon von meinen Gefühlen!

»Dann gebe ich dir jetzt mal einen guten Tipp«, begann er und verschränkte die Arme vor der Brust.

»Spar es dir. Auf deine Ratschläge pfeife ich.«

»Warum so aufbrausend?«

»Ich habe es satt, bevormundet zu werden«, gab ich knapp zurück.

»Du wirst dir trotzdem anhören, was ich zu sagen habe. Audrey mag auf dich anziehend wirken, aber sie ist keine Frau, für die du ernsthaftes Interesse entwickeln solltest. Sie passt weder zu dir noch in unsere Familie.«

Seine Worte brachten mich in Rage.

»Du weißt überhaupt nichts von Audrey. Was soll das überhaupt heißen, sie passt nicht in unsere Familie?«

Ich holte tief Luft, bevor weitere Worte aus mir herausplatzten.

»Unsere perfekte Familie, meinst du? So perfekt, dass du Mum seit Jahren betrügst und sie es duldet, nur um den Anschein zu wahren? Sie leidet stumm vor sich hin, und du ignorierst das völlig.«

»Du weißt nichts von unserer Ehe.«

Ich lachte freudlos auf.

»Glaub mir, ich weiß mehr, als du denkst. Früher haben Jace und ich nächtelang wach gelegen, wir konnten nicht schlafen, weil ihr beiden permanent gestritten habt. Mit der Zeit mögen eure hitzigen Auseinandersetzungen nachgelassen haben, doch du hintergehst Mum nach wie vor. Es hat sich nichts geändert, bis auf die Tatsache, dass sie mittlerweile deine Seitensprünge toleriert.«

Unruhig lief ich auf und ab.

»Nein, danke. Für mein Leben habe ich etwas anderes geplant.«

Mein Stiefvater zeigte sich von meinen Worten gänzlich unbeeindruckt und bewies damit einmal mehr, was er für ein fieser Mistkerl sein konnte.

»Die Finger solltest du dennoch von der Kleinen lassen. Nur ein gutgemeinter Rat.«

Ich stand kurz davor zu explodieren, so wütend hatte er mich mittlerweile mit seinen Sprüchen gemacht. Ich biss die Zähne zusammen, versuchte mich ernsthaft zu beherrschen.

»Früher habe ich Jaces Entscheidung wegzugehen nicht verstanden. Mittlerweile kann ich es nachvollziehen. Vielleicht hätte ich auch abhauen sollen.«

»Ich habe deinem Bruder nie gesagt, dass er gehen soll!«, donnerte er.

»Jace, sein Name ist Jace! Und du hast ihn aber auch nie gebeten zu bleiben. Und was deinen Rat bezüglich Audrey betrifft, keine Sorge, ich werde mich von ihr fernhalten. Aber nicht, weil du es von mir verlangst, sondern weil Audrey etwas Besseres als diese verkorkste Familie verdient hat. Wenn du es genau wissen willst, sie ist zu gut für mich, zu gut für uns«, presste ich hervor. »Denn Audrey ist aufrichtig. Ganz anders als du.«

Mein Stiefvater lachte höhnisch auf, als er von meiner Couch aufstand.

»Aufrichtigkeit! Für dich gab es schon immer nur schwarz und weiß, gut und böse. Wach endlich auf! Ich enttäusche dich wirklich nur ungern, aber du wirst bald merken, dass du mit Ehrlichkeit in dieser Welt nicht sehr weit kommst. Mit dieser Strategie wird eure Kanzlei nicht lange erfolgreich bleiben.«

»Tja, im Moment läuft sie richtig gut, deinen Prognosen zum Trotz. Und nun solltest du gehen!«, forderte ich meinen Stiefvater schließlich auf. Mich mit ihm zu streiten hatte keinen Sinn. Seit ich ein Teenager war, warfen wir uns Gemeinheiten an den Kopf. Langsam war ich es leid. Ich wollte einfach nur mein Leben leben.

Das Ziel, mich mit ihm zu versöhnen, hatte ich nie aufgegeben. Aber mittlerweile schien es in weite Ferne gerückt zu sein. Wir hatten uns mehr denn je voneinander entfernt.

Er ging an mir vorbei, verließ mein Wohnzimmer und steuerte die Haustür an. Bevor er endgültig ging, blieb er stehen. »Ich habe nur versucht, dich und deinen Bruder auf die wirkliche Welt vorzubereiten. Die grausam sein kann.«

Ja, durch Strenge und Unnachgiebigkeit.

»Dein Plan ist ziemlich in die Hose gegangen«, gab ich kalt zurück, nachdem ich ihm in den Flur gefolgt war.

»Mag sein. Aber irgendwann wirst du vielleicht begreifen, dass ich vieles nur zu eurem Wohl getan habe.«

Das glaubte er doch selbst nicht!

Wortlos sah ich meinem Stiefvater dabei zu, wie er die Tür öffnete und verschwand, ohne sich noch einmal umzusehen.

Das Klicken der Tür hallte im stillen Haus wider. Doch dann hörte ich noch ein Geräusch. Ein Knarren. Ich wirbelte herum und sah Audrey, die mit hochroten Wangen auf meiner Treppe stand und mich anschaute.

»Warum bist du zurückgekommen?«, fragte ich ehrlich überrascht. Audreys Wangen glühten vor Verlegenheit, als sie einen Schlüsselbund hochhielt.

»Ich war schon zu Hause, als ich bemerkt habe, dass ich den hier liegengelassen habe.«

Sie kam mir eilig entgegengelaufen.

»Ich bin durch die Hintertür reingekommen, weil ich die Unterhaltung mit deinem Vater nicht stören wollte. Keine Sorge, ich bin gleich wieder weg.«

Kurzerhand hielt ich sie am Arm fest. Ich meinte, ihr etwas erklären zu müssen. Mein plötzlicher Annäherungsversuch, als sie eigentlich nur nach Hause gehen wollte. Keine Ahnung, was in mich gefahren war. Ich hatte einfach dem Wunsch nachgegeben, sie zu berühren.

»Wegen vorhin«, begann ich.

Doch bevor ich noch mehr sagen konnte, schüttelte sie den Kopf und unterbrach mich.

»Ich wollte wirklich nicht lauschen. Ehrlich! Und so viel

habe ich auch gar nicht von eurem Gespräch mitbekommen.«

»Darauf wollte ich eigentlich nicht hinaus. Aber alles, was ich gesagt habe, entspricht der Wahrheit«, stieß ich hervor.

Wen kümmerte es schon, ob Audrey jetzt wusste, wie verkorkst meine Familie und die Beziehung zu meinem Stiefvater tatsächlich war? Sie wusste mittlerweile so viel aus meiner Vergangenheit. Da kam es darauf jetzt wirklich nicht an.

Audreys Blick glitt kurz zu meiner Hand, die noch immer ihren Arm umklammerte, und huschte dann zu meinem Gesicht. Ihre Wangen schienen noch eine Nuance röter zu werden.

»Hast du wirklich alles, was du gerade gesagt hast, so gemeint?«, wollte sie wissen, und ihr Blick verschmolz mit meinem.

Ich nickte langsam und ließ schließlich ihren Arm los.

»Das dachte ich mir«, gab sie zurück und umklammerte mit einer Hand den Träger ihrer Tasche.

»Deine Aufrichtigkeit in allen Ehren. Aber ich glaube, dein Stiefvater hat recht. Mit Ehrlichkeit kommt man nicht immer ans Ziel. Manchmal muss man zu unlauteren Mitteln greifen, um zu bekommen, was man will.«

Die Luft schien vor Spannung zwischen uns zu vibrieren.

»Tust du das denn ab und zu?«, fragte ich mit rauer Stimme.

Ihre Unterlippe bebte, und sie machte den Eindruck, als würde sie mir etwas sagen wollen. Doch dann schüttelte sie langsam den Kopf und räusperte sich leise.

»Damit wollte ich eigentlich nur sagen, dass du nicht enttäuscht sein darfst, solltest du je erfahren, dass dich jemand belogen hat. Denn leider hat dein Stiefvater recht. Man kann nicht alles in Gut und Schlecht unterscheiden. Manchmal verwischen sich diese Grenzen.«

Jetzt war ich derjenige, der den Kopf schüttelte.

»Aufrichtigkeit ist für mich das Allerwichtigste«, gab ich zurück. Es stimmte. Ich würde vieles verzeihen, aber nicht, hintergangen und belogen zu werden. Nicht nachdem ich mein ganzes Teenageralter mit ansehen musste, wie mein Dad meine Mum betrogen hat.

Audrey trat leise seufzend einen Schritt zurück.

»Ich sollte jetzt endlich gehen.«

»Oder du bleibst, und wir essen zusammen zu Abend«, schlug ich aus einem Impuls heraus vor. Ich wollte nicht, dass sie ging.

Über Audreys hübsches Gesicht huschte ein kleines Lächeln.

»War diese Frage ein lieb gemeinter Hinweis darauf, dass ich dir endlich, wie es meiner Stellenbeschreibung entspricht, etwas kochen soll?«

Ich lächelte ebenfalls, froh darüber, dass sich die heikle Atmosphäre zwischen uns endlich entspannte.

»Ich hatte daran gedacht, eine Pizza zu bestellen.«

Audreys Lächeln steigerte sich zu einem ausgewachsenen Grinsen.

»Hört sich gut an. Dann bleibe ich gerne.«

Audrey nippte an ihrem Glas Wasser, dann stellte sie es auf den Tisch zurück und sah mich lange an.

»Es geht mich natürlich nichts an. Aber ich bin von Natur aus neugierig, und deshalb kann ich mich nicht zurückhalten. Also, was ist zwischen dir und deinem Stiefvater vorgefallen? Denn ganz offensichtlich gibt es diverse Spannungen zwischen euch beiden.«

»Gut beobachtet.«

»Du musst natürlich nicht darüber reden«, fügte sie schnell hinzu.

»Das sagtest du schon.«

Langsam schob ich meinen leeren Teller zurück. Es sprach nichts dagegen, Audrey mehr von meiner Familie zu erzählen. Das meiste hatte sie sowieso bereits mit angehört.

»Alles veränderte sich nach dem plötzlichen Tod meines Großvaters vor ein paar Jahren. Er war derjenige, der die Familie zusammenhielt. Danach brach alles auseinander. Mein Stiefvater entpuppte sich als ein richtiger Mistkerl, der glaubte, nicht nur meiner Mutter, sondern auch mir und meinem Bruder das Leben diktieren zu können.«

Audrey kaute auf ihrer Unterlippe und brachte mich damit fast aus der Fassung. Ich hätte sie so gerne geküsst, sie berührt und langsam an mich gezogen, um mit meinen Lippen ihren Mund zu erforschen.

»Ich habe gehört, was du zu ihm über deinen Bruder gesagt hast«, gestand Audrey.

Ich nickte. Das machte jetzt einiges leichter.

»Jace hat die Familie verlassen. Er hatte es irgendwann satt, unter der Fuchtel unseres Stiefvaters zu leben. Und was meine Mutter angeht, sie führt sich manchmal auf wie eine Marionette. Sie tut alles, um den Schein zu wahren. Ihre größte Sorge ist es, dass jemand von der Untreue meines Stiefvaters erfahren könnte. Obwohl ich mir eigentlich sicher bin, dass es sowieso jeder weiß.«

Audrey zögerte kurz, dann fragte sie vorsichtig: »Wo ist dein richtiger Vater?«

»Er ist gestorben, als wir noch klein waren. Ich habe nicht mehr sehr viele Erinnerungen an ihn. Aber manches habe ich bis heute nicht vergessen, zum Beispiel weiß ich noch, dass er sich jeden Sonntag Zeit nur für Jace und mich genommen hat. Und diese Sonntage waren immer etwas Besonderes für uns. Manchmal haben wir nur im Garten Fußball gespielt oder an Regentagen im Haus mit der Rennbahn. Dank meiner Mutter und meinen Großeltern konnten wir die Erinnerungen daran aufrechterhalten, sie haben uns immer davon erzählt.«

Audrey lächelte mitfühlend, dann richtete sie ihren Blick auf den Teller, gab vor, am Essen interessiert zu sein, aber das glaubte ich ihr nicht. Audrey hatte Geheimnisse, und ich wünschte, sie würde mich dran teilhaben lassen, so wie ich sie in meine einweihte.

»Wo ist dein Bruder denn jetzt?«, versuchte sie zum eigentlichen Thema zurückzukehren.

»Zu meiner Schande muss ich eingestehen, dass ich es eigentlich gar nicht so richtig weiß. Er zieht viel umher. Lebt mal hier und mal dort. Hin und wieder telefonieren wir. Als er sich zum letzten Mal gemeldet hat, war er gerade irgendwo in Indien unterwegs. Ich wünschte, er würde endlich zurückkommen. Für Mum ist es ziemlich schwer.«

»Das kann ich mir vorstellen. Es muss wirklich schrecklich sein, nie genau zu wissen, wo er sich aufhält. Stimmt es, dass du am liebsten Jaces Vorbild gefolgt wärst?«

Ich nickte langsam.

»Ja, manchmal hatte ich tatsächlich Lust dazu. Aber letztendlich habe ich es nicht fertiggebracht. Wie zerrüttet das Verhältnis zu meinem Stiefvater auch sein mag, wenn ich gegangen wäre, hätte ich immer das Gefühl gehabt, meine Familie im Stich zu lassen. Das konnte ich einfach nicht. Ich habe immer gehofft, meine Beziehung zu ihm wieder in Ordnung zu bringen. Und ob du es glaubst oder nicht, auch jetzt habe ich die Hoffnung noch nicht aufgegeben, dass wir uns irgendwann wieder versöhnen könnten. Keine Ahnung, was das über mich aussagt.«

»Dass du Größe besitzt«, erwiderte Audrey schnell.

»Das würden wohl nicht alle so sehen«, gab ich zurück.

»Wen kümmert es schon, was andere denken. Egal, was du tust, egal, was du sagst, du weißt doch selbst, niemals kann man es jedem recht machen. Es wird immer Leute geben, die glauben, sie könnten es besser machen. Die sich anmaßen, über andere zu urteilen.«

Ich blickte sie stirnrunzelnd an.

»Womit verdienst du eigentlich dein Geld, wenn du nicht gerade meine Umzugskartons auspackst und meine Angelegenheiten in Ordnung bringst?«

Audreys Wangen färbten sich augenblicklich rot.

Sie stocherte auf dem Teller herum.

»Mit dem Job bei dir bin ich ausgelastet«, meinte sie und zwinkerte mir lächelnd zu. Doch dann wurde sie wieder ernst. »In letzter Zeit überlege ich, nebenbei ein Studium zu beginnen«, gab sie schließlich Auskunft, hielt sich ansonsten aber bedeckt.

»Mit Informationen zu deiner Person bist du ziemlich sparsam. Welche Fachrichtung möchtest du denn studieren?«, bohrte ich nach.

»Wirtschaft«, antwortete sie einsilbig, dann fügte sie hinzu: »Aber wie gesagt, ich weiß es noch nicht, daher lohnt es sich nicht, darüber zu reden.«

Scheinbar wollte sie dieses Thema nicht vertiefen. Das

hielt mich allerdings nicht davon ab, weiter nachzuhaken. Audrey wusste so viel über mich, aber ich wusste für meinen Geschmack viel zu wenig über sie.

»Okay, dann lassen wir das Thema Studium. Was ist denn mit deiner Familie? Du weißt über meine jetzt gut Bescheid.«

Audrey legte ihr Besteck beiseite und blickte mich alarmiert an. An ihrem Gesichtsausdruck ahnte ich, dass ich mit meiner Frage einen wunden Punkt traf.

»Ich bin bei meiner Großmutter aufgewachsen«, sagte sie und versuchte mich mit ihren knappen Antworten auf Abstand zu halten.

»Warum nicht bei deinen Eltern?«, fragte ich neugierig nach. So schnell gab ich nicht auf. Obwohl ich begriffen hatte, dass ich mich mit meiner Fragerei auf gefährliches Terrain begab.

Audrey atmete tief durch, als sie merkte, wie hartnäckig ich blieb.

»Meine Eltern sind bei einem Autounfall ums Leben gekommen, als ich drei war. Ich erinnere mich nicht an sie. Aber Grandma wurde nie müde, über meine Eltern zu sprechen, und dafür bin ich ihr wirklich sehr dankbar.«

Mein Herz zog sich zusammen, als ich den ungebrochenen Schmerz in Audreys Augen wahrnahm. Ich hatte mit allem gerechnet, nur nicht mit einer Antwort wie dieser. Ich kannte den Schmerz, der auf ihr lastete, weil ich ihn am eigenen Leib erfahren hatte, und doch wusste ich jetzt nicht, was ich sagen sollte oder wie ich am besten reagierte. Stattdessen folgte ich einfach meinem ersten Impuls und griff nach ihrer Hand, um sie fest in meine zu nehmen. Ich wünschte, Audrey würde mich weiter an ihrer Vergangenheit teilhaben lassen.

Doch dazu drängen würde ich sie sicher nicht. Erst wenn sie dazu bereit war, sollte sie mir mehr erzählen.

»Meine Großmutter hat die Vormundschaft über mich übernommen. Sie hat mein ganzes Leben lang für mich gesorgt, und jetzt sorge ich für sie.«

Ich drückte ihre Hand ein bisschen fester und war unendlich erleichtert, dass sie mir uneingeschränktes Vertrauen entgegenbrachte und weitersprach.

»Was meinst du mit *du sorgst für deine Großmutter?*«, fragte ich vorsichtig nach. Jetzt war Fingerspitzengefühl gefordert, weil ich Audrey nicht verschrecken wollte, indem ich zu aufdringlich wurde.

Audrey blickte mich an, Tränen schimmerten in ihren Augen, und mein Herz zog sich abermals zusammen.

»Im letzten Jahr hat sie einen Schlaganfall erlitten, und leider konnte sie sich bis heute nicht von den Folgen erholen. Noch immer ist sie an ihren Rollstuhl gefesselt.«

Vor lauter Mitgefühl schnürte es mir die Kehle zu. Ohne nachzudenken, stand ich auf und ließ dabei Audreys Hand nicht los. Langsam ging ich um den Tisch herum und zog sie vorsichtig von ihrem Platz hoch. Widerspruchslos ließ sie es geschehen, und endlich schloss ich Audrey in meine Arme. Ich wollte sie trösten, ihr nahe sein und ihr beistehen. Ich musste ihr zeigen, dass es jemanden gab, der ihr zuhörte und der für sie da war. Auch wenn wir uns verhältnismäßig kurz kannten. Manchmal wusste man einfach, wenn jemand das Herz am rechten Fleck hatte und die Chemie stimmte. Bei Audrey traf das eindeutig zu. Mit jeder Minute verfiel ich ihr mehr. Diese Gefühle erschreckten mich. Denn nach der Trennung von Gwen hatte ich eigentlich gedacht, ich könnte mich nie wieder so heftig und innig verlieben. Fehlanzeige, denn genau das war passiert. Ich liebte Audrey von ganzem Herzen und meiner Seele.

»Wenn du Hilfe brauchst, dann bin ich für dich da«, flüsterte ich. Mittlerweile war ich bereit, alles für Audrey zu tun.

Zu meiner Enttäuschung spürte ich gleich darauf ihr leichtes Kopfschütteln an meiner Brust.

»Ich komme klar«, schniefte sie leise, hielt sich aber weiter an mir fest. Ich wünschte, ich müsste sie nie wieder loslassen. Wohin unsere Beziehung auch führte, wenn sie es mir gestattete, wäre ich gerne für sie da. Sie weckte den Drang in mir, sie zu beschützen und ihr beizustehen. Letztendlich bedeutete sie mir wahrscheinlich mehr, als mir momentan guttat.

Leise schniefend, machte sie sich von mir los und besah den nassen Fleck auf meinem Shirt.

»Schau dir an, was ich gemacht habe!«

»Ist nicht tragisch«, beruhigte ich sie. Wen interessierte schon das T-Shirt? Langsam strich ich über ihren leicht bebenden Rücken.

»Bei allem, was ich über meine Familie gesagt habe, fühle ich mich jetzt richtig mies. Vor allem, wenn ich bedenke, was deiner zugestoßen ist.«

Audrey konnte mir scheinbar nicht in die Augen schauen, denn sie blickte auf meine Brust und zupfte leicht am Ausschnitt meines Shirts.

»Das musst du nicht«, hauchte sie und schaute schließlich doch schwer atmend zu mir auf.

»Jetzt habe ich mich aber genug bei dir ausgeweint und sollte wirklich nach Hause gehen.«

Ich wollte nicht, dass sie ging, sondern wünschte mir, sie würde heute Nacht bleiben.

»Geh nicht«, raunte ich und zog sie aus einem Impuls heraus wieder näher an mich. Unter ihren Blicken beschleunigte sich mein Herzschlag. »Bleib heute Nacht bei mir«, kleidete ich meinen innigsten Wunsch endlich in Worte.

Audrey zögerte kurz, als würde sie meinen Vorschlag ernsthaft in Erwägung ziehen, doch dann flüsterte sie: »Erinnerst du dich noch, als du sagtest, du müsstest erst einiges in deinem Leben klären, bevor du bereit für etwas Neues bist?«

Ich schluckte schwer und nickte wortlos. Natürlich erinnerte ich mich. Wie hätte ich es vergessen können?

»Mir geht es gerade genauso. Lass mich erst etwas in Ordnung bringen«, bat sie.

Alles, was sie wollte! Ich gab Audrey frei, denn ich respektierte ihren Wunsch.

Neugierig war ich allerdings trotzdem.

»Darf ich fragen, was du in Ordnung bringen musst?«

Abermals zögerte sie ihre Antwort hinaus.

»Im Moment möchte ich lieber nicht darüber reden. Doch ich verspreche dir, es irgendwann zu erzählen. Bitte vertrau mir einfach.«

»Das tue ich.«

Mit ihrer Erklärung gab ich mich vorerst zufrieden.

Seufzend trat Audrey einen Schritt zurück, nahm ihre Tasche und ging schließlich auf die Küchentür zu.

»Danke für die Pizza«, sagte sie und lächelte leicht. »Sehen wir uns morgen?«

Ich nickte.

»Wir sehen uns morgen.«

Kapitel 9

Audrey

Fast schon benommen stürzte ich aus Robs Haus. Ich fühlte mich schlechter als jemals zuvor. Wer hätte denn gedacht, dass er endlich aus seinem Schneckenhaus kam und ich mich nun in meines zurückzog? Heute Abend konnte ich wirklich jede Gefühlsregung an seinem Gesicht ablesen. Er wollte, dass ich blieb, und nichts auf der Welt hätte ich lieber getan. Allerdings nicht, nachdem ich das Gespräch zwischen ihm und seinem Vater mit angehört hatte. Rob hob mich auf ein Podest, und diesen Platz hatte ich definitiv nicht verdient. Er dachte so gut von mir, doch das passte überhaupt nicht zu meinem Verhalten. Ich war nicht ehrlich oder aufrichtig, nein, im Gegenteil. Von Anfang an hatte ich Rob belogen und ihn mit meiner Geschichte an der Nase herumgeführt. Dass ich ihm heute etwas aus meiner Vergangenheit erzählen konnte, hatte wahnsinnig gutgetan. Endlich konnte ich ihm wenigstens teilweise die Wahrheit über mich sagen. Als er mich in seine Arme gezogen hatte, war ich kurz davor gewesen, ihm alles zu gestehen. Doch dann waren mir seine Worte in den Sinn gekommen, wie wichtig Ehrlichkeit für ihn war, und ich hatte es mit der Angst zu tun bekommen und schließlich doch wieder gekniffen.

Mit zitternden Fingern schob ich den Zündschlüssel ins Schloss und ließ den Motor an. Als ich mich in den Verkehr einfädelte, nahm ich mir ganz fest vor, meine Ankündigung, die ich gegenüber Zoe bereits verlauten lassen hatte, wahrzumachen. Rob und seine Vergangenheit berührten mich tief in meinem Herzen. Ich war total verliebt in ihn, und deshalb musste ich unbedingt in der Agentur kündigen. Nicht nur, um mein Gewissen zu beruhigen, sondern hauptsächlich, weil ich das Gefühl hatte, es ihm schuldig zu sein, nach allem, was zwischen Rob und mir vorgefallen war.

*

Mit schwitzenden Händen und klopfendem Herzen saß ich auf der beigen Ledercouch in Lorraines Büro und zupfte verlegen am Saum meines schwarzen Shirts. Ich war gekommen, um ihr die Wahrheit zu sagen, und das fiel mir jetzt natürlich unendlich schwer.

Lächelnd reichte sie mir ein Glas Wasser und glitt dann elegant neben mir auf die Couch.

»Du siehst richtig gut aus«, stellte sie anerkennend fest, und ich rang mir ein schwaches Lächeln ab.

Verlegen nippte ich an meinem Getränk, das ich verkrampft mit beiden Händen festhielt.

»Danke«, wisperte ich und starrte die Kohlensäurebläschen an, die in meinem Glas aufstiegen. Nervös kaute ich auf meiner Unterlippe, während mein Herz zum Zerbersten in meiner Brust klopfte.

»Lorraine, ich habe dich angelogen und ich kann dir gar

nicht sagen, wie leid mir alles tut«, platzte ich schließlich heraus und umklammerte das Glas so fest, dass ich befürchtete, es könnte in meiner Hand zerspringen.

Zwischen Lorraines perfekt gezupften Augenbrauen hatte sich eine steile Falte gebildet.

»Was willst du mir denn damit sagen?«

Ich atmete tief durch, nahm meinen ganzen Mut zusammen und sagte zum allerersten Mal, nach langer Zeit endlich die Wahrheit.

»Ich bin nie krank gewesen«, gab ich zu, und dann berichtete ich ihr von Rob, von der verrückten Verwechslung am Tag unseres Kennenlernens, und ich gestand ihr auch ganz offen, dass ich mich tatsächlich und allen Widerständen zum Trotz in ihn verliebt hatte. Nachdem ich meine Beichte abgelegt hatte, blickte ich Lorraine verzweifelt an und wünschte mir dabei sehnlichst, sie könnte mich wenigstens ein bisschen verstehen und es schaffen, mir zu verzeihen. Doch leider reagierte sie anders als erhofft.

»Du hast mich die ganze Zeit über belogen! Wie konntest du das nach allem bloß tun?«, fuhr sie mich gereizt an, und ich konnte es ihr noch nicht einmal verübeln. Schließlich hatte ich mich ihr gegenüber wie ein Miststück aufgeführt. Ich hatte Lorraine beschwindelt, während sie sich nach meinem Befinden erkundigt und Mitleid mit mir gehabt hatte. Indes war sie von dem Platz neben mir aufgestanden und lief in ihrem Büro auf und ab.

Am Fenster blieb sie stehen, verharrte einen Moment und blickte auf die Themse hinaus, bevor sie sich wieder mir zuwandte. Die Enttäuschung stand ihr ins Gesicht geschrieben.

»Wieso hast du mir nicht einfach die Wahrheit gesagt?«, fragte sie und sah mich mit zusammengekniffenen Augen an.

Ich zuckte mutlos mit den Schultern.

»Ganz ehrlich: Ich habe nicht die geringste Ahnung, warum ich es vorgezogen habe, dich anzulügen. Natürlich war das ein Fehler, denn ich hätte einfach ehrlich zu dir sein sollen. Aber ich hatte Angst. Du weißt sehr genau, wie dringend ich den Job in deiner Agentur gebraucht habe.«

Lorraine nickte langsam, doch ihre Mimik blieb angespannt.

»Angst? Was glaubst du denn hätte ich getan? Dir den Kopf abgerissen?«

Meine Wangen glühten vor Verlegenheit. Ja, wovor hatte ich mich eigentlich so sehr gefürchtet?

»Ich bin mir nicht sicher. Das Einzige, was ich weiß, ist, dass ich das Geld unbedingt brauchte und gleichzeitig immer weniger bereit war, auf Dates mit Kunden zu gehen.«

Beklommenes Schweigen dehnte sich zwischen uns aus, und Lorraine war schließlich diejenige, die es brach.

»Am Ende hat sich mein erster Eindruck von dir bestätigt. Ich wusste gleich zu Anfang, dass du für die Art von Job eigentlich nicht geschaffen bist.«

Langsam nickte ich.

»Ich habe es auch nur wegen des Geldes gemacht«, gab ich ungeniert zu und schämte mich auch nicht dafür, es zuzugeben.

Lorraine verschränkte die Arme vor der Brust, sie schnaubte, während sie mich mit ihren Blicken taxierte.

»Was erwartest du jetzt von mir? Du kennst meine Regeln!«

»Ja. Deshalb möchte ich auch kündigen.«

Endlich war es raus. Meine Worte fühlten sich wie ein Befreiungsschlag an und jagten mir gleichzeitig Angst ein.

Lorraine nickte langsam. »Gut, denn das erspart es mir, dich zu feuern.«

Ich stand von ihrer Couch auf und blieb unsicher stehen.

»Das Geld, das ich dir schulde, zahle ich natürlich bis auf den letzten Cent zurück«, sagte ich bekräftigend, und das war mein voller Ernst.

»Etwas anderes erwarte ich auch nicht von dir«, entgegnete sie sofort, und mein Herz zog sich unbehaglich zusammen. Hoffentlich forderte sie jetzt nicht die ganze Summe auf einmal zurück. Denn dann hatte ich definitiv das nächste Problem am Hals. Doch ihre nächsten Worte ließen mich entspannen.

»Du hast es eigentlich nicht verdient, aber ich vertraue dir trotzdem. Deshalb bleibt es bei unseren vereinbarten Konditionen.«

Erleichtert stieß ich den Atem aus und bemerkte erst jetzt, dass ich ihn vor Anspannung angehalten hatte. Mit Worten konnte ich nicht einmal annähernd meine Dankbarkeit zum Ausdruck bringen.

»Danke, dass du mir damals geholfen hast und es noch immer tust«, sagte ich gelöst und war den Tränen nahe.

Lorraines Gesichtszüge entspannten sich jetzt ebenfalls.

»Du hattest schon immer eine gute Fürsprecherin.«

Ein Lächeln huschte über mein Gesicht. Das stimmte, eine bessere Freundin als Zoe hätte ich mir nicht wünschen können.

»Dann lasse ich dich jetzt allein. Wir bleiben weiterhin in Kontakt«, versprach ich, trat auf Lorraine zu und streckte ihr leicht unsicher meine Hand entgegen, die sie gleich darauf ergriff.

»Verlass dich darauf. Den Autoschlüssel hinterlegst du bitte am Empfang.«

Natürlich, der teure Mercedes! Wie hatte ich den vergessen können?

»Klar. Kein Problem«, stotterte ich verlegen.

Mit klopfendem Herzen schenkte ich Lorraine ein letztes versöhnliches Lächeln, bevor ich kehrtmachte und ihr Büro verließ. Ich fühlte mich, als wäre gerade eine tonnenschwere Last von meiner Seele gehoben worden. Endlich hatte ich den ersten Schritt in die richtige Richtung unternommen. Am Empfang hinterlegte ich den Schlüssel. Dann machte ich mich beschwingt auf den Heimweg. Ich konnte es nicht erwarten, Zoe von meiner Heldentat zu berichten.

»Ich bin tatsächlich beeindruckt«, sagte Zoe später an diesem Tag, beugte sich über einen Topf mit köchelnder Tomatensauce und rührte sie gemächlich um.

Ich strahlte über das ganze Gesicht. Jetzt, da Anspannung und Aufregung endlich abgeebbt waren, fand ich das Eingeständnis meiner Lügen ebenfalls ziemlich beeindruckend.

»Geht mir genauso«, gab ich grinsend zurück und goss unsere Spaghetti mit einem Sieb über der Spüle ab. Aus dem Radio dudelte leise Musik, und der Duft von frischen Tomaten und Basilikum erfüllte die Küche.

»Was ist mit dem geliehenen Geld?«, wollte Zoe wissen und nahm den Topf mit der Sauce vom Herd.

Bei dieser Frage klopfte mein Herz längst nicht mehr so schnell wie noch vor ein paar Stunden.

»Wie vereinbart zahle ich Lorraine das Geld zurück. Zum Glück ist sie nach wie vor mit den bestehenden Konditionen einverstanden. Das war übrigens eine riesige Erleichterung für mich.«

Zoe nickte lächelnd.

»Das kann ich mir vorstellen.«

Ich verteilte die Spaghetti auf zwei Teller, und Zoe gab die Tomatensauce darüber. Wie lecker das duftete! Mir lief das Wasser im Munde zusammen. Zoe trug die Teller zum Tisch, ich holte den Wein aus dem Kühlschrank und goss jeder von uns ein Glas ein. Dann setzte ich mich zu ihr.

»Schmeckt himmlisch«, sagte ich und schloss für einen kurzen Moment genießerisch die Augen.

Zoe freute sich über mein Kompliment wie ein Schneekönig.

»Wie läuft es mit Rob?«, fragte sie betont beiläufig und versuchte mir damit wohl weiszumachen, dass sie nicht im Geringsten neugierig war. Die Nummer kaufte ich ihr keine Sekunde ab. Bei der Erwähnung von Robs Namen kehrten die Aufregung und das Herzflattern zurück.

Ich griff nach meinem Weinglas, trank einen Schluck und schindete Zeit, um meine Gedanken zu sortieren. Tja, wie lief es zwischen uns? Hätte Zoe diese Frage vor ein paar Tagen gestellt, hätte ich ihr wohl antworten müssen, dass nichts zwischen uns lief und mit Sicherheit auch niemals etwas laufen würde. Doch heute lagen die Dinge völlig anders. Beim gemeinsamen Pizzaessen waren wir uns viel nähergekommen, als ich je erwartet hatte. Mittlerweile kannte ich weitere Puzzleteile aus seiner Vergangenheit, und Rob wusste auch einige Dinge über mich. Ich bereute es nicht eine Sekunde, ihm von meiner Familie erzählt zu haben, obwohl ich es sonst eher vermied, mit Fremden über meine Vergangenheit zu sprechen. Denn die mitleidigen Blicke, die ich nach diesen Erzählungen meist erntete, fand ich unerträglich. Aber deshalb machte ich auch niemandem einen Vorwurf. Wie sollte man darauf reagieren? Nicht einmal ich wusste, wie ich auf so eine Geschichte reagieren sollte. Aber Rob hatte einfach nur meine Hand gedrückt, mir zugehört und mich schließlich in die Arme genommen. Wahrscheinlich lag es daran, weil er Ähnliches erlebt hatte. Er war für mich da gewesen, und anstatt mir das Gefühl von Schwäche und Ohnmacht zu geben, hatte ich in seinen Armen zu Stärke und Entschlossenheit zurückgefunden.

»Wo bist du jetzt wieder mit deinen Gedanken?«, fragte Zoe lachend nach und schnippte mit den Fingern, um meine Aufmerksamkeit zurückzugewinnen.

»Wo schon!«, gab ich ebenfalls lachend zurück.

Zoe verdrehte die Augen. Natürlich kannte sie die Antwort.

»Es ist nicht einfach nur, dass ich mich in Rob verliebt habe«, versuchte ich ihr zu erklären und schämte mich nicht, meine Gefühle wieder laut auszusprechen. Ganz im Gegenteil. Das tat richtig gut.

»Er ist anders als alle Männer, die ich bis jetzt kennengelernt habe. Rob lässt mich in sein Herz blicken. Die ganze Zeit über habe ich mich gefragt, wie lange er diese kühle Fassade, die er mir immerzu präsentiert hat, aufrechterhalten kann. Doch jetzt habe ich endlich begriffen, dass er mir längst tiefe Einblicke in seine Seele gegeben hat.«

Zoe ließ ihre Gabel sinken und schaute mich seufzend an.

»Ich glaube, ich bin gerade richtig neidisch auf dich.«

Lachend warf ich den Kopf zurück.

»Warum? Weil ich mich in einen Mann verliebt habe, bei dem ich nicht weiß, ob er meine Gefühle erwidert?«

»Wenigstens hast du dich verliebt. An das letzte Mal, als ich verliebt war, kann ich mich nicht mal mehr erinnern.«

»Tja, ich weiß es dafür umso besser«, gab ich noch immer lächelnd zurück.

»Wie war noch gleich sein Name? Kevin?«

Zoe schnitt eine Grimasse.

»Stimmt, und das war keine Liebe, sondern nur eine harmlose Schwärmerei«, gab sie leicht schmollend zurück.

»Den Eindruck hatte ich damals nicht, als ich mir nächtelang anhören musste, wie toll er doch ist.«

Zoe bewarf mich mit ihrer Papierserviette.

»Okay, Schluss jetzt! Halt lieber den Mund.«

Lachend stand ich auf und trug unsere leeren Teller an die Spüle.

»Na gut. Reden wir wieder über etwas anderes.«

Zoe nickte zufrieden.

»Toll. Dann kommen wir wieder auf dich und Rob zurück.«

Ich konzentrierte mich darauf, Wasser ins Spülbecken laufen zu lassen.

Dann blickte ich Zoe an.

»Gestern war ich drauf und dran, Rob die Wahrheit zu sagen«, gestand ich mit klopfendem Herzen.

Zoe räumte die Gläser ab und trat schließlich neben mich ans Spülbecken.

»Warum hast du es nicht durchgezogen? Hat dir am Ende doch der Mut gefehlt?«

Ich nickte seufzend.

»Ja, nachdem er mir noch einmal unmissverständlich klargemacht hat, wie wichtig ihm Aufrichtigkeit ist.«

Zoe nickte zustimmend.

»Okay, dann hätte ich mit Sicherheit auch gekniffen.«

Ich ließ unsere schmutzigen Teller ins Wasser gleiten und begann mit dem Abwasch.

»Ich weiß einfach nicht mehr, was ich jetzt machen soll. Hätte ich schon eher den Mut aufgebracht, ihm alles zu erzählen, würde ich jetzt nicht in dieser Misere stecken. Je länger ich es hinauszögere, desto schlimmer wird es am Ende werden.«

Zoe nahm den sauberen Teller entgegen, den ich ihr hinhielt, und trocknete ihn mit dem Geschirrtuch ab.

»Stimmt«, gab sie knapp zurück. »Musst du ihm denn unbedingt die Wahrheit sagen?«

Energisch schrubbte ich den nächsten Teller und schüttelte den Kopf.

»Darüber habe ich auch schon nachgedacht«, gab ich sofort zurück. »Aber ihn länger anzulügen ist unheimlich schwer. Außerdem kennst du doch sicher das Sprichwort: Lügen haben kurze Beine! Ich habe das beklemmende Gefühl, dass Rob früher oder später die Wahrheit erfährt. Und das sollte er lieber von mir und nicht durch jemand anderen.«

Zoe stellte den trockenen Teller in den Schrank, und ich übergab ihr den nächsten.

»Wahrscheinlich hast du recht. Je länger du wartest, desto schlimmer und unangenehmer wird es werden.«

»Leider habe ich schon viel zu lange gewartet.«

Bevor Zoe etwas erwidern konnte, klingelte plötzlich mein Telefon. Überrascht blickte ich auf, die Hände noch immer im Spülbecken und mit reichlich Schaum bedeckt.

»Ich schaue für dich nach«, bot Zoe an, und ich nickte sofort, während mein Herz aufgeregt schlug. Immerzu hoffte ich, Rob würde anrufen, doch bisher hatte er es eigentlich meist vermieden, mit mir zu telefonieren.

Doch jetzt presste Zoe grinsend die Lippen zusammen, und ich wusste augenblicklich, dass er es war. Im Bruchteil einer Sekunde bestätigte sie meinen Verdacht.

»Es ist Rob«, teilte sie mir aufgeregt mit, und meinem armen Herzen drohte für ein paar Sekunden der Stillstand.

Schnell trocknete ich mir die Hände ab und stürmte auf Zoe zu.

»Ein guter Moment, um ihm die Wahrheit zu sagen«, schlug sie vor und drückte mir das klingelnde Handy in die Hand. Aber ich schüttelte umgehend den Kopf. Nein, auf die Schnelle ging das nicht. Ich musste mir erst die richtigen Worte zurechtlegen.

»Hey«, sagte ich aufgeregt, nachdem ich das Gespräch angenommen hatte, und verließ eilig die Küche, um in mein Zimmer zu gehen. Der Abwasch konnte warten.

»Hey«, gab Rob zurück. »Ich wollte mich erkundigen, ob bei dir alles okay ist?« Er zögerte kurz, dann sagte er. »Du hast gestern fluchtartig mein Haus verlassen.«

Mit klopfendem Herzen und ungefähr hundert Schmetterlingen im Bauch schloss ich die Tür hinter mir und ließ mich aufs Bett plumpsen.

»Mach dir bitte keine Sorgen. Es geht mir gut. Ehrlich!«, gab ich beschwichtigend zurück.

»Schön, das zu hören.«

Im Hintergrund vernahm ich Stimmen.

»Wo bist du denn gerade?«, fragte ich daher nach.

»Im Moment am Flughafen. Noch ein Grund, weshalb ich dich anrufen wollte. Ich muss zu einem wichtigen Geschäftstermin nach Manchester fliegen. Kurzfristige Angelegenheit.

Ich hätte dir gerne eher Bescheid gesagt, aber ich habe es einfach nicht geschafft. Sorry!«

»Kein Problem«, sagte ich schnell. Obwohl ich über seine plötzliche Geschäftsreise schon ziemlich überrascht war.

»Wann kommst du denn wieder?«

Rob zögerte kurz, für ein paar Sekunden hörte ich ihn mit jemand anderem flüstern.

»Am Freitagabend«, antwortete er schließlich.

»Freitag findet die Party statt«, platzte ich heraus.

»Ich weiß. Glaubst du, dass du die Organisation allein hinbekommst? Ich habe nämlich rein zufällig vollstes Vertrauen in dich.«

Ein Lächeln huschte über mein Gesicht.

»Du brauchst dir darüber keine Gedanken zu machen. Die Vorbereitungen sind wirklich kein Problem, außerdem gibt es gar nicht mehr besonders viel zu tun.«

»Ich wusste, dass ich mich auf dich verlassen kann. Allerdings habe ich noch eine richtig große Bitte an dich.«

»Und die wäre?«

»Kümmerst du dich gut um Franklyn?«, fragte Rob.

»Natürlich. Schließlich gehört diese Aufgabe zu meinem Job«, gab ich schmunzelnd zurück.

»Damit meinte ich eigentlich, du könntest während meiner Abwesenheit in meinem Haus wohnen.«

Vor Überraschung blieb mir die Luft weg.

Ich zögerte.

»Immerhin könntest du dir den täglichen Weg zur Arbeit sparen«, versuchte Rob, seine Idee interessanter zu machen.

Ich räusperte mich leicht, mein Gesicht hatte eine gesunde rote Farbe angenommen, bis ich endlich meine Sprache wiederfand.

»Keine schlechte Idee. Dann wäre Franklyn nicht so lange allein.«

»Dann bist du einverstanden?«

»Sicher. Kein Problem«, gab ich mit laut pochendem Herzen zurück und zupfte fahrig am Reißverschluss meines Kissens, das auf meinem Bett lag.

»Du bist toll. Fühl dich bei mir einfach wie zu Hause.«

Rob zögerte für einen kurzen Augenblick, und ich wartete nervös auf seine nächsten Worte.

Doch ich wurde enttäuscht. »Ich bin jetzt gleich am Check-in und muss leider auflegen. Wir sehen uns dann am Freitagabend.«

Ich nickte, wissend, dass Rob mich nicht sehen konnte. Dann fasste ich mir endlich ein Herz.

»Es gibt etwas, das ich dir unbedingt erzählen muss.«

Rob schien kurz zu zögern. »Für mich gilt dasselbe. Ich habe nachgedacht, und es gibt auch ein paar Dinge, die ich dir sagen möchte.«

Schweigen dehnte sich zwischen uns aus, und für einige kurze Augenblicke hörte ich nur die Geräusche des Flughafens und das laute Klopfen meines Herzens.

»Ich muss jetzt auflegen. Wir reden am Freitag. Bitte vergiss bis dahin nicht, was du mir sagen willst.«

Aufregung ließ mein Herz noch schneller klopfen.

»Bestimmt nicht.«

Nach einer knappen Verabschiedung klickte es in der Leitung, und Rob hatte aufgelegt. Ich legte ebenfalls auf, hielt mein Handy aber ganz fest in der Hand, als ich mich mit dem Kopf aufs Kissen plumpsen ließ und kurz die Augen schloss.

Robs Gesicht tauchte vor meinem inneren Auge auf, und ich drückte das Handy noch ein bisschen fester an meine

Brust. Während ich mir seine Stimme in Erinnerung rief, versuchte ich mich wieder etwas zu beruhigen.

Am Freitag würde mich Rob definitiv auf mein Versprechen festnageln. Dann gab es kein Zurück mehr, und letztendlich blieb mir nichts anderes übrig, als ihm die Wahrheit zu sagen. Ich malte mir aus, wie er darauf reagieren könnte, und mein Puls begann wieder zu rasen.

Das Klopfen an meiner Zimmertür riss mich aus meinen Gedanken.

»Komm rein«, rief ich und rappelte mich endlich wieder auf. Mein Handy ließ ich auf dem Bett liegen.

Zoe streckte ihren braunen Haarschopf zur Tür herein.

»Was hat Rob gewollt?«

Ich lachte laut auf.

»Du kannst deine Neugier wohl wirklich nicht mal zehn Minuten unter Kontrolle halten!«

Sie zog einen Schmollmund.

»Du kennst mich. Was hat er denn nun gesagt?«

Sie kickte die Tür hinter sich zu und machte es sich auf meinem großen rotkarierten Ohrensessel bequem.

»Eigentlich hat er mich nur angerufen, um mir zu sagen, dass er für ein paar Tage verreisen muss. Eine wichtige Geschäftsreise, die er nicht verschieben konnte und ihm ganz plötzlich dazwischengekommen ist.«

»Wann seht ihr euch wieder?«

Ich rieb mir seufzend über das Gesicht und ließ mich zurück auf mein Bett plumpsen.

»Am Freitagabend. Ich habe mir fest vorgenommen, ihm die Wahrheit zu erzählen.«

Zoes Augenbrauen schossen in die Höhe.

»Ernsthaft?«

Ich nickte, dann stieß ich verzweifelt hervor.

»Vorhin am Telefon hat mich grenzenloser Mut überkommen, und jetzt folgt darauf eine gehörige Portion Panik.«

»Also in deiner Haut möchte ich wirklich nicht stecken. Aber vielleicht vergisst er bis dahin auch deine spontane Ankündigung«, versuchte mich Zoe zu beruhigen.

Ich lachte freudlos auf.

»Das glaubst du doch wohl nicht im Ernst?«

Zoe zuckte ratlos mit den Schultern.

»Ich kenne ihn ja nicht.«

»Aber ich kenne ihn mittlerweile ziemlich gut, und ich weiß, er wird es mit Sicherheit nicht vergessen.«

»Was hast du jetzt vor?«

»Meinen Job erledigen, mich um Franklyn kümmern und hoffen, dass Rob mich am Freitagabend, nachdem ich ihm alles erzählt habe, noch immer mag.«

*

Peinlich berührt starrte ich die Partygäste an, die sich lachend und plaudernd in Robs Garten tummelten und stellte mit Schrecken fest, dass ich absolut underdressed war. Die Frauen trugen schicke Kostüme und teuer aussehende Kleider. Die Männer ausnahmslos Anzug und Krawatte. Hitze stieg in meine Wangen, als ich mir meines Aufzugs bewusst wurde. Ich trug ein kurzes weißes Kleid mit Spaghettiträgern und hohe offene Sandalen. Ich hätte eher auf eine Strandparty gepasst als hierher. Das verstand also die englische Upperclass unter zwanglos. So fehl am Platz hatte ich mich selten gefühlt. Am liebsten würde ich mich gleich wieder aus dem Staub machen.

Glücklicherweise schien das mein einziger Fauxpas zu sein. Die Beleuchtung war wirklich märchenhaft. Lichterketten mit kleinen warmweißen Lampions schmückten die Bäume im Garten. Fackeln loderten rund um die Terrasse und verströmten eine besonders tolle Atmosphäre. Die Band hatte sich etwas abseits aufgebaut und spielte klassische Musik. Die Angestellten vom Catering huschten mit auf Hochglanz polierten silbernen Tabletts umher und boten den Gästen Champagnerflöten und kleine Häppchen an.

»Sie müssen Audrey sein«, riss mich eine unbekannte männliche Stimme aus meinen Gedanken. Ich wirbelte herum und schaute in ein paar dunkelbraune Augen, die mich freundlich und gleichzeitig mit einer Spur Belustigung musterten.

Stirnrunzelnd fragte ich: »Kennen wir uns?«

»Im Moment noch nicht. Ich bin John Evans, Miteigentümer der Kanzlei und Robs bester Freund«, stellte er sich augenzwinkernd vor.

Ich biss mir leicht auf die Lippen.

»Rob hat schon einiges von Ihnen erzählt.«

John grinste breit.

»Dann haben wir etwas gemeinsam. Ich habe nämlich auch schon einiges von Ihnen gehört«, meinte er geheimnisvoll.

Röte stieg erneut in meine Wangen, als ich mir ausmalte, was Rob über mich gesagt haben könnte.

»Keine Sorge, natürlich nur Positives«, erwiderte John sofort, der meine offenkundige Gefühlsregung genau richtig interpretiert hatte.

Ein Kellner huschte vorbei, und John griff nach einem Champagnerglas, das er mir gleich darauf reichte.

»Für Sie«, meinte er und lächelte charmant.

Zögerlich nahm ich das Glas entgegen und war mir nicht sicher, wie ich mich in Johns Gegenwart fühlen sollte. Seine Worte brachten mich durcheinander, weil ich mich fragte, was Rob ihm über mich erzählt hatte.

John prostete mir lächelnd zu.

»Nennen Sie mich doch bitte John.«

Unsicher lächelnd sagte ich. »Audrey.«

John nickte, und ich trank einen Schluck Champagner. Prickelnde Süße rann meine Kehle hinab, und die aufsteigenden Bläschen kitzelten in meiner Nase. Langsam ließ ich mein Glas wieder sinken und meinen Blick über die anwesenden Partygäste schweifen. Schließlich entdeckte ich endlich Rob, der sich angeregt mit einer brünetten und wirklich sehr attraktiven jungen Frau unterhielt. Johns Blick war meinem gefolgt.

»Ihr Name ist Noemi.«

»Was?«, verwirrt schaute ich John an.

Er deutete mit dem Kopf leicht in Robs Richtung.

»Die Frau, mit der Rob sich gerade unterhält. Ihr Name ist Noemi, und sie ist eine unserer Sekretärinnen.«

»Oh«, stieß ich hervor, weil ich nicht wusste, was ich sonst dazu sagen sollte.

»Sie hat eine ausgewachsene Schwäche für Rob. Und diese Vorliebe teilt sie, um ganz ehrlich zu sein, mit dem größten Teil unserer weiblichen Angestellten. Ich bin nicht sicher, warum er so anziehend auf Frauen wirkt. Vielleicht ist es diese Mischung aus Melancholie und Unnahbarkeit?«

John zuckte die Schultern, und ich blickte ihn ungehalten an.

»Warum erzählst du mir das eigentlich?«

Sofort bohrte sich der Stachel der Eifersucht in mein Herz. Ich wollte nicht hören, wie Rob auf andere Frauen wirkte.

»Ich wollte nur checken, wie du reagierst. Du hast den Test übrigens bestanden.«

»Ist das irgendein dämliches Spiel?«

Ich war wütend. Was bildete sich dieser Kerl eigentlich ein?

Leise lächelnd schüttelte er den Kopf und erklärte: »Rob ist mein bester Kumpel. Was er will, weiß ich mittlerweile ziemlich genau. Bei dir war ich mir allerdings nicht sicher.«

»Und bist du es jetzt?«, fauchte ich angriffslustig. Ich hatte keine Lust, mich von einem eingebildeten Typen beurteilen zu lassen, der mich zu allem Überfluss gerade erst kennengelernt hatte.

»Zieh die Krallen ein! Dein Gesicht ist wie ein offenes Buch. Deine Reaktion gefällt mir. Rob scheint dir wichtig zu sein.«

Ganz beschwichtigt war ich noch immer nicht.

»Das stimmt. Er ist mir wichtig. Mehr als du vielleicht glaubst.«

John nahm einen Schluck aus seinem Whiskeyglas, und fügte leicht grinsend hinzu: »Du musst dir übrigens keine Sorgen bezüglich anderer Frauen machen. Rob ist dir hoffnungslos verfallen.«

Überrascht blickte ich in Johns Gesicht.

»Momentan macht er schwere Zeiten durch.«

»Ich weiß über seine Vergangenheit Bescheid«, erwiderte ich sofort, und jetzt war es John, der mich überrascht anschaute.

»Rob ist nicht besonders gut darin, seine Gefühle zum Ausdruck zu bringen. Doch ich kenne ihn seit Kindertagen und weiß daher, dass er nur sehr wenige Menschen an seinem Leben teilhaben lässt, und wenn er dir tatsächlich von seiner Vergangenheit erzählt hat, dann zeigt das einmal mehr, wie wichtig du ihm bist.«

Als ich das hörte, beschleunigte sich mein Puls. Empfand Rob wirklich so für mich?

Noch immer war er in sein Gespräch mit Noemi vertieft, und ich fragte mich, wie viel Bedeutung ich Johns Worten schenken sollte.

Als ein Kellner an uns vorbeieilte, stellte ich meine leere Champagnerflöte auf seinem Tablett ab.

»Bitte entschuldige mich«, bat ich John, ließ ihn kurzerhand stehen und ging davon. Mein Blick schweifte noch einmal zu Rob, der im gleichen Moment aufsah und mich entdeckte.

Sanfte Musik erfüllte den Garten. Hier und da hatten sich kleine Grüppchen gebildet, und die Leute plauderten und lachten ungeniert miteinander. Auf dem Pool trieben Schwimmkerzen. Das Zirpen der Grillen erfüllte die Luft, und eine leichte Brise strich über meine Haut, als ich inmitten der Partygäste stand und mich nach wie vor fehl am Platz fühlte.

»Amüsierst du dich gut?« Robs Stimme ließ mich herumfahren und bescherte mir sofort weiche Knie.

Ich ließ das Glas Champagner sinken, das ich gerade an meine Lippen führen wollte. Der laue Wind zerzauste meine Haare, und ich versuchte meinen Blick nicht allzu interessiert über ihn gleiten zu lassen. Doch natürlich entging mir nicht, wie toll Rob heute Abend aussah. Sein Anzug saß wie immer perfekt, und ich hätte wirklich fast alles dafür gegeben, ihm jetzt die Krawatte lockern und das Hemd öffnen zu können. Bevor meine Gedanken in eine zweifelhafte Richtung driften, riss ich mich lieber zusammen. Noch immer zweifelte ich an Johns Worten. Vielleicht hatte er sich alles ausgedacht und machte sich jetzt einen Spaß daraus, den Kuppler zu spielen. Wenn es sich tatsächlich so verhielt, blieb mir der Sinn allerdings fremd. Aber wer wusste schon, mit welchen Spielchen sich die Reichen die Zeit vertrieben?

»Du hast dich lange mit John unterhalten!«

Das war keine Frage, sondern eindeutig eine Feststellung, und es bedeutete, dass Rob mich beobachtet hatte. War er etwa auf John eifersüchtig? Dieser Gedanke zauberte mir ein kleines Lächeln ins Gesicht.

»Ja, ich habe mich tatsächlich sehr nett mit John unterhalten. Er hat mir eine Menge interessanter Dinge erzählt.«

Ein Schatten huschte über Robs Gesicht, und ich sah meine Vermutung bestätigt.

»Bist du etwa eifersüchtig?«, fragte ich und ließ viel mehr Selbstbewusstsein in meiner Stimme mitschwingen, als ich tatsächlich empfand.

»Muss ich das denn?«

Rob schaute mich mit durchdringendem Blick an, und nur widerstrebend kämpfte ich den Impuls nieder, mich an ihn zu schmiegen.

Ich schüttelte den Kopf.

»Nein«, sagte ich dann. »Überhaupt nicht. Muss ich denn eifersüchtig sein, wenn du mit einer deiner Sekretärinnen flirtest?«

»Ich flirte doch nicht«, gab er entrüstet zurück und ließ mit diesen Worten mein Herz vor Glück schneller schlagen.

»Noemi steht auf dich.«

»Wer erzählt diesen Unsinn? Natürlich nicht.«

Seine Unschuldsmiene war lustig und niedlich und verdammt sexy.

»John behauptet es«, gab ich schmunzelnd zurück, und Rob rollte mit den Augen.

»Das hätte ich mir denken können. Bitte, glaub ihm kein Wort.«

Jetzt lächelte ich offenkundig.

»Du wirst ja rot«, stichelte ich und fügte dann grinsend hinzu: »Jetzt tu nicht so, als hättest du noch nicht bemerkt, dass du ein Frauentyp bist.«

Robs Wangen glühten vor Verlegenheit.

Wie konnte jemand so viele Gegensätze in sich vereinen? Wie schaffte Rob es, unnahbar und gleichzeitig aufgeschlossen zu sein? Wie konnte er forsch und dann wieder zurückhaltend sein? Wie gelang es ihm, seine wahre Persönlichkeit vor der Außenwelt zu verstecken? Und die wichtigste Frage, wie hielt er das alles nur so lange durch?

»Ich bin kein Frauentyp«, wiegelte er ab.

Lachend stieß ich ihm meinen Ellenbogen in die Seite.

»Doch, das bist du. Versuch nicht, es zu leugnen.«

Der intensive Blick, mit dem er mich bedachte, ließ mein Herz fast stillstehen.

»Bin ich dein Typ?«, fragte er flüsternd.

Mein Herz klopfte so schnell, dass ich das Gefühl nicht loswurde, gleich in Ohnmacht zu fallen.

Irgendwie schaffte ich es, ihn anzuschauen, ohne umzukippen.

Nun gab es für mich zwei Möglichkeiten. Erstens, die alten Spielchen zwischen uns fortzuführen oder endlich aufs Ganze zu gehen. Ich entschied mich für Letzteres.

»Komm kurz mit!«, forderte ich Rob auf und berührte flüchtig seine Hand.

Ohne eine Sekunde zu zögern, folgte er mir ins Haus. Zielstrebig lief ich in die Küche, und gleich darauf schloss Rob die neue schwere Schiebetür hinter uns, und ich trat ihm mutig gegenüber.

Die Gäste waren alle im Garten, und in der Küche war es so still, dass ich glaubte, mein Herz schlagen zu hören, als ich in Robs stahlblaue Augen blickte.

»Also, was willst du mir denn nun so Geheimnisvolles mitteilen, dass du mich dafür in die Küche zitierst?«, fragte er amüsiert.

Ich nahm all meinen Mut zusammen. Jetzt oder nie!

»Du empfindest etwas für mich!«, sagte ich geradeheraus, und Rob starrte mich gebannt an. Das amüsierte Lächeln verschwand augenblicklich aus seinem Gesicht.

Ich ließ mich durch seine intensiven Blicke nicht ablenken, denn ich musste ihm einfach endlich sagen, was ich schon die ganze Zeit über loswerden wollte.

»Und ich glaube, das Einzige, was dich davon abhält, das für mich Offensichtliche endlich zuzugeben, ist deine Vergangenheit. Aber das ist falsch. Weil du dir davon nicht die Zukunft kaputtmachen lassen darfst. Was passiert ist, war wirklich schrecklich. Doch dich trifft keine Schuld. Du schaffst es vielleicht, deine Gefühle zu kontrollieren, weil du viel stärker bist als ich«, gestand ich ein und drängte mich mit laut klopfendem Herzen an ihn. Robs Brust hob und senkte sich unter schweren Atemzügen, doch er hielt meinen Blicken stand.

»Aber ich bin nicht so stark. Ich möchte mit dir zusammen sein«, flüsterte ich und sprach damit endlich aus, wonach ich mich mittlerweile so sehr sehnte. Vorsichtig streckte ich meine Finger nach seinen Händen aus.

»Und deshalb entschuldige ich mich jetzt vorsorglich bei dir, und zwar für das, was ich gleich tun werde«, wisperte ich und lehnte mich noch näher an ihn.

»Wofür?«, stieß Rob gepresst hervor.

»Dafür«, flüsterte ich und führte seine Hände auf meinen Po. Rob stöhnte leise auf, während seine Finger sanft zudrückten. An seiner Miene konnte ich den Kampf ablesen, den er mit sich ausfocht, und als ich mich auf die Zehenspitzen stellte und mich zu ihm emporreckte, verlor er ihn mit wehenden Fahnen. Seufzend presste er mich an sich, und ich bedeckte seinen Mund mit einem Kuss. Er öffnete langsam seine Lippen, und ich ließ meine Zunge in seinen Mund gleiten. Stöhnend vergrub ich meine Hände in seinen Haaren, und Rob drängte mich rückwärts, bis ich gegen die Küchenzeile stieß. Meine Hände glitten nach oben, über seine Brust, zu seiner Krawatte. Während wir uns heftig küssten, versuchte ich den Knoten zu lösen. Was mir leider weniger gut gelang. Rob lächelte an meinen Lippen, als er bemerkte, wie ich mich abmühte.

»Soll ich dir vielleicht helfen?«, raunte er verführerisch.

Ich nickte langsam. »Bitte«, gab ich flüsternd zurück.

Lächelnd lockerte er den Knoten seiner Krawatte, und ich half ihm dabei, sie ganz zu lösen.

Sofort machte ich mich an den Knöpfen seines Hemdes zu schaffen, und Robs Hände glitten wieder hinunter zu meinem Hintern, und er schob langsam mein Kleid nach oben.

Ich hielt den Atem an, als er endlich meine halbnackte Haut berührte. Seufzend schob ich sein Hemd auseinander, berührte mit meinen Fingern seine nackte Brust. Strich mit den Fingerspitzen über seine Muskeln, und er erschauerte unter meinen Berührungen. Wir konnten nicht aufhören, uns zu küssen. Es fühlte sich an, als wäre eine Mauer zum Einsturz gekommen oder ein Damm gebrochen. Zwischen uns schien es kein Halten mehr zu geben. Ich wollte ihm nahe sein, ihn spüren. Mit einem Ruck, hob er mich hoch, und ich schlang meine Beine um seine Hüften. Während er mich hinüber zur Küchenzeile trug, spürte ich seine ganze Härte als heißes Versprechen zwischen meinen Schenkeln und konnte es nicht erwarten, ihn endlich in mir zu spüren. Mein Verstand war so umnebelt, dass ich erst spät die Schritte im Flur hörte. Augenblicklich stoppte ich Rob, der mich schwer atmend anblickte.

»Hey, Rob, wo zum Teufel steckst du schon wieder?«, hörten wir schließlich John rufen.

Rob hielt inne und fluchte leise.

Mühsam schob ich ihn von mir und hopste von der Arbeitsplatte herunter. Hastig strich ich mein Kleid glatt, und Rob schaffte es gerade noch, die Knöpfe seines Hemdes zu schließen, bevor sich die Schiebetür öffnete und John die Küche betrat.

»Hier steckst du«, sagte er gedehnt, und sein Blick zuckte zwischen Rob und mir hin und her. Ein wissendes Lächeln glitt über sein Gesicht, als er meinen Aufzug und Robs Krawatte bemerkte, die noch auf dem Boden lag.

»Dein Timing war auch schon mal besser«, meinte Rob frustriert und entlockte John mit diesen Worten ein freches Grinsen.

»Wenn ihr ungestört sein wollt, geht nach oben und schließt ab«, schlug er amüsiert vor. Ich versuchte meine Verlegenheit zu verbergen, aber ich spürte, wie mir bei Johns

Worten und seinen wissenden Blicken die Röte in die Wangen schoss. Schnell überprüfte ich noch einmal den korrekten Sitz meines Kleides.

»Wir sehen uns später«, murmelte ich an Rob gewandt und stürzte aus der Küche. Rob wollte nach meiner Hand greifen, mich zurückhalten, aber ich schüttelte sie schnell ab. Ich lächelte ihm flüchtig zu, und während ich seine Hände noch auf meiner Haut spürte und seinen Kuss auf meinem Mund fühlte, ging ich schnell an John vorbei und zurück in den Garten.

Kapitel 10

Rob

Ich konnte nicht aufhören Audrey anzustarren. Sie sah in ihrem weißen Sommerkleid einfach bezaubernd aus. Sie war mit reichlich Abstand die schönste Frau, der ich je begegnet war. Und das realisierte ich nicht erst am heutigen Abend. Das durfte ich zu meiner größten Frustration bereits bei unserem ersten Kennenlernen feststellen.

Es fiel mir schwer, sie aus dem Kopf zu bekommen, und nach den heißen Küssen, die wir vor ein paar Tagen in meinem Haus ausgetauscht hatten, versuchte ich es auch gar nicht mehr. Vorhin konnte ich meine Hände nicht von ihr lassen. Wäre John nicht zu diesem denkbar ungünstigen Moment aufgetaucht, dann hätte ich es mit Sicherheit nicht geschafft, mich zu beherrschen. Und selbst jetzt, als sie einfach nur in meinem Garten stand und der Wind ihr Haar auf wunderbare Weise durcheinanderbrachte, gelang es mir kaum. Ich wollte wieder zurück in die Küche, Audrey auf die Arbeitsplatte heben und mich zwischen ihre Schenkel drängen. Ich wollte den zarten Brustansatz küssen, der so verführerisch aus dem Kleid hervorschaute. Fast schon schmerzhaft sehnte ich mich danach, meine Finger an ihren Beinen langsam nach oben gleiten zu lassen. Immer weiter und weiter, bis zu dem seidenweichen Stückchen Stoff, das ihre süßeste Stelle bedeckte. Der Drang, sie zu packen und ihr das Kleid hochzuschieben, pochte in meinem Inneren. Ich wollte mit ihr schlafen, hart und schnell, und gleichzeitig wollte ich sie überall küssen und es langsam angehen lassen, als hätten wir unser Leben lang Zeit.

»Du hättest vorhin nicht gehen müssen«, sagte ich, als ich neben Audrey trat und sie mit leuchtenden Augen zu mir aufblickte.

Im Verborgenen streckte ich meine Hand aus und verflocht sanft meine Finger mit ihren. Audrey rückte näher zu mir heran, und mein Herz machte vor Glück einen Sprung.

»Werden wir es je schaffen, über diese heißen Küsse von vorhin hinauszukommen?«

»Johns Timing war wirklich nicht gerade das Beste«, gab ich zurück und drückte ihre Hand ein bisschen fester.

»Möchtest du tanzen?«

Audrey zögerte kurz, doch dann nickte sie.

Langsam bewegten wir uns im Takt der Musik. Meine Hand glitt auf Audreys Rücken, und ich musste mich schwer zurückhalten, sie nicht tiefer wandern zu lassen. Meine Willensstärke wurde gerade auf eine harte Probe gestellt. Audrey schmiegte ihren Kopf an meine Brust, und ich drückte ihr unauffällig einen Kuss in ihre herrlich duftenden Haare. Als ihre Hände unter mein Jackett glitten, hielt ich vor Anspannung die Luft an. Ich konnte das Ende der Party kaum noch erwarten. Eines stand außer Frage, Audrey würde heute Abend nicht nach Hause gehen. Das würde ich zu verhindern wissen.

»Bleib heute Nacht bei mir!«, bat ich sie.

Audrey hob den Kopf, schaute mir geradewegs in die Augen. Ein leichtes Lächeln erhellte ihre Miene, und innerlich seufzte ich auf.

Erleichtert schloss ich die Tür, nachdem ich unseren letzten Gast hinauskomplimentiert hatte, und drehte mich langsam um. Audrey lehnte im Türrahmen und musterte mich mit intensiven Blicken. Augenblicklich wurde mir heiß.

»Sind wir jetzt wirklich allein?«, fragte Audrey, und ihre Augen strahlten.

Langsam ging ich auf sie zu, und sie stieß sich vom Türrahmen ab.

»Möchtest du reden?«

Audrey schüttelte sofort den Kopf.

»Nein. Das ist so ziemlich das Letzte, wonach mir im Moment ist.«

Ihre Antwort entlockte mir ein Lächeln. Das traf sich doch wunderbar. Denn ich hatte gerade auch ganz andere Dinge im Sinn. Ich streckte die Hände nach Audrey aus, und sie schmiegte sich sofort in meine Arme. Genau wie schon einmal an diesem Abend drängte sie sich an mich und stieß mich langsam rückwärts. Amüsiert ließ ich es geschehen. Wenn sie den Ton angeben wollte, dann hatte ich nichts dagegen.

Als ich gegen einen Stuhl in meinem Wohnzimmer stieß, versuchte sie mich sanft niederzudrücken, und auch das ließ ich nur allzu gerne zu.

Audrey glitt auf meinen Schoß, ihr Kleid rutschte ein Stückchen nach oben, und ich hatte richtiggehend Angst, dass gleich mein Herz vor Verlangen und Lust seinen Dienst quittieren könnte.

Stöhnend legte ich den Kopf zurück, schloss die Augen, genoss die Küsse, die sie jetzt auf meinem Gesicht verteilte. Ihre Hände vergruben sich in meinen Haaren, ihre Lippen waren ganz nah an meinem Ohr, als sie flüsterte: »Bitte fass mich an!«

Ihre Worte brachten mich vollkommen um den Verstand.

»Bitte!«, flüsterte sie abermals und drückte sich drängend gegen mich.

Audrey

Mir wurde schwindelig vor Glück, als er mit seinen Händen meinen Kopf umfasste und mich küsste. In einer Mischung aus heißem Verlangen und purer Lust presste er seinen Mund auf meinen. Ich erwiderte seine Küsse und öffnete stöhnend meine Lippen.

Dann endlich fanden seine Hände den Weg unter mein Kleid. Langsam strichen seine Finger an den Außenseiten meiner Oberschenkel hinauf und verursachten mir wohlige Schauer. Als er mich plötzlich packte, stieß ich einen kleinen Schrei aus, und Rob lächelte draufgängerisch. Ohne zu zögern, stand er vom Stuhl auf und hob mich gleichzeitig hoch. Ich schlang die Beine um seine Hüften und die Arme um seinen Hals.

»Wir verlegen das hier lieber in mein Schlafzimmer.«

»Kann's gar nicht erwarten«, gab ich schmunzelnd zurück.

Mühelos trug er mich hinaus in den Eingangsbereich und dann die Treppen in die obere Etage hinauf. Mit dem Fuß stieß er schließlich die Tür auf und kickte sie, nachdem wir eingetreten waren, wieder zu.

Mein Herz pochte zum Zerspringen in meiner Brust. Lachend ließ Rob mich aufs Bett fallen, und ich lag vor ihm, während er mich mit Blicken verschlang. Er kam näher, betrachtete mich und gab mir dabei das Gefühl, wunderschön zu sein. Langsam schob er sich über mich, presste seinen Unterleib zwischen meine geöffneten Schenkel. Ich schmolz vor lauter Sehnsucht dahin. Solange hatte ich diesen Moment herbeigewünscht, und jetzt wollte ich nicht länger warten. Ich zog Rob noch näher an mich, und er küsste mich unbeherrscht. Es schien so, als könnte er es ebenfalls keine Sekunde länger aushalten. Er löste sich kurz von mir und strich mir mit einem verwegenen Lächeln die Träger meines Kleides von den Schultern, dann küsste er meine entblößte Haut. Sanft glitt er nach unten, zog eine Spur aus Küssen über meinen Hals bis hinunter zum Brustansatz. Schwer atmend kniete er über mir und öffnete geschickt jeden Knopf meines Kleides, bis er endlich den dünnen weißen Stoff beiseiteschob. Ein Kribbeln jagte durch meinen Körper, als Rob meinen Bauch mit Küssen bedeckte. Dann sah er wieder zu mir auf, verschlang mich mit Blicken, und innerhalb von wenigen Sekunden hatte er mir den BH ausgezogen. Meinem Höschen erging es nicht besser. Als ich nackt vor ihm lag, war ich leicht verunsichert. Meine Brüste hoben und senkten sich unter schnellen Atemzügen. Ich wollte etwas sagen, aber ich bekam kein Wort heraus. Ganz langsam strich er mir die Haare zurück. Schaute mich an, als wollte er diesen Moment nie vergessen, und dann beugte er sich wieder über mich, um mich zu küssen. Sanfter und langsamer diesmal, als hätten wir alle Zeit der Welt. Mein Herz pochte wild in meiner Brust, und ich strich langsam an den Seiten seines muskulösen Oberkörpers entlang. Er erschauerte unter meinen Berührungen, und mir stockte unter seinen intensiven Küssen der Atem.

Seine Hände umschlossen meine Brüste, und ich presste stöhnend den Kopf ins Kissen. Ich war Rob verfallen. Rettungslos verfallen. Stöhnend nahm er eine meiner Brustwarzen in den Mund und drückte seinen Unterleib hart gegen meinen. Ich spürte, wie er langsam die Kontrolle verlor, als ich mit fahrigen Fingern den Knopf seiner Hose öffnete und sie mitsamt der Boxerbriefs über seinen knackigen Po nach unten schob. Rob half mir schnell und hatte sich in null Komma nichts alles ausgezogen. Lächelnd streckte ich die Arme nach ihm aus.

»Komm her zu mir«, forderte ich ungehalten.

Rob schob sich erneut über mich, während ich mit gespreizten Beinen vor ihm lag und seinen Blicken vollkommen preisgegeben war. Versonnen schaute er mich an, und ich fühlte mich unendlich begehrt.

Als er mich dort berührte, wo ich mich so sehr nach ihm sehnte, schloss ich leise stöhnend die Augen. Mein Atem ging unkontrolliert, und ich hielt es kaum noch aus, als Rob über meine andere Brustwarze leckte und ganz sanft daran knabberte.

»Ich will dich in mir spüren«, stieß ich endlich hervor und kam vor Lust und pochendem Verlangen fast um.

Rob schaute mich unter schnellen Atemzügen an. Er wollte mich genauso sehr wie ich ihn.

Wie hatte er seine Gefühle nur so lange zurückhalten können?

Mit fahrigen Fingern griff er nach dem Kondom, das wir vorhin aus der Nachttischschublade geholt hatten, und riss die Folie auf.

»Lass mich das machen«, sagte ich und nahm ihm gleichzeitig das aufgerissene Päckchen aus der Hand.

Verlangen blitzte in seinen Augen auf, als er sich abstützte und über mir kniete.

»Beeil dich bitte«, raunte er und verfolgte mit seinen Blicken jede meiner Bewegungen. Ich sah, wie er den Atem anhielt, als ich ihn berührte, und die Hände zu Fäusten ballte. Sein Atem ging flach und stoßweise.

Er beugte sich zu mir, bedeckte meinen Mund und meinen Hals mit Küssen, als das Kondom richtig saß.

Mit beiden Händen stützte er sich neben mir ab, und einen Moment später spürte ich ihn an meinen Schenkeln. Drängend kam ich ihm entgegen. Die Lust war jetzt so groß, dass ich das Gefühl hatte, nichts auf dieser Welt existierte mehr. Es gab nur noch Rob, der mich innig küsste, und während seine Zunge in meinen Mund glitt, schob er sich mit einem Stoß in mich hinein. Keuchend stöhnte ich auf, grub meine Hände in seine Rückenmuskeln, zog ihn zu mir, erwiderte seine Küsse und verlor mich in diesem einzigartigen Moment.

Immer wieder glitt er in mich hinein. Ich drängte mein Becken gegen seinen Unterleib und kam jedem seiner Stöße lustvoll entgegen. Es fühlte sich einfach unglaublich an, und ich erinnerte mich nicht, dass ich schon jemals solche intensiven Gefühle empfunden hätte. Nichts war je so schön gewesen, als Rob tief in mir zu spüren. Immer und immer wieder stieß er zu. Sein Atem jetzt unregelmäßig und schnell. Er verteilte Küsse an meiner Schulter, und ich klammerte mich an ihm fest, suchte Halt an seinen starken Armen.

»Das ist so gut, so unglaublich gut«, stöhnte ich an seiner Brust, während er den Kopf an meiner Nackenbeuge vergrub, mich hielt und immer wieder in mich hineinglitt. Ich hielt es kaum noch aus, so intensiv und schön waren die Empfindungen, die er in mir auslöste. Keinen einzigen klaren Gedanken konnte ich mehr fassen, ich spürte nur noch Lust, die in Wellen durch meinen Körper rauschte. Als ich kam, stieß ich einen kleinen Schrei aus und stöhnte Robs Namen. Das schien zu reichen, um ihn endgültig die Kontrolle verlieren zu lassen. Ein letztes Mal drang er tief in mich ein und küsste mich dabei, als würde sein Leben davon abhängen, dann kam er zitternd und stöhnend ganz tief in mir.

Rob

Sonnenstrahlen drangen durch die geschlossenen Vorhänge und beschienen auf hinreißende Weise Audreys nackten, süßen Hintern, der aus den zerwühlten Laken herauslugte.

Ich richtete mich langsam auf, stützte meinen Kopf auf einen Ellenbogen und betrachtete sie versonnen. Sachte strich ich mit den Fingerspitzen über ihre nackte Schulter und schob sanft ihre zerwühlten Haarsträhnen zurück. Ein zufriedener Ausdruck lag auf ihrem Gesicht. Sie war so schön, dass ich gar nicht aufhören konnte sie anzuschauen. Die Lust, sie erneut zu berühren und zu spüren, war unendlich groß.

Langsam regte sich Audrey neben mir, und ich hatte die größte Freude, ihr beim Aufwachen zuzuschauen. Der Blick aus ihren bernsteinfarbenen Augen ging mir durch und durch, als sie mich mit herrlich geröteten Wangen ansah. Sie lächelte leicht und wirkte dabei irgendwie verlegen.

»Hey«, flüsterte ich leise.

»Selber hey«, gab sie zurück, und ich lächelte.

Stille breitete sich zwischen uns aus. Aber das Letzte, was ich im Sinn hatte, war, dass sich Audrey in irgendeiner Weise unwohl fühlte.

»Geht's dir gut?«, fragte ich.

Sie nickte.

»Mehr als nur gut«, gab sie vielsagend zurück, und mein Herz drohte vor Glück aus der Brust zu springen.

Ich wollte ihr vieles sagen, und noch mehr wollte ich tun. Doch wusste ich nicht recht, wo ich beginnen sollte. Also fragte ich einfach das Naheliegende: »Bereust du es?«

Mein Herz hämmerte heftig gegen meine Rippen, als ich auf ihre Antwort wartete. Schnell schüttelte sie den Kopf und rollte sich halb auf mich. Lächelnd ließ ich mich zurück in die Kissen fallen und genoss den Druck ihrer Brüste auf meinem Oberkörper.

»Kein bisschen«, gab sie zurück und beugte sich über mich. Ihre Augen blitzten schelmisch auf. Sie senkte ihre Lippen auf meinen Mund und küsste mich innig. Meine Hände strichen an ihren Seiten hinab, und sie kicherte an meinem Mund.

»Das kitzelt«, flüsterte sie, und ich packte sie ein bisschen fester und zog sie an mich, bis sie ganz auf mir lag. Meine Hände gingen auf Wanderschaft und glitten über ihren Rücken, hinab zu ihrem verlockenden knackigen Po, und ich packte sie fester, kniff sanft zu, und Audrey presste sich stöhnend gegen meinen Unterleib. Ich begehrte sie so sehr und wollte sie schon wieder. Wir küssten uns langsam und sanft, als hätten wir heute nichts anderes zu tun, als den ganzen Tag in diesem Zimmer, in diesem Bett zu verbringen. Und ich hätte nun wahrlich nichts dagegen gehabt. Trotzdem unterbrach ich den Kuss.

»Wolltest du mir nicht etwas Wichtiges erzählen?«, raunte ich, und sofort richtete sie sich ein Stück auf und blickte mich überrascht an.

»Erinnerst du dich? Bei unserem Telefonat sagtest du, dass du mir etwas zu sagen hättest. Und jetzt bin ich wirklich neugierig, was das sein könnte.«

Ich spürte, wie Audrey sich versteifte, wie sie sich verschloss. Ich versuchte herauszufinden, was sie gerade dachte. Manchmal schien es mir, ich könnte direkt in ihr Herz blicken, und dann wieder blieb ihre Miene unergründlich.

»Wenn ich mich recht entsinne, hast du dasselbe behauptet«, wich sie der Frage gekonnt aus und steigerte damit leider nur meine Neugier.

»Du zuerst«, sagte ich hartnäckig.

Audrey schluckte schwer, hielt aber meinem Blick stand.

»Nichts Wichtiges«, versuchte sie mich zu beschwichtigen. Ich ahnte, dass sie nicht die Wahrheit sagte, aber in diesem Moment wollte ich sie nicht darauf festnageln. Deshalb ließ ich ihr diese Lüge durchgehen. Weil der Augenblick wichtiger war als alles andere. Wenn sie nichts zu sagen hatte, dann redete eben ich. Denn von meiner Seite gab es etwas, das musste ich ihr unbedingt sagen. Also fasste ich mir ein Herz und sprach einfach meine Gefühle aus.

»Na gut, dann hör doch bitte mir zu«, bat ich. »Die ganze Zeit über habe ich mich bemüht, mich bei dir zurückzuhalten, weil ich zuerst die Scheidung mit Gwen durchziehen wollte. Aber gestern Abend konnte ich einfach nicht mehr. Und ich bereue keine Sekunde, was zwischen uns geschehen ist.«

Audreys Miene blieb unverändert, also redete ich einfach weiter. Sprach mir alles von der Seele.

»Sie hat die Papiere unterschrieben, jetzt warte ich nur noch auf die Bestätigung vom Gericht. Das bedeutet, die Scheidung ist so gut wie durch.«

Ich wollte einfach, dass sie Bescheid wusste. Sie musste jetzt wissen, was ich empfand, was ich für sie fühlte. Also gestand ich mit klopfendem Herzen, während ich im intensiven Braun ihrer Augen zu versinken drohte, was ich eigentlich niemals laut sagen wollte.

»Ich habe mich in dich verliebt. Wahnsinnig und komplett verliebt.«

Audreys Brust hob und senkte sich in unregelmäßigen Atemzügen. Ihre Lippen strichen sanft über meine Wangen, und den Bruchteil einer Sekunde später flüsterte sie: »Ich liebe dich auch, Rob, und ich will dich, nur dich.«

Ihre Worte ließen mich innerlich jubeln. Genau das hatte ich gehofft. Unsere Lippen fanden sich erneut, und unter heißen, innigen Küssen richtete ich mich auf. Audrey saß auf meinem Schoß und schlang sofort die Beine um meine Hüften. Energisch schob ich das Laken beiseite, das sich zwischen uns verknotet hatte. Mit vor Lust glänzenden Augen schaute mich Audrey an, und ich hielt ihren Blick fest, während ich leise keuchend in ihrer feuchten Hitze versank. Audrey umklammerte meine Schultern, legte den Kopf in den Nacken, und ich umfasste ihre Brüste. Ein sehnsuchtsvoller Seufzer entrang sich ihren Lippen, der mich noch mehr anheizte. Audrey hob die Hüften, um mich tiefer in sich aufzunehmen. Es war unglaublich, der absolute Wahnsinn. Sie so zu spüren brachte mich schier um den Verstand. Ich musste an etwas anderes denken, mich irgendwie ablenken, denn ihr sexy

Aufstöhnen und die leisen Seufzer gepaart mit ihren Bewegungen brachten mich an den Rand des Erträglichen, und ich war kurz davor, heftig in ihr zu kommen. Doch ich wollte nicht, dass es endete, ich wollte in ihr sein, für immer und ewig. Audrey ließ die Hüften kreisen, bewegte sich rhythmisch auf mir, und dann, als ich dachte, es nicht länger aushalten zu können, spürte ich Audreys Muskeln, die sich um mich zusammenzogen und hörte ihren kleinen Schrei, als sie den Kopf an meiner Schulter verbarg und sich fast schon verzweifelt an mir festhielt. Endlich musste ich mich nicht mehr zurückhalten, stattdessen packte ich ihre Hüften und stieß ein letztes Mal zu, versank in ihr, und dann endlich durfte ich tief in ihr kommen. Audrey gehörte zu mir, dessen war ich mir sicher.

»Warte«, raunte ich, als Audrey vor meiner Haustür stand, und zog sie noch einmal zu mir heran.

Mit einer Hand umfasste ich ihr Gesicht, die andere lag auf ihrer Hüfte. Sehnsuchtsvoll schloss ich sie noch einmal in meine Arme und senkte meine hungrigen Lippen auf ihren Mund, um sie innig zu küssen. Ohne einen Kuss hätte ich sie nie und nimmer gehen lassen können.

»Sehen wir uns heute Abend?«, flüsterte ich an ihrem Mund.

Audrey seufzte leicht, biss sich verführerisch auf die Lippen und schaute mich entschuldigend an.

»Wie wäre es mit morgen?«, schlug sie vor und zupfte leicht am Ausschnitt meines Shirts. »Heute Abend möchte ich bei meiner Grandma vorbeischauen.«

Lächelnd nickte ich und gab ihr noch einen Kuss. Dagegen war nun wirklich nichts einzuwenden.

»Okay, dann morgen. Es wird zwar wirklich schwer für mich werden, aber ich denke, ich schaffe es, solange auf dich zu verzichten.«

»Ich mache alles wieder gut, wenn wir uns wiedersehen«, versprach sie und zwinkerte mir lächelnd zu.

Nur widerstrebend ließ ich schließlich ihre Hand los, und Audrey trat einen Schritt zurück. Ich blickte die Straße hinunter und runzelte die Stirn.

»Wo ist dein Auto?«, fragte ich überrascht, als ich ihr silbergraues Mercedes Cabriolet nirgendwo entdecken konnte.

Audreys Wangen nahmen eine gesunde rote Farbe an.

Sie zögerte, dann sagte sie: »Ich hatte einen kleinen Unfall.«

Überrascht riss ich die Augen auf.

»Wann? Du hast mir davon gar nichts erzählt!«

Audreys Wangen schienen sogar noch eine Nuance roter zu werden.

»Das ist auch nichts, mit dem ich mich brüsten möchte«, gab sie dann verlegen zurück.

Irgendetwas ließ mich stutzen, doch ich nickte und verbannte jeglichen Anflug von Argwohn in den hintersten Winkel meines Kopfes. Wieso sollte sie mich auch belügen? Audrey lächelte mit glühenden Wangen, versuchte aber indes relaxed rüberzukommen, leider nahm ich ihr das nicht richtig ab.

»Keine Sorge wegen des Autos«, meinte sie und winkte ab. »Ich habe schon einen Ersatz gefunden«, augenzwinkernd deutete sie auf einen dunkelgrünen Honda, direkt vor meiner Tür.

Nachdenklich lächelte ich, sie warf mir eine Kusshand zu und lief beschwingt die Treppen nach unten. Am Fuß der

Treppe blieb sie noch einmal stehen, blickte über ihre Schulter zurück und lächelte. Mein Herz zog sich vor Glück zusammen, und ich fragte mich, wie ich die Zeit bis morgen ohne Audrey überstehen sollte. Und alle Bedenken bezüglich unserer Beziehung zerstreuten sich augenblicklich. Ich konnte es nicht erwarten, sie wiederzusehen. Ich wollte nicht, dass sie jetzt nach Hause fuhr. Ich wollte überhaupt nicht, dass sie ging. Ich schaute Audrey dabei zu, wie sie die Fahrertür öffnete und einstieg, und blieb in der Tür stehen, bis sie ihren Wagen startete und losgefahren war. Als die Rücklichter nicht mehr zu erkennen waren, ging ich zurück ins Haus. Langsam sollte ich zusehen, dass ich in die Kanzlei kam. John fragte sich sicher schon, wo ich abgeblieben war.

Kapitel 11

Audrey

Mit klopfendem Herzen wandte ich mich von Rob ab und ging auf die Fahrertür zu. Dabei spürte ich die ganze Zeit seinen bohrenden Blick im Rücken. Es war ihm deutlich anzusehen, dass er mir die Lüge mit dem Unfall nicht geglaubt hatte. Das war der zweite heikle Moment an diesem Tag gewesen. Mein Herz schlug unruhig, und ich fühlte mich elend, als ich an die erste prekäre Situation an diesem Morgen dachte. Als er mich nach den Neuigkeiten gefragt hatte, die ich ihm erzählen wollte, hatte ich für ein paar Sekunden solche Panik verspürt, dass ich befürchtete, gleich in Ohnmacht zu fallen. Tatsächlich hatte ich ganz kurz mit dem Gedanken gespielt, ihm alles zu sagen, aber dann konnte ich es einfach nicht. Ich hatte zu viel Angst vor seiner Reaktion. Die Wahrheit würde alles ruinieren. Und ich wollte das, was wir hatten, nicht zerstören. Was ich vorhin gesagt hatte, stimmte. Ich war verliebt, über beide Ohren verliebt. Und nun wusste ich auch, dass ich dieses intensive Gefühl vorher nicht gekannt hatte. Ich hatte noch nie richtig geliebt, nicht mit meiner Seele und meinem ganzen Herzen. Doch nun war es so. Viele Fragen blieben offen. Ich wusste nicht, wie es zwischen uns weitergehen sollte. Aber in einem war ich mir ganz sicher: Ich wollte Rob, und vor allem wollte ich ihn nicht wieder verlieren.

Als ich später die Tür zu unserem kleinen Apartment aufstieß, kam mir Zoe herausgeputzt entgegen. So umwerfend, wie sie aussah, war sie eindeutig auf dem Weg zu einer Verabredung.

Sie lächelte mich an, und ich schloss die Tür hinter mir. Dann hielt sie plötzlich inne, verschränkte die Arme vor der Brust und musterte mich eingehend. Oje, jetzt geht's los, dachte ich und wappnete mich gegen den Ansturm aus Fragen, der mit ziemlicher Sicherheit gleich über mich hereinbrechen würde.

»Heute Morgen habe ich mit großer Freude bemerkt, dass du nicht zu Hause übernachtet hast«, meinte Zoe und fügte grinsend hinzu: »Und jetzt stelle ich zufrieden fest, dass du aussiehst, wie eine Frau, die gerade den besten Sex ihres Lebens hatte.«

Bei Zoes Worten begannen meine Wangen verräterisch zu glühen. Mit ihrer Anspielung lag sie tatsächlich richtig, und ich konnte mir ein glückliches Strahlen einfach nicht verkneifen.

Zoe klatschte lachend in die Hände und umarmte mich dann stürmisch.

»Ich wusste, alles würde zwischen euch gut werden. Dann hat Rob doch viel besser auf die Wahrheit reagiert, als du dachtest.«

Seufzend ließ sie mich los und hielt mich auf Armeslänge von sich, und in mir stieg ein furchtbar mulmiges Gefühl auf. Ich schämte mich, weil ich feige war und es nicht hinbekommen hatte, Rob alles zu erzählen. Ich blickte zu Boden, und Zoe ließ mich schließlich los.

»Du hast ihm doch die Wahrheit gesagt?«, fragte sie eindringlich, und ich fühlte mich schrecklich unter ihren anklagenden Blicken.

Bekümmert schüttelte ich den Kopf und schaffte es nur unter Aufbietung all meiner Kräfte, sie anzusehen.

»Ich habe es ihm immer noch nicht gesagt.«

Endgültig machte ich mich von Zoe los und flüchtete in mein Zimmer. Irgendwie hatte ich keine Lust, über dieses ganze Drama zu diskutieren. Ich musste meine Gefühle erst einmal sortieren. Aber Zoe folgte mir und betrat mein Zimmer, bevor ich die Tür schließen konnte.

»Mehr willst du mir nicht erzählen?«, fragte sie und ließ sich aufs Bett plumpsen.

Ich zögerte kurz.

»Ich möchte dich nicht von deinem Date abhalten«, gab ich zurück und ließ mich neben Zoe auf die Matratze fallen.

»Du bist meine beste Freundin. Außerdem habe ich noch Zeit, und jetzt erzähl schon, was passiert ist.«

Ich ließ mich nach hinten sinken und starrte die Decke an. Zoe nahm meine Hand.

Lächelnd sah ich sie an.

»Du ruinierst deine Frisur«, sagte ich leicht grinsend.

Zoe lächelte.

»Mach dir darüber keine Sorgen«, gab sie leichtfertig zurück.

»Jetzt rede schon«, forderte sie mich ungehalten auf.

Seufzend sah ich wieder an die Decke, studierte die Muster im Putz. Dann erzählte ich Zoe ein bisschen widerwillig, was passiert war. Von meiner Nacht mit Rob, von dem Morgen, dem unglaublichen Sex, und schließlich auch von meiner Angst, die ich einfach nicht loswurde, ihm die Wahrheit zu erzählen.

Zoe seufzte leise auf.

»Jemandem gegenüber Lügen einzugestehen erfordert Mut, und ich bezweifle ernsthaft, dass ich ihn an deiner Stelle gehabt hätte.«

Vehement schüttelte ich den Kopf.

»Nein, du wärst mit Sicherheit erhobenen Hauptes vor ihn getreten und hättest ihm alles erzählt und dabei noch nicht einmal eine Sekunde den Blick abgewendet, weil du selbstbewusst und einfach toll bist.«

Zoe lachte laut auf.

»Ist das dein Ernst? So siehst du mich? Dann tut es mir ja schon fast leid, dir diese Illusion zu nehmen. Aber ich bin nicht einmal halb so taff, wie du glaubst. Weißt du eigentlich, wie oft ich von Ängsten und Selbstzweifeln geplagt werde?«

Erstaunt wandte ich Zoe mein Gesicht zu. Wollte sie mich auf den Arm nehmen?

Aber Zoe lächelte nur.

»Wenn hier eine von uns beiden stark ist, dann du! Du bist die mutigste Person, die ich je kennengelernt habe. Wie du es schaffst, alle diese Herausforderungen zu meistern, weiß ich überhaupt nicht!«

Ich drückte ihre Hand fester. Zoes Zuspruch tat so unheimlich gut.

»Danke für alles«, sagte ich leise. »Keine Ahnung, was ich ohne dich tun würde!«

Zoe grinste.

»Ich bin deine beste Freundin. Auf mich kannst du dich immer verlassen. Aber jetzt reicht es. Du bringst mich nämlich in Verlegenheit. Was hast du jetzt in Bezug auf Rob vor?«

Ich holte tief Luft. »Ganz ehrlich: Ich habe nicht die leiseste Ahnung!«

Schweigend nickte Zoe. Schließlich rappelte sie sich von meinem Bett auf.

»Tut mir wirklich leid! Aber ich muss jetzt tatsächlich los. Ich sollte zu meinem Date nicht zu spät kommen, sonst dreht mir Lorraine eigenhändig den Hals um«, flachste Zoe, während sie sich erhob und versuchte mich mit ihrem lockeren Spruch aufzuheitern.

»Geh nur, ich will dich nicht aufhalten. Lass uns einfach später darüber reden«, schlug ich vor, und Zoe stimmte sofort zu.

Ich folgte ihr bis zur Tür, um sie zu verabschieden. Dann drückte ich sie und gab ihr zum Abschied ein Küsschen auf die Wange.

»Hab einen netten Abend!«, meinte ich vorsichtig und blickte Zoe an. Ein schelmisches Lächeln hatte sich auf ihrem Gesicht eingenistet.

»Der Abend könnte tatsächlich sehr amüsant werden«, gab sie augenzwinkernd zurück.

»Warte also lieber nicht auf mich!«

Ich lachte.

»Keine Sorge, das hatte ich auch nicht vor.«

Schwungvoll wandte sich Zoe um und stöckelte auf den Fahrstuhl zu, der endlich wieder funktionierte, und ich schlich leise seufzend zurück in mein Zimmer.

Am späten Abend saß ich mit Grandma auf der Couch, hatte die Beine hochgelegt, und gemeinsam sahen wir uns ihre

Lieblingsquizshow an. Die mittlerweile auch meine Lieblingssendung geworden war. Leider fiel es mir heute schwer, mich zu konzentrieren. Meine Gedanken drehten sich ausnahmslos um Rob. Ich war mir nicht sicher, ob Grandma spürte, dass mit mir etwas nicht stimmte, zumindest hakte sie nicht nach, sondern ließ die Sache einfach auf sich beruhen. Grandma war seit meiner Kindheit mein Fels in der Brandung. Jemand, zu dem ich aufblicken konnte und den ich bedingungslos liebte. Ich warf ihr einen verstohlenen Seitenblick zu und war so unendlich froh, dass wir überhaupt noch Gelegenheit hatten, gemeinsam auf ihrer Couch zu sitzen und fernzusehen.

Als ich am nächsten Morgen die Augen aufschlug, fühlte ich mich wie gerädert. Gestern war es spät geworden, und die Nacht war dementsprechend kurz ausgefallen. Doch der Abend mit Grandma war schön gewesen. Wir hatten noch eine Menge Spaß miteinander gehabt, und in ihrer Nähe fühlte ich mich immer geborgen, und die Vertrautheit, die zwischen uns bestand, vermittelte mir ein wunderbares Gefühl der Sicherheit.

Doch nun begann ein neuer Tag. Energisch schlug ich die Decke zurück und stand endlich auf. Nach einer ausgiebigen Dusche stand ich nur mit Unterwäsche bekleidet vor meinem eher spärlich bestückten Kleiderschrank und überlegte, was ich heute zur Arbeit anziehen sollte. Nach reiflicher Überlegung und dem Umstand geschuldet, dass die Temperaturen mittlerweile wieder auf 25 Grad geklettert waren, endschied ich mich für kurze Jeans und ein weißes Shirt, das meine leicht gebräunte Haut hübsch betonte.

Mit klopfendem Herzen schob ich etwas später an diesem sonnigen Vormittag den Schlüssel ins Schloss und stieß Robs Haustür auf. Franklyn kam mir sofort entgegen, um mich zu begrüßen und ich wuschelte ihm liebevoll durch sein gescheccktes Fell. Als ich aufblickte, kam Rob mit leuchtenden Augen auf mich zu, und noch bevor ein peinlicher Moment der Stille zwischen uns entstehen konnte, zog er mich sofort in seine Arme und gab mir einen innigen Kuss auf den Mund. Augenblicklich vergaß ich all meine Zweifel, und er schaffte es sogar, meine Gewissensbisse zumindest für den Moment verschwinden zu lassen.

»Hattest du gestern einen schönen Abend?«, fragte Rob, als er nach einer gefühlten Ewigkeit von meinen Lippen abließ.

Ich nickte, und pudrige Röte überzog meine Wangen, während ich meine Hände auf seinen Hüften ließ.

»Ja, Grandma und ich haben uns gut amüsiert! Was ist mit dir? Wie war denn dein Abend so ganz ohne mich?«, fragte ich neckend.

Liebevoll beugte er sich zu mir herunter, lehnte seine Stirn an meine.

»Kaum zu glauben, aber deine vorlaute, freche Art hat mir tatsächlich schmerzlich gefehlt.«

»Hey«, schimpfte ich lachend und zwickte Rob leicht in die Seiten. »Ich bin überhaupt nicht vorlaut.«

Rob lachte und wich ein Stück zurück.

»Doch, hin und wieder bist du das wirklich. Vorlaut, frech und verdammt süß.«

»Süß? Hundewelpen sind süß! Fällt dir nicht noch eine andere Beschreibung für mich ein?«

Rob gab vor, überlegen zu müssen, und ich kniff ihn abermals.

»Schon gut, schon gut«, antwortete er mit einem breiten Grinsen und sagte dann beschwichtigend, nachdem er mir einen Kuss auf die Lippen gehaucht hatte, »in erster Linie bist du natürlich unglaublich sexy und wunderschön. Nicht zu vergessen klug und ziemlich witzig.«

Zufrieden lächelnd gab ich zurück: »Das hört sich um einiges besser an. Vielen Dank für das Kompliment, und jetzt«, ich machte eine vielsagende Pause und schob Rob entschlossen von mir, »trittst du besser einen Schritt zurück, denn ich bin nicht gekommen, um zu flirten, sondern um zu arbeiten. Und das werde ich jetzt auch tun«, fügte ich energisch hinzu.

Rob verschränkte die Arme vor der Brust und taxierte mich mit erstaunten Blicken.

»Aber ich möchte nicht, dass du weiterhin für mich arbeitest«, gab er zurück, und mein Herz drohte vor Panik zu kollabieren.

Erklärend fügte Rob hinzu: »Ich würde mir seltsam vorkommen, dich weiterhin für mich schuften zu lassen. Ich will nicht mehr dein Boss sein. Nicht nach dem, was zwischen uns passiert ist.«

Innerlich musste ich mich schwer beherrschen, um gelassen zu wirken.

Lächelnd ging ich auf Rob zu, zog ihn spielerisch an seinem Shirt zu mir heran, stellte mich auf Zehenspitzen und raunte mit verführerischer Stimme: »Wie wäre es mit einem Deal? Ich arbeite weiterhin für dich, und wir trennen streng Berufliches und Privates, und wenn meine Arbeitszeit beendet ist, gehöre ich ganz dir.« Ich konnte sehen, wie es in Rob arbeitete, und zu meiner größten Erleichterung erhellte Sekunden später ein süßes Lächeln seine Gesichtszüge.

Sehnsüchtig schaute er mich an und zog mich wieder in seine starken Arme.

»Einverstanden. Aber dann müssen wir es wirklich hinbekommen, eine klare Grenze zu ziehen. Der Gedanke, dich zu bezahlen, fühlt sich jetzt schon irgendwie seltsam für mich an«, gestand er, und ich wusste, ich musste ihn unbedingt vom Gegenteil überzeugen.

»Für mich gar nicht«, gab ich bekräftigend zurück. »Ich habe den Job angenommen, und ich möchte ihn jetzt auch gerne behalten. Lass uns einfach sehen, ob es funktioniert.«

Rob lenkte schließlich ein, und ich schickte zeitgleich ein Dankesgebet gen Himmel. Zum Glück konnte ich ihn überzeugen. Zwiespältige Gefühle drohten mich zu übermannen. Einerseits brauchte ich das Geld, andererseits war ich mir im Klaren darüber, dass ich Rob schon wieder belog und hinterging, und das fühlte sich wirklich mies an. Immerzu spielte ich mit dem Gedanken, ihm mein Geheimnis zu offenbaren. Doch jedes Mal war die Angst vor seiner Reaktion stärker als mein Wille, ihm die Wahrheit zu sagen. Ich rang mir ein Lächeln ab.

»Dann fange ich jetzt lieber mit der Arbeit an.«

Rob nickte, doch dann zog er mich noch einmal in seine Arme, um mich zu küssen. So intensiv, als würde er mich nie wieder loslassen wollen, und mir ging es natürlich ähnlich.

Rob schob mich halbherzig von sich. Lust und Verlangen standen ihm buchstäblich ins Gesicht geschrieben.

»Ich muss auch gehen. John wird sicher langsam nervös, wenn ich nicht auftauche«, gab er seufzend zurück und strich sich durch die Haare. Ein schelmisches Grinsen huschte über sein Gesicht. »Außerdem bringst du mich von Minute zu Minute mehr in Versuchung, dich zu packen und nach oben ins Schlafzimmer zu tragen.«

Seine Augen leuchteten auf, als er hinzufügte: »Oder ich spare mir den Weg nach oben und wir probieren den Tisch im Esszimmer aus.«

Ich stieß ihn energisch von mir, als er mit gefährlich blitzenden Augen auf mich zukam.

»Du solltest wirklich in die Kanzlei fahren!«, sagte ich streng, und Rob nickte schließlich ergeben.

Grinsend schnappte er sich seine Aktenmappe, zwinkerte mir noch mal zu, und entschwand dann nach draußen.

Die nächste Woche verging, als würde ich gerade den schönsten aller Träume leben. Jeden Tag, als die Uhr vier schlug, tauchte Rob zu Hause auf und zog mich in seine starken Arme. Ich schwebte auf Wolke sieben, allerdings dauerte es nicht besonders lange, bis ich wieder auf dem Boden ankam.

Später in dieser Woche traf ich mich mit Rob nicht weit von seiner Kanzlei zum gemeinsamen Mittagessen. Wir waren gerade fertig mit dem Essen, und unsere Teller wurden abgeräumt, als mir der Schreck in die Glieder fuhr. Voller Panik und mich hochroten Wangen beobachtete ich, wie einer meiner ehemaligen Kunden das Restaurant betrat. Mein Herz blieb fast stehen, als er mit seiner männlichen Begleitung, ein Geschäftspartner, wie ich schnell vermutete und den ich zum Glück nicht kannte, einen freien Tisch ganz in unserer Nähe ansteuerte. Ich versuchte entspannt zu bleiben. Unser gemeinsames Treffen war lange her, und vielleicht erinnerte er sich gar nicht mehr an mich. Nervös schaute ich immer wieder in Jason Baxters Richtung, denn ich erinnerte mich noch ziemlich gut, und behielt ihn genau im Blick. Er schien in eine anregende Unterhaltung mit seinem Gegenüber vertieft zu sein. Dennoch blieb ich in ständiger Alarmbereitschaft und war jederzeit bereit, aus dem Restaurant zu stürzen, oder mich notfalls unter dem Tisch zu verstecken. Ich musste mich zwingen, auf meinem Stuhl sitzen zu bleiben. Auf das, was Rob sagte, konnte ich mich längst nicht mehr konzentrieren. Der einzige Gedanke, der durch meinen Kopf fegte, war, dass ich ganz dringend gehen wollte. Aber wir hatten noch nicht gezahlt, und ich wartete sehnsüchtig, dass eine Bedienung erschien, damit wir das erledigen konnten. Als endlich eine Kellnerin an unseren Tisch trat, stieß ich erleichtert den Atem aus. Rob zahlte unser Mittagessen, und ich versuchte nett zu lächeln. Aber er war nicht blöd, und ich sah ihm an, dass er meine Anspannung spürte. Erneut wanderte mein Blick zu Baxters Tisch.

»Ist mit dir alles okay?«, fragte er argwöhnisch. Ich riss meinen Blick von Baxter los und schaute in Robs anziehendes Gesicht.

»Es ist alles in Ordnung«, presste ich mühsam hervor. »Wir sollten jetzt lieber gehen«, schlug ich vor und bemühte mich relaxed zu klingen.

Doch Rob ließ sich nicht einfach abfertigen. Auf seiner sonst so glatten Stirn hatten sich kleine Sorgenfalten eingegraben.

Erneut sah ich schnell zu Baxter hinüber, und Rob folgte plötzlich meinem Blick.

»Wer ist das?«, fragte er, und ich schaute ihn alarmiert an.

»Keine Ahnung, wen du meinst«, improvisierte ich.

Aber auch mit dieser schlechten Ausrede gab er sich nicht zufrieden.

»Ich meine den Mann, den du anstarrst, seit er das Restaurant betreten hat.«

Vor Überraschung klappte mir der Mund auf. Mein Gehirn war wie leergepustet, obwohl ich mir jetzt lieber schleunigst eine Ausrede einfallen lassen sollte.

»Er ist ein Bekannter von Zoe«, log ich schweren Herzens und fühlte mich dabei schrecklich. Aber die Angst aufzufliegen überwog meine Gewissensbisse bei weitem.

Rob nickte langsam, aber der angespannte Ausdruck blieb auf seinem Gesicht. Ich schenkte ihm ein entspanntes Lächeln oder versuchte es zumindest.

Misstrauen stand ihm ins Gesicht geschrieben, doch erleichtert stellte ich fest, dass er seinen Stuhl zurückschob, und ich musste mich zwingen, in normaler Geschwindigkeit aufzustehen und nicht hochzuspringen, als wäre der Teufel höchstpersönlich hinter mir her.

Robs starke Hand glitt auf meinen Rücken, als er neben mir herlief und mich aus dem Restaurant führte. Angestrengt blickte ich zu Boden, als wir an dem Tisch vorbeigingen, an dem Baxter völlig entspannt saß und sich dabei angeregt zu unterhalten schien. Mein Herz hämmerte wie wild in meiner Brust. Wir hatten es fast geschafft, als ich plötzlich die mir wohlbekannte Stimme vernahm.

»Audrey. Was für eine Überraschung, dich hier zu sehen.«

Mit hochroten Wangen blickte ich auf und sah ihm geradewegs in die Augen. Rob war ebenfalls stehen geblieben, ich spürte, wie er sich neben mir versteifte. Vor Angst wurde mir schrecklich schlecht. Ein Wort von Jason, und mein Kartenhaus aus Lügen würde über mir zusammenbrechen. Innerlich rechnete ich fest damit, dass nun alles aufflog. Jasons Blick huschte von mir zu Rob und blieb dann an mir hängen.

Er lächelte vielsagend, und nur mit Mühe schaffte ich es, nicht zusammenzuklappen.

»Es ist lange her«, meinte er und schien kaum den Blick von mir abwenden zu können. Als Jason Anstalten machte, sich von seinem Platz zu erheben, erwachte ich aus meiner Schockstarre und sagte schnell: »Das stimmt. Leider habe ich jetzt keine Zeit zu plaudern. Wir haben es eilig.«

Jason musterte Rob neugierig, doch dann nickte er und ließ sich langsam wieder auf seinem Stuhl sinken.

»Es war nett dich wiederzusehen«, sagte er.

»Gleichfalls«, gab ich knapp zurück und entrang mir ein angestrengtes Lächeln, bevor ich endlich meinen Weg zum Ausgang fortsetzen konnte. Auf wackeligen Beinen kämpfte ich mich vorwärts, während mir Rob folgte.

Ich musste mich schwer beherrschen, nicht aus dem Restaurant zu rennen. Mit jedem Meter, den ich zwischen Jason und mich brachte, fühlte ich mich etwas besser. Als wir endlich auf den Bürgersteig traten, hätte ich vor Erleichterung heulen können.

»Du bist ganz blass«, sagte Rob und hielt mich fest, zwang mich so zum Stehenbleiben. »Was hat der Typ getan, dass dich eine Begegnung mit ihm so dermaßen durcheinanderbringt?«, fragte er beunruhigt.

Nur mühsam schaffte ich es, die Fassade aufrechtzuerhalten.

»Gar nichts«, wiegelte ich ab und versuchte dann beruhigend hinzuzufügen: »Er ist wirklich nur einer von Zoes Verflossenen. Ihn heute plötzlich zu treffen war einfach seltsam. Die Trennung der beiden war, nennen wir es mal, unangenehm.«

Rob schwieg, und ich hatte das untrügliche Gefühl, dass er mit sich haderte, ob er mir glauben sollte.

So gut es ging, verdrängte ich meine Nervosität, stattdessen zupfte ich ihn an der Krawatte. Ein Kuss war immer noch ein tolles Ablenkungsmanöver. Und Rob auf andere Gedanken zu bringen war jetzt wichtiger denn je.

»Lass uns nicht mehr darüber reden«, raunte ich und zog ihn zu mir herunter, um ihn innig zu küssen.

Schelmisch lächelnd ließ er es geschehen und flüsterte dann an meinen Lippen: »Na gut, meinetwegen. Dann vergessen wir das Ganze.« Er drückte mich fest an sich, bevor er endgültig von mir abließ. »Leider muss ich jetzt wieder zurück ins Büro. John bringt mich um, wenn ich heute nicht zurückkomme. Wir haben noch ein wichtiges Meeting.«

»Schade«, sagte ich und gab ihm noch einen schnellen Kuss.

»Sehen wir uns heute Nachmittag?«, fragte er und verflocht seine Finger mit meinen.

Ich nickte. »Natürlich. Dann bis später, und grüß John von mir«, erwiderte ich locker, obwohl meine Knie noch immer vor Aufregung zitterten.

Lächelnd ließ er mich los und ging davon, und ich hielt ein Taxi an, um zurück in sein Haus zu fahren. Schließlich hatte ich auch noch zu arbeiten.

Als das Taxi losfuhr, lehnte ich seufzend den Kopf zurück. Ich war noch immer aufgewühlt, aber auch unendlich dankbar, dass ich noch einmal davongekommen war. Zurück in Robs Haus, schaltete ich das Radio ein und begann damit seine Hemden zu bügeln, dabei schaffte ich es sogar, die Begegnung mit Jason Baxter erfolgreich zu verdrängen. Als Rob am Nachmittag nach Hause kam, verschwendete ich bereits keinen Gedanken mehr an meinen ehemaligen Kunden.

Das strahlend weiße Bettlaken bauschte sich um meinen nackten Körper, als ich vergeblich versuchte es zu entwirren. Rob, der nackt neben mir lag, lachte laut auf.

Grinsend kniff ich ihn in die trainierten Bauchmuskeln.

»Anstatt zu lachen, solltest du mir lieber helfen, mich aus diesem Wirrwarr zu befreien.«

»Okay, lass mich das machen.«

Geschickt zog er das Laken weg und warf es kurzerhand vom Bett. Vollkommen nackt kuschelte ich mich an seine Brust, und er legte die Arme um mich.

»Vielleicht solltest du beim nächsten Mal weniger stürmisch sein«, meinte er mit einem frechen Schmunzeln.

Er zeichnete kleine Kreise auf meinen Hintern, während ich den Kopf auf seine Brust legte und dem Schlagen seines Herzens lauschte.

Lachend richtete ich mich auf einem Ellenbogen auf und hauchte ihm einen Kuss auf die nackte Brust.

»Vielleicht. Aber ich glaube nicht, dass ich das kann.«

Rob schmunzelte abermals und gab mir einen leichten Klaps auf den Po. Seine Augen funkelten belustigt.

»Zum Glück. Denn zufällig mag ich es stürmisch.«

Ich kuschelte mich wieder an ihn, und Rob sprach weiter.

»Weißt du, ich könnte mich gut und gerne daran gewöhnen, früher aus dem Büro zu verschwinden. Doch leider wird John langsam misstrauisch. Es macht ihn neugierig, warum ich jeden Tag ein paar Stunden eher gehe, und er würde nur zu gerne den Grund dafür erfahren.«

Ich versteifte mich in Robs Armen.

»Du hast das mit uns doch nicht verraten?«, fragte ich vorsichtig. Vor ein paar Tagen hatten Rob und ich beschlossen, unsere Beziehung vorerst nicht öffentlich zu machen.

Rob lächelte beruhigend.

»Keine Sorge. Ich habe ihm noch nichts von uns erzählt. Genau wie du es wolltest. Obwohl ich nicht ganz verstehe, warum du so ein großes Geheimnis darum machst.«

Weil ich schreckliche Angst hatte, dass alle meine Lügen ans Licht kommen könnten. Heute im Restaurant war es ziemlich knapp gewesen. Es hätte nicht viel gefehlt, und ich wäre aufgeflogen. Rob bewegte sich in den Kreisen der Londoner Upperclass, und leider verkehrten auch die meisten meiner ehemaligen Kunden in dieser Gesellschaftsschicht. Meine momentan größte Panik bestand darin, noch einmal einem von ihnen zu begegnen. Daher musste ich es in Zukunft tunlichst vermeiden, mich mit Rob in der Öffentlichkeit zu präsentieren. Die Frage blieb nur, wie ich ihm das verklickern sollte.

Am liebsten würde ich mich mit ihm hier im Haus verschanzen, in diesem Bett bleiben und für die nächste Zeit nicht mehr herauskommen. Ich wollte unsere Liebe unter allen Umständen festhalten, und mittlerweile war ich bereit, beinahe alles dafür zu tun. Gleichzeitig hatte ich aber auch das Bedürfnis, mein Glück in die Welt hinauszutragen und mit Rob die verrücktesten Dinge anzustellen.

Nachdenklich kaute ich auf meiner Unterlippe und überlegte, ob ich ihn tatsächlich bitten konnte, mit mir tanzen zu gehen.

»Worüber denkst du denn gerade nach?« Robs Worte rissen mich aus meinen Gedanken. Langsam strichen seine Finger über meinen Rücken. Seine zarten Berührungen jagten wohlige Schauer über meine Haut. Doch ich hielt seinen Blicken stand.

»Ich habe nur gerade überlegt, ob du eventuell Lust hättest, am Wochenende gemeinsam mit mir zum Notting Hill Carnival zu gehen?«

Rob zögerte mit seiner Antwort. Sein Gesichtsausdruck ließ allerdings darauf schließen, dass er darauf keine Lust hatte.

»Wäre es schlimm, wenn ich dir absage?«, fragte er vorsichtig. Seine Reaktion enttäuschte mich. Obwohl ich eigentlich mit einem Nein gerechnet hatte.

Bevor ich etwas erwidern konnte, sagte Rob: »Weißt du, ich bin nämlich eher nicht der Typ, der am helllichten Tag mit einem verrückten Kostüm durch die Straßen Londons tanzt.«

Sein Kommentar entlockte mir ein Schmunzeln.

»Ich kann dich beruhigen. An eine Verkleidung hatte ich gar nicht gedacht. Deinen Maßanzug solltest du allerdings zu Hause lassen. Jeans und Shirt wären völlig ausreichend«, meinte ich augenzwinkernd, und Rob betrachtete mich eingehend.

»Es ist dir wichtig, dass ich mitkomme«, stellte er fest. Und ich hätte mich über eine Zusage tatsächlich sehr gefreut.

»Ja, ich würde wirklich sehr gerne mit dir hingehen. Wir hätten bestimmt viel Spaß, und es wäre für mich eine super Gelegenheit, deine wilde Seite herauszukitzeln.«

Rob lachte laut auf.

»Meine wilde Seite? Was, wenn ich dich enttäuschen muss und dir sage, dass ich die nicht habe?«

Vehement schüttelte ich den Kopf.

»Die hat jeder. Nur ist sie nicht bei jedem so tief versteckt wie bei dir. Außerdem beweist du mir schon die ganze Woche, dass du ganz schön hemmungslos sein kannst.«

Rob kniff mich sanft in meinen Po und entlockte mir damit abermals ein Lächeln.

»Ich ahnte schon, dass dir das gefällt!«

Ich nickte.

»Ja, sehr gut sogar.«

Rob lächelte ein bisschen verschmitzt.

Dann sagte er: »Wie wäre es mit einem Deal? Ich komme mit dir nach Notting Hill, und dafür unternehmen wir beim nächsten Mal wieder etwas, was ich vorschlage?«

»Wir waren gerade zusammen mittagessen«, erinnerte ich ihn und bekam schon wieder Herzflattern, als ich daran dachte.

»Aber das zählt nicht.«

Diese Antwort hatte ich leider befürchtet. Bei dem Straßenfest würden wir garantiert keinem ehemaligen Kunden begegnen, und somit bestand keine Gefahr aufzufliegen. Doch mit Rob in seinen Kreisen auszugehen barg, wie ich heute erschrocken feststellen musste, schon ein gewisses Risiko.

Ich überlegte einen Moment und war hin- und hergerissen. Einerseits wollte ich sehr gerne mit Rob ausgehen, andererseits fürchtete ich mich irgendwie davor, auf seinen Deal einzugehen. Diese Lügen zerstörten wirklich mein ganzes Leben. Meine innere Stimme flüsterte nicht mehr, sondern langsam schrie sie laut auf: Sag ihm endlich die Wahrheit! Doch es war wie in meiner Kindheit, als ich auf dem Zehn-Meter-Turm stand. Ich wollte springen, konnte mich aber partout nicht dazu durchringen.

»Komm schon, Audrey! Warum möchtest du denn nicht mit mir ausgehen? Schämst du dich?«

Rob blickte mich angestrengt an, und ich schüttelte umgehend den Kopf.

»Nein, gar nicht. Bitte rede nicht solchen Unsinn!«

»Dann verrate mir doch einfach, was dann der Grund für dein Verhalten ist? Ich meine, selbst zu diesem Mittagessen musste ich dich überreden.«

Ich seufzte leise und ließ erneut eine Chance ungenutzt, ihm die Wahrheit zu sagen. Um seine Bedenken zu zerstreuen, küsste ich ihn innig.

»Okay, Deal!«, sagte ich dann schnell, als ich seine Lippen wieder freigegeben hatte.

Rob lächelte amüsiert. Ich ließ mich davon nicht beirren, sondern fragte stattdessen: »Was wollen wir unternehmen?«

Rob dachte nach, dann blitzten seine Augen geheimnisvoll auf. Unter süßen Küssen flüsterte er gelassen: »Lass dich überraschen. Ich werde mir etwas Nettes überlegen.«

Nur widerwillig stimmte ich zu. Ich hätte natürlich lieber gewusst, auf was ich mich genau einließ. Doch Rob machte nicht den Eindruck, als könnte ich jetzt etwas aus ihm herausbekommen.

Ergeben schmiegte ich mich wieder an seine nackte Brust. Zeichnete mit meinen Fingerspitzen die Konturen seines durchtrainierten Oberkörpers nach und versuchte den Augenblick einfach nur zu genießen und meine Probleme zu verdrängen.

Kapitel 12

Rob

Kaum zu glauben, aber ich hatte mich tatsächlich von Audrey überreden lassen, mit zu diesem Fest nach Notthing Hill zu kommen.

Ungläubig bestaunte ich das bunte Treiben auf den Straßen im ganzen Viertel. Menschen in bunten Kostümen und reichlich verrückten Verkleidungen tanzten und sangen, als würde es kein Morgen geben. Ich fühlte mich völlig fehl am Platz, doch dann blickte ich in Audreys strahlendes Gesicht, die an diesem herrlichen und wahrhaft sonnigen Tag in einem kurzen Sommerkleid und Sandalen traumhaft aussah, und ihre gute Laune war einfach ansteckend. Sie schien vor Glück zu sprühen und war einfach nur anbetungswürdig. Auch wenn ich mich ernsthaft fragte, wie sie es schaffte, in den hohen Sandalen zu tanzen, und wie sie tanzte! Sie schwang die Hüften zu schnellen Beats und heißen Rhythmen, wie alle Menschen, die sich um uns drängten. Die Straßen waren voll, schienen überzuquellen. Alkohol floss in Strömen, dicht an dicht wurde getanzt, gesungen und geflirtet. Lachend warf sich Audrey in meine Arme. Ihre Haare flogen durch die Luft, und meine Hände umfassten ihre Hüften. Mit sanftem Druck hielt ich sie fest, während sie verführerisch mit ihren Hüften gegen meine stieß.

»Komm schon, tanz mit mir«, forderte sie mich frech grinsend auf. Aber ich zögerte.

Audrey schien mein Zögern als Herausforderung zu betrachten. Immer wieder rieb sie sich tanzend gegen meinen Körper, und ich konnte einen Seufzer, der in der lauten Musik unterging, nicht unterdrücken. Sie machte mich völlig kirre, und das war eindeutig ihre Absicht. Ich konnte meine Hände kaum von ihr lassen. Stürmisch küsste ich sie, und Audrey ergriff ihre Chance, und ich konnte mich ihr nicht mehr länger verwehren. Sekunden später tanzten wir tatsächlich gemeinsam inmitten Hunderter Menschen auf einer Straße, auf der an normalen Tagen die Leute zur Arbeit eilten, spazieren gingen, mit ihren Kindern spielten oder ihren Hund ausführten. Es war nicht leicht, es zuzugeben, aber ich fühlte mich grandios! Endlich tat ich etwas völlig Verrücktes. Audrey grinste mich an, als hätte sie gerade meine Gedanken gelesen.

»Wie fühlt es sich an, mal nicht zu überlegen, was andere Leute über dich denken könnten? Sondern einfach das Leben zu genießen?«

Ich grinste.

»So wie es aussieht, habe ich doch eine wilde Seite«, gab ich zurück.

Audreys Augen blitzten.

»Das habe ich von Anfang an gewusst«, raunte sie und drängte sich wieder an mich.

Die Stunden flogen dahin, und der Nachmittag war so schnell vergangen, dass ich gar nicht bemerkte, wie die Zeit verrann und der Abend in eine funkelnde Nacht überging. Ich schaute auf meine Uhr und stellte erstaunt fest, dass es bereits auf Mitternacht zuging.

Doch Audrey dachte gar nicht daran, nach Hause zu gehen und ich ehrlich gesagt auch nicht. Wir feierten mit den anderen Partysüchtigen bis tief in die Nacht und hatten dabei so unglaublich viel Spaß, wie ich es nie für möglich gehalten hätte.

Irgendwann machten wir uns doch auf den Nachhauseweg, und es dauerte eine gefühlte Ewigkeit, bis wir ein Taxi bekamen. Kichernd stolperte Audrey neben mir her, und ich hielt sie ganz fest, damit sie nicht fiel. Sie war ein bisschen beschwipst. Aber das schreckte mich nicht ab, ich fand sie süß, ihre rosigen Wangen, das zerzauste Haar, die derangierte Kleidung. Sie war wahnsinnig anziehend, und ich konnte es nicht erwarten, nach Hause zu kommen. Am liebsten hätte ich sie einfach gepackt, an mich gezogen und unter innigen Küssen gegen die nächstbeste Hausfassade gedrückt, um meine Hände unter dieses süße Kleid zu schieben.

Mir fiel ein Stein vom Herzen, als wir schließlich im Taxi saßen. Ich glitt neben ihr auf den Sitz und nannte dem Fahrer meine Adresse. Neugierig beäugte er uns, doch dann wandte er sich der Straße zu und startete endlich den Motor. Der Taxifahrer fädelte sich im noch immer dichten Straßenverkehr ein und musste immer wieder langsamer fahren oder stoppen, weil Feiernde, die nicht genug hatten, über die Straße taumelten.

Lächelnd kuschelte Audrey sich auf dem Rücksitz an mich, und ich legte den Arm um sie, um sie festzuhalten. Als ich schon dachte, sie wäre eingeschlafen, nahm sie meine Hand fest in ihre und drückte sanft zu. Sie sah zu mir auf und schaffte es mal wieder mit einem Blick, meinen Herzschlag zu beschleunigen. Dabei ahnte sie sicherlich nicht einmal, wie sehr ich mich in sie verliebt hatte.

»Wir sind da.« Die laute Stimme des Taxifahrers ließ mich herumfahren.

»Endlich«, presste ich erleichtert hervor und zog ein paar Geldscheine aus meiner Hosentasche, die ich ihm reichte. Das müsste genug sein.

Wir stiegen aus und eilten die Stufen nach oben und auf die Haustür zu. Mit fahrigen Fingern schob ich den Schlüssel ins Schloss und zog Audrey mit nach drinnen. Die Tür war noch nicht ins Schloss gefallen, als wir uns bereits stürmisch küssten.

Kapitel 13

Audrey

»Bist du dir wirklich sicher, dass du das durchziehen willst?«

Für einen Moment wandte ich den Blick von meinem Spiegelbild ab und schaute in Zoes Augen. Sie musterte mich mit fragendem Gesichtsausdruck, zwischen ihren Brauen hatte sich eine steile Falte gebildet.

Mit einem flauen Bauchgefühl sah ich wieder in den Spiegel und versuchte meine Bedenken zu verscheuchen.

»Ja«, meinte ich selbstbewusst, obwohl ich mich ganz und gar nicht so fühlte. Ganz im Gegenteil, wenn ich an den bevorstehenden Abend dachte, überkam mich ein Anflug von Panik. Der, je näher meine Verabredung mit Rob rückte, nur noch schlimmer wurde.

Zoe durchschaute mich wohl ebenfalls, denn sie musterte mich weiterhin skeptisch.

»Du bist gut daran, Dinge zu verdrängen. Aber lass mich dir eins sagen, du spielst mit dem Feuer. Dein Geheimnis wäre schon einmal um Haaresbreite aufgeflogen. Und heute Abend könnte tatsächlich alles ans Licht kommen. Was tust du dann?«

Mir wurde das Herz schwer, als ich an Rob dachte. Was, wenn heute Abend wirklich alles aufflog? Jeden Tag bereute ich es mehr, Rob gegenüber nicht gleich von Anfang an ehrlich gewesen zu sein. Warum war ich nach unserer ersten Begegnung nicht einfach in sein Haus spaziert und hatte ihm klipp und klar von meiner Vergangenheit erzählt? Weil ich eine Idiotin war, schoss es mir sofort durch den Kopf.

Ich schluckte. Wenn ich ehrlich war, teilte ich Zoes Bedenken, doch was sollte ich jetzt tun? Rob absagen? Er würde den Grund wissen wollen, und dann könnte ich ihm natürlich weitere Lügen auftischen, aber das wollte ich nicht mehr. Ich besann mich auf Zoes Frage und zuckte mutlos mit den Schultern.

»Das weiß ich nicht«, gab ich zu, denn es stimmte. Ich wusste überhaupt nicht mehr, was ich tun sollte. Ich fühlte mich, als würde ich auf einer tickenden Zeitbombe sitzen. Im Grunde wartete ich eigentlich nur darauf, dass es passierte. Die ganze hässliche Wahrheit, die Lügengeschichten, mein Doppelleben, das ich krampfhaft zu verbergen versuchte, alles würde ans Licht kommen.

»Ich hoffe einfach das Beste«, fügte ich hinzu, und diese vage Hoffnung klang sogar in meinen Ohren ziemlich lahm.

Zoe seufzte laut auf und warf frustriert die Hände in die Luft.

»Okay«, sagte sie dann. »Was kann ich machen, um dich von diesem Irrsinn abzuhalten?«

Es war richtig lieb, wie Zoe versuchte mich vor einem riesen Unglück zu bewahren. Aber leider wollte ich das gar nicht. In einem Anflug von echtem Wahnsinn wünschte ich mir manchmal sogar, Rob käme von allein hinter mein Geheimnis, und gleichzeitig hatte ich schreckliche Angst vor dem Moment. Ich schüttelte den Kopf.

»Du kannst nichts tun!«, gab ich bestimmt zurück.

»Ich gehe heute Abend mit Rob zu dieser Wohltätigkeitsveranstaltung. Es wird schon alles gutgehen.«

Zoe schnaubte verdrießlich.

»Du machst einen Fehler! Sag ihm endlich die Wahrheit, bevor es zu spät ist! Du hast gesagt, du liebst ihn, dann musst du endlich ehrlich sein. Er hat es doch verdient, findest du nicht? Außerdem halte ich das alles selbst kaum noch aus, weil ich mir um dich Sorgen mache.«

»Das brauchst du aber nicht. Ich weiß sehr genau, was ich tue.«

Mit hochgezogenen Brauen verschränkte Zoe die Arme vor der Brust.

»Nimm es mir nicht übel. Aber den Eindruck machst du auf mich nicht gerade. Denn wenn es so wäre, wärst du dir der Gefahr bewusst. Die halbe Londoner Upperclass wird sich heute Abend auf dieser Party tummeln, und die Chancen, einem deiner ehemaligen Kunden in die Arme zu laufen, sind, wenn du mich fragst, gewaltig.«

Leider hatte Zoe abermals recht, die Chancen jemandem aus meiner Vergangenheit zu begegnen, standen tatsächlich ziemlich gut, und diese Aussicht jagte mir eine Heidenangst ein.

Seufzend wandte ich mich wieder dem Spiegel zu und starrte hinein. Mir gefiel schon lange nicht mehr, was ich sah. Mit meinem Aussehen hatte das allerdings weniger zu tun, sondern eher damit, was nicht für jedermann auf den ersten Blick sichtbar war. Die Verlogenheit, die aus jeder meiner Poren zu dringen schien. Die Menschen, die mir lieb und teuer waren, täuschte ich und führte sie nach allen Regeln der Kunst an der Nase herum. Mehr und mehr schämte ich mich für mein Verhalten. Aber ich war einfach im Moment zu feige, den Menschen, die ich von Herzen liebte, die Wahrheit einzugestehen.

Zoe trat hinter mich. Unsere Blicke begegneten sich im Spiegel.

»So wie es aussieht, gibt es nichts, womit ich dich umstimmen kann, denn du wirst unter allen Umständen an dieser Verabredung festhalten.«

Zoe neigte den Kopf zur Seite, dann entspannte ein leichtes Lächeln ihre bis eben noch verkniffene Miene.

»Gehen wir vom Schlimmsten aus, und dir fliegt heute Abend tatsächlich alles um die Ohren.«

Ich rollte mit den Augen.

»Na, du verstehst es wirklich, mich aufzumuntern.«

»Ich war noch nicht fertig«, sagte sie schnell, und ich war gespannt, was sie noch auf Lager hatte.

»Dann solltest du zumindest absolut anbetungswürdig aussehen. Wenn du untergehst, dann mit wehenden Fahnen. Das Kleid, was du gerade trägst, ist wirklich hübsch. Aber nicht genug.«

»Welches Kleid empfindest du als passend für meinen Untergang?«

»Wie wäre es mit dem schwarzen Cocktailkleid aus Spitze?«

»Meinst du ganz zufällig das Kleid mit den gekreuzten Trägern auf dem Rücken und das noch dazu dein Lieblingskleid ist?«

Zoe nickte.

»Ja, genau, das meine ich.«

Ich drehte mich zu Zoe um und drückte sie.

»Danke«, flüsterte ich leise.

»Ich lass dich nicht im Stich«, gab sie bekräftigend zurück.

»Gehören die passenden Highheels zu deiner großzügigen Leihgabe dazu?«, fragte ich nach.

Zoe nickte lachend.

»Ja, und die Diamantohrstecker und das Armband auch. Natürlich nur, wenn du möchtest.«

»Klar will ich. Dann ist das Motto des heutigen Abends also ganz oder gar nicht!«

»Ich sagte doch, wenn du heute Abend auffliegst, wird er es zumindest nicht schaffen, dich je zu vergessen.«

Zoe trat endgültig einen Schritt zurück und blickte nun wieder ziemlich ernst drein.

»Ich hoffe für dich, es geht alles gut.«

Ich nickte knapp. Das hoffte ich natürlich auch. Aber meine innere Stimme warnte mich und flüsterte, dass sich Zoes und meine Ängste heute Abend tatsächlich bewahrheiten könnten. Angestrengt versuchte ich das flaue Gefühl, das in mir aufstieg, zu verdrängen. Doch abschütteln ließ es sich nicht.

Rob

Ich warf Audrey einen kurzen Seitenblick zu, bevor ich mich wieder auf die Straße konzentrierte. Sie sah heute Abend wirklich wunderschön aus. Ihr Kleid war unglaublich. Es schmiegte sich perfekt an ihre Kurven.

Allerdings verhielt sie sich äußerst seltsam. Wie sehr oft in letzter Zeit. Sie war schweigsam, seitdem sie zu mir ins Auto gestiegen war und wirkte angespannt, fast schon abwesend. Doch als ich sie vorhin nach dem Grund für ihr Verhalten fragte, versuchte sie mich wieder auf Abstand zu halten. Sie verschloss sich vor mir, wie an diesem Morgen, als ich fragte, was sie mir so Dringendes erzählen wollte. Irgendetwas verbarg sie, und meine Neugierde nagte nun immer öfter an mir. Vorhin war ich kurz in Versuchung geraten, nachzubohren und ihre Ausreden nicht gelten zu lassen. Aber dann hatte ich mich dafür entschieden, sie nicht zu bedrängen. Ich wollte, dass sie sich mir öffnete, aber weil sie es selbst für richtig hielt. Bis dahin musste ich mich wohl gedulden.

Ich ergriff ihre Hand, verschränkte meine Finger mit ihren. Ich war mir nicht sicher, was in ihrem Leben passiert war, bis jetzt hatte ich Audrey nicht dazu bewegen können, viel über sich preiszugeben. Aber wir hatten noch eine Menge Zeit, und irgendwann, so hoffte ich, würde sie mir vertrauen und mir mehr erzählen.

Sie lächelte, und dieses Lächeln ließ mir vor Glück das Herz aufgehen. Ich liebte sie und war bereit alles zu tun, damit das, was wir hatten, für immer hielt.

Der Kies knirschte unter den Reifen meines schwarzen Sportwagens, als wir die Einfahrt zum Anwesen meiner Familie hinauffuhren. Ich konnte förmlich spüren, wie sich Audrey mehr und mehr verspannte. Sie knetete die Hände in ihrem Schoß und machte einen nervösen Eindruck.

Vor dem herrschaftlichen Haus parkten bereits eine ganze Reihe Luxusschlitten. Gekonnt manövrierte ich den Wagen in eine Parklücke und schaltete den Motor ab. Langsam wandte ich mich Audrey zu. Sie schaute mich mit unergründlichem Blick an.

»Bist du sicher, dass es dir gut geht?«, fragte ich vorsichtig.

Audrey schenkte mir ein Lächeln, aber es wirkte gezwungen und künstlich. Irgendetwas stimmte hier überhaupt nicht.

»Natürlich«, gab sie indes zurück.

Aber ich schüttelte den Kopf.

»Das glaube ich dir nicht! Irgendetwas hast du doch.«

Audrey zögerte.

»Zugegeben, ich bin ein bisschen nervös. Schließlich gehe ich nicht jeden Tag auf eine solche Party und lerne deine Mutter kennen«, meinte sie beschwichtigend.

Allerdings bezweifelte ich, dass das wirklich der Grund für ihre Nervosität war. Hin- und hergerissen, fragte ich mich, ob ich ihr glauben sollte? Was verheimlichte sie mir? Diese Frage ließ mich einfach nicht mehr los. Vorerst allerdings zwang ich mich dazu, mich mit ihrer Antwort zufriedenzugeben. Auch wenn mir das von Mal zu Mal schwerer fiel.

»Keine Sorge, meine Mum ist bei weitem nicht so furchtbar wie mein Stiefvater«, versuchte ich sie ein wenig zu beruhigen. »Vielleicht magst du sie sogar!«, fügte ich hinzu und versuchte die angespannte Stimmung zwischen uns mit diesem kleinen Witz aufzuheitern.

Tatsächlich hatte ich es geschafft, Audrey damit ein leichtes Lächeln zu entlocken.

»Okay, das ist sehr beruhigend. Lass uns jetzt reingehen«, schlug sie vor und wirkte dabei so, als wollte sie es lieber schnell hinter sich bringen.

Ich nickte.

»Ja, lass uns gehen.«

Audreys Hand glitt auf den Türöffner, doch bevor sie die Beifahrertür öffnen konnte, hielt ich sie zurück.

Sie schaute zu mir auf, und ich beugte mich aus einem drängenden Impuls heraus zu ihr. Meine Lippen berührten ihre, und wir küssten uns sanft.

»Der Abend wird nicht so schlimm, wie du glaubst. Vertrau mir!«, raunte ich, nachdem ich schweren Herzens von ihrem verlockenden Mund abgelassen hatte.

Audrey nickte vorsichtig.

»Das tue ich«, antwortete sie.

Dann wich sie zurück und öffnete die Tür. Ich tat es ihr gleich. Einen Moment später gingen wir Hand in Hand die Eingangsstufen zu meinem Elternhaus hinauf.

Als wir eintraten, war die Party bereits in vollem Gange. Die Crème de la Crème der Londoner High Society tummelte sich in kleinen Grüppchen im offenen Wohnbereich der Villa meiner Eltern und trank Champagner.

Während eine Angestellte die Haustür hinter uns schloss, blieb Audrey neben mir wie angewurzelt stehen und schaute sich gebannt um. Amüsiert sah ich ihr dabei zu, wie sich ihre Augen an der verschwenderischen Größe des Hauses mehr und mehr weideten. Sie versuchte sich zusammenzureißen, aber vor mir schaffte sie es nicht, den Schein zu wahren und ihre Gefühle zu verbergen.

»Beeindruckt?«, fragte ich sanft und beugte mich zu Audrey hinab, um ihr ins Ohr zu flüstern.

Sie drehte sich zu mir herum, ihre Haarsträhnen strichen flüchtig über meine Wange.

»Es ist wirklich groß«, gab sie zurück und entlockte mir damit ein kleines Lächeln.

Bevor ich etwas erwidern konnte, wurde uns bereits etwas zu trinken angeboten. Ich nahm ein Glas Champagner von dem silbernen Tablett und reichte es an Audrey weiter.

Sie nahm das Glas entgegen und machte noch immer einen ziemlich nervösen Eindruck, und erneut schwante mir, dass nicht allein die Aufregung wegen des heutigen Abends dahintersteckte, sondern noch viel mehr.

Mit einem gezwungenen Lächeln führte Audrey das Glas an die Lippen. Ihr angespannter Blick wanderte langsam über die anwesenden Partygäste. Einen Moment später seufzte sie erleichtert auf und schien sich urplötzlich etwas zu entspannen. Angestrengt blickte ich mich ebenfalls im Raum um und kam nicht umhin, mich zu fragen, wen sie heute Abend hier erwartet hatte.

Sie verhielt sich schon den ganzen Abend so seltsam, und auch diese Reaktion war äußerst merkwürdig. Langsam wurde ich misstrauisch. Was verbarg sie vor mir?

Gerade, als ich sie auf ihr seltsames Verhalten ansprechen wollte, tauchte John auf und begrüßte uns knapp.

»Hast du sie schon gesehen?«, raunte er mir über die klassische Musik hinweg zu.

Widerwillig löste ich meine volle Aufmerksamkeit von Audrey und wandte mich mit fragendem Blick John zu.

»Von wem sprichst du?«, gab ich leise fragend und kurz angebunden zurück und gab ihm damit deutlich zu verstehen, dass ich keine Lust auf Rätselraten hatte.

»Gwen«, erwiderte er mindestens genauso knapp, und ich konnte mich gerade noch bremsen, bevor mir die Kinnlade herunterklappte. Wut kochte in mir hoch, weil meine Eltern einfach nicht einsehen wollten, dass Gwen nicht mehr zur Familie gehörte. Wir waren zwar noch nicht geschieden, aber lange würde es hoffentlich nicht mehr dauern. Wie konnte meine Mutter so weit gehen und sie heute Abend zu dieser dämlichen Wohltätigkeitsveranstaltung einladen?

Ich besann mich auf Johns Frage und schüttelte schnell den Kopf.

»Hab sie noch nicht gesehen«, erwiderte ich.

»Von wem redet ihr eigentlich?«, schaltete sich Audrey in unser Gespräch ein.

»Gwen ist hier«, erklärte ich unbehaglich, und erneut kehrte der angespannte Ausdruck auf Audreys Gesicht zurück.

»Ich wusste nicht, dass sie heute Abend eingeladen ist«, fügte ich schnell hinzu und nahm ihre Hand, um sie fest in meine zu schließen.

Wir hätten nicht herkommen sollen! Warum zum Teufel war ich auf die beschränkte Idee gekommen, Audrey hierherzuschleppen?

»Möchtest du gehen?«, fragte ich.

Sie schwieg, schien über ihre Antwort nachzudenken, dann schüttelte sie überraschenderweise den Kopf.

»Nein, ich glaube, deine Mum wäre sehr enttäuscht, wenn du sofort wieder verschwinden würdest. Lass uns einfach versuchen das Beste aus diesem Abend zu machen«, schlug sie vor, und ich liebte sie gleich noch ein bisschen mehr.

»Ich kann dir nur zustimmen!«, mischte sich John ein und wandte sich nun wieder mir zu.

»Es gibt ein paar Leute, die muss ich dir unbedingt vorstellen.«

Ich war nicht bereit, Audrey allein in diesem Haifischbecken zu lassen.

»Später«, vertröstete ich John. Schließlich hatten wir noch den ganzen Abend Zeit.

Johns Blick huschte von mir zu Audrey und kehrte dann wieder zu mir zurück.

»Kein Problem. Dann stürze ich mich am besten mal wieder ins Getümmel«, entgegnete er und machte sich auch schon davon.

Langsam wandte ich mich Audrey ganz zu, zog sie in meine Arme, doch sie versuchte sofort auf Abstand zu gehen.

Erneut schaute ich sie misstrauisch an und entließ sie aus meiner Umarmung. Scheinbar war es ihr nicht recht, dass ich sie vor aller Augen berührte. Was ich schlicht und einfach lächerlich fand.

»Was ist los mit dir?«, wollte ich wissen.

Audrey schaute sich verstohlen um, ihre Wangen hatten wieder eine tiefrote Farbe angenommen.

Nervös strich sie sich eine Strähne ihrer braunen, langen Haare zurück und blickte mir ins Gesicht. Sie fühlte sich eindeutig unbehaglich. Auf ihre Antwort war ich äußerst gespannt. Doch wieder versuchte sie mich mit einer Ausrede abzuspeisen.

»Wir wollten unsere Affäre nicht an die große Glocke hängen. Erinnerst du dich?«, gab sie zurück und schaffte es kaum, mich anzuschauen.

Ein Kloß bildete sich in meiner Kehle.

»Für mich ist es mehr als eine Affäre«, entgegnete ich umgehend.

Nach anfänglichem Zögern ergriff nun Audrey meine Hand. »So hatte ich es nicht gemeint«, sagte sie versöhnlich und drückte meine Hand noch ein bisschen fester.

»Damit wollte ich nur sagen, dass deine Familie noch nichts von uns beiden weiß, und wir sollten nicht mit der Tür ins Haus fallen.«

Nachdenklich musterte ich sie und haderte mit mir, ob ich es auf sich beruhen oder eine Diskussion über dieses Thema beginnen sollte. Doch das würde all meinen guten Vorsätzen, sie nicht in die Enge zu treiben, widersprechen. Also biss ich mir auf die Zunge und beschloss, vorerst den Mund zu halten.

»Wie du meinst. Aber wir können uns doch trotzdem amüsieren«, entgegnete ich lächelnd und versuchte die Anspannung zwischen uns zu lösen.

Audrey nickte schnell, und ein Lächeln erhellte ihre Gesichtszüge.

»Wunderbare Idee.«

Mit einem letzten kleinen Schluck trank sie ihren Champagner aus.

»Weißt du, auf was ich Lust hätte?«

Jetzt war es an mir, sie argwöhnisch anzuschauen.

»Und woran hast du gedacht?«

Audrey grinste jetzt ziemlich schelmisch, während sie mich bei der Hand nahm und in Richtung offener Terrassentür zog, die hinaus in den Garten führte, wo die Musik noch ein bisschen lauter war als hier drinnen.

»Was hast du vor?«

Audrey blickte über die Schulter und zwinkerte vielsagend.

Dann blieb sie plötzlich stehen, drehte sich ganz zu mir, und ihre Hände glitten auf meine Hüften. Langsam kam sie näher.

»Ich habe große Lust mit dir zu tanzen«, sagte sie endlich, und ich zog sie noch näher an mich. Langsam begannen wir uns im Takt der Musik zu bewegen. Audrey schmiegte sich in meine Arme.

»Widerspricht das nicht deiner Regel?«, wollte ich amüsiert wissen. Schließlich bestand sie noch vor ein paar Augenblicken darauf, unsere Beziehung geheim zu halten.

Audrey kaute nachdenklich an ihrer Unterlippe. Dann schüttelte sie den Kopf.

»Nein, das ist schon okay. Gegen einen unschuldigen Tanz ist nun wirklich nichts einzuwenden.«

»Unschuldig?«, fragte ich flüsternd, und Audrey lächelte verführerisch. Ich beugte mich zu ihr und kam ihrem verlockenden Mund gefährlich nahe.

»Etwa so unschuldig wie unser letzter Tanz?«

In Audreys Augen konnte ich lesen, dass sie sich ebenfalls an diese Nacht erinnerte. Sie drückte ihre flache Hand gegen meine Brust, um mich zu bremsen.

»Glaubst du wirklich, damit könntest du mich aufhalten?«, fragte ich süffisant grinsend und kam noch ein bisschen näher, meine Hände gingen auf Wanderschaft, und als ich ihren Po berührte, entschlüpfte Audreys Mund ein leiser Aufschrei. Ich war so kurz davor, sie zu küssen, und mir war völlig egal, wer uns dabei zusah. Audrey gehörte zu mir, und das konnten ruhig alle wissen.

Sie verstärkte den Druck auf meine Brust. Es wäre ein Leichtes gewesen, ihre Hände von mir zu lösen. Aber unser kleines Spiel begann mir zu gefallen.

»Was bietest du mir an, wenn ich mich an unsere Vereinbarung halte?«, fragte ich sanft und schob meine Hüfte mit sanftem Druck gegen ihren Bauch.

Audrey hielt meinen Blick fest, doch dann schien sie zu beschließen, sich auf unser kleines Spielchen einzulassen. Zögerlich befeuchtete sie ihre Lippen, und Verlangen machte sich in meinem Unterleib breit. Ich war vollkommen verrückt nach ihr.

»Wie wäre es denn, wenn ich dich, sobald wir bei dir zu Hause sind, für deine Mühen entschädige?«

Ihre Augen leuchteten auf.

»Wie hast du dir das vorgestellt?«, fragte ich und drückte mich wieder sanft gegen sie.

Audrey überlegte, biss sich leicht auf die Unterlippe und brachte mich damit an den Rand des Erträglichen. Noch ein bisschen länger, und ich würde mich vor aller Augen auf sie stürzen, so sehr machte sie mich an.

»Wie wäre es, wenn ich ein bisschen für dich tanze und mir dabei, natürlich rein zufällig, mein Kleid inklusiver meiner Unterwäsche abhandenkommt?«

Dieser Gedanke heizte mich kräftig an. Noch ein weiteres Wort von ihr und sie wäre tatsächlich gleich fällig.

»Klingt verlockend, und ich kann es kaum erwarten«, raunte ich, und ein hinreißendes Lächeln huschte über Audreys Gesicht.

»Gut, dann sind wir uns einig«, gab sie vielsagend zurück und fügte dann hinzu: »Jetzt solltest du Abstand halten.«

Nur äußerst widerwillig ging ich auf ihre Anweisung ein. Aber da ich nun den Preis kannte, leistete ich Folge. Wir tanzten weiter, mit viel mehr Abstand, als mir lieb war, und als die letzten Akkorde des Songs verstummten, sagte sie: »Wie wäre es, wenn wir uns etwas zu trinken holen?«

Ich nickte.

»Ich habe nichts dagegen. Möchtest du noch ein Glas Champagner?«

»Gerne.«

Nur widerstrebend nahm ich meine Hände von ihr. Auf dem Weg nach drinnen liefen wir meiner Mutter in die Arme, und für eine Sekunde plagten mich Schuldgefühle, weil ich sie nicht begrüßt hatte. Doch dann fiel mir wieder ein, dass sie Gwen eingeladen hatte, und meine Schuldgefühle verpufften augenblicklich.

»Da bist du ja!«, sagte sie freudestrahlend und zog mich sofort in eine Umarmung. Sie zerquetschte mich fast, und als sie endlich wieder von mir abließ, holte ich tief Luft.

»Ich hatte schon befürchtet, du würdest nach der Auseinandersetzung mit deinem Vater nicht kommen.«

Verwundert zog ich die Augenbrauen nach oben. Er hatte ihr von unserem Streit erzählt! Er schaffte es doch immer wieder, mich zu überraschen.

»Nichts hätte mich davon abhalten können«, gab ich charmant zurück, und Mum lächelte selig.

Dann wandte sie sich Audrey zu, die dicht neben mir stand und unbehaglich von einem Fuß auf den anderen trat. Ich rückte näher, griff im Verborgenen nach ihrer Hand und drückte sie sanft.

»Wen hast du denn da mitgebracht?«, flötete sie mit leuchtenden Augen.

»Wo habe ich nur meine guten Manieren gelassen? Das ist Audrey«, stellte ich die Frau vor, die mein Herz regelmäßig bis an den Rand des Stillstands brachte, und fügte in vollem Bewusstsein, unsere kleine Regel zu brechen, hinzu: »Meine Freundin.«

Audrey versteifte sich neben mir, ihre Wangen schienen regelrecht zu glühen.

Meine Mutter hingegen wirkte ziemlich erfreut. Lächelnd streckte sie die Hand aus und begrüßte Audrey daraufhin mindestens so herzlich wie mich gerade.

»Schön, Sie kennenzulernen. Ich bin Elizabeth Masters. Aber nennen Sie mich doch einfach Beth, das tun alle meine

Freunde«, sagte sie, als sie Audrey endlich aus ihrer Umarmung entließ.

»Ich finde es auch sehr schön, Sie kennenzulernen«, entgegnete Audrey und wirkte immer noch reichlich angespannt.

»Warum hast du Gwen eingeladen?«, fragte ich und eilte Audrey damit zu Hilfe, die mittlerweile auch ziemlich verlegen wirkte.

Mum winkte mit plötzlich ernstem Gesichtsausdruck ab.

»Das hat dein Vater verzapft. Ich habe ihm gleich gesagt, dass das keine gute Idee ist. Aber du kennst ihn. Wenn er sich erst einmal etwas in den Kopf gesetzt hat, dann kann man ihm seine Ideen schlecht wieder ausreden«, fügte sie erklärend hinzu.

Ich nickte langsam. Das klang glaubwürdig.

»Dann sollte ich ihm noch einmal klarmachen, dass Gwen nicht mehr zu dieser Familie gehört. Selbst wenn sie weiterhin für ihn arbeitet.«

Hastig schaute sich Mum um und raunte dann nervös: »Rob, bitte, mach keine Szene. Die Leute würden monatelang über uns tuscheln. Halt dich einfach von Gwen fern, das Haus ist ja wohl groß genug, um ihr aus dem Weg zu gehen«, bat sie eindringlich.

Ich seufzte leise auf. Es hatte sich tatsächlich nichts geändert. Der Ruf der Familie stand nach wie vor über allem anderen. Ich nickte, um sie zu beruhigen. Doch das bedeutete nicht, dass ich auch eine Diskussion mit meinem Vater auf ein anderes Mal verschieben würde.

»Keine Sorge, ich blamiere dich schon nicht.«

Ein erleichtertes Lächeln erhellte ihr Gesicht. Einen Moment später verfiel sie in Small Talk, als wenn das Gespräch vorher nie stattgefunden hätte. Neugierig folgte Audrey der Unterhaltung, und wir drei plauderten tatsächlich nett miteinander. Wer hätte das gedacht, aber meine Mum schaffte es tatsächlich, dass Audrey lockerer wurde.

»Du hast unsere Regel gebrochen«, raunte Audrey, als Mum später davoneilte, um sich mit einer ihrer Freundinnen zu unterhalten. Ich legte den Arm um ihre Schulter, zog sie an mich und drückte ihr einen kleinen Kuss auf den Scheitel.

»Das ist mir klar. Ich wünschte einfach, ich könnte jedem von uns erzählen. Den versprochenen Tanz bekomme ich doch hoffentlich trotzdem«, gab ich hoffnungsvoll lächelnd zurück und bekam umgehend die Quittung, indem mir Audrey ihren Ellenbogen in die Seite stieß.

»Da muss ich dich enttäuschen. Deal ist nun mal Deal. Du als erfolgreicher Anwalt solltest wissen, dass man sich besser an Vereinbarungen hält.«

»Bedeutet das, du wirst nicht für mich tanzen?«

»Strafe muss sein«, gab Audrey zurück, und ich sah sofort ein, dass ich etwas unternehmen musste, um sie umzustimmen.

»Bitte tanz für mich, und im Gegenzug verspreche ich dir hoch und heilig, ich mache heute Nacht alles wieder gut.«

Audrey lächelte verwegen.

»Und wie willst du das schaffen?«

Langsam näherte ich mich ihrem Ohr und flüsterte leise.

»Wahrscheinlich werde ich dich packen, sobald wir die Haustür hinter uns zugemacht haben, und dich auf den nächstbesten Tisch setzen. Dann schiebe ich dir langsam das Kleid nach oben und deinen Slip nach unten.«

»Klingt verlockend. Verrätst du mir mehr?«

Ich räusperte mich, dann sprach ich leise weiter.

»Dann knie ich vor dir nieder, küsse mich an deinen Beinen nach oben. Ganz langsam und immer weiter und weiter, du lehnst dich nach hinten, deine Hände vergraben sich in meinen Haaren, und dein Stöhnen klingt wie Musik in meinen Ohren.«

Ich hauchte einen Kuss auf die weiche Haut unterhalb ihres Ohrläppchens.

»Willst du noch mehr hören?«

Ich wich ein Stück zurück, unsere Blicke trafen sich, und ich sah die Sehnsucht, das Verlangen in Audreys Augen aufblitzen.

Sie schüttelte leicht den Kopf. Ihre Wangen waren von einer herrlich rosa Farbe überzogen.

»Lieber nicht. Du machst mich mit deinem Gerede ganz verrückt.«

Audrey lächelte, und ich musste mich zusammenreißen, um sie nicht vor allen Leuten zu küssen. Obwohl ich keine Sekunde daran zweifelte, dass jeder, der uns zusammen sah, sofort wusste, was Sache war.

»Ich störe euch echt nur ungern. Aber leider muss ich dich für eine Weile entführen, mein Freund.«

Ich fuhr herum und schaute nur Sekunden später in Johns lachende Augen.

Widerstrebend löste ich mich von Audrey.

»Dein Timing lässt ein bisschen zu wünschen übrig.«

»Du bist nicht der Erste, der mir das sagt«, entgegnete John und feixte noch ein bisschen mehr.

»Ist es wirklich dringend erforderlich, diese Leute kennenzulernen, von denen du vorhin gesprochen hast?«

John nickte sofort.

»Es kann niemals schaden, neue Geschäftskontakte zu knüpfen.«

»Wie du meinst«, gab ich zurück, obwohl ich doch viel lieber hier bei Audrey geblieben wäre.

Audrey, die unserem Gespräch gefolgt war, nickte zustimmend.

»Geh ruhig«, sagte sie, und ich schaute sie an.

»Wirklich?«

Eigentlich hatte ich mir für heute Abend fest vorgenommen, nicht von ihrer Seite zu weichen.

»Du kannst gehen!«, betonte Audrey noch einmal. Dann fügte sie lächelnd hinzu: »Ich bin schon ein großes Mädchen und kann sehr gut auf mich aufpassen.«

Ihre Worte entlockten mir ein Schmunzeln.

»Na gut, lass uns gehen«, sagte ich an John gewandt, der sofort erfreut nickte.

Doch bevor ich endgültig mit ihm verschwand, musste ich mich noch einmal zu Audrey beugen.

»Immer schön daran denken, worüber wir eben gesprochen haben.«

»Verschwinde jetzt endlich«, entgegnete Audrey drohend und konnte sich das Lachen kaum verkneifen. Dann ging ich mit John davon, um diese ach so wichtigen Leute kennenzulernen, die er mir unbedingt vorstellen wollte.

Kapitel 14

Audrey

Mit gemischten Gefühlen schaute ich den beiden nach.

Etwas unsicher sah ich mich im Garten um. Viele Gäste standen in Grüppchen zusammen und unterhielten sich angeregt. Aber ich hatte keine Lust, mich zu ihnen zu gesellen und Small Talk zu machen. Und mir stand auch nicht der Sinn danach, weiterhin die verliebten Pärchen beim Tanzen zu beobachten. Daher beschloss ich, zurück ins Haus zu gehen und mir etwas zu essen zu besorgen. Langsam bekam ich Hunger.

»Amüsieren Sie sich gut?«

Erschrocken fuhr ich herum und starrte in die eisblauen Augen von Robs Stiefvater. Er fixierte mich mit durchdringendem Blick und schien jede meiner Bewegungen genau zu verfolgen. Um ein Haar hätte mein Herz ausgesetzt, so kalt hatte er mich erwischt.

»Ja«, stotterte ich und stellte mein Glas Champagner auf dem Küchentresen ab.

In der Gegenwart seines Stiefvaters fühlte ich mich so unwohl, dass ich mich am liebsten in Luft aufgelöst hätte. Und genau das sollte ich besser tun: einfach verschwinden. Langsam bewegte ich mich um den Tresen herum und hatte es ziemlich eilig, die Küche zu verlassen.

»Ich sollte gehen. Rob fragt sich sicher schon, wo ich abgeblieben bin.«

Sein Vater stieß ein künstliches Lachen aus.

»Ich glaube nicht, dass er Sie gerade vermisst. Rob scheint sich im Moment prächtig mit Gwen zu amüsieren.«

Ich schluckte schwer, schaute ihm mutig ins Gesicht, und wieder lächelte er auf diese kalte, berechnende Weise. Hämisch blickte er mir entgegen. Als wüsste er etwas, das ich nicht wusste.

»Nur zu. Sie können mir glauben. Oder besser, überzeugen Sie sich doch selbst davon.«

Er nickte Richtung des Fensters, das direkt in den Garten hinausging, und mir wurde schlecht.

Keine Ahnung, weshalb ich hinausblickte, aber so war es. Und tatsächlich unterhielt sich Rob mit Gwen. Ein Anflug von Eifersucht überkam mich, obwohl ich natürlich wusste, dass das völlig verrückt war. Auf Gwen musste ich gewiss nicht neidisch sein.

Ich zuckte äußerlich gelangweilt mit den Schultern, während ich mich wieder zu Robs Stiefvater umwandte und versuchte so zu tun, als würde mich das alles nicht besonders interessieren. Doch an seinem Gesichtsausdruck erkannte ich, dass er mich sehr wohl durchschaute.

Ich sagte nichts, näherte mich stattdessen der Tür, als seine Worte mich erneut davon abhielten, das Zimmer zu verlassen.

»Seitdem Sie in das Leben meines Sohnes geplatzt sind,

hege ich die Hoffnung, Sie werden auch genauso schnell wieder verschwinden, wie Sie gekommen sind. Doch ich musste feststellen, dass Sie hartnäckig sind. Und nun hat es den Anschein, als würde ich enttäuscht werden.«

Mein Blick zuckte zur Tür. Am liebsten wäre ich einfach nach draußen gestürmt. Aber ich hielt mich zurück, weil ich zugegeben auch neugierig darauf war, was er mir zu sagen hatte. Er war ganz erpicht darauf, weiterzureden.

»Zu meinem größten Ärgernis muss ich feststellen, dass Sie es geschafft haben, Rob um den Finger zu wickeln. Er frisst Ihnen aus der Hand, und man sieht ihm an, dass er Ihnen restlos verfallen ist.«

»Was wollen Sie von mir hören?«, fragte ich. Ich drängte darauf, dieses Gespräch zu beenden.

Er machte eine Pause, und die Anspannung in meinem Bauch wuchs mit jeder Sekunde.

»Sie sind eine geheimnisvolle Frau, Audrey Bartlett«, sagte er gedehnt, und ich hielt unweigerlich den Atem an.

Was sollte diese Anspielung?

»Ich habe keine Ahnung wovon Sie sprechen«, wiegelte ich ab und machte einen weiteren Schritt auf die Tür zu.

Er war so schnell hinter mir und hielt mich am Arm fest, dass ich keine Zeit hatte zu reagieren. Auf einmal war er da und umklammerte mein Handgelenk auf unangenehme Weise.

»Ich denke, Sie wissen sehr wohl, wovon ich rede.«

Widerstrebend wandte ich mich ihm ganz zu, versuchte meinen Arm zu befreien, aber er hielt mich fest.

»Lassen Sie mich los!«, forderte ich ihn ungehalten auf, weil ich seine Nähe nur schwer ertrug.

Genauso plötzlich, wie er mich gepackt hatte, lockerte er auch seinen Griff und gab schließlich mein Handgelenk frei.

»Was glauben Sie, wie wird Rob reagieren, wenn er von Ihrem kleinen schmutzigen Geheimnis erfährt?«

Jegliche Farbe muss aus meinem Gesicht gewichen sein, mein Herz setzte vor Schreck aus, und mein Puls raste. Mein Brustkorb hob und senkte sich unter schweren Atemzügen, während er nur hinterhältig lächelte.

Ich taumelte einen Schritt rückwärts, und er streckte seine Hand nach mir aus. Langsam strich er mit den Fingerspitzen meinen nackten Arm hinauf, und ich wich weiter zurück.

»Fassen Sie mich nicht an!«, zischte ich, sein kaltes Grinsen verstärkte sich, als ich seinen Arm abschüttelte.

»Wollen Sie mich gar nicht fragen, wie ich hinter Ihr Geheimnis gekommen bin?«

Er wusste es! Leugnen half jetzt nicht weiter. Also entschloss ich mich, die Flucht nach vorn anzutreten.

»Nein, aber Sie werden wohl keine Minute zögern, es mir zu erzählen.«

Er schwieg abermals, und ich hätte ihn am liebsten angeschrien, er solle endlich seinen Mund aufmachen und reden. Wie der Teufel es wollte, tat er mir den Gefallen.

»Der Privatdetektiv, den ich engagiert habe, war wirklich gründlich. Zu Ihrer Information: Das Internet vergisst niemals eine Sünde. Der Ruf, den Sie bei *Secret Desire* genießen, eilt Ihnen voraus.«

Mein Herz klopfte zum Zerspringen.

»Ich habe in der Agentur gekündigt«, stieß ich ungehalten hervor.

»Auch das ist mir bekannt. Nur aus Neugierde: War das bevor oder nachdem Sie mit meinem Sohn geschlafen haben?«

Zorn und Wut kochten in mir hoch. Nur mit größter Anstrengung schaffte ich es, ihm keine runterzuhauen, obwohl er es mehr als verdient hatte. Doch stattdessen riss ich mich zusammen und erwiderte wütend: »Das geht Sie einen feuchten Dreck an.«

Wieder lachte er, und um seine Augen bildeten sich kleine Fältchen.

»Keine Antwort ist wohl auch eine Antwort«, gab er vielsagend zurück.

Mir wurde ganz anders zumute.

»Wie dem auch sei«, gab er lapidar zurück und lehnte jetzt lässig am Küchentresen. »Nur falls es Ihnen entgangen ist, Rob ist, was Ehrlichkeit angeht, etwas pingelig. Scheint also, dass die Chancen eher schlecht für Sie stehen, falls er jemals hinter Ihr Geheimnis kommen sollte.«

Völlig überrumpelt schaute ich ihn an.

»Wenn er hinter mein Geheimnis kommen sollte?«

Robs Vater nickte und zuckte leicht mit den Schultern. Die Arme vor der Brust verschränkt.

Er wollte es ihm nicht erzählen? Eigentlich hatte ich eher damit gerechnet, dass er es Rob umgehend auf die Nase binden würde.

»Wie es jetzt weitergeht, liegt allein bei Ihnen«, informierte er mich, und langsam schwante mir, worauf er hinauswollte.

Ich schaute ihn fragend an, und er bestätigte mit seinen nächsten Worten meine Vermutung.

»Ziehen Sie sich zurück, machen Sie sich rar, halten Sie meinen Sohn auf Abstand, und dann erwarte ich von Ihnen, dass Sie Rob verlassen. Es muss nicht gleich geschehen. Aber Sie sollten doch spätestens in zwei Wochen aus seinem Leben verschwunden sein.«

Ich schluckte.

»Das ist Erpressung!«

Er lachte laut auf.

»Mag sein. Was wollen Sie dagegen tun? Sehen Sie es doch lieber von einer anderen Seite, ich helfe Ihnen, Ihr Gesicht zu wahren. Rob muss die Wahrheit niemals erfahren. Und irgendwann wird er über die Trennung hinwegkommen. Gwen wird ihm gern dabei behilflich sein.«

Ich schnaubte verächtlich.

»Darauf würde ich mich an Ihrer Stelle nicht verlassen. Gwen hasst Rob, und umgekehrt verhält es sich genauso. Und das Gespräch, was ich eben im Garten beobachten konnte, war mit Sicherheit nicht freundschaftlicher Natur.«

»Sie brauchen nur etwas Zeit, dann werden sie wieder zueinanderfinden. Wer weiß, was alles geschieht, sobald Sie erst einmal verschwunden sind.«

»Ich habe mit der Scheidung der beiden nichts zu tun«, rief ich ihm in Erinnerung.

»Das stimmt. Aber Ihre Anwesenheit verhindert leider eine Annäherung zwischen ihnen.«

Ich blickte zu Boden.

Bevor ich ging, wollte ich wenigstens verstehen, warum er unbedingt wollte, dass Rob und Gwen wieder zusammen kamen.

»Warum sind Sie so erpicht darauf, diese Scheidung aufzuhalten? Sagen Sie mir wenigstens den Grund, warum Sie mich fertigmachen wollen.«

Er lächelte kalt.

»Diesen Gefallen kann ich Ihnen gerne tun. Es geht einzig und allein ums Geld! Dummerweise gibt es keinen Ehevertrag, und sobald die Scheidung rechtskräftig ist, geht ein beachtlicher Teil des Familienvermögens an Gwen. Sie können mir glauben, ich tue alles, um das zu verhindern.«

Ich war schlicht und einfach sprachlos. Er hingegen plauderte weiter, als würden wir tatsächlich nur harmlosen Small Talk führen.

»Der Verlust wäre nicht dramatisch, er würde bei weitem nicht unsere Existenz ins Wanken bringen. Aber ich gebe nur ungern etwas her, das mir zusteht. Wenn Sie verstehen, was ich meine.«

Langsam nickte ich.

»Ich verstehe sehr gut«, gab ich emotionslos zurück, nachdem ich erkannt hatte, wie berechnend Robs Stiefvater war, und ich begriff, dass es gar nicht an mir lag. Denn egal, ob ich Rob die Wahrheit sagte oder nicht, ob er mir meine Lügen verzeihen konnte oder nicht. Wir hätten trotzdem keine Chance, jemals richtig zusammen zu sein. Nicht solange sein Stiefvater zwischen uns stand.

Sekunden später fasste er meine Gedanken in Worte: »Ich kann Rob jederzeit die Wahrheit über Sie erzählen. Diese Beziehung ist zum Scheitern verurteilt, und Sie werden definitiv aus dem Leben meines Sohnes verschwinden. Ich gebe Ihnen lediglich die Möglichkeit, Ihren Abgang selbst zu bestimmen. Aber eins steht unumstößlich fest, Sie werden niemals ein Teil dieser Familie werden, denn glauben Sie mir, das werde ich verhindern.«

Ich wich zurück und versuchte die Tränen niederzukämpfen, die sich ihren Weg bahnen wollten.

»Ich lasse mich aber nicht von Ihnen erpressen. Ich sage Rob die Wahrheit.«

Robs Vater winkte lässig ab.

»Wenn Sie einen hässlichen Streit riskieren wollen, bitte,

dann tun Sie, was Sie nicht lassen können. Aber eins sage ich Ihnen, Sie werden Rob verlieren. So oder so. Denn wie gesagt, ich kenne Rob sehr gut. Dass Sie ihn belogen haben, wird er Ihnen nie verzeihen, egal, was er für Sie empfindet.«

Ich schaffte es nicht länger, meine Gefühle zu verbergen. Eine einzelne Träne stahl sich aus meinem Augenwinkel und rann jetzt über meine Wange. Ich wischte sie schnell weg und hasste mich dafür, weil ich mich nicht in der Gewalt hatte und vor ihm Schwäche zeigte.

Er öffnete seinen Mund, wohl um noch mehr zu sagen, aber ich hatte genug gehört. Ich machte auf dem Absatz kehrt und stürzte aus der Küche.

»Hey, du hast doch hoffentlich nicht vor, ohne mich nach Hause zu gehen!« Bei dem Klang von Robs Stimme zuckte ich unweigerlich zusammen.

Unauffällig wischte ich mir über die Augen, dann drehte ich mich zu ihm um und versuchte ihm ein strahlendes Lächeln zu schenken. Doch ich schien keine gute Schauspielerin zu sein, denn Rob blickte mich besorgt an und kam sofort näher.

»Geht's dir nicht gut?«, fragte er und ergriff meine Hände. Liebevoll strich er mir die Haare hinter die Ohren.

»Du siehst ziemlich mitgenommen aus.«

Ich schüttelte den Kopf.

»Es geht mir gut, ehrlich«, sagte ich und log damit das Blaue vom Himmel herunter.

Er nickte langsam. Doch ich erkannte, dass er mir nicht glaubte. Ich hatte das alles so satt.

»Wenn du das sagst! Was wollte mein Vater von dir?«,

fragte er interessiert, und ich zuckte abermals zusammen. Flammende Röte überzog meine Wangen.

»Nichts Besonderes. Wir haben uns nur unterhalten.«

»Nur unterhalten? Und plötzlich versuchst du dich nach dem harmlosen Gespräch mit meinem Vater heimlich aus dem Haus zu schleichen? Du willst mich wohl für dumm verkaufen?«

Robs Blicke nagelten mich fest, und mir wurde flau in der Magengegend. Ich rang mir ein Lächeln ab und schaffte sogar, es halbwegs glaubhaft aussehen zu lassen.

»Rede keinen Unsinn. Ich wollte nur ein bisschen allein sein. Mit deinem Vater hat das nicht das Geringste zu tun! Ist die Fragestunde jetzt beendet?«

Rob atmete tief durch.

»Sicher. Ich wollte dir bestimmt nichts unterstellen«, lenkte er ein.

»Schon gut«, erwiderte ich versöhnlich, rückte näher zu ihm heran und zupfte an seiner Krawatte. Rob lächelte, als ich ihn zu mir hinunterzog und auf den Mund küsste. Niemand konnte uns sehen. Wir standen ganz allein auf den Eingangsstufen, ich hielt ihn fest, und seine Hände fuhren langsam über meine Hüften. An meinen Lippen flüsterte er: »Wie wäre es, wenn wir gemeinsam von hier verschwinden?«

»Gute Idee«, erwiderte ich, nahm seine Hand und zog ihn mit mir. Lachend ließ er es zu.

»Kann es sein, dass du es ziemlich eilig hast?«

Ich warf ihm einen Blick über die Schulter zu.

»Du hast keine Ahnung, wie sehr. Und jetzt komm, lass uns gehen.«

Gemeinsam liefen wir zum Wagen, stiegen ein und fuhren zurück zu seinem Haus.

Im diffusen Licht der Innenraumbeleuchtung warf ich Rob einen Seitenblick zu.

Morgen früh musste ich das Schwerste tun, was ich mir momentan vorstellen konnte. Aber es musste einfach sein. Nun, da sein Vater mein Geheimnis kannte, führte kein Weg mehr an der Wahrheit vorbei. Länger konnte ich es nicht aufschieben. Aber bevor es so weit war, würde ich unseren letzten Abend in vollen Zügen genießen. Meine Hand glitt auf Robs Oberschenkel, und er warf mir einen kurzen Seitenblick zu. Ich bereute zutiefst, ihm nicht eher die Wahrheit über mich gesagt zu haben, und noch mehr wünschte ich mir, wir wären uns zu einem anderen Zeitpunkt begegnet. In jener Nacht freute ich mich darüber, was uns noch blieb und trauerte darum, was wir niemals zusammen haben würden: eine gemeinsame Zukunft.

Auf einen Ellenbogen gestützt, betrachtete ich Rob. Er schlief noch tief und fest, die Decke reichte lose bis knapp zu seinen Hüften. Ich betrachtete sein Gesicht, den sinnlichen Mund, die gerade Nase, seine Augen, immer noch faszinierte mich die Länge seiner Wimpern. Seine Augen waren geschlossen, also rief ich mir in Erinnerung, wie strahlend blau sie waren. Mein Blick glitt noch einmal weiter abwärts zu seinen Lippen. Mit denen er mich küsste wie keiner vor ihm.

Dann weiter und immer weiter bis zu seiner muskulösen Brust. Ich beobachtete, wie er im Schlaf atmete und sich sein Brustkorb in entspannten Zügen hob und senkte. Seine Hände lagen locker auf dem dünnen zerwühlten Bettlaken, und ich gestattete mir, vorsichtig mit den Fingerspitzen über die harten Konturen seiner Brust zu streichen. Immer weiter abwärts, über das Sixpack, als ich am Saum der Decke ankam, geriet ich kurz in Versuchung, meine Hand unter das Laken zu der Beule, die sich so verführerisch darunter abzeichnete, schlüpfen zu lassen. Doch dann beschloss ich, es lieber zu lassen, zog meine Finger zurück und stand langsam auf. Bei dem, was ich Rob gleich sagen würde, schien es mir besser, angezogen zu sein. Ich suchte mein Kleid und meine Unterwäsche zusammen, doch bevor ich mich anzog, blieb ich am Bettrand stehen, betrachtete noch einmal Rob, der immer noch schlief, aber sich ganz langsam regte.

Schweren Herzens wandte ich mich ab und verließ das Zimmer, um zu duschen und mich schnell anzuziehen. Als ich schließlich zurückkam, lag Rob noch immer schlafend im Bett, und ich ging zu ihm, um ihn aufzuwecken.

»Du bist schon wach?«, fragte er und schaute mich schlaftrunken an. Seine Lippen verzogen sich zu einem hinreißenden Lächeln, als sein Blick über mich glitt.

Er zupfte an dem T-Shirt, das ich mittlerweile trug und schaute mich mit hochgezogenen Brauen an. Meine restlichen persönlichen Sachen, die sich in Robs Haus befanden, hatte ich bereits zusammengepackt, als er noch geschlafen hatte.

»Du siehst hübsch aus heute Morgen. Aber ich gebe offen zu, du würdest mir noch besser gefallen, wenn du nackt wärst. Warum bist du eigentlich schon wach? Komm wieder ins Bett«, fügte er neckend hinzu und berührte sanft meine Wange, zog mich zu sich. Doch bevor er mich küssen konnte, stoppte ich ihn. Das Verlangen ihn zu küssen übermannte mich fast, aber es wäre nicht richtig gewesen. Das hatte er nicht verdient. Er hatte diese Lügen nicht länger verdient. Er war aufrichtig und besaß ein gutes Herz. Rob schaute mich fragend an. Dann ließ er vorsichtig die Hand sinken.

»Was ist los mit dir?«, wollte er wissen und richtete sich im Bett auf. »Seit Tagen spüre ich, dass dich etwas bedrückt.«

Mein Herz schnürte sich vor Angst zusammen, und ich versuchte die aufsteigenden Tränen tapfer niederzukämpfen. Ich konnte nicht anders, ich musste den Blick abwenden und stand von der Bettkante auf. Unruhig lief ich in Robs Schlafzimmer auf und ab, während er jeder meiner Bewegungen mit angespanntem Blick folgte. Ich rechnete es ihm wirklich hoch an, dass er nicht die Beherrschung verlor.

»Ich habe dir etwas zu sagen«, platzte ich heraus und blieb an seinem Fenster stehen. Ich sah hinaus in den Garten, versuchte ganz ruhig und gelassen zu bleiben, doch am liebsten hätte ich laut geschrien. Weil es keine andere Möglichkeit gab, keinen Ausweg, nichts, um alles in Ordnung zu bringen.

Langsam atmete ich tief durch, drehte mich zu Rob um und schaffte es unter Aufbietung all meiner Kräfte, seinem eindringlichen Blick standzuhalten.

Er schüttelte verwirrt den Kopf, gleich darauf stand er auf, schnappte sich seine Boxerbriefs, die auf dem Boden lagen, und zog sich schnell an.

»Und was wäre das?« Rob baute sich vor mir auf, blieb aber in ausreichendem Abstand stehen.

Ich biss mir auf die Lippen, Tränen liefen jetzt über meine Wangen. So vieles wollte ich Rob sagen, aber letztendlich blieb ich stumm.

Er kam langsam näher und streckte seinen Arm nach mir aus, doch ich wich zurück. Ich atmete tief durch. Dann nahm ich all meinen Mut zusammen.

»Es ist vorbei«, stieß ich hervor, und eine steile Falte bildete sich zwischen Robs Augenbrauen. Es war nicht das, was ich ihm eigentlich sagen wollte. Sein Stiefvater hatte recht, ich wählte den einfacheren Weg.

»Was soll das heißen?«, fragte er, und ich spürte, dass er seine komplette Selbstbeherrschung aufbringen musste, um ruhig zu bleiben.

Er ließ mich nicht zu Wort kommen, sondern platzte heraus: »Was hat mein Stiefvater zu dir gesagt?«

Mit verschränkten Armen schaute er mich an.

Schnell schüttelte ich den Kopf.

»Das hat nichts mit deinem Vater zu tun«, log ich. Doch Rob schnaubte. Er schien zu merken, dass ich ihm Lügen auftischen wollte.

»Spar dir das!«, erwiderte er. »Ich glaube dir nicht. Seit ein paar Tagen verhältst du dich seltsam. Ich weiß, du hast ein Geheimnis. Aber wenn das der Grund ist, warum du jetzt Schluss machst, dann weiß ich gar nicht, ob ich es überhaupt noch wissen will.«

Er kam näher, und ich wich weiter zurück.

»Du empfindest etwas für mich, dessen bin ich mir sicher.«

Ich presste die Lippen aufeinander. Die Worte seines Stiefvaters schossen mir durch den Kopf. Er hatte recht gehabt. Ich wollte nicht, dass Rob die Wahrheit kannte. Das konnte ich einfach nicht ertragen. Ich wollte ihn nicht so herb enttäuschen. Es war besser, seine Forderungen zu erfüllen. Es war besser, jetzt einen Schlussstrich zu ziehen und aus Robs Leben zu verschwinden.

»Ja, es stimmt. Ich empfinde etwas für dich. Aber leider nicht genug«, sagte ich daher hart.

Doch Rob schüttelte abermals vehement den Kopf.

»Du hast gesagt, du würdest mich lieben. Damals hast du

nicht gelogen! Nein, bestimmt nicht. Aber jetzt, jetzt lügst du.«

Rob kam noch näher. Ich blieb wie angewurzelt stehen. Konnte mich nicht rühren. Wenn er doch wüsste, wie recht er hatte. Ich wollte ihn küssen, mich an ihm festhalten. Ich wollte hören, wie er mir ins Ohr flüsterte, dass alles wieder gut werden würde. Aber dafür war es zu spät.

»Du hast gesagt, du liebst mich. Und ich weiß, dass das die Wahrheit ist«, sagte er noch einmal bekräftigend.

Energisch wischte ich meine Tränen beiseite. Ich schob Robs Hände weg, die er nach mir ausstreckte.

»Nein, das war gelogen. Wir können nicht zusammen sein«, sagte ich unnachgiebig, und Rob zog sich für einen Moment zurück.

»Das meinst du nicht ernst«, erwiderte er ungläubig.

Gerade, als ich ihm antworten wollte, begann mein Handy zu klingeln.

Ich zuckte zusammen, und Rob nutzte den Moment, um nach meinem Arm zu greifen. Er zog mich an sich, und mein lahmer Widerstand war völlig zwecklos. Mit seinen Händen umfasste er meinen Kopf, und mir blieb nichts anderes übrig, als ihm in die Augen zu sehen.

»Audrey, ich liebe dich«, flüsterte er. »Und ich weiß einfach, dass du dasselbe für mich empfindest.«

Ich wollte etwas sagen, aber Rob schüttelte sanft den Kopf, während mein Handy weiter in meiner Hosentasche klingelte.

»Sag jetzt nichts mehr«, bat er leise. »Hör dir einfach an, was ich zu sagen habe. Ich weiß, du hast ein Geheimnis. Etwas, von dem du glaubst, es mir nicht erzählen zu können.«

Mein Herz hämmerte gegen meine Rippen, und meine Augen füllten sich erneut mit Tränen.

»Ich muss das Gespräch annehmen«, sagte ich und schloss kurz die Augen, einfach um mich zu sammeln und mit meinen Gefühlen klarzukommen.

Rob zögerte kurz, doch dann ließ er mich leise seufzend los und trat zurück.

Mit leerem Blick sah ich ihn an, Worte hätten nicht ausgereicht, um meine wahren Gefühle für ihn zu beschreiben. Ich liebte ihn. Doch ich bemerkte auch Robs Gesichtsausdruck, mit dem er mich ansah. Ich hatte ihn gerade zutiefst verletzt. Sein Stiefvater wäre stolz auf mich gewesen, dachte ich voller Wut, voller Verzweiflung.

Das Handy klingelte immer noch, ich hatte keine Lust zu reden. Doch dann sah ich auf mein Display und las den Namen von Grandmas Pflegerin. Ein seltsames Gefühl beschlich mich, und augenblicklich bekam ich es mit der Angst zu tun. Ohne länger zu warten, nahm ich das Gespräch an.

»Riva, was ist los?«, fragte ich mit bebender Stimme.

Zuerst hörte ich gar nichts, nur Schweigen, dann drangen plötzlich leise Schluchzer an mein Ohr. Panisch umklammerte ich mein Handy und war mir sicher, Riva würde in den nächsten Sekunden die Worte aussprechen, vor denen ich mich so sehr fürchtete.

»Riva, ich verstehe nichts, was hast du?«

Sie weinte jetzt heftig, und ich konnte sie kaum verstehen. Zitternd presste ich mein Handy ans Ohr. Ich hoffte so sehr, meine größte Angst würde sich nicht bewahrheiten, aber vergebens.

»Sie ist tot«, schluchzte Riva. Alles verlief wie in Zeitlupe. Wie taub, ließ ich das Handy sinken. Es fiel mir aus der Hand. Der Aufschlag auf Robs Dielenboden kam mir unerträglich laut vor.

»Audrey, was ist passiert?«, fragte er aufgeregt hinter mir und fasste mich an den Schultern. Doch ich schüttelte seine Berührung ab, und anstatt ihn anzusehen, stürzte ich blindlings aus seinem Schlafzimmer, hastete die Treppen nach unten und riss seine Haustür auf. Von dem Gedanken getrieben, so schnell wie möglich nach Hackney zu fahren, hielt ich das erstbeste Taxi an.

Tränen strömten über meine Wangen, als ich die Tür aufriss und mich auf den Rücksitz gleiten ließ. Der Fahrer musterte mich besorgt, und ich schaffte es gerade noch, ihm die Adresse zu nennen, bevor ich schluchzend die Hände vor mein Gesicht hielt und meinen Tränen freien Lauf ließ.

Die Fahrt kam mir wie eine Ewigkeit vor, und als das Taxi vor Grandmas Haus hielt, bezahlte ich schnell den Fahrer. Seinen mitleidigen Blick ignorierend, stieg ich aus und schlug die Autotür einen Moment später hinter mir zu. Hastig eilte ich die Einfahrt hinauf, während mir erneut Tränen in die Augen schossen. Ich wollte an einen Irrtum glauben, denn ich weigerte mich einfach, mir vorzustellen, dass Grandma tot sein könnte. Bis gestern ging es ihr noch gut, und alles schien sich langsam zum Besseren zu wenden. Sie durfte nicht tot sein, das war schlicht unmöglich.

Ich beschleunigte jetzt meine Schritte, legte die restlichen Meter bis zu den Verandastufen rennend zurück. Doch als ich näher kam, entdeckte ich Riva völlig in Tränen aufgelöst auf der Treppe sitzend. Schluchzend hielt sie die Hände vors Gesicht, und in diesem Augenblick begriff ich, dass es wirklich stimmte. Grandma war tot. Einfach von mir gegangen. Mit der Trauer kam die Wut. Wie konnte sie mich alleinlassen? Ich liebte sie doch so sehr, meine Familie, mein Halt, mein Ein und Alles.

Ich lief schneller, und als Riva mich bemerkte, schnappte sie nach Luft. Denn auch über mein Gesicht liefen Tränen. Riva hielt sich am Verandageländer fest und rappelte sich mühsam hoch. Die burschikose Riva, die immer gut gelaunt war, immer Hoffnung hatte, niemals im Traum daran dachte aufzugeben. Jetzt schien alles verpufft.

Auf wackeligen Beinen kam sie mir mit ausgebreiteten Armen entgegen, und ich sank ohne zu zögern hinein. Ich wurde von heftigen Schluchzern geschüttelt.

»Es tut mir so leid«, flüsterte Riva und strich unablässig über meinen Rücken. Ich nickte an ihrer Schulter, konnte aber sonst nichts sagen. Tausend Fragen brannten auf meiner Seele, doch meine Lippen blieben stumm. Im letzten Jahr war Riva zu einer Freundin geworden.

Wir standen da, hielten uns fest, aber beruhigen konnte ich mich nicht. Ich wollte schreien, vor Wut, vor Verzweiflung. Warum, warum musste sie sterben? Gerade jetzt?

Nach einer Weile löste ich mich aus Rivas Umarmung. Sie hielt mich auf Armeslänge von sich. Strich mir in einer fast schon mütterlichen Geste die Haare zurück und sah mich an, als könnte sie direkt in meine Seele schauen und den Schmerz und die Trauer, die in mir wühlten, sehen.

»Wie? Wann?«, brachte ich mühsam heraus und kämpfte darum, wenigstens für einige Augenblicke meine Tränen zurückzuhalten.

Riva ließ sich wieder auf die Treppe der Veranda sinken. Auch sie versuchte stark zu bleiben. Doch genauso wie mir gelang es ihr kaum. Die Tränen schnürten mir die Luft ab, und ich hatte das Gefühl, jämmerlich zu ersticken.

Riva schluchzte leise auf.

»Als ich ankam, saß deine Grandma in der Schaukel auf

der Veranda. Ihre Augen waren geschlossen, nur ihr Kopf lag ein bisschen schräg. Sie sah entspannt aus, und ich glaubte, sie würde schlafen. Doch als ich näher kam, die Stufen nach oben stieg, ahnte ich, dass etwas nicht stimmte.«

Riva machte eine Pause, ihre Stimme versagte, Tränen quollen aus ihren Augen, rannen über ihr Gesicht und tropften von ihrem Kinn.

»Ich habe versucht sie aufzuwecken, indem ich ihre Hand berührt habe. Aber sie fühlte sich kalt an. Da war kein Leben mehr«, stotterte Riva und wischte sich die Tränen fort.

Ihr zuzuhören war für mich unerträglich. Ihre Worte drangen mehr und mehr in mein Bewusstsein, und ich schleppte mich langsam die Stufen nach oben.

»Wo ist sie jetzt?«, fragte ich mit brüchiger Stimme. Riva war hinter mir stehen geblieben.

»Ich habe den Notarzt und den Bestatter gerufen. Sie haben sie ins Haus gebracht.«

Ich nickte stumm.

Als ich an der Schaukel, die an Metallketten vom Verandadach baumelte, vorbeikam, hielt ich inne. Grandmas Lieblingsplatz. Ich berührte mit den Fingerspitzen die Lehne und den Sitz. Wie oft hatte Grandma hier gesessen und mir entgegengeblickt, wenn ich sie besuchen kam? Bei dem Gedanken, dass sie nie wieder in der Schaukel sitzen würde, liefen meine Tränen ohne Unterlass. Ich konnte nicht aufhören zu weinen, wurde von heftigen Schluchzern geschüttelt.

Langsam ging ich ins Haus. Das war mein schwerster Gang. Als ich eintrat, sah ich den Sanitäter, der neben der Couch kniete und gerade einen Koffer schloss. Ich entdeckte Grandma, ihr Körper und ihr Gesicht wirkten völlig entspannt, nur ihre Hand war von der Couch gerutscht. Ich musste mich festhalten, weil sich alles drehte, die Erde schwankte gefährlich unter mir. Mit letzter Anstrengung versuchte ich irgendwo Halt zu finden. Es gab nichts. Ich griff ins Leere, und dann gab es nur noch Schwärze und tiefste Dunkelheit.

Rob

Fassungslos stand ich vor meiner Haustür und schaute Audrey nach, die ein Taxi herangewunken hatte und gerade hastig einstieg. Ich wollte ihr nachlaufen, doch mein Aufzug hinderte mich daran. Sie in Boxerbriefs durch London zu verfolgen schien mir weniger ratsam. Dennoch, ich musste zu ihr. Was war das gerade für ein Anruf gewesen? Auf jeden Fall hatte er Audrey völlig aus der Bahn geworfen. Heute Morgen war aber auch wirklich alles schiefgelaufen. Ich musste unbedingt herausfinden, was passiert war. Warum hatte sie Hals über Kopf mit mir Schluss gemacht? Wenn mein Stiefvater etwas damit zu tun hatte, würde er dafür zahlen, so viel stand fest. Ein älteres Ehepaar starrte vom Bürgersteig zu mir herauf und schüttelte bei meinem Anblick missbilligend den Kopf. Daraufhin schloss ich vorsichtshalber die Tür und hastete in die Küche.

Franklyn kam mir mit wedelndem Schwanz entgegengelaufen, und ich kraulte ihn kurz hinter den Ohren.

»Los, mein Großer. Ich habe etwas zu essen für dich.«

Eilig füllte ich seinen Futternapf. Während Franklyn zufrieden vor sich hin kaute, rannte ich wieder hinauf ins Schlafzimmer. Von dem Gedanken getrieben, Audrey so schnell wie möglich zu finden, nahm ich gleich zwei Stufen auf einmal. Wenn sie glaubte, sang- und klanglos aus meinem Leben verschwinden zu können, hatte sie sich getäuscht. Denn ich hatte nicht vor, das zuzulassen. Irgendetwas Schreckliches war vorgefallen, und ich musste dringend herausfinden, was genau das war. Wir würden schon einen Weg finden, damit fertigzuwerden. Im Schlafzimmer schnappte ich mir Jeans und T-Shirt und hob Audreys Handy vom Boden auf, wo es immer noch lag. Ich musste es ihr zurückbringen, aber das hieß auch, dass ich sie erst einmal finden musste. Als sie vorhin aus dem Haus gerannt war, war sie total aufgelöst gewesen, und sie sollte jetzt auf keinen Fall allein sein.

Schnell ging ich hinüber ins Badezimmer und sprang hastig unter die Dusche. Als ich mich fertig angezogen hatte, lief ich die Treppen wieder nach unten. Franklyn stand mit wedelndem Schwanz in der Küche neben seinem leeren Napf, bereit, seinen Morgenspaziergang einzufordern.

»Das müssen wir verschieben«, sagte ich schuldbewusst. Aber damit er nicht im Haus blieben musste, öffnete ich ihm die Terrassentür und ließ ihn in den Garten. Dann eilte ich zurück in den Flur, schnappte mir im Vorbeigehen meine Schlüssel und riss erneut die Haustür auf. Diesmal zögerte ich nicht, stattdessen rannte ich die Stufen nach unten und stieg gleich darauf in mein Auto, um mich auf die Suche nach Audrey zu machen.

Ich wusste nicht, wo ich mit meiner Suche beginnen sollte, weil sie mir nicht gesagt hatte, was eigentlich passiert war. Aber mir schien es am ratsamsten, direkt zu ihrer Wohnung zu fahren. Jede verdammte Ampel schien heute Morgen auf Rot zu stehen. Es kam mir vor, als hätte sich die ganze Welt gegen mich verschworen.

Erleichtert hielt ich schließlich vor dem Apartmentkomplex, in dem Audrey wohnte. Ich steuerte den Wagen auf einen freien Parkplatz, stieg aus und hastete auf die Eingangsstufen zu. Irgendetwas in meinem Inneren, vielleicht eine vage Ahnung, trieb mich zur Eile an.

An den geschlossenen Fahrstuhltüren klebte ein handgeschriebener Zettel mit der Aufschrift ›Defekt‹. Ich stieß einen wütenden Fluch aus, doch dann sprintete ich auch schon die Treppen nach oben. Mein Herz hämmerte gegen meine Rippen, und ein leichter Schweißfilm überzog meine Haut, als ich endlich in der richtigen Etage ankam. Ich suchte den langen Gang ab, überflog sämtliche Namensschilder. Mir fiel ein Stein vom Herzen, als ich Audreys Wohnung endlich gefunden hatte und klingelte. Aufregung schnürte mir die Kehle zu.

Als die Tür aufgerissen wurde, schaute ich zu meiner größten Enttäuschung nicht in Audreys haselnussbraune Augen, sondern in die grünen Augen ihrer Mitbewohnerin.

»Ich bin auf der Suche nach Audrey«, stieß ich hervor und hielt mich nicht mit Begrüßungsfloskeln auf. Doch an dem verwirrten Blick ihrer Mitbewohnerin erkannte ich schon, dass sie nicht hier war. Also schob ich ein drängendes »Können Sie mir sagen, wo ich sie finden kann?« hinterher.

Langsam schüttelte sie den Kopf und musterte mich fragend.

»Wer möchte das eigentlich wissen?«

Ich schluckte, weil ich mich sofort fragte, was Audrey ihrer Freundin erzählt hatte. Wusste sie bereits, dass Audrey Schluss gemacht hatte? Ich hoffte nicht, denn sonst würde sie mir mit Sicherheit nicht verraten, wo ich sie finden konnte.

»Ich bin Rob Masters«, stellte ich mich knapp vor, und die Miene der Frau entspannte sich.

»Wissen Sie nun, wo sie ist? Ich muss Audrey wirklich unbedingt finden!«, hakte ich ungeduldig nach. Aber die Blondine schüttelte den Kopf.

»Nein«, sagte sie argwöhnisch. »Ich habe keine Ahnung. Denn eigentlich dachte ich, Audrey wäre bei Ihnen. Sie ist seit gestern nicht zu Hause gewesen.«

Das hatte ich befürchtet. Audreys Freundin wartete eindeutig auf eine Erklärung, aber dafür fehlte mir jetzt eigentlich die Zeit.

»Wo könnte Audrey sein? Haben Sie eine Idee, wo ich nach ihr suchen könnte? Ich muss Sie wirklich dringend sprechen. Gerade hat sie einen Anruf bekommen, und hat dann überstürzt mein Haus verlassen. Ich muss wissen, ob es ihr gutgeht, weil ich mir große Sorgen um sie mache.«

Audreys Mitbewohnerin schien einen kurzen Moment zu überlegen, dann blickte sie ebenfalls beunruhigt drein.

»Sie ist sicher schon bei ihrer Grandma.«

Das war immerhin ein Anfang.

»Geben Sie mir die Adresse?«, fragte ich und hoffte, die Frau würde jetzt nicht auf stur schalten. »Es ist wirklich wichtig«, fügte ich drängend hinzu.

Gleich darauf ratterte Audreys Freundin die Adresse herunter, und ich atmete erleichtert auf.

»Danke für Ihre Hilfe«, gab ich kurz angebunden zurück, dann machte ich kehrt und rannte die Treppen wieder hinunter.

In der zweiten Etage wäre ich um ein Haar mit Audrey zusammengestoßen. Plötzlich stand sie vor mir, und ich konnte gerade noch innehalten, sonst hätte ich sie wahrscheinlich umgerannt.

Verkrampft hielt sie sich am Geländer fest und schaute

mich kraftlos an. Ihre Augen waren gerötet, und ich sah sofort, dass sie heftig geweint hatte.

Ich ging zu ihr. Egal, was zwischen uns vorgefallen war, jetzt brauchte sie mich, und ich brauchte sie. Schweigen dehnte sich zwischen uns aus, und ich glaubte wirklich, wenn ich genau hinhörte, ihr Herz schlagen zu hören.

Die Tränen, die über ihre Wangen liefen, zerrissen mir das Herz. Zuerst fürchtete ich, sie würde mich fortschicken, aber zu meiner großen Erleichterung streckte sie die Arme nach mir aus, und ich zog sie sofort an mich. Sie erbebte unter heftigen Schluchzern, und ich konnte nichts weiter tun, als sie festhalten und stumm mit ihr leiden. Vor der Frage, was geschehen war, fürchtete ich mich. Denn die größte Angst war, dass ich nichts tun konnte, um die Traurigkeit und den Schmerz zu lindern. Obwohl ich wirklich alles dafür getan hätte. Ich fragte nichts und ich sagte nichts, stattdessen wartete ich, bis Audrey bereit war, mir alles zu erzählen.

»Sie ist tot. Meine Grandma ist tot«, stammelte sie nach einer Weile, und mein Herzschlag setzte aus. Ich verstärkte meine Umarmung, weil ich einfach nicht wusste, was ich sagen sollte. Worte waren nicht ausreichend. Nichts konnte jetzt Trost spenden. Ich konnte sie nur halten, ihr vermitteln, dass sie nicht allein war. Dass ich immer für sie da war und sie sich zu jeder Zeit auf mich verlassen konnte. Ihre Hände verkrampften sich in meinem Shirt, sie zitterte und schluchzte, irgendwann weinte sie lautlos, aber noch war ich nicht bereit, sie freizugeben, und Audrey schien es genauso zu gehen, denn noch immer hielt sie sich an mir fest. Und so standen wir einfach da, mitten im Treppenhaus.

Nach einer Weile fürchtete ich, sie könnte mir wegsacken, also packte ich sie kurzerhand, hob sie hoch und trug sie auf meinen Armen nach oben. Audrey musste sich ausruhen. Wenn ich schon nichts weiter für sie tun konnte, dann doch wenigstens dafür sorgen.

Ohne Protest ließ sie sich nach oben tragen, den Kopf an meiner Brust versteckt. Ich drückte auf den Klingelknopf, und erneut öffnete die Blondine die Tür. Als sie uns erblickte, verlosch das Lächeln auf ihrem Gesicht, und Angst und Anspannung machten sich darauf breit.

»Was ist passiert?«, fragte sie leicht panisch, hielt uns aber geistesgegenwärtig die Tür auf, und ich trug Audrey wortlos hinein in die Richtung, wo ich das Wohnzimmer vermutete. Langsam setzte ich sie auf der Couch ab. Mit tränenverschleierten Augen schaute sie zu mir auf, und der Schmerz in ihrem Blick ließ mich zusammenzucken. Ich wünschte, ich könnte etwas tun. Aber da gab es nichts.

»Zoe«, flüsterte Audrey, und Audreys Freundin setzte sich neben Audrey auf die Couch.

»Was ist denn nur passiert?«

Erneut begann Audrey zu schluchzen.

»Grandma ist gestorben«, presste sie hervor, und Zoe stöhnte erschrocken auf. Sofort füllten sich ihre Augen mit Tränen, und sie stürzte sich in einer innigen Umarmung auf Audrey. Ich wusste nicht, ob ich gehen sollte. Oder doch lieber bleiben? Schließlich beschloss ich, dass es besser wäre, die beiden allein zu lassen. Doch plötzlich spürte ich tastende Finger. Als Audrey meine Hand gefunden hatte, hielt sie mich fest, und ich erwiderte den Händedruck. Geh nicht, vermittelte sie mir mit dieser Geste. Und so blieb ich auf der Couch sitzen. Jederzeit bereit, alles für Audrey zu tun, wenn sie mich nur ließ.

Kapitel 15

Audrey

Die nächsten Tage fühlte ich mich wie taub. Ich funktionierte, und das war letztendlich auch schon alles. Ich bereitete die Trauerfeier vor und erledigte den Papierkram. Noch immer konnte ich ihren Tod nicht fassen, mein Gehirn weigerte sich zu akzeptieren, dass Grandma nicht mehr am Leben war.

Und auch heute, am Tag der Beerdigung, hatte ich es noch nicht richtig begriffen. Rob würde heute nicht dabei sein, nicht, weil er nicht gewollt hätte, es war meine Entscheidung gewesen. Er hatte wahrlich alles versucht, um mir beizustehen. Aber ich hatte ihm einen Korb gegeben, und um meinetwillen akzeptierte er es.

»Wie geht es dir?«, fragte Zoe leise, während sie sich neben mir aufs Bett sinken ließ und einen Arm um meine Schultern legte. Auf der Matratze lag das schwarze Kleid, das ich heute zur Beerdigung anziehen würde. Ich zuckte mit den Schultern. Was sollte ich darauf antworten? Ich nahm es Zoe nicht übel, sie versuchte nur Small Talk zu machen. Etwas zu sagen, für mich da zu sein und zu vermeiden, mich mit Worten erneut zum Weinen zu bringen. Was sich als sehr schwierig gestaltete, denn seit dem Anruf weinte ich eigentlich pausenlos. Und immer wenn ich dachte, keine Tränen mehr übrig zu haben, sorgte mein Körper für Nachschub.

»Keine Ahnung, wie ich den Tag überstehen soll«, gab ich leise zurück und zupfte am Kissen, das auf meinem Schoß lag.

Das war nur die halbe Wahrheit. Ich machte mir nicht nur über heute Sorgen oder morgen oder übermorgen. Wie würde ich ganz allein, ohne Familie klarkommen? Grandma war die Einzige, die mir nach dem Tod meiner Eltern geblieben war, und jetzt war sie fortgegangen und hatte mich allein zurückgelassen. Schon wieder stiegen Tränen in meinen Augen auf und liefen gleich darauf gemächlich über meine Wangen. Sie wegzuwischen oder zu unterdrücken hatte ich aufgegeben. Denn es war völlig zwecklos, also ließ ich ihnen lieber freien Lauf. Es ging doch immer und immer wieder von neuem los. Der Schmerz hörte niemals auf. Zoe drückte mich fester an sich. Ich schmiegte mich in ihre Umarmung. Vielleicht war ich doch nicht allein, schoss es mir durch den Kopf. Ich hatte Zoe und Rob. Der Gedanke an Rob versetzte mir einen Stich, weil ich wusste, wie albern er war. Ich hatte Rob nicht, und wenn er meine Vergangenheit kennen würde, wollte er mit Sicherheit nie wieder etwas mit mir zu tun haben. Das allerdings war nicht der Grund, weshalb ich mich so furchtbar fühlte. Nein, es lag an etwas anderem.

»Ich habe den Moment verpasst, Grandma die Wahrheit zu sagen. Genau wie Rob habe ich sie von Anfang bis Ende belogen«, stieß ich tonlos hervor.

»Sag das nicht«, beruhigte mich Zoe, und ich wurde von leisen Schluchzern geschüttelt.

»Die einzige Wahrheit, die für deine Grandma von Bedeutung war, war die Gewissheit, dass du sie von ganzem Herzen geliebt hast. Und daran gibt es keine Zweifel.«

Ich weinte und nickte gleichzeitig, weil es schön war, was Zoe gerade gesagt hatte, und weil ich mir so sehr wünschte, es wäre wahr.

Schniefend wischte ich mir über die Augen und streckte die Hand nach meinem Kleid aus. Es wurde Zeit, dass ich mich anzog.

»Wir schaffen das gemeinsam.«

Zoe drückte meine Hand. Ihre Worte und diese Geste bedeuteten mir im Moment alles. Denn sie besagten eindeutig: Es gab jemanden, auf den ich zählen konnte, wenn es hart auf hart kam. Das zu wissen tat unendlich gut.

Mein Verstand weigerte sich nach wie vor hartnäckig, die Tatsachen zu akzeptieren. Und auch jetzt wollte ich nicht wahrhaben, dass die vielen Menschen, die sich auf dem Friedhof zusammengefunden hatten, ihretwegen gekommen waren. Aber genau so war es. Sie alle waren wegen Grandma hier. Es war ihre Beerdigung, von ihr würden heute alle Abschied nehmen.

Mit versteinerter Miene blickte ich auf den geschlossenen Sarg, der gerade nach unten gelassen wurde. Rückblickend wusste ich nicht, wie, aber ich hatte die Trauerfeier wirklich überstanden. Die ganze Zeit über hatte ich versucht tapfer zu sein, meinem Taschentuch eine Pause zu gönnen und nebenbei die nicht enden wollende Flut an Beleidsbekundungen entgegengenommen.

Kaum zu glauben, aber noch immer hatte ich Tränen übrig, die unbedingt geweint werden wollten. Ich konnte an nichts denken, an gar nichts, da war nur Leere, die Grandma hinterlassen hatte. Zoe trat neben mich, drückte meine Hand. Sie hatte auch geweint.

Ich fühlte mich wie ein Blatt im Wind, das aufgewirbelt wurde, durch die Luft schwebte, aber nachdem es vom Baum gefallen war, gab es keinen Ort mehr, wo es hingehörte.

Wie um alles in der Welt konnte heute so ein sonniger Tag sein? Es sollte regnen, und selbst der Himmel müsste weinen. Stattdessen zwitscherten die Vögel, summten die Insekten, und die Welt drehte sich weiter, während sie für mich zum Stillstand gekommen war. Dieser Moment fühlte sich an wie das Ende.

Die ganze Zeit über hatte ich mich gefragt, wann ich es endlich begreifen würde. Bei der Beerdigung war das nicht der Fall gewesen. Doch jetzt, als ich in vollkommener Stille im Haus meiner Grandma zwischen all ihren persönlichen Sachen stand, begriff ich es. Grandma war fort, endgültig. Sie würde nicht zurückkommen.

Die Zeitung nicht mehr zu Ende lesen, die sie an dem Morgen ihres Todes aufgeschlagen hatte. Die Milch nicht mehr trinken, die im Kühlschrank stand. Nie wieder das Buch zur Hand nehmen, das auf ihrem Nachttisch lag. Nie wieder das Parfüm benutzen, das ich ihr zum Geburtstag geschenkt hatte. Jetzt war sie wirklich nicht mehr da. Hinter mir hörte ich Schritte, und für ein paar verrückte und wirre Sekunden hegte ich die Hoffnung, alles könnte doch nur ein schlimmer Traum gewesen sein. Ich wirbelte herum und entdeckte nicht Grandma, sondern Rob.

Mein Herz machte bei seinem Anblick einen Sprung, obwohl das unangemessen und falsch war.

»Wie hast du mich gefunden?«, stammelte ich. Es war mir im Grunde egal, ich war nur froh, dass er hier war.

»Zoe hat es mir verraten«, entgegnete er knapp. »Und sag jetzt bitte nicht, dass ich wieder verschwinden soll«, fügte er eindringlich hinzu.

Ich schüttelte den Kopf. Das war das Letzte, was ich mir wünschte. Denn mir war klargeworden, ich hätte seine Hilfe, seinen Trost annehmen sollen.

Ohne noch länger mit mir zu kämpfen, lief ich auf ihn zu und schmiegte mich in seine Arme. Ich hielt mich an ihm fest, ganz fest, und insgeheim fragte ich mich, wie ich es je schaffen sollte, ihn loszulassen. Denn genau das musste ich.

Rob

Aus dem einfachsten aller Gründe hielt ich Audrey fest in meinen Armen: weil ich es wollte. Es gab keinen Ort auf der Welt, an dem ich lieber gewesen wäre. Die Stille des Hauses umgab uns wie ein schützender Kokon.

Audrey mutterseelenallein im leeren Haus anzutreffen setzte mir mächtig zu. Die Sorge um sie nagte schon die ganze letzte Woche an mir. Immerzu hatte ich gehofft, sie würde mich in ihrer Trauer nicht wegstoßen, aber leider war das Gegenteil der Fall gewesen. Hartnäckig hatte sie darauf bestanden, alles allein zu regeln, und ich hatte ihr diesen Wunsch natürlich erfüllt. Wie hätte ich es auch nicht gekonnt? Doch jetzt war die Beerdigung vorbei, und ich hatte es satt, mich von ihr fernzuhalten. Richtig, ja, sie hatte mich dazu aufgefordert. Aber das war vor dem plötzlichen Tod ihrer Grandma gewesen. Denn jetzt machte sie den starken Eindruck, als würde sie mich brauchen, genauso sehr, wie ich sie brauchte.

Ich hätte mich ewig damit begnügen können, sie festzuhalten. Doch Audrey machte sich langsam von mir los und blickte mich aus tränenverschleierten Augen an. Dieser Anblick zerriss mir fast das Herz. Was hätte ich nicht gegeben, um die Dinge ungeschehen zu machen und ein Lächeln auf ihr Gesicht zu zaubern? Der letzte Moment, in dem ich sie lachen gesehen hatte, lag unendlich lange zurück, dass es mir mittlerweile wie eine Ewigkeit vorkam.

Ich vergrub meine Hände in ihren braunen Haaren, während ich mich zu ihr hinabbeugte und meine Stirn sachte an ihre drückte. Unsere Nasen waren nur noch einen Hauch entfernt, und meine Lippen schwebten nah über ihren. Ich hätte sie gerne geküsst, aber ich wusste nicht, ob ich noch das Recht dazu hatte.

Ich war ihr bedingungslos verfallen und tatsächlich bereit, nie wieder von unserem letzten Gespräch zu reden, wenn Audrey es ebenfalls nicht erwähnte. Ich würde es vergessen, jeglichen Argwohn zerstreuen, Hauptsache, wir würden zusammen sein. Das war schlicht und einfach das Einzige, was ich mir wünschte. Ich wollte ihr wieder ein Lächeln schenken.

Doch hier würde das nicht gelingen. Nicht im Haus ihrer Grandma, wo ihr mit Sicherheit viele Gedanken durch den Kopf wirbelten, und einer davon war vermutlich dic Frage, was sie jetzt mit all den persönlichen Dingen tun sollte. Audrey war bestimmt noch nicht bereit, sich dieser Herausforderung zu stellen.

»Danke, dass du da bist«, flüsterte sie an meinen Lippen und brachte damit mein Herz zum Flattern. Sie wusste nicht, wie glücklich sie mich damit machte.

Ich nickte.

»Lass mich dich fortbringen«, bat ich eindringlich, und Audrey wich ein Stückchen zurück, gerade so viel, dass sie zu mir aufblicken und mir in die Augen sehen konnte.

»Du brauchst Abstand und musst einen klaren Kopf bekommen. Dann überlegst du in Ruhe, wie es weitergehen soll«, schlug ich vor und fügte hinzu: »Ich glaube nicht, dass das in London möglich ist. Hier lauern zu viele Erinnerungen. Lass mich dich ablenken. Nur ein bisschen. Bitte komm mit mir.«

Eigentlich hatte ich mit einer Abfuhr gerechnet, umso erstaunter war ich, als Audrey tatsächlich zustimmte.

Die Fahrt in die Cotswolds legten wir schweigend zurück.

Audrey schaute die meiste Zeit aus dem Fenster, während ich meinen Blick fest auf die Straße gerichtet hatte. Dass sie scheinbar nicht in der Stimmung für Gespräche jedweder Art war, nahm ich hin, und eigentlich war mir das ganz recht, so konnte ich meine Gedanken ein bisschen ordnen. Außerdem hatten wir seither auch nicht noch einmal darüber gesprochen, wie es mit uns weitergehen sollte. Ich wusste nicht, ob wir als Freunde oder als Paar hier waren. Ich vermutete Ersteres, obwohl ich natürlich hoffte, es wäre vielleicht doch anders. Aber ich würde ihr Zeit geben, erst einmal den Tod ihrer Grandma zu verarbeiten. Danach konnten wir weitersehen.

Irgendwann lehnte Audrey den Kopf an die Lehne und döste ein. Ich warf ihr einen schnellen Seitenblick zu, sie wirkte entspannt, obwohl sie das sicher nicht war.

Das Hotel, das ich ausgesucht hatte, war klein, schlicht und familiengeführt und ziemlich exklusiv. Wohl genau das Richtige, um wieder runterzukommen.

Als wir es endlich erreichten, schlief Audrey noch, und ich bog in die Auffahrt und parkte einen Moment später den Wagen. Ich zog den Zündschlüssel aus dem Schloss, doch anders als erhofft, wachte Audrey nicht auf. Sie schien fix und fertig zu sein. Unschlüssig schaute ich sie an und stupste sie schließlich an der Schulter, um sie zu wecken. Audrey rührte sich nicht. Also schüttelte ich sie ein bisschen heftiger, und tatsächlich, Dornröschen erwachte endlich aus ihrem Schlaf.

Schlaftrunken schaute sie sich um.

»Wo sind wir?«, fragte sie dann und streckte sich, um die verkrampften Muskeln zu lockern.

»In unserem Hotel in Painswick.«

Audrey lächelte schüchtern, als sie erwiderte: »Ich wollte schon immer mal in die Cotswolds. Bis heute habe ich es nicht geschafft.«

»Dann wurde es aber mal Zeit.«

Sie hatte gelächelt. Gut, es war nur einmal und ganz kurz gewesen. Aber ein Lächeln war immerhin ein Lächeln!

Audrey öffnete die Tür und stieg aus. Ich tat es ihr gleich, und bevor wir gemeinsam ins Hotel gingen, holte ich noch unsere Taschen vom Rücksitz. Wir checkten ein und fanden unser Zimmer. Zuerst hatte ich Bedenken wegen des Doppelzimmers gehabt, doch Audrey schien nichts dagegen zu haben, mit mir in einem Zimmer zu wohnen. Ich schob die Karte ein, und die Tür sprang auf.

»Dann mal hereinspaziert«, sagte ich und hielt Audrey ganz Gentleman die Tür auf.

Ich schaute ihr dabei zu, wie sie das Zimmer betrat und sich langsam umschaute. Sie stieß einen leisen Pfiff aus.

»Rob Masters, du machst wirklich keine halben Sachen. Das muss ein kleines Vermögen gekostet haben.«

Jetzt musste ich lächeln.

»War nicht der Rede wert«, wiegelte ich ab, obwohl Audrey recht hatte, das Zimmer kostete wirklich ein kleines Vermögen. Doch jeder Preis war es wert, Zeit mit ihr allein zu verbringen.

Ich stellte die Taschen ab, ging dann zum Fenster und warf einen Blick hinaus. Wir hatten eine tolle Aussicht auf den hoteleigenen Garten. Audrey studierte derweil einige Prospekte, und abermals huschte ein Lächeln über ihr Gesicht. Leider verschwand es viel zu schnell wieder.

»So wie es aussieht, verfügt das Hotel über einen sensationellen Spa-Bereich.«

»Willst du ihn ausprobieren?«

Audrey überlegte kurz, doch dann schüttelte sie den Kopf.

»Ein anderes Mal«, meinte sie vage und ließ sich einen Wimpernschlag später auf das große Bett fallen, so dass sie hochhopste. Einladend klopfte sie neben sich, und ich ließ mich neben ihr fallen.

Völlig entspannt streckte ich mich neben ihr aus. Gemeinsam starrten wir an die Stuckdecke, Schweigen senkte sich über uns. Ich glaubte schon, Audrey wäre eingeschlafen, als ich ihre Fingerspitzen spürte, die nach meiner Hand tasteten. Ich kam ihr entgegen und umschloss ihre Hand mit meiner.

»Das ist schön«, flüsterte sie und drehte sich einen Moment später auf die Seite, legte den Kopf an meine Schulter, während sie noch immer meine Hand hielt. Mein Herz schlug wie ein Trommelfeuer in meiner Brust, und ich war mir ziemlich sicher, dass sie es hörte. Ich sagte lieber nichts, wollte den einmalig schönen Moment nicht zerstören. Stattdessen begnügte ich mich damit, sie einfach nur festzuhalten. Audreys Atem ging ruhig und gleichmäßig, da wusste ich, sie war wieder eingeschlafen. Genau wie mein Arm, der sich schon nach kurzer Zeit taub anfühlte. Aber um nichts in der Welt hätte ich mich jetzt bewegt. Stattdessen machte ich ebenfalls die Augen zu und schlief tatsächlich ein.

Helles Sonnenlicht drang bereits ins Zimmer, als ich wieder aufwachte. Das Gewicht auf meinem Arm war verschwunden, aber dafür kribbelte er jetzt auf unangenehme Weise. Vorsichtig bewegte ich ihn, und er fühlte sich dabei wie ein Fremdkörper an. Aber als das Blut wieder richtig zirkulieren konnte, verschwand das taube Gefühl schnell wieder. Schlaftrunken schaute ich mich um. Zeitgleich kam Audrey mit Jeans und Shirt bekleidet aus dem Badezimmer. Ich richtete mich im Bett auf und lehnte mich ans Kopfende. Audrey blieb mitten im Zimmer stehen und machte einen unbehaglichen Eindruck. Ich wollte nicht, dass sie sich in meiner Gegenwart seltsam fühlte. Gerade als ich den Mund aufmachen und etwas sagen wollte, klopfte es an der Tür.

»Zimmerservice«, rief eine männliche Stimme.

»Ich habe schon mal Frühstück bestellt. Hoffentlich ist das okay für dich«, meinte Audrey schüchtern. Dass sie sich in meiner Gegenwart, nach allem was passiert war, wirklich nicht mehr wohl zu fühlen schien, versetzte mir einen Stich.

»Aber sicher«, gab ich knapp zurück, und Audrey öffnete die Tür.

Später saßen wir uns schweigend gegenüber. Audrey stocherte lustlos in ihrem Essen herum, und mir war der Appetit ebenfalls vergangen. Irgendwie musste ich es schaffen, sie auf andere Gedanken zu bringen, das war schließlich das Ziel dieses Ausflugs.

Ich legte meine Gabel beiseite und sagte in die bedrückende Stille hinein: »Wie wäre es, wenn wir einen Ausflug machen? Das Wetter ist zu schön, um im Zimmer zu bleiben.«

Audrey blickte auf und ihre Miene erhellte sich, sie nickte.

»Hört sich gut an. Hast du schon eine Idee?«

»Wir könnten mit dem Auto nach Shortwood fahren und von da aus rund um den Haresfield Beacon wandern gehen«, schlug ich vor.

Audrey lächelte scheu, als sie ihren noch immer halbvollen Teller beiseiteschob.

»Wandern hört sich gut an.«

Ich lächelte erleichtert. Sie so traurig zu sehen machte mich fertig. Vielleicht würde es mir gelingen, sie wenigstens ein bisschen abzulenken.

Unsere Wanderung führte uns über weite Ebenen, vorbei an satten grünen Weideflächen, auf denen zahlreiche Schafe standen, und über steinige schattige Pfade durch die bezaubernde Natur der Cotswolds.

Die meiste Zeit liefen wir schweigend nebeneinanderher. Aber das war nicht weiter schlimm, denn die Natur bot eine beeindruckende Geräuschkulisse. Die Blätter raschelten im Wind, Vogelgezwitscher, das Zirpen der Grillen und das Summen der Insekten erfüllten die Stille. Aber nicht die Natur war mit Abstand das Schönste an diesem Tag, sondern die Tatsache, dass ich die ganze Zeit Audreys Hand halten durfte. Ich wagte kaum darüber nachzudenken, was das über den Status unserer Beziehung aussagte. Ich hoffte, wir könnten wieder mehr als Freunde sein. Geküsst hatten wir uns seit diesem verhängnisvollen Morgen, als Audrey mit mir Schluss gemacht hatte, natürlich nicht. Und da ich nicht wusste, woran ich war, hatte ich seither auch keine Anstalten gemacht. Ich wollte ihr Zeit geben. Sie musste die Entscheidung, wie es zwischen uns weiterging, treffen. Doch egal, wie diese ausfiel, ich wollte trotzdem weiterhin mit ihr befreundet sein.

Auf einer Wiese, die mit Wildblumen und Gänseblumen übersät war, machten wir Pause. Nachdem ich eine Picknickdecke ausgebreitet hatte, setzten wir uns, Audrey lächelte und genoss dabei die wunderschöne Aussicht.

Während ich einen Grashalm zwischen den Fingern drehte, erklärte ich: »Dort hinten fließt der Fluss Severn, und die Berge am Horizont gehören schon zu Wales.«

Audrey warf mir einen Seitenblick zu. »Es ist wunderschön. Danke, dass wir hergekommen sind.«

Ihr Blick ging mir durch und durch, und gleichzeitig fragte ich mich in einem leichten Anflug von Panik, wie ich es aushalten sollte, nur mit ihr befreundet zu sein.

»Ich hatte gehofft, dich ein bisschen abzulenken«, erwiderte ich.

»Das ist dir gelungen«, gab sie leicht lächelnd zurück.

Ich wich lieber ihrem Blick aus, bevor ich mich noch zu einer Dummheit hinreißen ließ, wie sie einfach zu küssen, und streckte mich stattdessen einen Augenblick später auf der Decke aus und starrte hinauf in den blauen Himmel. Audrey legte sich einen Augenblick später zu mir. Die Wolken zogen über uns hinweg, und ich versuchte mich auf eine Vogelschar zu konzentrieren, die über uns ihre Kreise zogen. Hauptsache, ich konnte die leichte Berührung von Audreys Schulter ignorieren. Aber zwecklos, ich spürte sie überdeutlich. Als sie mit ihrer Hand wieder nach meiner tastete und sogar noch näher an mich heranrückte, war ich froh, dass ich lag, weil mir sonst bestimmt vor Glück schwindelig geworden wäre. Audrey kuschelte sich an mich, und ich genoss dieses Gefühl in vollen Zügen. Der Nachmittag verging wie im Flug.

Audrey

Mit klopfendem Herzen lehnte ich mich im Sitz zurück und warf Rob hin und wieder einen kurzen Seitenblick zu. Ich betrachtete sein Profil. Er wirkte angespannt und hatte den Blick starr auf die Straße gerichtet. Wir waren auf dem Weg zurück nach Painswick.

Rob gab sich so viel Mühe, mich auf andere Gedanken zu bringen, und ich machte es ihm nicht gerade leicht. Aber er hatte es geschafft, mich vom Trübsal blasen abzulenken. Heute hatte ich meinen Kummer tatsächlich für eine Weile vergessen. Die Wanderung mit ihm war unglaublich schön gewesen. Mit Rob hier zu sein fühlte sich an, als wären wir in einer anderen Welt. Ich musste mich nicht verstecken, die Angst, jemandem aus meiner Vergangenheit über den Weg zu laufen, war wie weggefegt. Diesen Ausflug hatte ich mehr genossen, als Rob ahnte, und ich wollte nicht, dass er jetzt schon zu Ende war.

Deshalb schlug ich vor: »Wie wäre es, wenn wir noch in einen Pub gehen und eine Kleinigkeit essen?«

Rob schaute überrascht zu mir herüber, dann richtete er seine Aufmerksamkeit wieder zurück auf die Straße.

»Klingt super, und ich habe echt Hunger.«

Als wir wieder in Painswick ankamen, parkte er am Straßenrand, und wir stiegen aus. Gemeinsam bummelten wir über die gepflasterten Straßen. Meine Hand lag dabei wieder ganz fest in seiner, und das Gefühl, ohne Bedenken mit ihm in der Öffentlichkeit spazieren zu gehen, war berauschend, und ich wünschte, es könnte auch in London so sein.

Rob hatte mit keiner Silbe den Morgen in seinem Haus erwähnt. Im Moment wussten wir beide nicht recht, woran wir waren. Freunde oder doch wieder mehr? Ich wünschte, wir könnten mehr als nur befreundet sein. Aber unmöglich. Unser Kurztrip in die Cotswolds war nur eine kleine wunderschöne Episode in dieser Tragödie, die im Moment mein Leben war. Deshalb beschloss ich, dieses Wochenende in vollen Zügen zu genießen.

Ganz Gentleman hielt Rob mir die Tür auf, und wir betraten den Pub. Bei Bier und Snacks ließen wir den Abend gemütlich ausklingen.

Angespannt betrachtete ich mein Gesicht im Badezimmerspiegel unseres Hotelzimmers. Meine Wangen waren mit einer gesunden Röte überzogen, und ich konnte es noch immer kaum glauben, aber vorhin im Pub hatte ich tatsächlich gelacht. Rob war es wirklich gelungen, mich zum Lachen zu bringen. Der Abend war so schön gewesen, und ich hatte für einige Augenblicke vergessen können, was gerade alles in meinem Leben schieflief. Aber nun stand ich allein in diesem Badezimmer, und mein schlechtes Gewissen war wieder allgegenwärtig. Grandma hatte ich nicht mehr die Wahrheit erzählen können, obwohl ich es unbedingt hätte tun sollen. Und Rob könnte ich nun alles sagen, aber ich traute mich nicht. Das Ultimatum seines Stiefvaters saß mir nach wie vor im Nacken. Freudlos lachte ich auf. Warum machte ich mir eigentlich Sorgen? Schließlich hatte mir Robs Vater sein Wort gegeben. Wenn ich die Sache nicht klärte, würde er selbst Rob die Wahrheit erzählen, und ich wusste, er würde seine Drohung wahrmachen. Mit einem flauen Bauchgefühl verließ ich schließlich das Badezimmer. Dies war das letzte Wochenende mit Rob, schwor ich mir, danach würde ich endgültig aus seinem Leben verschwinden.

Als ich ins Schlafzimmer kam, hatte sich Rob auf dem Bett ausgestreckt, sein Kopf ruhte auf dem Kissen, und der Fernseher flimmerte. Etwas unsicher blieb ich stehen, und Rob schaute mich gespannt an. Dann gab ich mir einen Ruck und ging zu ihm. Langsam hob er die Decke, mit der er bis zu den Hüften zugedeckt war, und ich schlüpfte darunter. Rob schlang sofort den Arm um mich, und ich lehnte meinen Kopf an seine Schulter. Genauso wie gestern Nacht, als ich eingeschlafen war. Er erwartete nichts von mir, sondern ließ mich das Tempo bestimmen.

»Es war wirklich schön heute«, raunte er und dann fügte er hinzu: »Aber noch schöner ist es, dich jetzt einfach festzuhalten. Ich werde dich nicht unter Druck setzen, doch du sollst wissen, wenn du mich brauchst, bin ich nach wie vor für dich da, egal, wie es zwischen uns weitergeht.«

»Danke«, gab ich zurück. Eine Träne rann aus meinem Augenwinkel, und ich wischte sie unauffällig beiseite. Und mir wurde plötzlich klar, ich dachte immer, bei Rob müsste ich mich verstellen, doch eigentlich konnte ich bei ihm ganz ich selbst sein. Irgendwann schlief ich in seinen starken Armen ein.

Den nächsten Tag verbrachten wir in Stroud, einem drei Meilen entfernten Städtchen, das mindestens so schön war wie Painswick. Wir bummelten durch die Straßen, kehrten in ein nettes kleines Café ein und besuchten den bei Touristen besonders beliebten Bauernmarkt. Auch dieser Tag verging in Windeseile, und ich dachte mit einem mulmigen Gefühl an morgen. Denn dann war unser kleiner Trip vorbei und wir würden nach London zurückfahren.

Rob

Ich war noch müde, als ich die Augen einen kleinen Spalt öffnete. Gestern Abend, als wir von unserem Ausflug zurückgekommen waren, war Audrey in meinen Armen eingeschlafen, wie jeden Abend, seitdem wir hier waren. Jetzt spürte ich, wie ich langsam wieder einnickte und in den Schlaf zurückdämmerte, als mich etwas am Bauch streifte. Stöhnend und mit geschlossenen Augen, versuchte ich das Störobjekt abzuschütteln, aber vergeblich. Einen Moment später kitzelte mich etwas. Träge öffnete ich abermals die Augen, blinzelte in die Dunkelheit. Und gerade, als ich mich fragte, wo Audrey abgeblieben war, tauchte sie ganz nah vor meinem Gesicht auf. Sie hauchte einen Kuss auf meinen Mund, und für den Bruchteil einer Minute überlegte ich, ob ich vielleicht träumte.

»Du bist schwer wachzukriegen.«

Langsam gewöhnten sich meine Augen an das spärliche Licht, und ich erkannte, dass Audrey ebenfalls lächelte. Ihre Traurigkeit schien verflogen, zumindest für den Moment. Ich würde alles daransetzen, dass es möglichst lange so blieb. Ihre Hand schlüpfte unter mein T-Shirt. Das war wirklich ein verdammt guter Traum, schließlich hatte Audrey Schluss gemacht. Aber egal, in der Phantasie war alles erlaubt, und ich hoffte inständig, jetzt nicht aufzuwachen.

Audrey legte sich auf mich, ihre wahnsinnig schönen Brüste drückten sich gegen meinen Oberkörper, und mir blieb fast das Herz stehen. Wenn sie so weitermachte, brachte sie mich noch vollkommen um den Verstand. Und endlich realisierte ich, kein Traum, sondern herrliche Wirklichkeit.

Doch was tat sie eigentlich? Waren wir plötzlich wieder zusammen? Ich wurde einfach nicht schlau aus Audrey. In der Dunkelheit versuchte ich ihr Gesicht zu studieren. Aber sie lenkte mich ab, indem sie mit ihren Lippen sanft über meinen Mund strich. Diese gehauchten Berührungen machten mich wahnsinnig vor Glück. Dutzende Fragen brannten auf meiner Seele, aber ich hielt den Mund. Einzig und allein deshalb, weil ich diesen perfekten Moment nicht stören wollte.

Audreys Hand war noch immer unter meinem Shirt, mit der anderen strich sie mir durch die Haare, fixierte mich mit undurchdringlichem Blick. Ach, wenn ich doch ihre Gedanken lesen könnte! Ich war so vertieft in ihren Anblick, dass ich gar nicht gleich merkte, was sie gerade gesagt hatte.

»Wie bitte?«, musste ich daher peinlicherweise nachhaken. Audrey schmunzelte, gab mir noch einmal einen Kuss auf den Mund.

»Ich sagte, ich kündige«, wiederholte sie und widmete sich im nächsten Augenblick meinem Hals. Leise seufzend bog ich den Kopf zur Seite, und Audrey zog eine Spur aus Küssen über meine Halsbeuge, bis zum Rand meines Shirts. Sie knabberte leicht an meiner Haut, und ich drückte sie näher an mich, um sie noch intensiver zu fühlen.

»Finde ich gut«, gab ich zurück. »Der Gedanke, dein Boss

zu sein, hat mir sowieso nicht mehr gefallen. Was hast du jetzt vor?«

Audrey richtete sich auf und betrachtete mich mit einem zuckersüßen Lächeln.

»Jetzt möchte ich mit dir schlafen, und alles andere wird sich wohl ergeben«, gab sie ungeniert zurück, und ihre Augen leuchteten auf.

»Klingt gut«, erwiderte ich, doch ich wusste, mit dieser Antwort wollte sie mich wieder auf Abstand halten. Aber diesmal würde ich mich nicht abschütteln lassen.

»Wirst du wirklich ein Studium beginnen?«

Das hinreißende Lächeln, das sie mir bis eben noch geschenkt hatte, verschwand aus ihrem Gesicht, und ich spürte, wie sie langsam dichtmachte.

»Ich weiß es nicht. Im Moment habe ich noch keine konkreten Pläne. Vielleicht beginne ich tatsächlich ein Studium, vielleicht aber auch nicht. Ich habe noch nichts entschieden«, hielt sie ihre Antwort mit Sicherheit absichtlich vage.

»Und jetzt möchte ich nicht mehr darüber reden«, sagte sie bestimmt und schob mein Shirt nach oben. »Es wäre mir viel lieber, wenn du das jetzt ausziehen würdest.«

Fast ärgerte es mich, dass sie mich so leicht rumkriegen konnte. Aber ich war schwach und konnte ihr einfach nicht widerstehen. Deshalb musste sie mich auch nicht lange bitten. Ich richtete meinen Oberkörper auf und zog mein Shirt aus, vorerst würde ich Audrey mit neugierigen Fragen verschonen.

»Sehr schön, mir gefällt, was ich sehe«, gab sie zurück, und ihr kleines süßes Lächeln, das ich mittlerweile so liebte und nach dem ich bereits süchtig war, erschien erneut auf ihrem Gesicht.

»Und jetzt zieh noch die Hose aus«, forderte sie und glitt von meinem Schoß.

Auch dieser Anweisung kam ich bereitwillig nach. Audrey drückte mich zurück in die Kissen, und einen Atemzug später saß sie rittlings auf mir. Langsam bewegte sie sich, und ich hielt vor Verlangen die Luft an. Sie wusste genau, was sie tun musste, um mich total verrückt zu machen. Mit einem geheimnisvollen Lächeln beugte sie sich zu mir herunter und flüsterte mit heißer Stimme in mein Ohr.

»Ich will, dass du dich entspannst. Für den Moment übernehme ich die Führung.«

Mein Herz raste in meiner Brust. Ich war hin und weg, sie hätte alles mit mir anstellen können.

Abermals bewegte sie sich auf meinem Schoß. Diesmal ein Stück nach unten. Ihre Lippen strichen dabei über meinen nackten Oberkörper, immer tiefer und tiefer. Gehauchte Küsse, so leicht und süß und unschuldig, und doch so heiß, dass ich das Gefühl hatte, meine Haut würde verbrennen. Ihre Lippen wanderten immer tiefer, vorbei an meinem Nabel, und ich wusste, wo das zwangsläufig hinführen würde. Mein Brustkorb hob und senkte sich schwer. Ich wollte es nicht, aber wie von selbst glitt eine meiner Hände in ihr Haar, und ich hielt sie locker am Hinterkopf, während ich mit der anderen das Bettlaken fest zusammenknüllte. Mit den Lippen und der Zunge strich sie über die Konturen meiner Muskeln und kam mit jeder Berührung ihrem Ziel näher.

Als sie mich mit ihren Lippen endlich dort berührte, wo ich es mir am meisten wünschte, legte ich leise seufzend den Kopf in den Nacken und wusste nicht, ob ich fluchen sollte, weil mir irgendwie alles zu schnell ging, oder vor Glück laut aufstöhnen, oder vielleicht sogar beides. Ihre Zunge leckte und saugte und unterzog mich der herrlichsten Folter. Ich musste mich schwer bremsen, um ihren Kopf nicht fester zu umklammern. Stattdessen versuchte ich mich an ihre Forderung zu halten. Im Moment war sie der Boss, aber ich hatte später noch genügend Zeit, mich zu revanchieren. Immer wieder umschloss sie mich mit ihrem süßen feuchten Mund, glitt vor und zurück, mit genau dem richtigen Druck, der mich in der Schwebe hielt, zwischen sofort kommen und unter Aufbietung der letzten Kräfte dem Widerstand leisten. Aber allzu lange hielt ich es nicht aus.

»Wenn du jetzt weitermachst, komme ich«, stieß ich schließlich stöhnend hervor. Verflucht, ich war auch nur ein Mann, und langsam, aber sicher hatte sie mich da, wo sie mich haben wollte. Ich hob leicht den Kopf, Audrey schaute mit zerwühlten Haaren und rosigen Wangen zu mir auf.

»Dann tu es doch«, flüsterte sie, und das war wirklich zu viel. Stöhnend legte ich den Kopf zurück in den Nacken. Was für ein verlockendes Angebot! Keine Ahnung, wie ich es fertigbrachte, dem zu widerstehen. Vorsichtig zog ich sie in meine Arme, und Audrey ließ nur unter leichtem Protest von mir ab.

»Wenn ich komme, will ich in dir drin sein«, stieß ich unbeherrscht hervor und rollte mich im nächsten Moment auf sie.

Audrey legte die Hände um meinen Nacken und zog mich näher zu sich. Meine Hand schob hastig ihr Kleid nach oben und schlüpfte darunter, um gleich darauf an ihren gespreizten Oberschenkeln nach oben zu gleiten. Ohne zu zögern, zog ich ihren Slip herunter und kniete mich dann wieder zwischen ihre geöffneten Schenkel. Stöhnend schlang sie die Beine um meine Hüften. Ich konnte es nicht erwarten, endlich in ihr drin zu sein, und doch wollte ich diesen Moment so lange wie möglich auskosten.

Audrey schien das anders zu sehen. Verführerisch bewegte sie sich unter mir, zog mich mit ihren Beinen näher und näher und küsste mich sanft auf den Mund. Ich konnte kaum atmen und schon längst nicht mehr klar denken. Als ich mich endlich in sie hineinschob, stöhnte sie meinen Namen und hielt mich ganz fest. Immer tiefer stieß ich vor, und dieses Gefühl war einfach einmalig. Audrey gönnte mir keine Pause. Jeder meiner Bewegungen kam sie lustvoll entgegen. Mit ihr zu schlafen war so unglaublich, dass ich alles um mich herum vergaß. Es gab nur sie und mich, und sonst war rein gar nichts mehr wichtig. Ich fühlte mich so glücklich und zufrieden wie noch nie. Es war, als hätten wir eine stille Übereinkunft getroffen, unsere Probleme, zumindest für den Moment, außen vor zu lassen. Jetzt genoss ich es nur, mit ihr zusammen zu sein und dachte einfach an gar nichts mehr, außer dass ich Audrey wahnsinnig liebte.

Doch leider sollten die Glücksgefühle nicht von Dauer sein. Denn als wir wieder in London zurück waren, landete ich ganz schnell auf dem harten Boden der Realität.

Kapitel 16

Audrey

»Wie lange willst du das noch durchziehen?«, fragte Zoe und stand mit vor der Brust verschränkten Armen in meiner Zimmertür. Ich lag auf dem Bett, die Augen rot gerändert vom vielen Weinen.

»Solange es eben nötig ist«, gab ich zurück und starrte wieder hinauf an die Decke. Völlig unvorbereitet traf mich ein Kissen mitten im Gesicht.

»Hey«, schimpfte ich entrüstet und richtete mich auf dem Bett auf. Zoe schaute mich ernst an. Sie war richtig wütend.

»Ich habe es satt, Audrey! Rob kreuzt seit knapp einer Woche täglich hier auf, und jedes Mal muss ich ihn abwimmeln und mit lächerlichen Ausreden abspeisen, die er mir doch nicht abnimmt. Du musst endlich mit ihm reden!«

Ich schüttelte den Kopf und antwortete trotzig.

»Gar nichts muss ich. Er wird niemals die Wahrheit von mir erfahren. Früher oder später wird er schon begreifen, dass es zwischen uns vorbei ist.«

Zoe blieb hartnäckig und schüttelte vehement den Kopf.

»Das glaubst du doch selbst nicht. Rob versteht dich nicht. Ganz ehrlich, nicht einmal ich verstehe dich. Zuerst machst du mit ihm Schluss, dann fährst du mit ihm für ein verlängertes Wochenende in dieses kleine romantische Hotel und hast umwerfenden Sex mit ihm, nur um den armen Kerl danach wieder fallen zu lassen wie eine heiße Kartoffel. Er will Antworten, und die hat er mehr als verdient, wenn du mich fragst. Und er wird immer und immer wieder hier aufkreuzen, so lange, bis du dich endlich dazu herablässt, mit ihm Klartext zu reden. Und ich werde bei diesem Theater nicht mehr mitspielen«, erwiderte Zoe erbost.

»Weißt du was, dann frage ich dich eben nicht. Du brauchst dich nicht in mein Leben einzumischen«, fuhr ich Zoe harsch an, und ihre Miene verfinsterte sich augenblicklich. Sofort bereute ich es, sie so hart angegangen zu sein.

»Das soll mir nur recht sein. Denn ich habe es satt, für dich zu schwindeln und ihn Tag für Tag abzuwimmeln. Du hast gesagt, du bereust es, unehrlich gewesen zu sein, trotzdem aber schaffst du es nicht, zu dem zu stehen, wer du bist und was du getan hast. Es hat sich nichts geändert. Vorher waren deine Lügen vielleicht ein notwendiges Übel, aber jetzt bist du einfach nur feige.«

»Du verstehst das nicht«, stieß ich wütend hervor.

Und Zoe schüttelte abermals den Kopf, dass ihr Pferdeschwanz hin und her wippte.

»Das stimmt. Ich verstehe dich tatsächlich nicht mehr. Ich habe keine Lust mehr, für dich in die Bresche zu springen.«

»Dann lass es eben sein«, gab ich schulterzuckend zurück und blieb stur.

Zoe starrte mich einen langen Moment an. Die Enttäuschung über meine Worte stand ihr ins Gesicht geschrieben, und ich bereute meine Worte sofort.

»Tut mir leid«, murmelte ich.

»Lass es! Ich brauch jetzt erst mal frische Luft.«

Mit diesen Worten rauschte Zoe aus meinem Zimmer und knallte die Tür hinter sich zu.

Unser Streit ging mir mächtig an die Nieren. Entnervt ließ ich mich zurück aufs Bett plumpsen. Nun war nicht nur Rob mein Problem, sondern ich musste auch meine Freundschaft mit Zoe retten. Wenn es Schwierigkeiten gab, dann kamen aber auch gleich alle auf einmal.

Ich dachte an das letzte Wochenende mit Rob zurück. Er hatte mich aufgefangen, als ich das Gefühl hatte, ins Bodenlose zu fallen. Er war für mich da, und gewissermaßen hatte er mich gerettet. In seiner Nähe fand ich Geborgenheit, Trost und noch so vieles mehr. Letztendlich gab ich Zoe recht. Rob verdiente mehr als dieses bescheuerte Versteckspiel. Er verdiente es, die Wahrheit zu hören. Doch nach allem, was zwischen uns geschehen war, fand ich nicht den Mut, ihm gegenüberzutreten.

Traurig griff ich nach meinem Handy und hörte mir zum wiederholten Male seine Nachrichten an, die er in den letzten Tagen auf meiner Mailbox hinterlassen hatte. Mir wurde das Herz schwer, als ich seinen Worten lauschte und seine Stimme hörte, die mich eindringlich bat, endlich zurückzurufen. Wieder legte ich mein Handy tatenlos beiseite und schloss die Augen. Am liebsten würde ich mich für immer in meinem Zimmer verstecken. Aber selbst mir war klar, dass das keine Option war.

Rob

»Warum sind die Verträge denn immer noch nicht da?«, fragte ich schroff und streckte meinen Kopf zur Bürotür hinaus. Noemi zuckte bei meinem harschen Tonfall zusammen.

»Es gab ein paar Verzögerungen seitens der Geschäftsleitung. Ich werde mich umgehend darum kümmern«, stammelte sie mit hochrotem Kopf.

»Das erwarte ich auch. Über Neuigkeiten möchte ich schnellstmöglich Bescheid wissen.«

»Natürlich«, gab sie sofort zurück und hinterließ den starken Eindruck, am liebsten unsichtbar zu sein.

Knapp nickend kehrte ich in mein Büro zurück und knallte die Tür hinter mir zu.

»Was ist dein Problem?«, fuhr mich John an, der noch immer auf meiner Couch unter dem großen Panoramafenster saß und mich jetzt angriffslustig taxierte.

Mit verkniffener Miene stapfte ich zurück zu meinem Schreibtisch und ließ mich auf den schwarzen Ledersessel fallen.

»Diese Schlamperei kann ich auf den Tod nicht ausstehen«, gab ich ungehalten zurück.

»Schlamperei?«, fragte John ungläubig und erhob sich von seinem Platz auf meiner Couch. Die Hände in den Taschen seiner grauen Anzughose vergraben, baute er sich vor mir auf.

»Du weißt genauso gut wie ich, dass Noemi hervorragende Arbeit leistet. Sie derart anzufahren war völlig übertrieben. Außerdem bist du es, der seit Tagen oder besser Wochen nicht mehr richtig bei der Sache ist.«

Seufzend schloss ich für einen kurzen Moment die Augen.

John hatte recht. Ich hatte überreagiert und war unkonzentriert.

»Was ist wirklich mit dir los?«, wollte er wissen und fügte dann fragend hinzu: »Ist Audrey der Grund? Konntest du immer noch nicht mit ihr sprechen?«

Resigniert schüttelte ich den Kopf, lehnte mich nach hinten und verschränkte die Arme vor der Brust.

»Sie geht mir aus dem Weg und weigert sich, mit mir zu reden. Fast täglich fahre ich zu ihrem Apartment und lasse mich von Zoe mit albernen Ausreden abwimmeln. Obwohl ich mir sicher bin, dass Audrey zu Hause ist. Ich habe keine Ahnung, warum sie zu feige ist, mit mir zu sprechen.«

John seufzte leise.

»Frauen, die soll mal einer verstehen! Und, was hast du als Nächstes vor?«

Ich schnaubte verdrießlich.

»Ich weiß es nicht. Langsam habe ich die Nase gestrichen voll davon, ihr hinterherzulaufen. Also werde ich wohl gar nichts mehr tun. Audrey ist jetzt am Zug.«

Würde ich es wirklich schaffen, mich von ihr fernzuhalten? Konnte ich sie und alles, was uns je verbunden hat, vergessen?

»Auch wenn es dir schwerfällt, aber ich denke, so ist es mit Sicherheit das Beste«, war Johns einziger Kommentar.

Ich enthielt mich einer Antwort, weil ich noch nicht einmal den leisesten Hauch einer Ahnung hatte, was ich erwidern sollte. Ich liebte Audrey nun mal, und nicht zu wissen, ob es ihr gutging, zerrte kräftig an meinen Nerven.

»Lass uns heute Abend etwas trinken gehen. Ich muss nur ein paar Termine absagen, und dann werde ich dich schon auf andere Gedanken bringen.«

Ich warf John einen ernsten Blick zu. Ich hatte keine Lust, durch die Clubs zu ziehen und mich volllaufen zu lassen. Obwohl ich diese Ablenkung selbst schon in Erwägung gezogen hatte, wenn auch nur sehr kurz.

»Ach, ich weiß nicht. Ein anderes Mal vielleicht«, entgegnete ich.

John schüttelte energisch den Kopf.

»Vergiss es, Kumpel. Deine läppischen Ausreden lasse ich nicht gelten. Ich garantiere dir, ich werde deine Gedanken von Audrey ablenken. Vertrau mir.«

Ich dachte an unseren letzten Abend, an dem wir um die Häuser gezogen waren. Er hatte für mich mit einem Kater geendet, und sonst hatte er nichts gebracht. Aber ich wollte John nicht noch mehr verärgern, und ein Abend würde mich sicher nicht umbringen. Im besten Fall würde ich Audrey tatsächlich vergessen, zumindest für ein paar Stunden, wenn ich sehr viel Glück hatte.

»Überredet. Aber das erste Bier geht auf dich«, gab ich locker zurück.

John grinste leicht.

»Kein Problem. Dann mache ich mich jetzt mal wieder an die Arbeit.«

Er schickte sich an, mein Büro zu verlassen, und ganz spontan folgte ich ihm. Eine Entschuldigung war fällig, und es machte mir nichts aus, einen Fehler zuzugeben, wenn ich einen gemacht hatte. Und bei Noemi war ich vorhin eindeutig über das Ziel hinausgeschossen.

John warf mir einen kurzen Blick zu, sein Grinsen verstärkte sich.

»Gute Entscheidung«, murmelte er, als er merkte, dass ich ihm folgte und vor Noemis Schreibtisch stehen blieb. Er zwinkerte Noemi vielsagend zu, deren Wangen sich sofort rot färbten, dann verschwand er endlich, und ich tat meine Pflicht.

»Man sollte doch meinen, in einer Bar, wo ein Drink ein kleines Vermögen kostet, sollte der Service besser sein.«

Langsam wandte ich mich dem Kerl zu, der jetzt neben mir an der Bar lehnte. Mit hochgezogenen Augenbrauen musterte ich ihn. Mir stand weder der Sinn nach Small Talk noch auf weitere dumme Bemerkungen seinerseits.

»Wenn es Ihnen nicht passt, dann gehen Sie doch woanders hin«, schlug ich vor und blickte dann wieder nach vorn.

Der Fremde räusperte sich.

»Welche Laus ist Ihnen denn über die Leber gelaufen?«

Okay, was zum Teufel wollte der Mann eigentlich von mir?

»Kennen wir uns? Wenn nicht, dann quatschen Sie doch jemand anderen voll«, gab ich ungehalten zurück, denn langsam nervte er gewaltig, und meine Laune war sowieso schon auf den absoluten Tiefpunkt gesunken.

Anstatt beleidigt abzuziehen, grinste er dämlich. Es schien, als hätte er tatsächlich einen an der Waffel.

Kopfschüttelnd wandte ich mich wieder der Bar zu, als er mich erneut ansprach.

»Randy McKinley. Aber Sie haben recht, wir kennen uns noch nicht. Doch wir haben eine gemeinsame Freundin.«

Ich starrte ihn an.

»Was wollen Sie damit sagen?«, fragte ich argwöhnisch.

McKinley blickte sich in der überfüllten Bar um, dann rutschte er näher zu mir herüber und vermittelte den starken Eindruck, als wollte er mir ein großes Geheimnis anvertrauen.

»Kommen Sie schon. Ich glaube, Sie wissen genau, von wem ich spreche«, raunte er mit einem fetten Grinsen im Gesicht. Gelangweilt musterte ich ihn und brachte ausreichend Abstand zwischen uns. Mittlerweile war er mir viel zu nahe auf die Pelle gerückt.

»Klären Sie mich auf!«, verlangte ich.

Er schaffte es tatsächlich, noch ein bisschen dämlicher zu grinsen.

»Audrey Bartlett«, sagte er gedehnt und behielt mich genau im Auge, um meine Reaktion zu checken.

So gut es ging, versteckte ich mein Interesse hinter einer abgeklärten Fassade. Doch insgeheim fragte ich mich natürlich, woher dieser schmierige Kerl Audrey kannte?

Der Barkeeper, der jetzt vor uns stehen blieb, lenkte meine Aufmerksamkeit von meinem Gegenüber ab. Ich bestellte nur ein Bier und McKinley einen Whisky. Einen Augenblick später wurden uns die Getränke gebracht, und McKinley wartete, bis der Barkeeper wieder außer Sichtweite war. Es schien so, als könnte er es gar nicht erwarten, mir mehr zu erzählen. Und tatsächlich fütterte er mich Sekunden später mit weiteren Informationen.

»Ich habe Audrey im letzten Sommer auf einer Party kennengelernt. Wo sind Sie sich begegnet?«

Ich zögerte und überlegte, was dieser komische Vogel mit seinem Gerede bezweckte. Doch ich fürchtete, wenn ich ihm nichts lieferte, würde diese Informationsquelle wahrscheinlich versiegen. Aber ich wollte unbedingt mehr erfahren.

»Sie arbeitet für mich«, gab ich vage zurück.

Er nickte leicht, nahm dann einen Schluck von seinem Drink, bevor er das Glas wieder sinken ließ und es in der Hand schwenkte, während er vorgab, die bernsteinfarbene Flüssigkeit zu betrachten. Dann führte er das Glas erneut an die Lippen und trank. Als er das Glas endlich absetzte und zurück auf den Tresen stellte, blickte er mich an. Wieder erschien dieses dämliche Grinsen auf seiner Visage, und der Drang, es ihm wegzuwischen, wurde allmählich stärker. Keine Ahnung, warum ich diese tiefe Abneigung gegen ihn empfand.

»Das kostet Sie sicher eine Stange Geld«, meinte McKinley gedehnt, und fügte dann trocken hinzu: »Doch Audrey ist wirklich jeden Cent wert. Als ich sie das erste Mal flachgelegt habe, war sie gerade neu im Geschäft. Eine verboten gute Mischung aus Unschuld und Verführung.«

Ohne zu überlegen, packte ich den Typen am Kragen seines Jacketts, zog ihn vom Barhocker hoch und schüttelte ihn leicht.

»Noch ein verdammtes Wort, und ich schlage Ihnen die Zähne aus«, zischte ich und konnte die Lust, ihm hier und jetzt die Visage zu polieren, kaum bremsen.

»Ganz locker, mein Freund«, faselte er und versuchte sich aus meinem Griff zu befreien. Doch ich hielt ihn nur noch fester.

»Ich bin gewiss nicht Ihr Freund. Sie jämmerlicher Arsch. Also hören Sie auf, so zu tun, als würden wir uns kennen.«

»Zumindest haben wir etwas gemeinsam«, gab er zurück und reizte mich mit diesen Worten über Gebühr. Ich war wirklich ganz knapp davor, ihm sein loses Mundwerk zu stopfen. Als er fortfuhr: »Wenn Sie wirklich jedem Kerl, der Audrey gevögelt hat, eine reinhauen wollen, sind Sie im nächsten Jahr noch beschäftigt. Das ist die kleine Nutte doch nicht wert! Finden Sie nicht?«

Die Antwort auf diese Frage lieferte meine Faust, die ich ihm in den Magen rammte. Mit der anderen Hand hielt ich

McKinley weiter fest, damit er nicht zusammenklappte. Denn ich war noch längst nicht fertig mit ihm. Er würgte und schnappte nach Luft.

»Verflucht, was ist denn hier los?«, hörte ich Johns aufgebrachte Stimme hinter mir.

»Misch dich nicht ein«, gab ich knapp zurück und ließ noch immer nicht von dem Arschloch ab, das ich am Kragen gepackt hatte.

Doch zu spät, denn mittlerweile hatte unsere kleine Auseinandersetzung die Aufmerksamkeit der anderen Clubbesucher geweckt, und wir wurden von einer Menge Leute umringt. Einige versuchten uns auseinanderzubringen, und wieder andere stachelten uns an. Doch ich nahm kaum noch etwas wahr. Mein Kopf schwirrte von den Sprüchen, die der Kerl abgesondert hatte. Warum erzählte er diese Lügengeschichten über Audrey?

»Ich habe keine Ahnung, was Sie von mir wollen, und es ist mir verflucht noch mal auch egal. Doch eines sollten Sie wissen, noch eine Beleidigung über Audrey, und ich schwöre Ihnen, der Schlag in die Magengrube war erst der Anfang«, raunte ich McKinley leise ins Ohr, bevor ich ihn ruckartig von mir stieß.

Mühsam richtete er sich auf, rückte seine Krawatte zurecht, strich sein Hemd glatt. Dann schaute er mich aus kalten Augen an.

»Wenn Sie es nicht ertragen können, zu hören, dass Ihre kleine Freundin als Escort Girl jobbt, dann sollten Sie sich wohl anderweitig umsehen«, empfahl er mir.

Ich schluckte schwer, wollte mich auf ihn stürzen und ihm endgültig den Mund stopfen. Doch John packte mich grob am Arm und hielt mich zurück.

»Beruhige dich«, sagte er im Befehlston. Doch ich riss mich los, als die gehässigen Worte dieses Mistkerls richtig in mein Bewusstsein drangen. Stimmte es womöglich, was er über Audrey erzählte? Verhielt sie sich deshalb so seltsam? Tausend Fragen wirbelten durch meinen Kopf. Ich musste unbedingt hier raus. Wortlos kämpfte ich mich aus dem Pulk an Menschen frei, von denen wir noch immer umringt wurden, und wollte an McKinley vorbeimarschieren. Das dämliche Grinsen war auf sein Gesicht zurückgekehrt. Im Verborgenen ballte ich die Hände erneut zu Fäusten. Wie gerne hätte ich ihm noch eine verpasst! Stattdessen riss ich mich zusammen. Doch er wagte es tatsächlich meinen Arm zu packen und mich aufzuhalten. Zwangsläufig blieb ich stehen, während er wieder dümmlich feixte.

»Schönen Gruß von Ihrem Stiefvater«, meinte er und ließ mich Sekunden später los.

Wäre John, der hinter mir stand, nicht gewesen, um mich aus der Bar zu drängen, ich schwöre, an Ort und Stelle hätte ich aus dem Typen Kleinholz gemacht.

Schwüle, stickige Luft schlug mir entgegen, als ich die schwere Hintertür des Clubs aufstieß und nach draußen stürmte. Ich brauchte ein paar Sekunden, um richtig zu begreifen und die Tragweite dessen zu kapieren, was der Typ gerade von sich gegeben hatte.

Audrey ein Escort Girl? War das ein kranker Scherz von meinem alten Herrn? Ich traute ihm einiges zu. Doch das würde alles bisher Geschehene in den Schatten stellen. Würde er wirklich so weit gehen und sie so verunglimpfen?

Ich spürte Übelkeit in mir aufsteigen. Völlig fertig lehnte ich mich an die Klinkerfassade und schloss für einen kurzen

Moment die Augen. Alles Lügen, schrie jede Faser in meinem Körper. Und doch hinterließen diese Behauptungen Spuren, sosehr ich mich auch dagegen wehrte.

Die Hintertür öffnete sich erneut und fiel einen Sekundenbruchteil später wieder ins Schloss. Ich blickte nicht auf, weil mir völlig egal war, von wem ich Gesellschaft bekam. Doch es wunderte mich nicht, Johns Stimme zu hören. Vielmehr fragte ich mich, warum er jetzt erst hier auftauchte.

»Was ist da gerade zwischen euch gelaufen?«

Mit einem frustrierten Stöhnen stieß ich mich von der Hauswand ab. Was sollte ich sagen? Ich war nicht bereit, diese Lügen über Audrey in die Welt hinauszuposaunen.

Für heute hatte ich genug und keine Lust, eine Erklärung abzugeben. Nicht einmal meinem besten Freund gegenüber.

»Ich muss etwas Unaufschiebbares erledigen«, gab ich zurück und war zugegeben reichlich durcheinander.

»Jetzt?«, fragte John ungläubig und blickte von seiner Armbanduhr auf. »Es ist fast ein Uhr morgens!«

»Mir ist egal, wie spät es ist«, gab ich ungehalten zurück und wandte mich von einem schockiert dreinblickenden John ab. Er musste glauben, ich hätte den Verstand verloren, und tatsächlich befürchtete ich, gerade verdammt nah dran zu sein.

»Mach keine Dummheiten!«, warnte John. Doch ich ließ mich von seinen Worten nicht beirren.

Ich musste die Sache unbedingt klären, heute noch. Das war eine Sache zwischen mir und meinem Stiefvater.

»Keine Sorge, ich komme schon klar«, erklärte ich, wandte mich ab und marschierte davon.

John heftete sich umgehend an meine Fersen.

»Dann komme ich wenigstens mit. Einer muss schließlich auf dich aufpassen.«

Ich blieb stehen und schüttelte vehement den Kopf.

»Vergiss es! Diese Sache kläre ich allein.«

Ich ließ John einfach stehen. Aber er gab nicht so leicht auf, stattdessen folgte er mir. Er griff nach meinem Arm, hielt mich fest, doch ich befreite mich.

»Sag mir wenigstens, worum es geht!«, verlangte John.

Das stand außer Frage.

»Wie schon gesagt, das ist eine Sache, die nur mich etwas angeht.«

John sah mich mit verkniffener Miene an.

»Im Moment will ich nicht darüber reden«, gab ich seufzend zurück. »Halt dich bitte einfach raus.«

John schüttelte zweifelnd den Kopf.

»Okay, dann behalt es eben für dich. Aber hör auf meinen Rat, und schlaf eine Nacht darüber, bevor du noch in Schwierigkeiten gerätst.«

Ich überlegte kurz.

»Zu spät«, gab ich dann knapp zurück und ging davon, um mir ein Taxi zu rufen.

Glücklicherweise schien John kapiert zu haben, dass ich keine weiteren Ratschläge und Kommentare brauchte. Denn dieses Mal folgte er mir nicht, stattdessen ließ er mich endlich gehen.

Mit jedem Meter, mit dem sich das Taxi dem Anwesen meiner Mutter und meines Stiefvaters näherte, hämmerte mein Herz ein bisschen schneller in der Brust.

Als der Wagen endlich anhielt, entlohnte ich den Fahrer großzügig und stieg dann eilig aus.

Mit langen Schritten näherte ich mich dem Eingang, doch bevor ich auf den Klingelknopf drücken konnte, schwang die Haustür auf, und ich blickte in das Gesicht meines Stiefvaters.

»Du bist noch wach«, sagte ich zur Begrüßung, und er zuckte lässig mit den Schultern.

»Ich dachte mir, dass du kommen würdest, ich wusste, du kannst nicht bis morgen warten. Also beschloss ich, wach zu bleiben. Wir wollen doch deine Mutter nicht behelligen.«

Ich schnaubte verächtlich.

»Das wäre dann wohl das erste Mal, dass du dich wirklich für Mum interessierst«, gab ich vorwurfsvoll zurück. Die Verachtung, die ich für diesen Mann empfand, konnte ich kaum zurückhalten. Warum auch? Er sollte sie ruhig spüren. Genauso, wie er mich immerzu spüren ließ, wie er mich verabscheute.

»Du hast eine schlechte Meinung von mir«, erwiderte er und hielt mir die Tür auf.

»Willst du nicht hereinkommen?«, schlug er vor und fügte hinzu: »Dann können wir drinnen weitersprechen. Denn deshalb bist du doch hergekommen.«

Wortlos marschierte ich an ihm vorbei, blieb jedoch im großzügigen Eingangsbereich stehen. Ich hatte nicht vor, mich lange aufzuhalten.

Mein Stiefvater schloss langsam die Tür hinter uns. Mit vor der Brust verschränkten Armen blieb er vor mir stehen, als würde er nur darauf warten, dass ich endlich auf den Punkt kam.

»Du hattest nicht einmal den Mut, es mir selbst zu sagen«, stieß ich wütend hervor.

Er verzog missmutig die Lippen.

»Hättest du mir denn geglaubt?«, wollte er wissen.

»Nein«, stieß ich sofort hervor. »Und ich glaube dir auch jetzt nicht!«

Höhnisch lachte er auf.

»Reicht es denn nicht, die Wahrheit aus dem Mund eines ihrer Kunden zu hören? Die Audrey, die du zu kennen glaubst, existiert nur in deiner Phantasie. In Wirklichkeit ist sie keine brave Haushälterin, sondern ein Escort Girl. Eine Frau, die mit Männern ins Bett steigt, solange die genug Geld auf den Tisch legen.«

Vor Wut ballte ich die Hände zu Fäusten. Ich war verflucht kurz davor, die Kontrolle zu verlieren.

»Halt jetzt lieber deinen Mund!«, stieß ich zornig hervor.

»Was? Kannst du etwa die Wahrheit nicht ertragen? Dann rate ich dir, leg dir ein dickes Fell zu. Denn du wirst noch viel mehr unangenehme Details aus dem Leben deiner Freundin erfahren.«

»Na los, rede schon. Dir geht es doch eh nur darum, den größtmöglichen Schaden in meinem Leben anzurichten. Wie es mir geht, ist dir doch völlig egal. Wie schaffst du es eigentlich noch, dich im Spiegel zu sehen?«

Er lachte verächtlich auf.

»Und du bist blind vor Verlangen nach dieser Frau«, sagte er trocken, und dann hatte er doch tatsächlich die Nerven zu fragen: »Was macht sie zu etwas Besonderem? Ist sie wirklich so sensationell im Bett? Wohl ja, wenn man einigen der Männer Glauben schenken kann, die bereits mit ihr geschlafen haben.«

Es fehlte nicht mehr viel, und ich würde komplett die Kontrolle verlieren und meinem Stiefvater eine verpassen.

»Halt deinen Mund, sonst vergesse ich, wer du bist und was du bist«, drohte ich und konnte mich kaum mehr bremsen.

»Was willst du tun? Mich verprügeln? Ich bin dein Vater!«, donnerte er.

Ich verzog keine Miene, obwohl die unterschiedlichsten Gefühle in meinem Inneren tobten. Es fehlte wirklich nicht mehr viel, und ich wäre tatsächlich bereit, mit ihm eine Schlägerei anzufangen.

»Du bist mein Stiefvater«, stieß ich wütend hervor.

Jetzt war es an ihm, kurz zu schweigen.

Er räusperte sich leicht, bevor er zu sprechen begann.

»Seit der Heirat mit deiner Mutter habe ich versucht, dir ein richtiger Vater zu sein. Dir und deinem Bruder.«

Ich schnaubte.

»Dann muss ich dich jetzt enttäuschen, du hast kläglich versagt. Oder ist dir entfallen, dass Jace es vorgezogen hat, seine Familie zu verlassen, als mit dir unter einem Dach zu leben und dich zu ertragen.«

Harte Worte, aber sie sprachen mir aus dem Herzen. Und es tat mir nicht leid, endlich laut auszusprechen, was ich seit Jahren fühlte.

»Ich habe versucht dich und deinen Bruder zu beschützen und die Familie zusammenzuhalten.«

»Du hast nur eines im Blick, deinen eigenen Vorteil. Denn du willst nur dich selbst schützen. Also hör auf zu lügen! Damit stößt du bei mir auf taube Ohren. Mum hast du um den Finger gewickelt. Bei uns ist dir das nicht gelungen. Eins möchte ich wissen, und zwar seit Jahren schon. Warum verachtest du mich so?«

Er zuckte nicht einmal mit der Wimper, als er mir die Antwort gab.

»Ich gebe zu, wir waren uns nie besonders nahe, aber eines musst du wissen. Ich verachte dich nicht.«

»Immer wieder diese Lügen! Kannst du eigentlich je damit aufhören? Ich habe eine ganz gute Vermutung. Das Familienvermögen ist der Grund, nicht wahr?«

Mein Stiefvater schwieg mit verkniffener Miene. Dann hatte ich also einen Volltreffer gelandet.

Als er beharrlich schwieg, sprach ich weiter: »Ich bin der Einzige, der zwischen dem Geld und dir steht. Am Anfang war ich zu jung, um dich zu durchschauen. Aber das hat sich geändert. Du wolltest schon immer alles, Macht, Einfluss und unser Vermögen.«

Er schaute mich ernst an, und in diesem Moment war er mehr als nur durchschaubar.

Jetzt war es an mir, zu lächeln.

»Was ist das für ein Gefühl, immer von der Gunst anderer abhängig zu sein?«

Verärgert verschränkte er seine Arme vor der Brust und musterte mich eingehend.

»Mach dir darüber keine Gedanken. Und das Vermögen, von dem du sprichst. Meinst du das, welches bald keines mehr sein wird? Im schlimmsten Fall bekommt Gwen eine stattliche Summe bei eurer Scheidung zugesprochen. Und dann ist das hochgepriesene Familienvermögen nur noch halb so groß.«

»Wie viel Gwen tatsächlich bekommt, wird sich erst noch entscheiden. Doch sollte es tatsächlich so weit kommen, kannst du dir sicher sein, im Zweifel wäre es mir sogar lieber, Gwen kriegt das Geld. Lieber sie als du.«

»Mit diesen haltlosen Vorwürfen tust du mir unrecht«, heuchelte er. »Es ging mir nie ums Geld. Ich liebe deine Mutter und habe mich immer sehr um euch bemüht.«

Ich schüttelte den Kopf. Nicht einmal jetzt konnte er die Spielchen lassen.

»Natürlich, deine Liebe scheint wirklich grenzenlos zu sein, bei den vielen Affären, denen du nachgehst. Man könnte schon fast meinen, es wäre dein Hobby«, gab ich sarkastisch zurück.

»Denk doch, was du willst. Aber es ist nun mal so, dass ich mit allem, was ich getan habe, dir nur behilflich sein wollte. Ich wollte dich beschützen, und ich hatte gehofft, du würdest jetzt endlich begreifen, dass diese Frau nicht gut für dich ist. Sie hat dich hintergangen und belogen.«

Ich schluckte schwer, als ich an Audreys vermeintliche Lügen dachte. Doch äußerlich blieb ich hart.

»Da ist sie nicht die Erste«, gab ich schroff zurück. Ich konnte mir das nicht länger anhören. Bevor er etwas erwidern konnte, warf ich ein: »Wir beide sind fertig miteinander. Halt dich in Zukunft aus meinem Leben raus. Dann mische ich mich auch nicht in deines ein.«

Ich ließ meinen Stiefvater nicht wieder zu Wort kommen und machte kehrt. Alles, was ich loswerden wollte, hatte ich gesagt. Jetzt war es an der Zeit, endlich nach Hause zu verschwinden. Ohne mich noch einmal nach meinem Stiefvater umzublicken, öffnete ich die Tür und schlug sie gleich darauf hinter mir zu.

Als ich am nächsten Morgen aufwachte, fragte ich mich, ob ich überhaupt geschlafen hatte. Ich fühlte mich gerädert, starrte an die Decke und konnte mich partout nicht dazu aufraffen, aufzustehen.

Gestern hatten sich die Ereignisse überschlagen, und auch heute Morgen fühlte ich mich, als würde gleich ein Sturm über mich hereinbrechen. Seufzend angelte ich mein Handy vom Nachttisch neben dem Bett und warf einen kurzen Blick aufs Display. John hatte viermal versucht mich zu erreichen. Das schlechte Gewissen packte mich, weil ich ihn, was die gestrige Nacht anging, völlig im Trüben fischen ließ.

Ich musste ihn unbedingt zurückrufen. Das war ich ihm eindeutig schuldig. Er platzte wahrscheinlich fast vor Neugier, und so wie ich John kannte, auch vor Sorge. Manchmal führte er sich wie eine Glucke auf. Allerdings musste das Gespräch noch warten. Ich legte das Handy zurück und schob dann die Decke von mir. Ohne Elan schwang ich die Beine aus dem Bett und stand langsam auf. Franklyn erhob sich von seinem Platz auf der Hundedecke, und ich begrüßte ihn, indem ich mich vor ihn kniete und ausgiebig hinter den Ohren kraulte.

»Guten Morgen, mein Freund. Ich hoffe, du hast besser geschlafen als ich.«

Franklyn stieß mit dem Kopf gegen meine Schulter, und es hätte nicht viel gefehlt, und er hätte mich umgeworfen.

»Immer langsam«, sagte ich laut lachend und strich ihm ein letztes Mal über das Fell, bevor ich mich erhob, um nach unten zu gehen.

Einladend klopfte ich auf meinen Oberschenkel und bedeutete Franklyn, mir zu folgen. Gemeinsam machten wir uns auf den Weg in die Küche. Ich brauchte jetzt ganz dringend einen Kaffee oder lieber gleich einen Espresso, um endlich in die Gänge zu kommen.

Ich füllte Franklyns Futternapf und befüllte dann die Maschine mit frischen Bohnen. Gerade als ich die Tasse unter die Düsen stellte, hörte ich, wie die Haustür aufschwang, und bevor ich auf den Startknopf drückte, hielt ich inne, lauschte auf die Geräusche, und mein Herz quittierte vor Aufregung fast seinen Dienst, als ich gebannt auf die offene Küchentür starrte. Es gab nur einen Menschen, der außer mir einen Schlüssel zu diesem Haus besaß: Audrey.

Ich hörte die Haustür ins Schloss fallen, und über Franklyns schmatzende Geräusche hinweg vernahm ich leise Schritte im Flur, die sich langsam näherten. Tatsächlich klopfte es einen Moment später an den Türrahmen, und Audrey sah mich abwartend an. Ihr Anblick raubte mir den Atem. Ich wollte so sehr, dass es funktionierte, doch standen ihre permanenten Lügen nun für immer zwischen uns.

»Hey«, flüsterte sie leise und machte den starken Eindruck, als wüsste sie nicht so recht, was sie zu mir sagen sollte.

Letzte Nacht hatte ich immerzu an unser nächstes Zusammentreffen denken müssen. Ich hatte mir vorgestellt, was ich ihr alles sagen wollte. Und jetzt, da sie vor mir stand, brachte ich kein Wort heraus.

Zögernd kam sie näher und legte meinen Hausschlüssel vorsichtig auf den Tisch.

»Der gehört dir«, sagte sie und fügte leise hinzu: »Ich dachte, den möchtest du sicher zurückhaben.«

Dann schwieg sie wieder, und diese Stille ging mir ziemlich an die Nieren.

Unsicher senkte sie den Blick und betrachtete eingehend ihre Schuhe.

»Bist du deshalb hier?«, fragte ich. »Um mir meinen Schlüssel wiederzubringen?«

Audrey hob den Kopf, unsere Blicke begegneten sich, und mein Herz klopfte ein paar Takte schneller. Ich schaute in ihre Augen und hätte alles dafür gegeben, um sie zu küssen, ihr zu verzeihen.

Langsam schüttelte sie den Kopf.

»Nicht nur«, gab sie schließlich zu. »Ich glaube, nach allem, was mittlerweile passiert ist, hast du eine Erklärung verdient.«

Ich schnaubte leise.

»Du kommst zu spät«, erklärte ich knapp und wandte demonstrativ den Blick ab. Gab vor, der Espressomaschine meine volle Aufmerksamkeit zu schenken. Ich drückte auf den Knopf, während ich Audreys Blicke spürte. Zischend lief der Espresso in die Tasse.

»Ich verstehe, dass du sauer bist. Aber lass mich dir wenigstens mein Verhalten erklären«, bat Audrey, und aus dem Augenwinkel sah ich, wie sie auf mich zukam.

Ich verließ meinen Platz an der Maschine und ging geschäftig hinter die Kücheninsel. Besser, ich brachte so viel Abstand zwischen uns wie nur irgend möglich.

»Bemüh dich nicht«, entgegnete ich lässig. »Du brauchst keine Erklärung abzugeben.«

Audrey schaute mich fragend an.

»Ich weiß über dich Bescheid«, sprach ich endlich die unangenehme Wahrheit aus.

Jegliche Farbe wich aus Audreys Gesicht, sie wurde blass wie eine Wand, und im nächsten Moment färbten sich ihre Wangen schamrot. Damit, dass ich ihr Geheimnis bereits kannte, hatte sie also offenbar nicht gerechnet.

»Hast du mir denn gar nichts zu sagen?«

Audrey schluckte schwer, starrte mich an, als hätte sie einen Geist gesehen, dann holte sie tief Luft.

»Ich wollte es dir erzählen. Ehrlich!«

Freudlos lachte auf.

»Natürlich wolltest du das! Lass mich raten, du hast nur auf eine passende Gelegenheit gewartet. Stimmt's?«

Audrey biss sich leicht auf die Lippen, in ihren Augen sammelten sich Tränen. Sie nickte kurz.

»Richtig.«

Verzweifelt und wütend schlug ich mit der flachen Hand auf die Tischplatte, und Audrey zuckte schreckhaft zusammen.

»Hör damit auf, mir diesen Blödsinn aufzutischen! Du hattest Dutzend Gelegenheiten, mir die Wahrheit zu sagen. Wie konntest du mich über die ganzen Wochen hinweg anlügen? Hast du nicht einen Funken Anstand in dir?«, wollte ich anklagend wissen.

Audrey schnappte nach Luft.

»Ich hatte ein schlechtes Gewissen. Immerzu«, stieß sie hervor und kämpfte gegen ihre Tränen.

»Aber ich habe es einfach nicht über mich gebracht. Ich hatte einfach schreckliche Angst vor deiner Reaktion«, gestand sie und fügte dann leise hinzu: »Völlig zu Recht, wie sich jetzt herausstellt.«

»Was hast du denn von mir erwartet? Soll ich mich vielleicht darüber freuen, dass meine Freundin ein gefragtes Escort Girl ist?«

Ich war so wütend, so in Rage und so verletzt. Ich konnte nicht an mich halten. Mein ganzer Schmerz, die Enttäuschung sprudelten an die Oberfläche.

»Eins musst du mir unbedingt noch verraten! Mit wie vielen Männern hast du geschlafen, während du mit mir zusammen warst?«

Audrey hielt meinem Blick stand.

»Mit keinem. Ich habe in der Agentur gekündigt, bevor wir uns richtig nahegekommen sind«, beteuerte sie und stürzte mich mit diesen Worten in ein noch größeres Gefühlschaos als ohnehin schon. Ich wusste nicht, ob ich ihr glauben sollte. Ich wünschte, ich könnte es. Aber mittlerweile stand zu viel zwischen uns.

»Verzeih mir, wenn ich dir das nicht glaube. Möchtest du gar nicht wissen, wer mir dein Geheimnis verraten hat?«

»Dein Stiefvater«, riet Audrey und schaute mich abwartend an.

»Du bist mit deiner Vermutung schon nah dran. Aber leider trifft sie nicht ganz zu.«

Mit verschränkten Armen lief ich in meiner Küche auf und ab, Audrey stand ganz still und rührte sich nicht vom Fleck.

»Zugegeben, mein Stiefvater war maßgeblich daran beteiligt. Aber erzählt hat es mir letztendlich ein anderer.«

Ich blieb stehen, weil ich in Audreys Gesicht sehen wollte, wenn ich ihr den Namen nannte. In mir drin schwellte noch immer die kleine Flamme der Hoffnung, dass Audrey den Mann nicht kannte.

»Irgendeine Idee, deinerseits?«, fragte ich knapp und winkte einen Moment später lässig ab.

»Lass lieber. Wenn du jetzt alle deine Kunden aufzählst, vermute ich, würden wir morgen noch hier stehen. Kürzen wir das Ganze am besten ein bisschen ab und ersparen uns beiden weitere Details. Es war Randy McKinley.«

Audreys Wangen färbten sich knallrot. Der Name war ihr also ein Begriff, und die winzige kleine Flamme in meinem Herzen erlosch. Dann war tatsächlich alles wahr.

Mit jedem Wort, das ich aussprach, wusste ich, wie sehr ich sie verletzte, wie hart ich sie mit meinen Bemerkungen traf. Aber ich konnte auch nicht damit aufhören. Zu viel hatte sich in mir angestaut. Audrey zog es vor zu schweigen, also sprach ich weiter. Ich hatte so viel zu sagen.

»McKinley ist ein ziemlich schmieriger Typ, das ist natürlich nur meine Meinung. Doch keine Sorge, er hat von deinen Vorzügen und Talenten in den höchsten Tönen geschwärmt und ist noch immer fasziniert von deinen Fähigkeiten in der Horizontalen.«

Ich hätte meine Klappe halten sollen. Aber mein loses Mundwerk verselbständigte sich.

»Keine Ahnung, wie du es über dich gebracht hast, mit dem Typen zu schlafen, aber für Geld scheinst du eine Menge in Kauf zu nehmen.«

So musste es sich anfühlen, wenn eine Bombe einschlug. Die ersten Sekunden nach der Detonation herrschte Totenstille, bevor die Hölle losbrach.

Audrey schloss in einer verzweifelten Geste kurz die Augen. Tränen rannen jetzt über ihre Wangen, und ihr Anblick drohte mein Herz zu zerreißen. Ich war zu weit gegangen, viel zu weit. Doch es war zu spät. Jetzt gab es kein Zurück mehr. Einlenken war längst nicht mehr möglich.

Audrey wischte ihre Tränen schnell weg, und ich begriff, das war das Ende zwischen uns.

Sie machte kehrt. Ohne ein Wort zu sagen, ohne eine Erklärung abzugeben, verließ sie die Küche und ging hinaus in den Flur.

Ich folgte ihr, musste es einfach tun, als gäbe es zwischen uns ein unsichtbares Band, eine Anziehung, der ich mich nicht entziehen konnte, sosehr ich es auch versuchte. Ich hielt sie am Arm zurück, und Audrey wirbelte zu mir herum.

»Was willst du denn noch? Hast du noch nicht genug gesagt?«

»Noch nicht einmal annähernd«, gab ich zurück und fügte

dann hinzu: »Nicht, dass ich es gerne zugeben würde, aber eine Ansicht teile ich mit McKinley: Im Bett bist du einfach sensationell.«

Audrey schaute mich aus tränenverschleierten Augen an, und mit meinen nächsten Worten versetzte ich unserer Beziehung, wenn man das, was wir miteinander gehabt hatten, denn so nennen konnte, den Todesstoß.

»Doch was wundere ich mich eigentlich darüber? Du hast schließlich reichlich Übung gehabt. Also, was verlangst du für eine Nacht?«

Audrey riss sich los, und ich hinderte sie nicht daran. In ihrem Gesicht stand die pure Enttäuschung geschrieben. Stattdessen zog ich die Schublade des kleinen Tischchens auf, das in meinem Flur stand, und nahm mein Scheckbuch zur Hand. Schnell überschlug ich im Kopf und kritzelte dann meine errechnete Summe auf den Scheck und riss ihn ab. Ohne zu zögern, hielt ich ihn Audrey unter die Nase. Sie würdigte ihn keines Blickes.

»Nimm schon«, forderte ich ungehalten.

Doch Audrey schüttelte ablehnend den Kopf.

»Ich erkenne dich überhaupt nicht wieder! Das bist doch nicht du!«

Ich schnaubte.

»Woher solltest du schon wissen, wer ich wirklich bin? Nur weil wir zusammen im Bett waren, heißt das nicht, dass du weißt, wie ich bin, wer ich bin und was ich fühle.«

Doch leider hatte sie recht. Ich erkannte mich nämlich gerade selbst nicht wieder.

»Den kannst du dir sonst wo hinstecken«, sagte Audrey und deutete mit einem knappen Nicken auf den Scheck in meiner ausgestreckten Hand.

»Behalte dein Geld. Vielleicht werdet ihr ja glücklich miteinander.«

Dann drehte sie sich um und verließ mein Haus. Ich wusste, es war endgültig. Audrey würde nicht zurückkommen. Nicht nach dem, was ich ihr gerade alles an den Kopf geworfen hatte. Ich sollte mich gut fühlen, weil ich es endlich geschafft hatte, meinem Ärger Luft zu machen. Aber ich fühlte mich weder überlegen, noch verspürte ich Genugtuung.

Im gleichen Moment, als Audrey auf Nimmerwiedersehen durch meine Tür verschwand, fegte ich alles, was auf dem Tisch vor mir stand, zu Boden. Die Verwüstung, die ich damit anrichtete, interessierte mich einen Dreck. Ich wusste, wie es sich anfühlte, wenn einem das Herz aus der Brust gerissen wurde. Aber nichts hatte mich auf den Schmerz vorbereiten können, den mir Audrey mit ihren Lügen zugefügt hatte.

Kapitel 17

Audrey

Ich schaffte es gerade noch, die Tür hinter mir zu schließen, bevor ich endgültig in Tränen ausbrach. Jedes seiner Worte hatte mich hart getroffen. Wie Messerstiche, die direkt ins Herz zielten.

Hektisch stolperte ich die Treppe seines Hauses hinunter, hinaus auf den Bürgersteig. Ich wollte so schnell wie möglich von hier weg. Ziellos rannte ich los, stolperte über meine eigenen Füße, schaffte es gerade, nicht hinzufallen. Tränen verschleierten meinen Blick, langsamer rannte ich dennoch nicht. Es interessierte mich nicht, dass die Menschen mich neugierig musterten. Ich lief einfach weiter, ohne richtig zu wissen, wohin eigentlich.

Den älteren Herrn, der mir entgegenkam, hatte ich nicht kommen sehen. Ich bemerkte ihn erst, als ich gegen ihn prallte.

»Aber, aber, junge Dame. Immer langsam!«, sagte er gutmütig.

Aus verweinten Augen sah ich ihn an und murmelte eine halbherzige Entschuldigung.

Er hatte freundliche Augen und lächelte.

»Keine Sorge, mir ist nichts passiert. Das kann man von Ihnen wohl leider nicht behaupten. Brauchen Sie denn Hilfe?«

Ich schüttelte den Kopf.

»Nein, danke. Ich komme schon zurecht. Entschuldigen Sie bitte noch einmal, dass ich Sie fast umgerannt hätte.«

Dann stolperte ich weiter. Nachdem ich noch ein paar Meter gelaufen war, blieb ich stehen und hielt ein Taxi an. Als eins am Straßenrand hielt, stieg ich erleichtert ein und gab dem Fahrer meine Adresse. Auch er musterte mich beunruhigt. Ich ignorierte seine Blicke, stattdessen schloss ich die Augen, lehnte mich zurück und versuchte nicht an Rob zu denken, während mich der Geruch nach indischem Essen, der im Taxi hing, auf unangenehme Weise einhüllte. Was hatte ich auch erwartet? Tief in meinem Herzen hatte ich gehofft, Rob würde anders auf die Offenbarung meines Geheimnisses reagieren. Diese Hoffnung war jedoch utopisch gewesen. Ich hatte es noch nicht einmal geschafft, etwas auf seine Gemeinheiten zu erwidern. Stattdessen hatte ich einfach nur dagestanden, es über mich ergehen lassen. Ein winziger Teil in mir hatte bis zum Schluss gehofft, er würde mir verzeihen. Wie dumm von mir, darauf zu hoffen. Jemand, der über Wochen, sogar über Monate hinweg belogen wurde, steckt so etwas nicht einfach weg. Schon gar nicht jemand, der so geradlinig war wie Rob. Doch wie konnte ich je vergessen, wie er mich eben behandelt hatte? Schon wieder quollen Tränen hinter meinen geschlossenen Lidern hervor, der einzige Unterschied zu vorhin war, dass ich es mir sparte, sie wegzuwischen. Jetzt war ich wirklich allein. Ja, ich hatte Zoe, Freunde, Bekannte. Doch, ganz ehrlich, die hatten ihr eigenes

Leben und ihre eigenen Probleme, um die sie sich kümmern mussten. Ich wollte nicht zurück in die WG. Kurzentschlossen nannte ich dem Fahrer eine andere Adresse. Er nickte, wendete bei der nächstbesten Gelegenheit und fuhr in die entgegengesetzte Richtung.

Auf wackeligen Beinen stieg ich die Stufen nach oben. Steckte den Schlüssel ins Schloss und stieß die Tür auf. Es fühlte sich seltsam an, allein in Grandmas Haus zu stehen. Langsam machte ich die Tür hinter mir zu, ging hinüber zu ihrer Couch und legte mich hin. Drückte eins ihrer Lieblingskissen an die Brust und machte die Augen zu. Ich war müde, traurig und mit den Nerven völlig am Ende. Ich wusste nicht, was ich als Nächstes tun sollte, wohin ich gehen, was ich aus meinem Leben machen sollte. Das Einzige, was ich wusste, war, dass mir Grandma schrecklich fehlte. Gerade jetzt brauchte ich ihren Rat so dringend. Schwindelei hin oder her, sie hätte gewusst, was zu tun wäre. Dass sie nie mehr hierher zurückkommen würde, riss mir das Herz aus der Brust. Ich wollte schreien, die ganze Welt verfluchen. Doch ich blieb stumm hier liegen, weinte und weinte und hätte am liebsten nie wieder aufgehört.

Lautes Klopfen drang durch den Nebel in meinem Kopf. Ganz langsam kam ich wieder zu mir, öffnete die Augen und blinzelte. Träge schaute ich mich im Zimmer um, und nach und nach fiel mir alles, was ich verdrängen wollte, bevor ich unruhig eingeschlafen war, wieder ein. Rob, der mein Geheimnis herausgefunden hatte, und der hässliche Streit, der darauf gefolgt war. Ich registrierte, wo ich war, und mir wurde flau in der Magengegend. Nichts von alledem war ein schlimmer Traum gewesen. Obwohl ich es doch so sehr gehofft hatte.

Das Klopfen wurde lauter, drängender, und ich hörte Zoe rufen: »Audrey, bist du hier?« Ihre Stimme klang besorgt, und gleich darauf rüttelte sie an der Türklinke.

Ich raffte mich auf und ging zur Tür.

Zoe seufzte erleichtert auf, als sie mich erblickte, und zog mich umgehend in ihre Arme. Unsere Auseinandersetzung hatte sie zum Glück wohl schon wieder vergessen.

»Da bist du ja. Ich habe andauernd versucht dich zu erreichen. Aber dein Handy war abgeschaltet. Verdammt, Audrey, ich habe mir solche Sorgen gemacht. Ich habe ernsthaft mit dem Gedanken gespielt, die Polizei anzurufen«, sprudelte es aus Zoe heraus.

Auf Armeslänge hielt sie mich schließlich von sich und musterte mich eingehend. Über ihr Gesicht huschte ein sorgenvoller Ausdruck. Ich rechnete es Zoe wirklich hoch an, dass sie mich jetzt nicht löcherte und auszuquetschen versuchte.

»Am besten ist, wir bringen dich erst mal nach Hause.«

Ich konnte nur müde nicken. Zoe hielt mich fest, und ich zog die Tür hinter uns zu; gemeinsam liefen wir zu ihrem schicken Agenturauto. Sanft drückte sie mich auf den Beifahrersitz, und ich ließ es einfach geschehen.

Während wir nach Hause fuhren, blickte ich gedankenversunken aus dem Fenster. Häuser und Menschen, Bäume und Autos zogen an uns vorüber. Wir sprachen kein Wort. Zoe fragte mich nichts, und ich musste auch nichts erzählen.

Als ich später an diesem Tag im meinem Zimmer im Bett lag, steckte Zoe den Kopf zur Tür herein.

»Ich habe dir etwas zu essen mitgebracht«, sagte sie und präsentierte mir einen Teller, auf dem ein Sandwich lag.

Über ihre Fürsorge war ich richtig gerührt, aber ich schüttelte ablehnend den Kopf.

»Ich habe überhaupt keinen Hunger«, erwiderte ich.

»Darf ich trotzdem reinkommen?«, fragte Zoe, und ich nickte.

»Natürlich.«

Zoe betrat nun mein Zimmer und stellte den Teller mit dem Sandwich auf meinem Nachttisch ab.

»Vielleicht isst du es später«, schlug sie vor.

Ich nickte lahm.

»Willst du allein sein?«, fragte sie sanft, und ich schüttelte den Kopf.

»Lieber nicht.«

Zoe setzte sich aufs Bett.

»Erzählst du mir, was heute passiert ist?«

»Das weißt du doch schon«, gab ich zurück. Ich schaffte es nicht, die Gemeinheiten zu wiederholen, die mir Rob an den Kopf geworfen hatte.

»Dann kennt er jetzt dein Geheimnis?«

»Ja«, meinte ich tonlos. »Er weiß Bescheid.«

Ich wollte nicht schon wieder weinen. Aber jetzt kamen die Tränen doch wieder hoch. Ohne zu zögern, legte sich Zoe zu mir, kuschelte sich an mich und hielt mich fest. Leise schluchzend lag ich neben ihr, und sie versuchte mich zu trösten.

»Wer hat es Rob gesteckt? Sein Stiefvater? Immerhin hatte er es dir gegenüber angekündigt.«

»Es war Randy McKinley. Die ganze Geschichte kenne ich nicht. Irgendwo sind sich die beiden über den Weg gelaufen, und wie es scheint, hat Robs Stiefvater im Hintergrund die Strippen gezogen. Er wollte schließlich unbedingt, dass Rob die Wahrheit über mich erfuhr. Erinnerst du dich an McKinley?«

Zoe verzog missmutig die Lippen.

»Klar«, sagte sie dann. »Den Typen konnte man echt nur schwer vergessen. Er war ein selbstgefälliger und total arroganter Blödmann. Mir tut es leid, dass Rob es auf diese Weise erfahren musste«, fügte Zoe hinzu.

Ich zuckte mutlos mit den Schultern.

»Irgendwann mussten meine Lügen herauskommen. Es war doch nur eine Frage der Zeit.«

Zoe seufzte leise auf und drückte meine Hand.

»Ich weiß, es ist schwer zu glauben, aber irgendwann wird alles wieder gut werden. Gib dir einfach ein bisschen Zeit.«

Schniefend schüttelte ich erneut den Kopf.

»Du hättest hören sollen, was er zu mir gesagt hat. Es war furchtbar. Er wird mir meine Lügen nie verzeihen«, fügte ich bekräftigend hinzu.

Sanft strich mir Zoe die Haare zurück.

»Nein, er war wütend und enttäuscht. In solchen Momenten sagt man Dinge, die man kurz darauf bereut. Rob geht es da sicher ähnlich.«

»Ich wünschte, es wäre so. Ich fühle mich schrecklich allein«, stieß ich hervor und kämpfte noch immer mit den Tränen. Seit Wochen hatte ich das Gefühl, als wäre ich nur noch damit beschäftigt, gegen meine Tränen und die unendliche Traurigkeit anzukämpfen.

»Du bist doch nicht allein! Du hast immer noch mich, deine chaotische, allerbeste Freundin. Na ja, du kannst versuchen mich loszuwerden. Aber ich sage es dir gleich: Spar dir die Kräfte für wichtigere Dinge auf. Denn es wird dir nicht gelingen, mich in die Flucht zu schlagen.«

Unter mein Weinen mischte sich ein kleines Lachen. Ich tastete abermals nach Zoes Hand, und als ich sie gefunden hatte, drückte ich sie dankbar.

»Du bist wirklich die Beste. Ich wüsste nicht, was ich ohne dich tun sollte.«

»Versuch einfach ein bisschen zu schlafen. Morgen sieht die Welt bestimmt schon wieder besser aus.«

Ich hätte Zoe so gerne geglaubt.

»Bleibst du heute Nacht hier?«, fragte ich.

»Könnte ziemlich eng werden. Aber klar, wenn du willst.«

Ich nickte, und Zoe versuchte es sich halbwegs bequem zu machen. Später war sie eingeschlafen. Ich hingegen lag noch lange wach, lauschte ihren regelmäßigen Atemzügen und dachte unentwegt darüber nach, wie es jetzt weitergehen sollte. Als der Morgen langsam graute, hatte ich noch immer keine Idee, doch ganz langsam döste ich endlich ein.

Rob

»Ist der Platz noch frei?«

Träge schaute ich von meinem Bier auf, das vor mir auf dem abgenutzten Tresen stand, und blickte geradewegs in Johns Gesicht.

Ich holte tief Luft und seufzte laut auf.

»Wenn ich jetzt nein sage, verschwindest du dann?«

John schüttelte den Kopf.

»Nein«, gab er knapp zurück und ließ sich auf den Barhocker neben mir fallen.

»Wie geht's dir?«, fragte er.

Ich führte mein Bier an die Lippen und trank einen kräftigen Schluck.

»Nicht besonders. Also lass die Fragen stecken. Ich habe keine Lust zu reden, und deine Ratschläge kannst du für dich behalten.«

»Du glaubst, es ist besser, sich noch vor dem Mittagessen zu betrinken?«

Johns Blick sprach Bände. Provokativ trank ich noch einen Schluck aus der Flasche.

»Ja, ich finde die Idee tatsächlich ziemlich gut, und wie du siehst, arbeite ich gerade fleißig an der Umsetzung.«

»Komm endlich wieder zu Verstand!«, entgegnete John aufbrausend und fügte hinzu: »Seit knapp einer Woche lässt du dich total gehen. Tauchst nur noch unregelmäßig in der Kanzlei auf, stattdessen hängst du lieber in zwielichtigen Bars rum und besäufst dich. Niemand hat etwas dagegen, wenn du dir eine Auszeit nimmst. Aber du solltest es wirklich nicht übertreiben!«

Frustriert stellte ich die Flasche auf den Tresen.

»Und du hörst besser auf, dich in meine Probleme einzumischen«, riet ich meinem besten Kumpel.

John schnaubte.

»Tja, leider ist das nicht so einfach. Denn du machst deine Probleme zu meinen, zumindest in Bezug auf unsere gemeinsame Zusammenarbeit. Verdammt, Rob, reiß dich zusammen, sonst geht die Kanzlei am Ende noch den Bach runter.«

»Genauso wie mein Privatleben«, gab ich gleichgültig zurück und fügte dann trocken hinzu: »Siehst du, am Ende fügt sich alles zusammen.«

John riss mir die Flasche aus der Hand, als ich sie gerade wieder ansetzen wollte. Spritzer schwappten auf meine Hand und die Theke.

»Sag mal, bist du bescheuert?«, fragte ich laut fluchend und wischte das Bier von meiner Hand.

»Irgendjemand muss dich ja endlich zur Vernunft bringen!«

Ich schnaubte verächtlich.

»Ich sag es dir jetzt noch einmal ganz langsam, schreib es dir besser auf, wenn du es dir nicht merken kannst. Hör auf, dich in meine Angelegenheiten einzumischen und mich permanent zu bevormunden. Ich brauche keinen Babysitter.«

Mir platzte endgültig der Kragen.

John erhob sich wütend.

»Wenn du dich wie ein Erwachsener verhalten würdest, müsste ich mich in deiner Gegenwart nicht wie Mary Poppins aufführen. Langsam habe ich es satt, ständig für dich die Kohlen aus dem Feuer zu holen.«

»Du tust was?«, fragte ich ungläubig. »Ich glaube, ich habe mich gerade verhört! Ohne mich gäbe es die Kanzlei gar nicht.«

Johns Augenbrauen zuckten nach oben.

»Die Tricks, dich aus der Reserve zu locken, habe ich immer noch drauf. Ich wollte nur sichergehen, dass du noch Interesse an unserer Kanzlei hast. Ich weiß, es geht dir nicht gut. Aber so geht das nicht weiter.«

Mit zusammengepressten Lippen starrte ich John fuchsteufelswild an. Der Kerl schaffte es aber auch immer wieder, mich auf die Palme zu bringen.

»Ich bin dein bester Freund, und ich kann nicht mit ansehen, wie du jetzt alles, was dir wichtig ist, kaputtmachst«, sagte John eindringlich.

Wir schwiegen einen Moment, und ich dachte über Johns Worte nach, während ich die Flaschenränder auf dem alten Tresen betrachtete, als läge darin die Lösung all meiner Probleme.

»Wie hast du mich überhaupt gefunden?«, fragte ich lahm.

John zuckte mit den Schultern.

»So schwer war das gar nicht. Ich habe lediglich die Bars in der Nähe abgeklappert. Und tatsächlich, in der achten Spelunke finde ich dich.«

»Und jetzt solltest du mich wieder in Ruhe lassen!«

John schüttelte den Kopf.

»Das kann ich leider nicht. Ich weiß, die Geschichte mit Audrey hat dir zugesetzt. Die Kleine hat dir das Herz gebrochen, und du bist in sie verschossen. Aber denk doch mal nach! Ist sie es wirklich wert, dass du jetzt dein ganzes Leben in Frage stellst und schlimmstenfalls deine Zukunft wegwirfst?«

In einem schwachen Moment hatte ich John alles erzählt. Die ganze Geschichte, die ganzen Lügen und von dem verheerenden Streit mit Audrey. Aber jetzt wollte ich nicht mehr darüber reden, sondern lieber meine Probleme in der Flasche ertränken.

Nur mit viel Mühe konnte ich meine Wut über sein Gequatsche im Zaum halten. Es täte ihm gut, sich nicht in Dinge einzumischen, die er nicht verstand und von denen er nicht die leiseste Ahnung hatte.

»Verschon mich mit deinen Ansichten. Die hast du schon zur Genüge kundgetan. Du kannst das nicht verstehen.

Dumme Sprüche klopfen kann jeder. Du weißt nicht, wie es sich anfühlt, auf diese Weise ausgenutzt und hintergangen zu werden.«

John schluckte, und ich rechnete es ihm wirklich hoch an, dass er zumindest vorgab, einen Augenblick über meine Sicht der Dinge nachzudenken. Dann machte er den Mund auf, aber bevor er etwas sagen konnte, fiel ich ihm ins Wort, und er klappte ihn unverrichteter Dinge wieder zu: »Nehmen wir einfach mal an, deine Freundin hätte das abgezogen, was Audrey getan hat. Wie würdest du dann reagieren?«

Ich hätte John jetzt ein dämliches Grinsen zugetraut. Doch zu meinem größten Erstaunen blieb seine Miene ernst.

»Sollte ich jemals die Frau meines Lebens kennenlernen, dann würde sie mir alles bedeuten, und ich würde alles für sie tun, ohne Wenn und Aber.«

Ich verdrehte die Augen, und jetzt huschte doch ein kurzes Lächeln über sein Gesicht.

»Hört sich abgedroschen an, ich weiß.«

»Mehr als das!«

»Lässt du mich jetzt trotzdem ausreden?«, gab John angriffslustig zurück, und ich bedeutete ihm mit einem knappen Nicken, weiterzusprechen.

»Ich hoffe, ich komme niemals in so eine Situation wie du. Aber letztendlich würde ich wohl meinen Stolz runterschlucken und ihr alles verzeihen. Denn sie wäre die Liebe meines Lebens. Und Menschen machen nun mal Fehler, und wenn es sich lohnt, sollte man sie verzeihen können. Wenn du Audrey wirklich so sehr liebst, wie du sagst, dann würdest du dasselbe tun.«

Ich schüttelte den Kopf, weil ich das einfach nicht konnte. »Ist leichter gesagt als getan. Kannst du dir die dämlichen

Kommentare vorstellen, die ich überall zu hören bekommen würde, sobald einer meiner Bekannten oder Firmenkunden von Audreys Vergangenheit Wind bekommt?«

John schnaubte abfällig.

»Seit wann interessiert es dich, was andere über dich denken? Außerdem würden deine Freunde niemals blöde Sprüche klopfen und die, die es doch tun, kannst du getrost links liegenlassen, denn das sind keine echten Freunde. Audrey ist die Frau für dich, alles andere sollte dir völlig egal sein.«

Ich schüttelte langsam den Kopf.

»Sie ist nicht die Frau für mich. Jeder, der genügend Geld hat, kann sie haben.«

»Verzeih meine Wortwahl, aber hör endlich auf, diesen Blödsinn zu reden. Sie hat dir doch gesagt, dass sie gekündigt hat, bevor richtig etwas zwischen euch gelaufen ist.«

Verständnislos schaute ich ihn an.

»Und das soll es jetzt besser machen?«, fragte ich ungläubig.

John zuckte lässig mit den Schultern.

»Klar macht es das besser. Schließlich hat jeder seine Geheimnisse. Du läufst auch nicht herum und erzählst sie jedem. Also erwarte das auch nicht von deinen Freunden.«

»Ich war von Anfang an ehrlich zu ihr. Ich habe ihr sogar von Gwen und unserem Baby erzählt. Ich habe ihr alles gesagt.«

Die Enttäuschung lastete noch immer tonnenschwer auf mir.

»Für Audrey und mich gibt es kein Zurück mehr. Es ist aus und vorbei. Nach allem, was sie getan hat, nach allem, was ich gesagt habe, kann es keine Versöhnung geben.«

»Damit könntest du tatsächlich recht haben, aber nur, weil du dich momentan saublöd anstellst. Nichts für ungut, mein Freund, aber irgendwer muss dich endlich mal in die Schranken weisen und dir ordentlich den Kopf waschen.«

»Und wer käme da besser in Frage als du?«, meinte ich sarkastisch und entlockte John abermals ein Lächeln.

»Wer wohl?«, gab er belustigt zurück. »Du bekommst noch einen Tipp von mir. Seit der Enttäuschung mit Gwen war Audrey die erste Frau, die dich wieder richtig glücklich gemacht hat. Also beantworte dir zwei Fragen: Wie sehr liebst du Audrey wirklich? Und kannst du dir ein Leben ohne sie vorstellen?«

John schwieg, und als ich nicht antwortete, fügte er sicherheitshalber hinzu: »Steh zu ihr und zu ihrer Vergangenheit. Völlig egal, was sie getan hat. Das alles war vor eurer gemeinsamen Zeit.«

Aus Johns Mund klang das alles so schrecklich einfach. Leider hatten seine Worte mit der Realität nur wenig gemein.

Mit verkniffener Miene wandte ich mich wieder der Bar zu. Ich musste nachdenken.

John schien meine Körpersprache tatsächlich richtig zu deuten.

»Ich verschwinde dann mal«, sagte er und stand auf.

»Und du solltest ebenfalls nach Hause gehen«, legte er mir eindringlich ans Herz und verabschiedete sich, indem er mir lässig auf die Schulter klopfte. Dann verschwand er aus der stickigen, dunklen Bar, und ich blieb am Tresen sitzen und bestellte mir noch ein Bier. Es wurmte mich, doch er hatte es tatsächlich geschafft, meine Ansichten in Frage zu stellen.

Noch bevor das Taxi am Bordstein vor meinem Haus hielt, erspähte ich Zoes blonden Haarschopf. Ausgerechnet heute musste sie hier auftauchen.

Am liebsten hätte ich den Fahrer angewiesen weiterzufahren. Doch an der entschlossenen Mimik, die Zoe zur Schau trug, war sogar für mich zu erkennen, dass ich diesem unangenehmen Gespräch nicht dauerhaft entgehen konnte. Also war es besser, mich ihr gleich zu stellen.

Bevor ich ausstieg, steckte ich dem Fahrer noch die Pfundnoten zu. Dann war ich bereit, mir meine Abreibung abzuholen. Energisch strebte ich auf die Stufen meines Hauses zu.

»Du hast mir gerade noch gefehlt«, motzte ich und ging schnurstracks an ihr vorbei. Angriff war schließlich immer noch die beste Verteidigung. Und wenn Audrey ihr nur einen Bruchteil von dem erzählt hatte, was ich ihr an den Kopf geworfen hatte, wartete jetzt eine ordentliche Standpauke auf mich.

Mit verkniffener Miene erhob Zoe sich von ihrem Platz auf der Treppe und machte Anstalten, mir ins Haus zu folgen. Abrupt hielt ich inne und wollte ihr die Tür vor der Nase zuschlagen. Irgendwie hatte ich doch noch gehofft, die Auseinandersetzung mit Zoe auf unbestimmte Zeit vertagen zu können. Aber Fehlanzeige. Bevor ich die Tür schließen konnte, stand sie schon mit einem Fuß in meinem Haus.

»Ich kann mich nicht erinnern, dich hereingebeten zu haben«, maulte ich.

Doch Zoe ließ sich durch meine abweisende Haltung nicht abschrecken, stattdessen drängte sie nun hinein, und wäre ich nicht zur Seite gegangen, hätte sie mich vielleicht sogar geschubst.

»Was stimmt eigentlich nicht mit dir?«, fragte ich schroff

und knallte die Tür schließlich hinter meinem ungebetenen Gast zu.

»Das sollte ich wohl lieber dich fragen«, gab sie angriffslustig zurück und verschränkte die Arme vor der Brust.

Seufzend ergab ich mich in mein Schicksal.

»Na los, jetzt sag schon, was du unbedingt loswerden willst. Ich habe nicht den ganzen Tag Zeit.«

Zoe fixierte mich mit zusammengekniffenen Augen.

»Du bist ein totaler Idiot«, haute sie mir um die Ohren, und ich staunte nicht schlecht über ihre Offenheit. Sie nahm tatsächlich kein Blatt vor den Mund.

»War es das, oder hast du noch mehr zu sagen?«

Zoe lachte zynisch auf.

»Ich bin noch lange nicht fertig mit dir.«

Innerlich wappnete ich mich gegen den nächsten verbalen Schlag, den sie zweifellos gleich austeilen würde.

»Hast du überhaupt darüber nachgedacht, was du Audrey mit deinen Worten angetan hast? Sie ist fix und fertig!«

Mein schlechtes Gewissen meldete sich schlagartig zurück. Klar wollte ich wissen, wie es Audrey ging, aber ich schaltete auf stur.

»Was sie mir mit ihren Lügen angetan hat, interessiert doch auch niemanden«, gab ich hart zurück.

»Kratzt die Tatsache, dass Audrey als Escort Girl gejobbt hat, tatsächlich so sehr an deinem männlichen Stolz?«

Ich schnaubte verächtlich.

»Soll das ein Witz sein, oder glaubst du das wirklich?«

Langsam schüttelte ich den Kopf. »Natürlich freue ich mich nicht darüber, dass meine Freundin ein Escort Girl war, aber das ist nicht das, was mich so unendlich wütend macht. Nein, ich bin enttäuscht darüber, dass sie mir nicht die Wahrheit gesagt hat, sondern es vorzog, mir über Wochen hinweg ins Gesicht zu lügen.«

»Audrey hatte ihre Gründe!«

»Und welche sollen das sein?«

Zoe zögerte, und für einen kurzen Moment glaubte ich, sie würde mich tatsächlich endlich ins Bild setzen. Fehlanzeige. Sie zog eine Ausrede der Wahrheit vor.

»Diese Frage sollte dir Audrey beantworten.«

Sie schwieg abermals, und ich dachte, sie würde noch mehr sagen, doch stattdessen machte sie kehrt und steuerte die Tür an. Mit der Hand auf der Klinke hielt sie inne, blickte zu mir zurück.

»Audrey liebt dich. Und es war nie ihre Absicht, dich zu verletzen. Ganz im Gegenteil.«

»Ja, klar«, sagte ich völlig frustriert.

Zoe zuckte die Schultern.

»Wie du dich jetzt verhältst und was du tust, liegt ganz bei dir, aber ich bin mir sicher, du liebst sie auch noch. Jeden verdammten Tag hast du vor unserer Tür gestanden, wie du dich vielleicht erinnerst. So etwas endet nicht einfach so. Denk mal darüber nach.«

Mit diesen Worten öffnete sie die Tür und ging.

*

Tief in meinem Inneren hatte ich gehofft, dass es mit der Zeit leichter werden würde. Aber ich täuschte mich. Während ein heißer Londoner Sommer in einen milden Herbst überging, ebbten meine Gefühle für Audrey, anders als erhofft, nicht ab.

Ganz im Gegenteil, mit jedem Tag vermisste ich Audrey ein bisschen mehr. Ich dachte immerzu an sie, egal, womit ich gerade beschäftigt war, Audrey spukte andauernd durch meinen Kopf. Sie fehlte mir, ihre Verrücktheit, ihr Lachen, ihre Berührungen, mir fehlte einfach alles. Seitdem sie weg war, fühlte ich mich nur noch wie ein halber Mensch.

Sogar Franklyn schien Audrey zu vermissen. Jedes Mal, wenn es an der Tür läutete, lief er mit wedelndem Schwanz hin, um nachzusehen, wer der Besucher war. Und jedes Mal gab er ein Seufzen von sich, als er wieder einmal enttäuscht wurde, ließ den Kopf hängen und trottete zurück zu seiner Hundedecke. Die Stille des Hauses, die ich, bevor ich Audrey so nahegekommen war, als wohltuend empfunden hatte, fühlte sich nun, da sie gegangen war, nur noch bedrückend an. Dennoch versuchte ich mein Leben weiterzuleben.

Nach mehreren Wochen erkundigte sich John nicht mehr nach meinem Befinden. Meine Antwort lautete immer gleich, ein gemurmeltes »Geht so«. Ich stürzte mich in die Arbeit und blendete alles andere aus und hoffte, am Ende Audrey doch noch vergessen zu können.

An einem kühlen Herbstabend wurde ich allerdings eines Besseren belehrt. Denn das Schicksal wandte sich gegen mich. John und ich waren gerade auf der Firmenparty unseres aktuellen Auftraggebers angekommen, als ich ihr begegnete.

Audrey tauchte wie aus dem Nichts vor mir auf. Sie war noch schöner, als ich sie in Erinnerung hatte. Tausend Dinge lagen mir auf der Zunge, aber ich brachte den Mund einfach nicht auf, um etwas zu sagen. Stattdessen starrten wir uns sekundenlang nur an, und für mich fühlte sich dieses unerwartete Wiedersehen an, als würde ich nach einem endlos langen Winter zum ersten Mal wieder die Sonne zu Gesicht bekommen.

Kapitel 18

Audrey

Wie angewurzelt blieb ich stehen und blickte in Robs überraschtes Gesicht. Mit großen Augen sah er mich an, und mein Herz vollführte vor Freude einen Sprung. Doch dann gesellte sich noch ein anderes Gefühl dazu, Panik. Wie würde er reagieren? Es fühlte sich an, als wäre eine Ewigkeit vergangen, seit wir uns das letzte Mal gesehen hatten. Doch dann bemerkte ich den Schatten, der über sein Gesicht huschte, und seine Miene verfinsterte sich. Mit Argusaugen musterte er meine Begleitung. Harry, der neben mir stand, die Hände tief in den Taschen seiner beigen Chinos vergraben, und gelassen dreinblickte.

Die Stille zwischen uns fühlte sich seltsam an, ich setzte an, den Mund aufzumachen und die beiden vorzustellen. Doch Harry kam mir zuvor. Er lächelte, ließ seine weißen Zähne aufblitzen und streckte Rob völlig relaxed die Hand entgegen.

»Hey, ich bin Harry Clarkson.«

»Rob Masters«, entgegnete er knapp.

Angespannte Stille senkte sich erneut über uns, und ich trat unbehaglich von einem Fuß auf den anderen.

Harry schaute uns beide mit hochgezogenen Brauen an.

»Ihr kennt euch bereits?«, fragte er, und eine Spur Neugierde schwang in seiner Stimme mit.

Ich wurde rot, als ich Robs intensive Blicke auf mir spürte. Am liebsten hätte ich sofort das Weite gesucht.

»Ja, das kann man so sagen. Von früher«, murmelte ich und wäre am liebsten im Boden versunken.

Robs Blick blieb erneut an Harry hängen, und ich wusste genau, was er dachte. Es stand ihm ins Gesicht geschrieben.

»Okay«, meinte Harry gedehnt und fügte dann hinzu: »Ich hole mir mal was zu trinken, bin gleich wieder da. Möchtest du auch etwas?«

Ich schüttelte den Kopf, und Harry beugte sich zu mir, um mir einen kleinen Kuss auf die Wange zu drücken.

»Du findest mich am Buffet«, meinte er leicht grinsend.

»Wir sehen uns bestimmt noch«, sagte er an Rob gewandt, der die Szenerie mit steinerner Miene beobachtete.

Rob nickte knapp, brachte aber ansonsten kein Wort über die Lippen.

Mit einem mulmigen Gefühl in der Magengegend blickte ich Harry nach, der schließlich von dannen zog und sich unter die anwesenden Partygäste mischte.

Schweigend betrachtete mich Rob.

»Dann bist du beruflich hier?«, fragte er zögernd, und das flaue Gefühl in meiner Magengegend wurde schlimmer. Würde er mir jetzt vor allen Anwesenden wieder Beschimpfungen um die Ohren hauen? Mir wurde richtig schlecht, wenn ich daran dachte, und ich hätte mich am liebsten in Luft aufgelöst. Innerlich zitterte ich vor Aufregung, als ich den Kopf schüttelte. Doch bevor ich etwas auf seine Frage erwidern konnte, fiel mir Rob ins Wort.

»Tut mir leid, das hätte ich wohl besser nicht fragen sollen. Schließlich geht mich das überhaupt nichts an.«

Nachdenklich senkte er den Blick, schaute für ein paar Sekunden seine schwarzen Anzugschuhe an, bevor er mich wieder musterte.

»Also, ich verschwinde jetzt. Wir laufen uns heute Abend sicher noch einmal über den Weg.«

Rob machte kehrt, bevor ich die Chance bekam, ihm zu erklären, wer Harry eigentlich war. Mit hämmerndem Herzen schaute ich ihm nach. Sah zu, wie er sich zu John gesellte.

An diesem Abend versuchte ich noch mehrmals in Robs Nähe zu kommen. Aber er ging mir erfolgreich aus dem Weg. So hatte ich keinerlei Chance, ihm zu sagen, dass ich Harry schon sehr lange kannte, aber nicht, weil er ein ehemaliger Kunde war, sondern Zoes Cousin.

Rob

Im Moment unseres Wiedersehens hatte ich mir fest vorgenommen, professionell zu bleiben. Audrey als eine Bekannte zu betrachten und sie dementsprechend zu behandeln. Aber allein ihr Anblick hatte mein Vorhaben ins Wanken gebracht. Die Gefühle, von denen ich so sehr gehofft hätte, sie wären vorbei, waren mit voller Wucht wieder in mir aufgeflammt. Alles, was wir zusammen erlebt hatten, kam mir in den Sinn und alles, was schiefgelaufen war, ebenfalls. Aber ich musste mir auch eingestehen, dass ich Audrey noch immer liebte. Im Nachhinein fragte ich mich, wie ich es überhaupt geschafft hatte, die letzten Wochen ohne sie zu überstehen. Meine Aussage bezüglich ihres Date war ein Schlag unter die Gürtellinie gewesen, das musste ich zugeben. Aber sie mit einem Typen zu sehen, der sie für das alles bezahlte, erzeugte Übelkeit in mir. Ich hätte ihn am liebsten gewürgt.

Krampfhaft versuchte ich danach am Partygeschehen teilzunehmen, mich zu amüsieren, mich zu unterhalten, doch mein Blick suchte immerzu den Raum nach ihr ab, und jedes Mal, wenn ich sie endlich gefunden hatte, fühlte es sich an, als würde mir jemand aufs Neue das Herz aus der Brust reißen.

Dieser Harry ging voll auf Tuchfühlung, ich konnte es kaum ertragen, die beiden zusammen zu sehen. Aber ich schaffte es auch nicht, den Blick abzuwenden.

Die ganze Zeit nagte die Eifersucht an mir, und ich fragte mich, wer er war. Es war bereits weit nach Mitternacht, als sich immer mehr Gäste verabschiedeten, um nach Hause zu gehen. Auch ich sollte mich langsam vom Acker machen. John amüsierte sich noch immer großartig, und so wie es den Anschein hatte, würde er heute Nacht unter Garantie nicht allein nach Hause fahren.

Ich verabschiedete mich kurz von ihm, dann machte ich mich auf den Weg. Als ich ging, schwebte Audrey gerade in den Armen dieses Glückspilzes über das Parkett. Sie lächelte, und zwischen den beiden herrschte eine unbestreitbare Vertrautheit. Mir wurde das Herz schwer, als ich begriff, dass er vielleicht doch kein Kunde war, sondern ihr Freund, und sie einfach nur glücklich war.

Langsam stieg ich die Stufen meines Hauses hinauf und schloss die Tür auf. Ich trat ein und ließ die Tür leise hinter mir ins Schloss fallen. In der Dunkelheit blieb ich stehen. Bedrückende Stille umgab mich. Das Alleinsein fühlte sich heute Nacht schlimmer an als in jeder anderen zuvor. Leise seufzend warf ich meine Schlüssel auf das Sideboard. Das Geräusch, als der Schlüssel aufs Holz schlug, war in der Stille fast schon ohrenbetäubend laut. Langsam ging ich nach oben, ich brauchte jetzt eine Dusche und eine ordentliche Portion Schlaf. Fragte sich nur, ob ich den tatsächlich bekommen würde, oder ob mich die Gedanken an Audrey plagten und mich wieder einmal die halbe Nacht nicht schlafen ließen.

Tatsächlich fühlte ich mich wie gerädert, als ich am nächsten Morgen die Augen aufschlug, und ich war mir nicht sicher, ob ich tatsächlich geschlafen hatte. Zumindest fühlte es sich an, als hätte ich die ganze Nacht wach gelegen, während mir völlig verrückte und total abgedrehte Szenarien durch den Kopf jagten und mich wach gehalten hatten.

Am liebsten wäre ich heute Morgen überhaupt nicht aufgestanden, aber es nützte alles nichts. Ich konnte es mir nicht leisten, in der Kanzlei durch Abwesenheit zu glänzen.

Seufzend schwang ich die Beine aus dem Bett, öffnete die Jalousien, und Franklyn hob mit zusammengekniffenen Augen den Kopf.

»Ja, Zeit aufzustehen, mein Junge«, flüsterte ich, kniete mich hin und streichelte das weiche Fell.

Als ich später an diesem Morgen in der Kanzlei ankam, lief mir als Erstes John über den Weg. Ich konnte mir ein Lachen nicht verkneifen.

»Du siehst ziemlich mitgenommen aus«, meinte ich vielsagend. »Lass mich raten, du hast letzte Nacht nicht viel Schlaf bekommen.«

John grinste anzüglich.

»Du hast vollkommen recht«, gab er mit blitzenden Augen zu. Dann musterte er mich genauer.

»Das Kompliment gebe ich übrigens zurück. Hast du dich denn heute Morgen mal im Spiegel angesehen? Du siehst nicht viel besser aus als ich.«

Mein Lächeln verschwand augenblicklich.

»Deine Schlaflosigkeit hat wohl andere Gründe, nehme ich an«, bemerkte John ganz richtig.

Er steuerte sein Büro an, und ich folgte ihm kurzerhand.

Langsam schloss ich die Tür hinter uns.

»Mir ist nicht entgangen, wie du Audrey gestern Abend angesehen hast.«

Ich reagierte nicht auf seine Anspielung, stattdessen gab ich vor, uninteressiert zu sein und versuchte beiläufig zu fragen: »Hast du eine Ahnung, wer der Typ war, mit dem Audrey gestern auf dieser Party aufgetaucht ist?«

John beäugte mich eingehend. Mit gerunzelter Stirn sah er mich an, und ich wusste, er hatte mein fadenscheiniges Ablenkungsmanöver längst durchschaut. Ich konnte ihm einfach nichts vormachen.

Langsam schüttelte er den Kopf.

»Nein, ich habe keine Ahnung. Aber wenn du willst, kann ich es für dich in Erfahrung bringen.«

Ich dachte kurz über sein Angebot nach, dann verneinte ich. Wahrscheinlich wollte ich es gar nicht wissen.

»Lass es gut sein. Im Grunde geht es mich auch gar nichts an. Ich mache mich jetzt lieber endlich an die Arbeit.«

John nickte langsam und machte den Eindruck, als haderte er mit sich, ob er noch mehr sagen sollte.

Ich nahm ihm die Entscheidung ab, indem ich seine Bürotür ansteuerte.

Doch bevor ich sie öffnen und hinausgehen konnte, hielt mich John zurück.

»Ich erinnere mich sehr genau, dass du mich darum gebeten hast, mich nicht einzumischen. Aber du bist mein bester Kumpel, und in Zurückhaltung war ich noch niemals gut. Also muss ich es jetzt einfach loswerden.«

Langsam drehte ich mich zu John um.

»Na dann mal raus mit der Sprache. Was willst du mir nun damit sagen?«

John druckste ein bisschen herum, dann sagte er mit fester Stimme: »Du schaffst es nicht, sie zu vergessen. Ich habe es gestern gesehen, und ich bemerke es heute. Du heuchelst Desinteresse, obwohl dich die Neugier fast auffrisst. Du kannst es abstreiten, aber mir machst du nichts vor. Du liebst Audrey noch immer. Fragt sich nur, wie lange du noch durchhältst, bevor du es dir selbst eingestehst.«

Nachdenklich blickte ich John an.

»Entschuldige, aber das ganze Gerede von der Liebe passt so gar nicht zu dir. Also wer bist du, und wo ist mein bester Kumpel?«

John verkniff sich ein Lächeln.

»Hör damit auf, es ins Lächerliche zu ziehen. Ich nehme dir diese Gleichgültigkeit nicht ab. Mir brauchst du nichts vorzumachen. Dafür kennen wir uns zu lange. Denk einfach darüber nach, was ich gerade gesagt habe, und noch ein letzter Tipp von mir. Dann werde ich nicht wieder davon anfangen, versprochen. Schließ es ab, oder entschuldige dich bei Audrey, weil du dich wie ein Idiot aufgeführt hast.«

»Du warst immer ehrlich.«

John lächelte und zog dann sein Handy aus der Hosentasche.

»So bin ich. Und jetzt entschuldige mich, dein Privatleben ist zwar sehr spannend, aber ich sollte mein eigenes nicht aus den Augen verlieren. Ich muss telefonieren.«

Ein eindeutiger Wink mit dem Zaunpfahl.

»Gib es etwas, das ich wissen sollte?«, hakte ich nach.

John zögerte kurz.

»Im Moment noch nicht. Bevor du in meinen Angelegenheiten rumschnüffelst, kümmere dich erst einmal um deine eigenen«, meinte er, bis über beide Ohren grinsend.

Abwehrend hob ich beide Hände und lächelte ebenfalls.

»Das sagt ja der Richtige. Aber schon gut, schon gut. Ich bin weg.«

Ich ließ John allein. Als ich die Tür hinter mir zuzog, hielt er bereits sein Handy ans Ohr.

Völlig in Gedanken versunken, ging ich den Gang hinunter in Richtung meines Büros. Johns Worte ließen mich nicht los. Sie wirbelten durch meinen Kopf und machten mich ziemlich verrückt.

Energisch schloss ich die Tür hinter mir, blieb dann aber unschlüssig in meinem Büro stehen. Ich dachte an Audrey, an den gestrigen Abend, an diesen Harry und an ihr glückliches Lächeln, das immerzu ihr Gesicht geziert hatte. Der Gedanke, zwischen den beiden könnte mehr laufen, kratzte ziemlich an meinen Nerven. Ich war schrecklich eifersüchtig.

Kopfschüttelnd trat ich ans Fenster und blickte auf die Stadt hinaus. Ich musste endlich etwas unternehmen, sonst lief ich ernstlich Gefahr, überzuschnappen. Als ich an diesem kühlen Nachmittag in meinem Büro stand, dachte ich über mein Leben nach. Ich grübelte über meine Vergangenheit und machte mir ernstlich Gedanken über meine Zukunft.

Nicht, dass ich es mir gerne eingestand, aber leider befürchtete ich, John könnte am Ende recht haben.

Denn gestern Abend war mir etwas klargeworden, es gab nur eine Sache, die sich schlimmer anfühlte, als Audrey überhaupt nicht zu sehen. Nämlich, sie in den Armen eines anderen Mannes zu sehen. Denn ich wollte der Einzige sein, der sie berührte, der sie zum Lächeln brachte und der es schaffte, sie richtig glücklich zu machen. Es war an der Zeit, etwas zu unternehmen.

Audrey

Unschlüssig und völlig überrascht starrte ich auf die Rosenbouquets, die vor uns auf dem Tisch standen, und zwar auf dem ganzen Tisch.

Zoe schüttelte ratlos den Kopf. Sie räusperte sich, bevor sie den Mund aufmachte und endlich zu reden begann.

»Ich bin gerade nach Hause gekommen, als der Lieferant vor unserer Tür stand. Und dann habe ich ihn reingelassen.«

»Hat er noch irgendetwas gesagt?«, fragte ich und heuchelte Desinteresse und gab dabei wahrscheinlich eine schwache Vorstellung ab. Doch Zoe schien davon gar nichts mitzubekommen. Denn sie schüttelte abermals langsam den Kopf, während sie noch immer dieses Blumenmeer anschaute.

»Mal abgesehen davon, dass die Rosen ausdrücklich nur für dich bestimmt sind, nein, mehr hat der Lieferant nicht gesagt.«

»Was glaubst du, wer die Blumen geschickt hat?«, fragte ich leise, und mein Herzschlag beschleunigte sich.

Zoe eiste ihren Blick von den Blumen los und schaute mich an. Sie lächelte aufmunternd.

»Ehrlich gesagt, hoffe ich, dass sie von Rob sind. Langsam halte ich es nämlich nicht mehr aus, dich todunglücklich durch unsere Wohnung schleichen zu sehen.«

Schnell richtete ich meinen Blick wieder nach vorne zu den Blumen und verschränkte die Arme vor der Brust. Sie konnten nicht von Rob sein. Nach dem, wie wir uns getrennt hatten, würde er mir sicher keine Rosen schicken. Seitdem waren Wochen vergangen. Und doch gab es diesen winzigen kleinen Funken Hoffnung, der anfing in meinem Inneren zu glimmen. Denn unsere letzte Begegnung war noch nicht sehr lange her.

»Wer sollte mir schon Blumen schicken? Und von Rob sind die nie und nimmer«, holte ich mich lieber schnell wieder auf den Boden der Tatsachen zurück. Daran sollte ich noch nicht einmal denken. Rob war weg, ich hatte ihn für immer verloren. Es hatte einfach keinen Sinn, sich an diese dumme Hoffnung zu klammern, wir könnten wie durch ein Wunder wieder zusammenkommen.

»Tatsache ist aber nun mal, dass dir jemand 137 Rosen geschickt hat. Die werden sich ja wohl nicht von selbst bestellt haben.«

Mit hochgezogenen Brauen starrte ich Zoe an, und sie sah mindestens genauso ratlos aus.

»Was sagst du da? 137?«

Zoe nickte bekräftigend.

»Verrückte Zahl, oder? Ich habe sie nur aus reiner Neugierde gezählt, ehrlich. Aber ich habe es zweimal getan, also ja, es sind 137 wunderschöne rote Rosen.«

»Was hat das zu bedeuten?«, fragte ich in die entstandene Stille hinein.

»Keine Ahnung«, gab Zoe zurück.

Erneut breitete sich zwischen uns Schweigen aus. Als mein Handy plötzlich klingelte, zuckten wir beide erschrocken zusammen, und so schnell ich konnte, zog ich es mit fahrigen Fingern aus meiner Tasche.

Mit Herzklopfen blickte ich aufs Display. Als ich Robs Namen las, erschrak ich.

»Es ist Rob«, stieß ich hervor, und Zoe schaute mich aus großen Augen an.

»Nicht dein Ernst!«, gab sie aufgeregt zurück.

Ich konnte noch nicht einmal nicken, stattdessen hielt ich ihr nur das Telefon hin, und Zoe konnte sich selbst davon überzeugen.

»Geh ran«, drängte sie und hüpfte neben mir aufgeregt auf und ab.

»Ich kann aber nicht«, gab ich mindestens genauso aufgeregt zurück, während das Handy in meiner Hand nicht aufhören wollte zu klingeln. Ich war nicht gerade scharf auf eine weitere Konfrontation mit Rob.

»Audrey, jetzt hör schon auf, dich so albern anzustellen. Rob will eindeutig mit dir sprechen: die Rosen, jetzt der Anruf. Sei doch nicht dumm und rede endlich mit ihm! So kann es schließlich nicht weitergehen.«

Ich warf Zoe einen Blick zu, der eindeutig besagte, sie sollte lieber ihre vorlaute Klappe halten.

Zoe ignorierte mich völlig, stattdessen stieß sie mir grinsend ihren Ellenbogen in die Seite, und ihre Lippen formten die Worte »Mach schon«.

Genervt rollte ich mit den Augen, Rob und Zoe waren beide extrem hartnäckig.

Doch schließlich beugte ich mich den Ratschlägen meiner

besten Freundin und nahm mit flatterndem Herzen Robs Anruf entgegen.

»Hey, warum rufst du an?«, fragte ich mit krächzender Stimme und versuchte mich betont locker zu geben, obwohl ich gerade kurz davor war, vor Aufregung zu kollabieren.

Robs Stimme klang furchtbar ernst, als er endlich zu sprechen begann.

»Hey. Ich wollte dich etwas fragen. Ich weiß, es ist viel verlangt, aber könnten wir uns treffen? Ich muss dir ganz dringend etwas sagen.«

Mit klopfendem Herzen lauschte ich seinen Worten. Aber mehr sagte er vorerst nicht. Nur diese Bitte. Ich überlegte. Sollte ich tatsächlich zusagen? Alles schoss mir durch den Kopf. Unser Streit, das erste Wiedersehen nach Wochen, und dann war da noch das drängende Gefühl, Rob zu sehen. Wie hätte ich seine Bitte ablehnen können? Schließlich gab ich zögerlich zurück: »Okay. Wo wollen wir uns denn treffen?«

Ich hörte Rob am anderen Ende der Leitung erleichtert aufatmen.

»Ich bin gerade zu Hause. Würdest du auch zu mir kommen?«, fragte er.

Ich war so nervös, dass ich kaum noch klar denken konnte.

»Gut, dann treffen wir uns bei dir. Und wann?«, antwortete ich und hielt mich an einem Stuhl fest, weil ich fürchtete vor Nervosität umzukippen.

»Am besten, du kommst so schnell du kannst«, erwiderte er aufgeregt. Nach einer kurzen Pause fügte er hinzu: »Ich freue mich auf dich. Bis dann.«

Dann legte er auf, und ich ließ ganz langsam das Handy sinken, während ich versuchte meine Gedanken zu ordnen. Ich bereute eigentlich schon, dass ich zu schnell nachgegeben hatte. Wäre es nicht klüger gewesen, ihn etwas länger zappeln zu lassen?

»Was hat er denn nun gesagt?«, verlangte Zoe zu erfahren und fügte dann aufgeregt hinzu: »Hör auf, mich länger hinzuhalten.«

Seufzend schüttelte ich den Kopf, dann gab ich zu: »Er hat mich gebeten zu ihm zu kommen. Du hast gehört, was ich geantwortet habe.«

Zoe nickte und sah mich fragend an.

»Was ist, bereust du das etwa?«

»Hätte ich ihn nicht länger warten lassen sollen?«, gab ich zurück.

Zoe zuckte ihrerseits mit den Schultern.

»Ach Quatsch, wieso denn? Ganz offensichtlich hat er dir die Rosen geschickt, und bestimmt will er sich bei dir entschuldigen. Du fährst jetzt zu ihm und hörst dir einfach an, was er zu sagen hat«, riet sie mir.

Mit flatterndem Herzen dachte ich an meinen Besuch bei Rob, und mir wurde vor Aufregung und Angst ganz flau.

Würde er sich wirklich bei mir entschuldigen, und wenn es tatsächlich passieren sollte, könnte ich ihm dann alles verzeihen? Schließlich waren die Vorwürfe, die er mir an den Kopf geworfen hatte, hundsgemein gewesen.

Rob

Nervös lief ich auf und ab, meine Gedanken kreisten um das kurze Telefongespräch, das ich vorhin mit Audrey geführt hatte. Meine Erleichterung war enorm gewesen, als sie meiner Bitte nachgegeben hatte, und nun wartete ich unruhig darauf, dass Audrey auftauchte.

Als es endlich an meiner Tür läutete, schloss ich seufzend die Augen. Jetzt gab es kein Zurück mehr. Mit hämmerndem Herzen öffnete ich, und dann endlich stand ich Audrey wieder gegenüber. Sie sah noch viel schöner aus als bei unserer letzten Begegnung, oder als jemals zuvor. Gott, ich liebte diese Frau!

»Du bist da!«, war das Einzige, was ich herausbrachte, während mein Herz wild in der Brust klopfte.

Audrey nickte lediglich, ihre Wangen glühten vor Aufregung.

Ich räusperte mich leise.

»Komm doch rein«, forderte ich sie auf und hoffte, sie würde nicht auf den hohen Absätzen kehrtmachen und davonlaufen.

Aber schließlich betrat sie nach so langer Zeit wieder mein Haus; sie hatte mir so sehr gefehlt.

Vorhin hatte ich mir genau überlegt, was ich sagen wollte, aber momentan fühlte sich mein Gehirn wie leergefegt an.

Audrey blieb stehen und wandte sich mir zu. Ich schloss die Tür hinter uns.

»Die Blumen, die ich heute bekommen habe, waren die von dir?«, fragte sie, und ihrer Stimme war die Aufregung anzuhören.

»Ja«, erwiderte ich knapp und verfluchte mich, weil ich keinen vernünftigen Satz zustande brachte.

Audrey musterte mich mit schiefgelegtem Kopf.

»Danke, sie sind wirklich wunderschön. Aber warum 137 Rosen?«, fragte sie dann, und jetzt wurden meine Wangen mit Sicherheit rot.

»Du hast sie gezählt?«

Audrey schüttelte den Kopf.

»Ich nicht, aber Zoe hat es mal wieder nicht geschafft, ihre Neugierde zu zügeln.«

Ein kurzes Lächeln huschte über ihr Gesicht und erwärmte mein Herz.

Ich nickte, stand aber noch immer herum wie ein Idiot.

»Beantwortest du meine Frage denn gar nicht?«, hakte Audrey vorsichtig nach.

Ich zögerte kurz. Dann gab ich zu: »Es sind 137 Rosen, weil du genau vor 137 Tagen an meiner Tür geklingelt hast. Für jeden Tag, den wir uns kennen, steht eine.«

Audreys Lippen öffneten sich, sie wirkte erstaunt und ich peinlich berührt. Das Schwerste für mich war jetzt, meine Gefühle für sie offen zuzugeben, ohne zu wissen, was sie selbst fühlte. Aber es war völlig egal und an der Zeit über meinen eigenen Schatten zu springen. Nur wer etwas riskierte, konnte auch etwas gewinnen. Audrey war es mir wert, und ich war bereit, alles zu tun, um sie zu bekommen.

»Bevor du jetzt irgendetwas sagst, lass bitte mich zuerst reden«, bat ich.

Audrey nickte. »Nur zu!«, ermunterte sie mich.

Endlich war es an der Zeit, reinen Tisch zu machen.

»Ich möchte mich entschuldigen, für alles, was ich damals getan und vor allem, was ich gesagt habe. Ich weiß, es ist eine dumme Ausrede, aber ich war so verletzt und enttäuscht, weil du mir nicht die Wahrheit gesagt hast. Doch ich bereue von ganzem Herzen die Gemeinheiten, die ich dir an den Kopf geworfen habe. Du hattest sicherlich gute Gründe damals diesen Job anzunehmen. Vielleicht erzählst du es mir irgendwann. Bis dahin sollst du wissen, wenn ich könnte, ich würde unseren Streit ungeschehen machen. Ich wollte dir nie weh tun.«

Audrey atmete tief ein, öffnete ihre hinreißenden Lippen, um etwas zu sagen, doch ich bat sie mit einer Geste noch kurz zu warten. Weil ich noch nicht fertig war, und ich fürchtete mein Mut würde mich verlassen, wenn ich jetzt schwieg.

»Für mich bist nur du wichtig und die Tatsache, dass ich dich liebe. Du hast in mein Herz geschaut; obwohl ich mir anfangs viel Mühe gegeben habe, dich zu vergraulen, bist du doch geblieben. Ich liebe dich mehr als alles andere auf dieser Welt. Ich liebe dich mehr als mein Leben. Du bist meine Liebe, mein Glück, und ich brauche dich. In den letzten Wochen ist mir klargeworden, dass ich es ohne dich nicht aushalte. Als du in mein Leben geplatzt bist, hat es sich angefühlt, als wäre ich eine leere Hülle, der du endlich Leben eingehaucht hast. Ich will nie wieder leer sein«, platzte ich heraus, und dann fügte ich hinzu: »Mir ist egal, was früher war. Und ich bitte dich mir zu verzeihen und mich zurückzunehmen. Wenn du mich noch willst.«

Ich starrte Audrey an und hoffte, sie würde irgendetwas erwidern. Aber am allermeisten wünschte ich mir, dass sie mir vergeben konnte.

Und dann endlich lächelte Audrey, und mir schnürte es vor Freude die Luft ab.

»Das war ja der reinste Gefühlsausbruch für deine Verhältnisse.«

Ich lächelte erleichtert. Wenn Audrey Witze riss, bedeutete das immer etwas Gutes. Deshalb fragte ich: »Findest du etwa, ich trage gerade zu dick auf?«

Audrey lachte auf.

»Ein bisschen. Aber die Idee mit den Blumen war wirklich toll. Mir hat noch nie jemand Blumen geschickt.«

»Heißt das, du vergibst mir tatsächlich?«

Audrey ließ mich zappeln, und ich hatte es wohl auch nicht besser verdient.

»Was ist mit deiner Familie?«, fragte sie stattdessen.

»Die Beziehung zu meinem Stiefvater hat so viel Schaden genommen, dass ich nicht glaube, es wieder richten zu können. Aber auch darüber habe ich nachgedacht und vielleicht versuche ich sogar wieder wie ein normaler Mensch mit ihm auszukommen. Aber vorerst konzentriere ich mich auf dich, und darauf, das zu retten, was wir hatten.«

Audrey legte ihre Tasche auf das Tischchen im Flur, dann kam sie zu mir, und ich wagte gar nicht mich zu rühren.

Sie blieb ganz nah vor mir stehen, und ich konnte die Sprenkel in ihren Augen zählen.

»Ich verzeihe dir«, flüsterte sie, stellte sich auf die Zehenspitzen und schlang die Arme um meinen Nacken.

»Denn ich könnte den Gedanken, dass du dich leer und einsam fühlst, nicht ertragen.«

Lächelnd drückte mir Audrey einen Kuss auf die Lippen, und ich hielt sie ganz fest in meinen Armen.

»Ich muss dir noch etwas sagen«, flüsterte ich an ihrem Mund.

Audrey wich zurück, schaute mich aus ihren bernsteinfarbenen Augen an.

»Die Scheidung ist durch. Das heißt, seit knapp einer Woche bin ich offiziell wieder Single! Du hast nicht zufällig Interesse?«

Audrey biss sich auf die Lippen. »Lass mich darüber nachdenken.«

Ich kniff sie lächelnd in die Seite. »Hey!«, raunte ich grinsend.

»Schon gut, hör auf«, gab sie beschwichtigend zurück.

»Mein Interesse ist riesig!«

Ich musste sie einfach wieder küssen. Am liebsten hätte ich nie mehr damit aufgehört. Aber das ging leider nicht, denn es gab etwas, das ich ihr unbedingt endlich zeigen wollte. Widerwillig gab ich ihren Mund frei, nahm ihre Hand fest in meine und zog sie mit mir.

Audrey

Ich gebe zu, mein Vorsatz, Rob zappeln zu lassen, verpuffte, als er all diese süßen Dinge sagte. Denn schließlich wusste ich, wie schwer es ihm fiel, Gefühle laut auszusprechen. Umso süßer fand ich sein Geständnis. Als dann auch noch Franklyn auftauchte und mit seinem Kopf gegen meine Hüfte stieß, hatte Rob mein Herz endgültig zurückgewonnen. Rasch beugte ich mich hinab und streichelte liebevoll Franklyns Fell.

»Er hat dich auch vermisst«, erklärte Rob.

Ich lächelte, als ich flüsterte: »Du hast mir so sehr gefehlt.« Dann stand ich auf und blickte in Robs Augen. »Ihr habt mir beide gefehlt.«

Rob nahm wieder meine Hand und bedeutete mir mitzukommen, während Franklyn nach draußen lief.

Immer noch gerührt von seinen Worten, tapste ich hinter ihm her ins Wohnzimmer, als Rob plötzlich stehen blieb und ich gegen ihn rannte.

»Was ist?«, fragte ich überrascht, doch Rob bedeutete mir

mit einem knappen Nicken, nach vorne zu schauen. Was ich da sah, ließ mir das Herz vor Freude aufgehen! Da stand sie, so hässlich wie eh und je, die grüne Samtcouch, der Platz, an dem alles begonnen hatte.

Ich wollte etwas sagen, und ich hatte mir so fest vorgenommen, nicht zu weinen. Aber jetzt schwammen meine Augen tatsächlich in Tränen.

»Du hast die Couch behalten!«, brachte ich mit brüchiger Stimme heraus, und Rob schenkte mir das süßeste Lächeln dieses Planeten.

Er drückte zärtlich meine Hand.

»Wie hätte ich sie weggeben können?«

»Aber ich habe doch gesehen, wie sie abgeholt wurde.«

Rob nickte. »Stimmt. Sie wurde abgeholt, und zwar zum Aufpolstern.«

Ich wusste gar nicht, was ich sagen sollte, so gerührt war ich von dieser Geste, die viel mehr als alle Worte dieser Welt ausdrückte.

Lächelnd ließ Rob meine Hand los, seine Augen funkelten spitzbübisch, als er seine Krawatte lockerte.

»Miss Bartlett, Sie können sich gar nicht vorstellen, wie dringend ich Sie brauche«, flüsterte er mit rauer Stimme.

Reichlich verwirrt blickte ich ihn an, bis es in meinem Kopf endlich Klick machte und ich übers ganze Gesicht grinsen musste.

»Doch, ich glaube, ich habe eine ganz gute Ahnung davon«, gab ich zurück und stieg auf sein kleines Rollenspiel ein.

Mit einem zuckersüßen Lächeln öffnete ich seinen Krawattenknoten und zog ihm das gute Stück vom Hals. Langsam warf ich es über die Lehne und drehte mich dann wieder zu ihm um.

»Am besten, wir kommen gleich zur Sache«, raunte er, verschlang mich mit hungrigen Blicken, packte mich augenblicklich und drängte mich langsam rückwärts, bis ich mit den Beinen gegen die Couch stieß.

»Soll mir ganz recht sein«, gab ich knapp zurück und drängte mich gegen ihn.

Seine Lippen strichen an meinem Hals entlang, und ich legte leise stöhnend den Kopf zurück, während ich mich weiter an ihm festhielt. Mit der Zunge strich er sanft über mein Ohrläppchen, und sein Atem kitzelte meine Haut, als er lächelnd flüsterte: »Übrigens schuldest du mir noch ein Sandwich.«

Laut lachend stieß ich ihn leicht von mir, seine Augen schienen vor Belustigung Funken zu sprühen.

»Du bist ein Idiot«, gab ich grinsend zurück.

»Mag sein, aber ein Idiot, der gleich die schönste Frau der Welt vernascht, und der später sicher keinen Hunger mehr hat, weil du dich an unsere Abmachung halten wirst und mir bestimmt etwas zu essen machst.«

»Das Sandwich musst du dir erst verdienen!«

Rob nickte ernst, und ich verkniff mir ein Lächeln.

»Ich werde mich richtig ins Zeug legen«, gab er zurück und zwinkerte mir verführerisch zu.

Lachend stellte ich mich auf die Zehenspitzen, berührte seine Wangen und küsste ihn glücklich.

»Jetzt lass uns endlich die Couch ausprobieren«, meinte ich vielsagend und zog ihn mit nach unten.

Er beugte sich über mich und küsste mich, als wäre es das erste Mal. Die Restaurationsfirma hatte fabelhafte Arbeit geleistet, und mir schwante schon, dass Rob sein Versprechen halten und locker mithalten würde. Leise seufzend legte ich den Kopf zurück, während seine Hände mein Shirt nach oben schoben und seine Lippen tiefer wanderten. Wir waren stark genug gewesen, uns nach allem, was passiert war, wiederzufinden, und wir würden auch in Zukunft stark genug sein, um die Hürden, die vielleicht noch auf uns zukamen, zu meistern. Daran zweifelte ich keine Sekunde. In vollem Bewusstsein, dass ich Rob liebte und ihn nie wieder gehen lassen würde, küsste ich ihn auf den Mund, und als er mich gleich darauf ansah, spürte ich, dass er genauso empfand wie ich. Ich zog Rob näher an mich, genoss seine liebevollen Berührungen, und plötzlich geschah etwas, das völlig untypisch für mich war. Ich sagte und dachte einfach gar nichts mehr, sondern war nur noch glücklich.

Danksagung

Ein ganz besonderer Dank gilt meiner Lektorin. Die immer ein offenes Ohr für mich hat und mich stets mit vielen guten Tipps unterstützt. Und natürlich bedanke ich mich auch bei dem gesamten Verlagsteam für die tolle Unterstützung und die großartige Zusammenarbeit, ohne die dieses Buch nicht hätte entstehen können.

Außerdem möchte ich mich bei meinem Mann bedanken, der immer für mich da ist, wenn ich ihn brauche. Ich liebe dich wirklich von ganzem Herzen. Ein großes Dankeschön geht natürlich auch an meinen kleinen Sohn, der viele Nächte durchgeschlafen hat, damit ich schreiben konnte. Du bist einfach der Beste. Ich danke meiner Schwester und meinem Schwager; wenn ich euch brauche, seid ihr immer für mich da und steht mir mit Rat und Tat zur Seite. Meinen Nichten, die es schaffen, mir immer ein Lächeln zu entlocken. Ihr beiden seid einfach zuckersüß. Und vor allem möchte ich mich bei meinen Eltern bedanken, die jedes meiner Bücher lesen und begeistert sind. Ihr seid in jeder Lebenslage für mich da. Ich wüsste nicht, was ich ohne euch tun sollte.

Außerdem möchte ich diese Gelegenheit nutzen, um mich bei meinen Leserinnen und Lesern zu bedanken. Ihr habt mir als völlig unbekannte Autorin eine Chance gegeben. Ohne euch würde es dieses Buch nicht geben. Ich hoffe, ich kann euch mit meinen Romanen weiterhin begeistern, und ihr liebt es genauso sehr, sie zu lesen, wie ich es liebe, sie für euch zu schreiben.